달맞이언덕의 안개

초판 1쇄 발행 | 2015년 3월 16일
초판 7쇄 발행 | 2021년 6월 7일

지은이 김성종
발행인 한명선

책임편집 나은심
마케팅 배성진 **관리** 이영혜
디자인 모리스

주소 서울시 종로구 평창길 329(우편번호 03003)
문의전화 02-394-1037(편집) 02-394-1047(마케팅)
팩스 02-394-1029
홈페이지 www.saeumbook.co.kr
전자우편 saeum98@hanmail.net
블로그 blog.naver.com/saeumpub
페이스북 facebook.com/saeumbooks
인스타그램 instagram.com/saeumbooks

발행처 (주)새움출판사
출판등록 1998년 8월 28일(제10-1633호)

ⓒ 김성종, 2015
ISBN 978-89-93964-93-6 03810

달맞이언덕의

안개

김성종 연작소설

새움

차
례

'죄와 벌', 그리고 안개

　언덕 위에는 커피숍이 몇 군데 있는데 그 가운데 '죄와 벌'은 내가 거의 매일 들르는 커피숍이다. 다른 커피숍들은 브랜드를 내세운 체인점으로, 서로 비슷비슷해서 별로 가고 싶지 않은데, '죄와 벌'만은 어느 부녀가 운영하는 곳으로 개성이 있고 커피 맛도 좋아 즐겨 찾게 되었다. 주인 남자는 일흔 살은 넘어 보이고, 그의 딸은 미혼으로 40대 초반이라고 했다. 그들은 단 두 식구로 5층 건물의 1층에다 커피숍을 차려 그것으로 생활을 꾸려나가고 있었는데, 첫눈에 나를 잡아끈 것은 '죄와 벌'이라는 이름의 간판이었다. 라스콜니코프가 도끼로 노파를 살해하는 장면을 그린 컬러 간판은 커피숍 간판치고는 너무 잔인하고 파격적이어서 개업 당시 말썽이 있었지만, 주인이 개의치 않고 밀고나가는 바람에 지금은 거기에 대해 왈가왈부하는 사람은 없었다. 간판 그림은 노인의 딸인 홍포가 직접 그렸는데, '죄와 벌'이라는 글자는 자주색으로 울퉁불퉁하게 처리되었고, 그 아래쪽에는 영문으로 'Crime and Punishment'라고 흰색으로 쓰여 있었다.

들쑥날쑥한 붉은 벽돌로 거칠게 처리된 실내로 들어가면 맨 처음 눈에 띄는 것은 문짝만 한 크기의 고뇌에 찬 도스토옙스키 초상화다. 그것 역시 포의 작품인데 놀랍도록 섬세하게 그려져 있었다. 커피숍은 헌책방을 겸하고 있기 때문에 벽면은 온통 책들로 가득 차 있었다. 계산대 안쪽에서 커피를 내리는 사람은 무섭게 마른 홍 노인이고, 포는 커피잔을 나르고 탁자를 치우는 일을 맡고 있었다. 포는 틈이 날 때면 노천 테라스로 나와 선 채로 담배를 피우곤 했다. 내가 그녀와 잠깐씩 이야기를 나눌 수 있는 때는 그때였다.

나는 주로 노천 테라스에 앉아 커피를 마시곤 했다. 그곳은 안개가 끼지 않을 때는 바다가 잘 보였다. 하지만 나는 안개 속에 앉아 커피 마시는 것을 더 즐겼다. 나는 커피에 설탕 대신 안개를 풀어 마셨다. 안개는 내 얼굴과 목덜미를 긴 혓바닥으로 핥아대다가 옷 속으로 스며들어 겨드랑이를 간지럽혔다. 그러다가 사타구니 사이로 슬슬 비집고 들어와 그것을 주물러대는데, 그럴 때 나는 한숨을 내쉬면서 자리에서 일어나 거머리 같은 안개를 털어내고 담배를 꺼내 물곤 했다.

어쩌다가 헤드라이트를 켠 차들이 느릿느릿 지나갔고, 안개 속에서 갑자기 나타났다가 사라지는 사람들은 마치 유령 같아 보였다.

테라스에는 나 혼자 앉아 있었다.

"벌써 며칠째예요."

포가 언제 다가왔는지 내 곁에 서서 말했다. 내가 의아해하 자 그녀는 담배에 불을 붙였다.

"안개 말이에요."

"아아, 안개……."

"꼭 동화 속에서 사는 것 같아요."

건물 안쪽에서 내 또래의 뚱뚱한 노인이 나오더니 내가 앉아 있는 자리에서 멀리 떨어진 테이블에 가서 앉는다. 장딸막한 키에 금테 안경을 끼고 혈색이 좋아 보이는 그는 데데한 태도로 포에게 커피를 주문한 뒤 신문을 펴든다. 포한테서 그 뚱보가 건물 주인인 최씨라고 들었지만, 나는 왠지 그가 마음에 들지 않아 볼 때마다 모른 척했다. 그는 건물 5층에서 아내와 함께 살고 있었다.

포는 중키에 조금 마른 편으로 눈길이 깊고 신중해 보이는 여자였다. 그녀는 프랑스에서 10년 넘게 그림만 그리다가 몇 년 전 혼자가 된 아버지와 함께 살기 위해 귀국했다고 했다. 홍 노 인은 40여 년 전, 시국사건에 연루돼 다섯 명의 동료들과 함께 체포되어 40년을 감옥에서 살다가 나온 사람이었다. 그 시국사건이란 국가 전복을 위한 반국가 단체 결성과 함께 북한의 지령을 받고 암약한 간첩 활동을 말하는 것으로, 이른바 'Z사건'으로 알려져 있지만 일반 사람들은 거의 모르고 있었다. 민주화 바람을 차단하고 독재권력을 공고히 하는 데 혈안이 되어 있던 군사정권은 'Z사건'을 신속히 처리했는데, 대법원 확정판결이 나기까지 한 달밖에 걸리지 않았다. 여섯 명 가운데 다섯 명은 사형선고를 받고 24시간도 지나지 않아 사형이 집행되었고, 홍 노인은 무기징역형을 받고 그때부터 40년의 세월을 감옥에서 보내야 했다. 'Z사건'이 재심을 받게 된 것은 불과 수년 전으로, 대법원은 최종심리 결과 'Z사건'을 고문에 의해 조작된 사건으로 판단하고 무죄를 선고했다. 70대 노인이 다 되어 40년 만에 세상으로 나온 홍 노인은 제일 먼저 프랑스에 가 있는 딸에게 연락을 취했다. 그가 감옥에 들어갈 때 돌도 채 안 됐던 딸은 한달음에 달려왔고, 아버지를 대신해서 국가를 상대로 민사소송을 제기해 억울한 옥살이에 대한 보상금으로 수억 원을 받아냈다. '죄와 벌'은 말하자면 그 보상금으로 차린 커피숍이었다. 하지만 홍 노인은 폐암 말기로 죽어가고 있었다.

"아버님은 좀 어때요?"

내 물음에 포는 고개를 흔들었다.

"앞으로 길어야 두 달……."

그녀는 말끝을 흐리면서 최씨 쪽을 힐끗 쳐다보다가 안개 속을 뚫어지게 응시했다.

"저기, 추리소설을 하나 쓰고 있는데요, 여자가 남자를 살해할 때 가장 간편하고 손쉬운 방법은 뭘까요?"

"칼로 심장을 찌르든가 목의 경동맥을 자르면 쉽게 죽일 수 있지."

"아이, 그건 너무 잔인하잖아요. 전 피 흘리는 건 싫어요."

"그럼 독살이 좋지. 치명적인 독약 한 방울이면 간단하게 죽일 수 있지."

"그 독약 이름이 뭐예요? 어디서 어떻게 구하죠?"

"내가 한번 알아보지. 추리소설을 쓰려면 그런 걸 구체적으로 써야 실감 나지."

"그래야 할 것 같아요. 그런데 어떻게 독살시키죠? 강제로 먹일 수는 없잖아요. 자연스럽게 먹이는 방법이 있으면 좋을 것 같은데."

"커피 한 잔만 더 주면 가르쳐주지."

포가 안으로 들어간 사이 나는 화장실에 가기 위해 일어섰다. 최씨는 신문을 보다 말고 졸고 있다가 내가 모르고 탁자를 건드리는 바람에 깜짝 놀라 깨어나더니 신문을 주섬주섬 들고 건물 안으로 들어가버렸다. 내가 화장실에서 돌아오자 포는 이미 새 커피잔을 내 탁자 위에 올려놓고 그 곁에 서 있었다.

한 달쯤 지난 어느 날 오후, '죄와 벌'에 가보니 경찰차와 구급차가 서 있고 사람들이 건물 앞에 몰려와 있었다. 평소 안면이 있는 곰처럼 생긴 형사가 연신 담배를 빨아대면서 서성거리고 있기에 나는 슬그머니 다가가 무슨 일이냐고 물어보았다.

"5층에 사는 최 노인이 약을 먹고 죽었습니다."

"그래요? 자살한 건가요?"

곰은 고개를 갸우뚱했다.

"타살 같은데, 확실한 것은 더 조사해봐야 알겠습니다. 죽은 노인은 보통 노인이 아니라서 좀 골치 아프게 됐습니다."

다른 형사가 부르자 그는 급히 안으로 들어갔다.

이튿날 신문에 난 기사를 본 나는 뒤통수를 심하게 한 대 얻어맞은 기분이었다. 최씨는 40여 년 전 'Z사건'을 최종 확정판결한 대법원 판사였고, 사인은 청산가리에 의한 타살 혐의가 짙지만, 자살 가능성도 있다고 했다. 곰 형사가 죽은 노인을 두고 보통 노인이 아니라고 말한 이유를 알 것 같았다. 청산가리는 '베가 25'라는 이름의 요구르트병에서 검출되었는데, 거기에 대해서 최씨의 부인은 이렇게 증언했다.

"그저껜가, 밖에 나갔다가 들어오니까 대문 고리에 봉지가 하나 걸려 있고, 그 안에 요구르트가 두 개 들어 있더라구요. 그리고 편지도 한 장 들어 있었어요. 난 그걸 읽어보고 별 의심 없이 요구르트를 냉장고에 넣어뒀다가 나중에 우리 영감한테 마시라고 줬지요."

나중에 곰 형사한테 들은 이야기로는, 경찰은 비닐봉지 속에 요구르트와 함께 들어 있었다는 그 편지를 중요한 단서로 보고 그것을 확보해서 검사해보았다고 했다. 곰은 나에게 이렇게 말해주었다.

"그 편지는 다행히 없어지지 않고 부엌에 있는 쓰레기통 속에 들어 있었어요. 내용은 뭐냐 하면 이번에 일본에서 새로 개발한 요구르트인데, 남녀 구분을 해서 마시는 겁니다. 남자는 빨간색 포장이 된 요구르트를, 여자는 파란색 포장이 된 요구르트를 마시라고 했습니다. 빨간색 요구르트는 고혈압과 당뇨병, 심장질환, 관절염에 탁월한 효과가 있고, 소변이 자주 마려운 야뇨증 환자한테도 아주 좋다고 했습니다. 그래서 그것은 보통 요구르트보다 값도 배나 비싼 것으로, 일본에서 원료를 들여와 한국에서 새로 가공해서 판매하는데 홍보를 위해서 샘플을 두고 가니까 한번 마셔보고 결정해달라고 했어요. 그러면서 꼭 남녀를 구분해서 마셔야 한다고 강조했어요."

"부인도 그 요구르트를 마셨나요?"

"그렇죠. 파란 병에 든 요구르트를 마신 부인은 멀쩡했는데 빨간 병에 든 것을 마신 영감은 죽고 말았죠. 검사를 해보니까 빨간 병에서만 독약 성분이 나왔어요. 그러니까 누군가 최 영감을 노리고 그런 수작을 부린 게 분명합니다."

봉투 속에 들어 있었다는 편지는 컴퓨터로 쳐서 프린트한 것으로, 범인의 지문으로 보이는 것은 발견되지 않았다고 했다.

"요구르트를 남녀 구분해서 마시는 것부터가 이상하지 않습니까? 세상에 그런 요구르트가 어디 있습니까?"

나도 처음 들어보는 말이었기 때문에 조용히 고개를 끄덕였다.

"그건 영감한테 독극물이 든 것을 마시게 하려고 범인이 꾸민 짓이에요. 홈스 선생님, 추리소설을 쓰시니까 그 정도의 추리야 하실 수 있지 않습니까?"

곰 형사가 나를 '홈스 선생'이라고 불러주는 바람에 나는 기분이 좋아졌다. 그는 추리소설 마니아였다.

"어떻습니까? 범인이 최 영감을 노리고 남녀 구분해서 요구르트를 마시게 한 거 아닙니까?"

"듣고 보니까 그런 것 같기는 한데……."

나는 마지못한 척 고개를 천천히 끄덕이긴 했지만, 속으로는 범인의 솜씨에 찬탄을 금치 못하고 있었다. 범인은 노인들이 판단력이 부족하기 때문에 편지 내용을 의심하시는 않으리라는 것까지 간파하고 그런 짓을 했을 것이다. 하지만 나는 다른 말을 하고 있었다.

"최 영감이 요구르트에 독을 타서 마셨을 수도 있잖아요."

"자살 가능성은 아주 희박합니다. 요구르트 회사에도 연락해

달맞이언덕의 안개

봤는데 자기 회사에는 남녀 구분해서 마시는 요구르트는 없다고 합니다. 포장 색깔이 다른 건 성분에 약간씩의 차이가 있는 걸 구분하려고 그런 것이지만, 그보다는 상품의 단조로움을 피하고 다양성을 보여주기 위한 목적이 더 크다고 했습니다. 그리고 자살하는 사람이 그런 편지를 썼겠습니까?"

곰은 포를 따로 불러 이것저것 물어보았지만, 형식적인 탐문수사에 지나지 않았다. 포의 부친인 홍 노인은 최근 병세가 악화되어 자리에서 일어나지도 못한 채 하루 종일 누워 지냈는데, 그 모습을 보고는 곰은 아예 말도 걸지 않았다.

한 달쯤 지나 홍 노인도 세상을 떠났다. 포는 커피숍 문을 닫지 않고 혼자 가게를 지키고 있었다. 침울하고 무거운 분위기도 어느 정도 가신 것 같은 어느 날, 나는 '죄와 벌'에 들렀다. 안개가 너무 짙은 탓인지 손님이 한 명도 보이지 않았다. 테라스로 커피를 날라온 포는 그날따라 내 곁에 다소곳이 앉아 내가 담배를 꺼내 물자 재빨리 라이터 불을 붙여주기까지 했다.

"이 건물을 구입하기로 계약했어요."

그녀가 건물을 올려다보면서 말했다.

"할머니 혼자 못 살겠는가 봐요. 급히 떠나면서 건물을 싸게 내놨기에 무리해서 구입하기로 했어요. 은행 대출을 좀 받고 하면 될 것 같아요."

"잘됐군. 그건 그렇고 추리소설 안 써요?"

내가 넌지시 묻자 그녀는 고개를 천천히 흔들었다.

"못 쓰겠어요."

그렇게 말하고 나서 그녀는 나를 빤히 쳐다보았다. 깊이를 알 수 없는 그 눈은 많은 것을 말하고 있었다.

"안 쓸 거예요."

그 말이 끝나기 무섭게 그녀는 갑자기 내게 키스를 했다. 그것은 형식적인 키스가 아닌 길고 진한 키스였다. 입막음의 키스일까, 감사의 키스일까, 아니면 애정의 표시일까? 나는 묻고 싶은 것이 많았지만 아무것도 묻지 않았다. 아무것도 물어서는 안 된다는 것을 나는 알고 있었다. 나는 와인잔을 집어들었다. 잔 속에는 시칠리아산 와인인 '도망간 여자'와 함께 안개가 가득 들어 있었다. 그녀를 향해 건배한 다음, 나는 안개와 함께 와인을 입속으로 천천히 흘려 넣었다.

일주일쯤 지난 어느 날 밤, '죄와 벌' 테라스에 홀로 앉아 와인을 마시고 있는데 곰 형사가 나타났다.

"선생님은 여기만 오면 만날 수가 있군요."

"앉아요. 와인 한잔 해요."

나는 웨이터에게 와인잔을 가져오게 한 다음 잔에다 와인을 조심스럽게 따랐다. 곰은 와인을 한 모금 마시고 나더니 뚱딴지

달맞이언덕의 안개

같은 말을 했다.

"최 영감 살인범을 체포했습니다."

순간 나는 숨이 멎는 것 같았다. 나도 모르게 카페 안쪽으로 시선이 갔는데 포가 막 밖으로 나오고 있었다.

"누굽니까?"

나는 기어드는 목소리로 물었다. 그리고 얼른 와인을 삼켰는데 그것이 목구멍에 걸리는 바람에 캑캑거렸다.

"아마 상상이 안 가실 겁니다. 범인은 바로 최 영감의 아들입니다. H대 경제학 교수죠."

포가 가만히 다가와 내 곁에 다리를 포개고 앉았다. 나는 그녀의 손을 잡고 싶었지만 참았다. 곰의 다음 말이 귓속으로 흘러들었지만 마치 환청같이 들려왔다.

최 영감의 외아들인 최문구는 경제학 교수였다. 미국에서 중학생 때부터 유학 생활을 한 그는 시카고에 있는 대학에서 박사학위를 받고 귀국해 부산에 있는 사립대학의 교수로 특채되었는데, 그렇게 되기까지는 법조계의 원로인 아버지의 입김이 컸다. 하지만 그는 문제가 많은 인물이었다. 미국에 있을 때 이미 마약 중독자가 된 그는 대학교수가 된 뒤에도 마약에 손을 댔고, 미국 시민권을 가지고 있었기 때문에 호텔 카지노에도 자유롭게 출입해 결국 수억 원의 빚까지 지게 되었다. 그는 아버지에게 도움을 청했지만 이미 아들에게 수차례에 걸쳐 큰돈을 떼인 최 영감은 단호하게 거절했다. 그의 무절제하고 방탕한 생활을 견디다 못한 미국인 부인은 이혼을 요구하고 미국으로 돌아가버렸고, 궁지에 몰린 그는 결국 돈을 노리고 아버지를 독살한 것이다.

"그는 이미 아버지 앞으로 생명보험을 서너 개 들어놨고, 아버지가 죽으면 자기가 10억 원 이상의 보험금을 받을 수 있도록 해놨어요. 그리고 100억 원대가 넘는 유산도 물려받게 되어 있었어요. 심신이 허약한 어머니는 아들이 하자는 대로 했기 때문에 아버지만 없어지면 유산을 자기 마음대로 처리할 수 있었죠. 그는 범행 당일 집에 잠시 들렀다가 어머니와 함께 밖으로 나와, 우선 어머니를 마트에 내려주고 다시 집으로 돌아가 대문 고리에 준비했던 요구르트 봉지를 걸어뒀어요. 그리고 자기 집으로 돌아갔죠. 계획대로 아버지가 죽자 어머니한테 자기가 집에 들렀다는 말을 누구한테도 절대 해서는 안 된다고 신신당부했어요. 그리고 장례가 끝나자 미국으로 떠났죠."

"어떻게 그가 범인이라는 걸 알았나요?"

"범행 당일 영감 부인의 행적을 알아봤는데, 오후에 장 보러 마트에 다녀온 것 말고는 별다른 게 없었어요. 최문구도 혐의점이 발견되지 않았구요. 그러다가 한 달쯤 지났나. 범행 당일 마트에 다녀왔다는 노파의 진술을 듣기만 했지 그것을 조사하지 않은 것이 갑자기 생각났어요. 별로 기대는 하지 않고 조사해

봤는데……."

그날 CCTV에는 노파가 승용차에서 내려 마트 안으로 들어가는 모습이 찍혀 있었다. 그 차의 주인은 아들이었고, 범행 당일 그가 부모 집에 들렀던 사실이 드러났다. 아들이 집에 온 적이 없다고 잡아뗐었던 노파는 사색이 되었고, 경찰은 미국에 있는 최문구에게 전화를 걸어 어머니가 교통사고를 당해 생명이 위독하다고 말했다. 노파는 전화를 압수당한 채 연금 상태에서 감시를 받고 있었기 때문에 문구는 어머니에게 확인 전화를 할 수가 없었다. 다음 날 서둘러 귀국한 그는 공항에서 곧바로 경찰에 연행되었다.

"처음에는 딱 잡아떼더라구요. 증거가 없으니 풀어줘야 할 판이었죠. 그런데 그자의 집에 있는 컴퓨터에서 요구르트와 함께 넣어둔 편지글을 발견했죠. 그걸 모르고 지우지 않고 남겨두었던 거죠."

나는 그의 잔에 와인을 가득 따라주면서 이렇게 말했다.

"앞으로 나를 홈스라고 부르지 마시오. 난 자격이 없으니까."

"아이고, 원 무슨 말씀을."

곰이 돌아가고 그 자리에 포와 둘이 있게 되자 그때야 나는 그녀의 손을 가만히 잡아주었다. 그녀는 눈을 크게 뜨고 말없이 나를 응시했는데, 나는 부끄러운 나머지 그 눈을 마주 볼 수가 없어 시선을 돌려버리고 말았다.

안개 속의 록 페스티벌

그날 밤 안개는 미동도 하지 않은 채 언덕 위에 가만히 머물러 있었다. 언덕 위에 언제까지고 그렇게 머물러 있을 것처럼 고집스럽게 버티고 있었다. 그 모습이 마치 밤사이에 느닷없이 침입해 뻔뻔스럽게 주둔하고 있는 외국 군부대 같았다.

내가 오솔길 벤치에 앉아 있을 때 안개는 스멀스멀 내 목덜미를 돌아 턱 밑을 간질여대다가 급기야 내 입술까지 핥아대기 시작했다. "에이!" 나는 지겨워서 손등으로 입술에 묻은 안개를 닦았다. 그때 쿵 하는 소리가 들려왔다. 이어서 끼익 하고 급브레이크를 밟는 소리가 비수처럼 귓속을 파고들었다. 그와 함께 록 음악이 시끄럽게 안개를 휘젓고 있었다. 나는 얼른 몸을 일으켜 차도 쪽으로 다가갔다. 빨간 스포츠카 한 대가 비상등을 깜박이며 서 있었고, 음악은 열려 있는 차창을 통해 흘러나오고 있었다. 차 주위에는 세 명의 젊은 남녀가 서성거리고 있었다. 남자 두 명에 여자가 한 명이었다. 범퍼 쪽을 살펴보고 있는 남자는 장발에, 등에 해골이 그려진 검은색 점퍼 차림이었고, 여자는 밀짚모에 노란색 핫팬츠를 입고 있었다. 나머지 한 명은 머리 한쪽을 밀어버리고 다른 한쪽만 길게 길렀는데 흡사 장닭 꼬리처럼 여러 가지 색깔로 물들인 펑크스타일을 하고 있었다. 나는 스마트폰을 꺼내 재빨리 그들의 모습을 동영상으로 찍었다. 하지만 안개 때문에 그들은 나를 발견하지 못한 것 같았다.

"야! 빨리 가자!"

해골이 소리치면서 황급히 운전석에 오르자 다른 두 명도 서둘러 차에 뛰어들었고, 채 문이 닫히기도 전에 스포츠카는 안개 속으로 돌진했다. 쿵쾅거리는 록 음악만이 안개와 뒤엉켜 시끄럽게 소용돌이치다가 점점 잦아들어갔다.

나는 안개를 헤치고 차도로 가보았다. 그리고 얼마 떨어지지 않은 시궁창에 희끄무레한 것이 처박혀 있는 것을 발견했다. 주먹만 한 하얀 강아지 한 마리가 그 주위를 맴돌며 낑낑거리고 있었다. 가까이 다가가 보니 시궁창에 처박혀 있는 것은 젊은 여자였다. 눈부실 정도로 흰 피부를 가진 그녀는 흰색 핫팬츠 위에 같은 색의 티셔츠를 입고 있었고, 헝클어진 머리칼 사이로는 피에 젖은 얼굴이 드러나 있었다.

강아지는 여자의 얼굴을 계속 핥아대면서 낑낑거렸다. 여자는 즉사했거나, 아니면 충격으로 기절한 것 같았다. 그 상황에서도 내 눈은 여자의 탱탱한 허벅지를 감상하고 있었다. 그것을 만지고 싶은 욕구를 느끼고 있을 때 송정 쪽에서 달려오던 승용차 한 대가 멈춰 서더니 차에서 젊은 두 남녀가 내렸다. 조금 있자 소형 승합차가 멈춰 섰고, 여러 명이 우르르 차에서 내렸다. 구경꾼이 10여 명으로 불어났을 때, 나는 슬그머니 그 틈에서 빠져나와 '죄와 벌' 쪽으로 걸어갔다. 밤 9시 15분이 막 지나고 있었다.

내 이야기를 듣고 난 포는 두 눈을 휘둥그렇게 떴다.

"경찰에 신고했어요?"

"아니, 누군가 했겠지."

"그런 법이 어디 있어요?"

그녀는 즉시 경찰에 신고하기 위해 휴대폰을 집어들었다.

"내 이야기는 하지 마요."

"왜요?"

"귀찮으니까."

그녀는 못마땅한 눈으로 나를 흘겨보다가 경찰에 전화를 걸었다. 그러나 이미 신고가 들어갔는지 통화를 중단하고는 나를 쳐다보았다.

"신고 받았대요. 뺑소니차 보셨어요?"

"아니, 못 봤어요. 쿵 하는 소리를 듣긴 했지만 알다시피 난 움직임이 둔하잖아. 차도로 나왔을 때 이미 차는 안개 속으로 사라지고 있었어요."

"어디서 사고가 났죠?"

"저쪽 아래, 송정 쪽."

내가 가리키는 곳을 쳐다본 그녀는 나에게 잽싸게 커피 한 잔을 갖다주고는 부리나케 사고 현장 근처로 달려갔다.

조금 있자 경찰 순찰차와 구급차가 사이렌을 울리며 달려갔고, 그것이 신호이기라도 한 듯 갑자기 주위가 어수선해졌다.

나는 스마트폰을 꺼내 사고 현장을 찍은 사진들을 살펴보았다. 모든 것이 안개와 뒤엉켜 흐릿해 보였고, 내가 두 눈으로 똑똑히 보았던 스포츠카의 모습도 윗부분만 희미하게 나와 있었다. 그러니 차량 번호판이 찍혔을 리 만무했다.

"망할 놈의 안개!"

나는 안개를 원망하면서 사진 속의 세 남녀를 살펴보았다. 그런대로나마 해골이 그려진 검정 점퍼의 등판과 장닭 꽁지처럼 물들인 핑크 머리, 그리고 밀짚모에 노란색 핫팬츠를 입은 여자애의 모습은 어느 정도 알아볼 수가 있었다.

한 시간쯤 지나 돌아온 포는 몹시 흥분해 있었다.

"너무 예쁜 애가 죽었어요."

"죽었어요?"

"경찰이 왔을 때는 이미 숨이 끊어져 있었어요."

"안됐군."

나는 혀를 끌끌 찼다. 포는 분노에 차서 어쩔 줄 모르며 서성거리기만 했다.

"저렇게 예쁜 애를 죽이고 도망치다니! 뺑소니친 놈은 잡아서 공개 처형해야 해요!"

나는 술이나 한잔 하자고 하면서 그녀를 달랬다. 그리고 시칠리아산 와인인 '도망간 여자'를 두어 잔 마시고 난 다음 슬쩍 운을 떼보았다.

"우리가 범인을 한번 잡아볼까?"

"어떻게요?"

나는 그녀에게 스마트폰에 찍힌 현장 사진들을 보여주었다. 깜짝 놀란 그녀는 흥분해서 그것들을 살펴보더니 차량 번호가 보이지 않는데 어떻게 잡을 거냐고 물었다.

"머리를 쓰면 방법이 생각날 거야."

"그러지 말고 경찰에 신고하지 그래요."

"아니야. 내 손으로 잡고 싶어. 내 손으로 잡아서 경찰에 넘길 거예요. 그 대신 날 좀 도와줘야겠어요."

"도와드리는 거야 어렵지 않지만, 도대체 어떻게 잡겠다는 거죠?"

"흥, 추리작가의 실력을 모르시는군."

다음 날 오후 '죄와 벌'에서 조금 떨어진 사건 현장 차도 변에는 현수막이 하나 나붙었는데, 거기에 적혀 있는 내용은 다음과 같았다.

'현상금 5백만 원. 뺑소니 목격자를 찾습니다. 7월 24일 밤 9시경 이곳에서 교통사고를 일으키고 도주한 차량을 목격하신 분을 찾습니다. 신고해주시는 분에게는 후사하겠습니다.'

그것은 피해자의 유족이 서둘러 걸어둔 현수막이었다.

내 부탁을 받은 포는 첫 성과물을 내놓았는데, 그것은 뺑소니차에서 터져나오던 록 음악에 관한 것이었다. 내 스마트폰에 저장되어 있던 사진과 음악을 자기 스마트폰에 내려받은 포는 그것을 들고 나가더니 두어 시간 후에 돌아와서는 나에게 메모지를 내밀었다. 거기에는 다음과 같이 쓰여 있었다.

⟨Rob Zombie, The Great American Nightmare⟩

"랍 좀비라는 미국 밴드가 연주한 곡이에요. 폭발적이고 가슴이 뻥 뚫리는 음악인데 욕이 많이 들어갔어요. 그리고 제로 그라운드하고 연락이 됐는데 2천을 요구해요. 천만 원 깎아준 거래요. 어떻게 할까요?"

"초청해요. 그 대신 연주곡에 랍 좀비의 ⟨아메리칸 나이트메어⟩는 꼭 들어가야 한다고 못 박아요."

그녀는 도무지 내 속을 모르겠다는 듯 고개를 갸우뚱했지만 내가 시키는 대로 일을 착착 진행해나갔다. 우리는 그것을 'Z작전'이라고 불렀다. 작전 개시일은 8월 15일이었고, 그녀는 록 페스티벌 포스터를 만들고, 현수막을 제작하고, 신문과 방송사에 그것을 알리고, 신문에 광고까지 게재하는 등 며칠 동안 정신없이 뛰어다녔다. 그동안 나는 하는 일 없이 '죄와 벌'에 앉아 커피를 마시거나 시칠리아산 와인을 홀짝이면서 생각에 잠겨 있었다.

록 페스티벌이 열리기 전날 밤, 포는 내 앞에서 최종 점검하면서 의혹에 찬 눈길을 나에게 던졌다.

"범인이 정말 나타날까요?"

"난 나타날 거라고 믿어요. 범인은 최소한 한 번쯤은 반드시 사건 현장에 다시 나타난다. 나는 이 말을 믿어요. 그리고 놈은 록 음악광일 거고, 그러니까 내일 공연을 놓칠 리가 없어요."

"알겠어요. 한번 믿어보죠. 만일 안 나타나면 선생님 돈 모두 날리는 거예요."

나는 웃으면서 고개를 끄덕였다.

"아르바이트생 열 명도 모두 구해놨고, 더 이상 준비할 게 없네요. 이제 사람들만 많이 와주길 바래야죠."

그녀가 걱정하지 않아도 될 정도로 엄청난 인파가 몰릴 조짐은 일찍부터 감지되고 있었다. '제로 그라운드'는 국내 최고의 록 그룹으로 젊은이들 사이에서는 신화 같은 존재로 알려져 있었다. 그들이 한번 움직이면 수천 명이 따라 움직이는 것은 기본이고, 큰 공연의 경우에는 수만 명이 운집하는 바람에 표를 못 구하는 사람들이 많아 암표상까지 등장할 정도였다. 인기가 그 정도로 높은 만큼 이미 2년 동안의 스케줄이 잡혀 있었고, 따라서 한 달도 안 되는 짧은 기간 안에 갑자기 공연을 부탁한다는 것은 말도 안 되는 짓일 뿐만 아니라 도저히 불가능한 일이었다. 그러나 나는 급할 때 그들을 동원하는 방법을 알고 있었다. 다름 아닌 내가 알고 있는 유력 인사들을 동원하는 것이었다. '제로 그라운드'는 내 부탁을 받은 국회의원의 전화를 받고는 처음에는 머뭇거리다가 J일보 편집국장이 두 번째 전화를 걸자 당장 무릎을 꿇었다. 포는 자기 실력으로 '제로 그라운드'를 초청했다고 생각하겠지만, 그 이면에는 사실은 내가 미리 손을 써두었기 때문에 가능했다.

마침내 공연일인 8월 15일이 됐다. 오후 6시부터 공연이 시작되는데도 불구하고 아침부터 행사장인 어울마당으로 사람들이 몰려들기 시작했다. 어울마당은 달맞이언덕 차도에서 바다 쪽으로 길게 뻗어 내려간 공터에 조성된 야외공연장으로, 원형극장식으로 좌석들이 층을 이루면서 둥그렇게 만들어져 있어 바다를 보면서 공연을 감상할 수 있는 낭만적인 분위기의 행사장이었다.

점심때가 지났을 때 공연장은 이미 입추의 여지가 없이 사람들로 가득 들어찼고, 차도는 차들로 꽉 메워져 기능이 마비되어 있었다. 언덕 위로 올라올 수 없는 차들은 언덕 아래쪽이나 뒷골목에 정차했고, 차에서 내린 사람들은 이미 포화 상태인데도 불구하고 꾸역꾸역 어울마당을 향해 몰려왔다.

포는 3시가 지나자, 아르바이트생 열 명을 집합시켜놓고 내가 시킨 대로 지시를 내렸다.

"여러분은 주차해 있는 차들을 살펴봐주세요. 보다시피 지금 엄청난 차들이 언덕 위와 아래, 그리고 뒷골목에 주차해 있어요. 그 가운데 여러분이 찾아야 할 차는 스포츠카예요. 색깔과 관계없이 스포츠카는 빠짐없이 체크하세요. 차량 번호가 보일 수 있게 스마트폰으로 사진을 찍어두세요. 차 앞면 유리창에 적혀 있는 전화번호도 빼놓지 말고 적어 오세요. 그리고 이 메모지를 한 장씩 앞면 유리창에 끼워두세요. 바람에 날리지 않게 와이퍼로 고정해놔야 합니다."

메모지를 몇 장씩 받아든 아르바이트생들은 거기에 프린트된 글을 읽어보고는 하나같이 어리둥절한 표정이었다. 그도 그럴 것이 거기에는 다음과 같이 아리송한 내용이 적혀 있었던 것이다.

지난 7월 24일 밤 달맞이언덕길에서 당신이 저지른 일을 나는 알고 있다. 변명할 기회는 오늘 밤뿐이다. 협상을 원하면 밤 10시 정각 커피숍 '죄와 벌'로 나와라. 나오지 않을 경우 당신에 관한 자료는 내 손을 떠나 경찰로 넘어갈 것이다.

_ 젖은 낙엽으로부터

무대는 안개에 덮여 있었다. 눈부신 조명이 무대를 비추고 있었지만, 안개 때문에 무대 위에 있는 연주자들의 모습은 흐릿하거나 상체만 보였고, 가끔씩 완전히 가려져 있다가 갑자기 나타나기도 했다. 그러다가 갑자기 벼락같은 소리가 터지면서 밴드가 난폭한 연주를 하기 시작했다. 너무 오래 기다려 지칠 법도 한데 사람들은 환호성을 지르며 미친 듯 열광하기 시작했다. 천지를 뒤흔드는 굉음이 연이어 발작적으로 터져나왔고, 마이크를 움켜쥔 보컬은 목청이 찢어져라고 악을 써댔다. 헝클어진 긴 머리가 얼굴을 뒤덮었고, 그 위로 안개가 지나가자 흡사 악마 같은 신비감까지 감돌았다.

"쿵쿵 쾅쾅 꽝꽝꽝 쿵쿵쿵, 으아악! 죽여줘. 미쳐 씨발. 죽일 거야. 박아 박아 박아!! 쑤셔줘 쑤셔줘 깊이 깊이 깊이이이!!!"

포가 들뜬 목소리로 말했다.

"안개 때문에 신비스러워 보여요. 정말 멋져요. 안개 속에서 하는 이런 연주는 없을 거예요."

우리는 2층 테라스에 올라와 있었고, 거기서는 무대가 손에 잡힐 듯 한눈에 들어오고 있었다.

"난 도대체 정신을 못 차리겠는데."

나는 머리를 흔들며 아래층으로 내려갔다. 포는 한참이 지나서야 나타났다.

"정보가 들어오고 있어요."

그녀가 스마트폰을 내게 보여주며 말했다. 아르바이트생들이 스포츠카를 촬영해서 보낸 사진들이 있었고, 전화번호까지 찍어서 보낸 것들도 있었다. 포는 그 전화번호를 모두 입력한 다음 빠짐없이 문자를 보냈다.

'지난 7월 24일 밤 달맞이언덕길에서 당신이 저지른 일을 나는 알고 있다.'

미친 듯 울려대는 음악을 들으며 나는 시칠리아산 와인을 마시고 있었다. 광란의 음악에 장단이라도 맞추듯 안개까지 미친 듯 이리저리 몰려다니고 있었다.

"망할 놈의 안개 같으니!"

취기로 의식이 몽롱해진 내가 투덜거리자 포는 나를 쳐다보며 빙긋이 웃었다. 그리고 빈 잔에 와인을 따라주었다. 그때 갑자기 음악이 그치고 사위가 조용해졌다. 너무 조용해진 바람에 소름이 끼칠 정도였다.

"끝났어요. 9시 10분이에요."

포가 시계를 보면서 말했다.

약속 시간 10분 전, 스포츠카 한 대가 주차장으로 천천히 들어오는 것이 보였다. 흰색 BMW였고, 그것은 주차장에 10분쯤 머물러 있었다. 그러다가 조수석 문이 열리면서 밀짚모에 노란 핫팬츠를 입은 여자가 나타났다. 이어서 뒤쪽 문이 열렸고, 장닭 꼬리처럼 머리를 요란스럽게 물들인 펑크 머리가 밖으로 나왔다.

"쟤들 같은데요. 그런데 차 색깔이 달라요."

포가 흥분해서 속삭였다.

"색깔이야 그동안 바꿨겠지. 추적을 피하려고."

마지막으로 운전석에서 내린 사람은 장발의 청년으로, 등판에 해골이 그려진 검정 점퍼를 입고 있었다. 그들이 안으로 들어가는 것을 보고 나는 포에게 차 번호를 확인해보라고 일렀다. 주차장으로 나가 차 번호를 확인한 그녀는 아르바이트생들이 보내온 스포츠카 번호들과 대조해보았다. 그 번호들 가운데는 해골이 몰고 온 차량 번호가 있었고, 전화번호까지 나와 있었다.

"쟤들이 맞아요?"

"틀림없어요. 와인이 다 떨어졌어."

"와인을 마실 게 아니라 샴페인으로 우리 축하해요."

"좋은 생각이야."

안에 들어가 샴페인 한 병을 가지고 나온 그녀가 웃으며 말했다.

"세 명이 커피를 시켜놓고 앉아 창백한 얼굴로 멍청하게 서로 쳐다보고만 있어요. 어떻게 하실 거죠?"

"서두를 거 없잖아요. 이제부터 천천히 구워삶으면 되니까 우선 샴페인이나 땁시다."

포는 일어서서 샴페인 뚜껑을 밀어 올렸다. 펑 하면서 거품이 뿜어져 나오자 그녀는 두 개의 샴페인잔에 술을 따랐다. 우리는 잔을 집어들고 서로를 쳐다보았고, 포가 먼저 입을 열었다.

"사랑스러운 선생님, 그 놀라운 추리력에 경배 올립니다!"

"Z작전의 성공을 축하하면서!"

우리는 잔을 부딪쳤고, 그녀는 느닷없이 내 입술에 뜨거운 키스를 퍼부었다.

여보! 안개가 부르는 소리

　포와 함께 짙은 안개 속을 절뚝거리며 걷고 있는데, 뒤쪽에서 "여보!" 하고 부르는 소리가 들려왔다. 나는 얼른 고개를 돌려 보았지만, 안개에 가려 아무것도 보이지 않았다. 너무도 생생한 목소리에 내가 멈춰 서서 머뭇거리고 있자 포가 왜 그러느냐고 물었다.

　"무슨 소리 못 들었어요?"

　"아뇨. 못 들었는데요."

　우리는 숲길을 헤치고 아래쪽으로 내려갔다. 앞서 가던 포의 모습이 보이지 않았을 때 또다시 "여보!" 하는 소리가 들려왔다. 나는 멈칫했다가 가만히 돌아서서 안개 속을 쏘아보았다. 그러나 보이는 것이라고는 안개뿐이었다. 나는 안개 속을 헤치고 뒤로 다가가 보았다. 유령처럼 희끄무레한 것이 보이는 순간, 소름이 쫙 끼쳤지만 가만 보니 그것은 누군가가 나뭇가지에 벗어두고 간 찢어진 비옷이었다.

"왜 그러세요?"

내가 따라오지 않자 되짚어 온 포가 물었다.

"안색이 안 좋으세요."

나는 식은땀이 흐르는 것을 느꼈다. 포가 가만히 내 손을 잡아주었다.

"누가 날 부르는 것 같았어."

"누가요?"

"옛날에 죽은 아내 같아."

"어머나."

그녀는 좀 이해가 안 된다는 듯이 나를 쳐다보았다. 혹시 치매에 걸린 게 아닐까. 우리는 똑같이 그런 생각을 한 것 같았다. 그러나 치매라는 말을 꺼내지는 않았다.

"환청이겠죠."

"글쎄……."

하지만 그것은 너무도 생생한, 내 기억 속에 상처처럼 남아 있는 목소리였다. 그동안 까맣게 잊고 있었던 그 목소리가 왜 하필 지금 느닷없이 들려온 것일까. 내가 그리워서 그런 것일까, 아니면 나에게 무언가 경고를 보내기 위해 그런 것일까.

달맞이언덕의 안개

나의 결혼 이력은 좀 복잡한 편이다. 나는 지금까지 횟수로 네 번 결혼했는데, 모두가 불행하게 끝나고 말았다.

　첫 번째 결혼은 서른 살 때였다. 신부는 스물두 살이었고, 우리는 10년을 같이 살았는데, 아내가 서른두 살 때 난소암으로 갑자기 죽는 바람에 그때부터 내 인생이 꼬이기 시작했다. 그녀는 내 곁에 아들을 하나 남겨두고 떠났는데, 떠나던 날 병원 침상에서 그녀가 남긴 말은 두 마디였다. "여보! 미안해요!" 그리고 잠시 후 "사랑해요, 여보!" 하고 말한 것이 마지막이었다.

　2년 후 나는 서른네 살 먹은 이혼녀와 결혼해 5년을 함께 살았는데, 한마디로 그것은 악몽이었다. 시인이라는 그녀는 집안 살림에는 관심을 두지 않고 밖으로만 싸돌아다녔기 때문에 집안은 온통 먼지와 쓰레기투성이였고, 쉬어빠진 밥과 반찬들이 식탁 위에 널려 있기 일쑤였다. 내가 뭐라고 하면 "당신이 좀 하면 안 돼요?" 하고 쏘아붙였고, 그렇게 무책임하고 건방진 데 더해 낭비벽이 심했다. 무엇보다 견디기 어려운 것은 천연덕스럽게 거짓말을 해대는 타고난 거짓말쟁이라는 사실이었다. 거짓말을 밥 먹듯이 하다 보니 거기에 대한 죄의식도 없는 것 같았다. 결국 그녀는 내가 애써 모은 돈을 모두 털어서 도망가버리고 말았다.

　그녀와 헤어지고 나서 3년이 지난 50세 때 나는 열 살 어린 여자와 세 번째 결혼을 했는데, 그녀는 마흔이 될 때까지 처녀로 지내왔다고 했다. 하얀 피부에 용모도 단정하고 예의 바른 태도가 청결한 인상과 함께 기품 있는 모습을 보여주고 있었다. 나는 큰 기대를 안고 그녀를 아내로 맞아들였는데, 그 기대는 1년도 못 가 물거품이 되고 말았다. 기독교 신자인 그녀는 사이비 종교에 빠져 있었고, 걸핏하면 기도를 하곤 했다. 섹스하고 나서도 주님에게 기도했고, 욕정을 제어하지 못한 우리 부부의 죄를 용서해달라고 빌었다. 그냥 조용한 목소리로 기도하는 것이 아니고 눈물을 줄줄 흘리며 나중에는 울부짖기까지 하는 것이었다. 결국, 섹스는 죄악이 되었고, 그녀는 내가 손끝 하나 건드리는 것도 싫어하게 되었다. 나 역시 그런 그녀를 혐오하게 되었고, 마침내 견디다 못해 헤어질 것을 종용했지만, 이혼도 죄악이라고 버티는 바람에 쉽게 이혼할 수도 없었다. 결국 5년이나 질질 끌고 나서야 법적으로 남남이 될 수 있었다.

결혼 생활은 나에게 안정된 행복감을 안겨주기보다는 좌절감만을 안겨주었다. 그래서 이제부터는 두 번 다시 결혼 같은 것은 하지 말고 혼자 자유롭게 살자고 굳게 마음먹었다. 하지만 3년쯤 흐르자 나는 비틀거리기 시작했고, 매일매일 나 자신이 삭막하게 스러져가는 느낌이 들었다.

환갑을 두 해 앞둔 쉰여덟이 되었을 때 마침내 나는 네 번째 결혼식을 올렸다. 그것도 나보다 서른아홉 살이나 어린 열아홉 살짜리 소녀하고. 환갑이 다 된 놈이 거의 마흔 살이나 차이가 나는 어린 소녀와 결혼한 것을 두고 세간에서는 말이 많았고, 사람들은 나를 보면 손가락질하거나 쑤군거리기 일쑤였다. 한 마디로 미친놈이라는 것이었다.

그 결혼은 묘한 계기로 해서 어쩔 수 없이 하게 된 결혼이었다.

내가 살고 있는 주택에는 이틀에 한 번꼴로 와서 집안일을 해주는 수미라는 이름의 파출부가 있었다. 40대 후반의 그녀는 병약해 보였지만, 심성이 곱고 성실한 데가 있어 수년째 안심하고 집안일을 맡기고 있었다. 그녀는 남편과 사별하고 혼자 딸 하나를 키우며 살고 있다고 했다.

어느 날 파출부가 오는 대신 여고생 교복을 입은 눈부시게 예쁜 소녀가 나타나 수미 씨의 딸이라고 하면서 편지 한 장을 불쑥 내밀었다. 그것은 수미의 편지로 딱한 사연이 적혀 있었다. 그녀는 폐암 말기 진단을 받고 병원에 입원 중이기 때문에 자기 대신 딸아이가 집안일을 할 수 있게 배려해달라는 내용이었다. 수입이라고는 파출부 일로 받는 보수가 전부이기 때문에 그것을 잃게 되면 자기들은 꼼짝없이 굶어 죽을 수밖에 없는 처지라고 구구절절 애처롭게 말하고 있었다. 병원에 가보니 그녀의 말은 사실이었다. 담당 의사는 암세포가 손댈 수 없을 정도로 넓게 퍼져 수술은 불가능하고 기껏해야 6개월 정도밖에 살 수 없을 거라고 했다. 내가 수미의 손을 잡고 위로의 말을 하자 그녀는 딸을 잘 부탁한다고 하면서 울었다.

수미의 딸 유지는 그때부터 제 엄마를 대신해서 나의 집안일을 도와주게 되었는데 일하는 것이 서툴기 짝이 없었다. 이틀에 한 번씩 학교가 파한 후에 와서 두어 시간씩 형식적으로 일하다가 돌아가곤 하는 것이 고작이었다. 그래도 기특하기도 하고 측은하기도 해서 나는 유지가 하는 대로 내버려두었다. 그런데 만나는 횟수가 거듭되면서 나는 그녀의 매력에 점점 빠져들게 되었다. 그녀의 눈부신 용모에 처음부터 넋이 빠지긴 했지만, 나이에 비해 성숙해 보이는 늘씬한 몸매는 사내들의 시선을 사로잡기에 충분할 만큼 매혹적이었다. 그것은 위험하고, 그래서 치명적이었지만 그것을 알면서도 나는 그 속으로 점점 깊이 빠져들어 갔다.

시간이 흐르면서 나는 그녀가 주위의 유혹에 넘어가 금방이라도 나를 떠날 것만 같아 불안해지기 시작했다. 그녀가 제 엄마의 입원비를 걱정하는 것을 보고 나는 입원비를 대주었고, 엄마가 없는 집에 밤늦게 혼자 들어가기 싫다고 해서 내 집에 기거하게 했다. 내가 바라던 것이었기 때문에 나는 그녀를 위해 방을 예쁘게 꾸며주고 침대까지 새로 넣어주었다. 그때부터 유지와는 한 식구처럼 지내게 되었는데, 어떻게 보면 내가 쳐놓은 그물에 걸려든 것이라고 볼 수도 있었다. 나는 그렇게 해서라도 내 곁에 그녀를 붙들어두려고 했다. 하지만 불안감은 여전했다. 지금은 여고생이라 교복 안에 갇혀 숨을 고르고 있지만 일단 졸업해서 교복을 벗고 나면 둥지를 뛰쳐나온 새 새끼처럼 창공을 향해 멋대로 훨훨 날아가버릴 것만 같았다.

어떻든 매력 덩어리인 그녀가 집안에 들어오면서부터 적막에 휩싸여 있던 내 집은 웃음과 젊은 여자의 향내가 넘실대는 공간으로 변했고, 나는 그녀와 함께 보내는 시간이 그렇게 즐거울 수가 없었다. 그러나 병원에서는 수미가 죽어가고 있었다. 그것을 의식하면서도 나와 유지는 집에 함께 있을 때면 더할 수 없이 즐거운 시간을 보냈고, 육체적인 접촉이 빈번해지면서부터는 서로의 몸까지 탐닉하게 되었다. 나는 그녀에게 술 마시는 것을 가르쳤고, 함께 춤을 추기도 했고, 그녀가 민소매 셔츠와 허벅지가 훤히 드러난 핫팬츠를 입고 소파에 벌렁 드러누워 있을 때는 허벅지를 쓰다듬어 주기도 했다.

그러던 어느 비바람이 몹시 치던 밤이었다. 그녀는 무섭다고 하면서 베개를 들고 내 방으로 들어오더니 침대 속으로 기어들어왔고, 잠시 후 우리는 아주 자연스럽게 몸을 섞었다. 그것은 마치 당연한 행위인 것처럼 여겨졌고, 일단 그렇게 시작되자 우리는 거의 매일 관계를 맺었다. 그리고 차츰 그 즐거움을 알게 된 그녀는 섹스에 대한 신비감을 발가벗겨 보고야 말겠다는 듯 적극적인 공세를 취하기 시작했다.

고등학교 3학년인 그녀는 학교 공부에는 별로 관심이 없었고, 서양화가가 되는 것이 꿈이라고 하면서 프랑스로 유학을 가고 싶어 했다. 하지만 그녀의 형편에 유학을 간다는 것은 도저히 불가능했다. 그렇기 때문에 그녀는 더욱 가고 싶어 했고, 두고 보라고 하면서 꼭 가고야 말겠다는 다짐까지 했다.

6개월밖에 살지 못할 거라던 수미는 반년이 지나도 병상을 지키고 있었다. 그동안 학교를 졸업한 유지는 대학 진학도 포기한 채 시내를 쏘다니다가 하루는 밤늦게 들어와서는 느닷없이 "우리 결혼하면 안 돼요?" 하고 물었다. 알고 보니 그녀는 임신 중이었고, 나를 지독히 사랑하고 있기 때문에 나이 차이가 많다고 해서 결혼 못할 이유가 없지 않느냐고 말했다. 흥분한 나는 그녀를 으스러지게 껴안아주면서 이렇게 말했다. 결혼은 좋지만 지금 아기를 낳아서는 안 된다. 네가 너무 어리기 때문에. 그러자 유지는 한 가지 조건이 있다고 하면서 꼭 들어줘야 한다고 했다. 그것은 결혼하는 조건으로 결혼 후 자기를 프랑스로 유학 보내달라는 것이었다. 나는 어이가 없었고, 그녀가 갑자기 상대하기 버거운 여자로 보였다. 그녀의 진심이 결혼보다는 유학 가는 데 있는 것이라면 당연히 결혼을 거부해야 옳을 일이었다. 그러나 모질지 못한 나는 애매하게 고개를 끄덕였고, 이튿날 그녀는 나를 데리고 병원으로 갔다. 딸에게 이미 이야기를 들은 수미는 내 손을 잡고 눈물을 흘리면서 유지를 잘 부탁한다고 말했다. 아무리 몸이 아파도 딸의 결혼식만은 꼭 보고 싶다는 말도 했다.

유지가 아기를 지운 후 결혼은 일사천리로 진행되었다. 나는 결혼식까지 올린다는 것이 꺼림칙했지만, 유지는 난생처음 하는 결혼이기 때문에 나하고는 생각이 달랐다. 그녀는 식은 조촐하더라도 웨딩드레스를 입은 자신의 모습을 보고 싶어 했다. 소박한 희망이었기 때문에 그것까지 싫다고 할 수는 없었다. 나는 강변에 있는 조그만 식당을 빌려 결혼식을 올렸다. 가까운 몇 사람만 초대했기 때문에 양쪽을 합해 30명이 채 안 됐다. 그런데 어떻게 알았는지 기자들이 떼거지로 몰려드는 바람에 분위기가 어수선해지고 말았다. 수미는 휠체어에 앉아 눈물을 글썽이며 딸의 모습을 지켜보았고, 웨딩드레스를 빌려 입고 나타난 유지는 매우 아름다워 사람들은 하나같이 찬탄의 눈으로 그녀를 바라보았다.

결혼식 후 신문과 잡지 등 여러 매체에 우리의 결혼식이 가십처럼 실렸지만 나는 개의치 않았다. 이미 각오하고 있었기 때문에 그 정도는 받아들일 준비가 되어 있었다.

수미는 딸의 결혼식이 끝난 지 일주일 후 세상을 떠났다. 의사가 말한 6개월보다 3개월을 더 살다가 갔다. 엄마가 떠나기 무섭게 유지는 유학 준비를 하기 시작했다. 하도 적극적으로 나서는 바람에 유학을 연기하거나 다시 한 번 생각해보라는 말은 씨도 먹히지 않았다.

유지는 외국 여행이 처음이었기 때문에 나는 할 수 없이 그녀를 파리까지 데려다주었다. 먼저 호텔에 방을 잡은 다음 파리 시내 구경을 시켜주었는데, 그녀는 나를 졸졸 따라다니면서 눈을 휘둥그렇게 뜨고 구경하는 데 정신이 없었다. 대학에 들어가려면 먼저 프랑스어부터 공부해야 해서 나는 그녀를 기숙사가 딸린 어학연수원에 들여보냈다. 거기서 2년 동안 프랑스어를 익히고 나서야 대학 입학시험을 치를 수 있기 때문에 쉬운 일이 아니었다. 귀국하는 날 드골공항에서 어린 아내는 울었고, 나는 가슴이 뻥 뚫린 상태로 돌아왔다. 뭔가 잘못되어 가고 있는 것 같았지만 이미 엎질러진 물을 제자리에 돌려놓을 수는 없었다.

나는 아내에게 꼬박꼬박 학비와 생활비를 대주었고, 그녀가 바라던 대로 화가가 되어 돌아온다면 더 이상 바랄 게 없었다. 그녀는 방학 때에도 돌아오지 않았고, 두 번째 방학 때에도 귀국하지 않았기 때문에 그녀를 만나기 위해서는 내가 직접 파리로 갈 수밖에 없었다. 2년 과정의 어학연수가 끝나갈 즈음 나는 아내가 보고 싶어 파리로 날아갔다.

2년 사이에 그녀는 파리 아가씨처럼 프랑스어를 능숙하게 구사하는 세련된 모습으로 변해 있었다. 카페에 앉아 와인을 마시며 거침없이 줄담배를 피워대는 것을 보고 나는 적잖게 당혹스러웠다. 그녀는 더 이상 소녀가 아니었고, 내가 모르는 많은 비밀을 간직하고 있는 여인처럼 보였다. 그녀한테는 끊임없이 전화가 걸려왔고, 그녀 역시 쉬지 않고 어디론가 전화를 걸어댔다. 그녀는 나와 함께 있는 것이 답답한 것 같았고, 내가 빨리 가주었으면 하고 바라는 것 같았다. 친구로 보이는 외국인 청년 두 명이 지나가다 말고 아내하고 반갑게 인사를 나누는 모습을 지켜보았는데, 그들이 턱으로 나를 가리키면서 누구냐고 묻자 아내는 아무렇지도 않게 아빠라고 대답하는 것 같았다.

귀국하던 날 드골공항에서 아내는 웃으며 손을 흔들었고, 나는 창백한 얼굴로 웃을 듯 말 듯 하다가 돌아서서 출국장으로 얼른 들어갔다.

어학연수를 마친 아내는 프랑스 북단 노르망디 해안가에 있는 항구도시 도빌의 미술대학에 들어갔다. 왜 하필이면 그곳까지 갔는지 그 이유는 몰랐지만, 나중에 알고 보니 전통이 있는 이름난 대학이었다. 나는 아내에게 계속 학비와 생활비를 대주었고, 그녀가 무사히 학업을 마칠 수 있기만을 바랐다. 아내는 유학 중에 단 한 번도 귀국하지 않았기 때문에 내가 대신 그녀를 만나러 두어 번 프랑스에 갔었다. 그런데 그녀가 여전히 나의 방문을 좀 부담스러워하는 것 같았고, 바쁘다고 하면서 나를 내버려두고 혼자 외출하곤 하는 바람에 마음 놓고 느긋하게 지낼 수가 없었다. 그래서 고작해야 며칠 정도 머물다가 그녀와 헤어져 혼자 쓸쓸히 이곳저곳을 돌아다니다가 돌아오곤 했다.

나는 그녀를 만나러 가는 것이 점점 꺼림칙해졌고, 그러다 보니 마지막으로 만난 지 3년이 다 되어 가고 있었다. 마침 졸업 시즌이 되어 졸업식에 맞춰 가겠다고 하자 그녀는 프랑스 대학에는 졸업식이라는 것이 없으니 굳이 올 필요가 없다고 했다. 그러면서 하는 말이, 이혼을 해달라고 했다. 잘못 들은 것 같아 무슨 말이냐고 하자 그녀는 서로 안 맞는 것 같으니 이쯤에서 헤어지자고 했다. 충격을 받은 나는 뜬눈으로 밤을 지새운 다음 아내에게 전화를 걸어 만나서 이야기하자고 했다.

그녀는 도빌이 아닌 남프랑스의 큰 항구도시인 마르세유에 거주하고 있었다. 공항에는 그녀 대신 한 사내가 마중 나와 있었다. 키가 건장하고 온몸이 까만 아프리카 출신 흑인 같았는데, 낡아빠진 차를 운전하는 동안 내내 뭐라고 지껄여댔지만 나는 한 마디도 알아들을 수가 없었다. 흑인 사내가 나를 데려간 곳은 빈민가의 한 아파트였다. 그를 따라 안으로 들어가자 아내가 나타나 낯선 눈빛으로 나를 쳐다보았다. 그녀는 몰라볼 정도로 비쩍 말라 있었고, 이제 겨우 스물다섯 살인데도 늙어 보였다. 나를 더욱 놀라게 한 것은 그녀 곁에서 아장거리고 있는 까만 피부의 어린 아기였다. 아기가 칭얼거리자 그녀는 아기를 안아 들면서 모든 상황이 이해가 되느냐는 듯 나를 지그시 응시했다. 흑인 사내가 밖으로 사라지자 그녀는 부엌으로 나를 데리고 가 의자를 권했다. 내가 커피를 달라고 하자 그녀는 물을 끓이면서 묻지도 않은 말을 했는데, 흑인 사내는 수년째 동거 중인 남자로 아기의 아빠라고 했다. 그녀가 흑인 사내하고 살면서 아기를 낳은 것은 2년 전이라고 했다. 묻고 싶은 것이 너무 많았지만, 너무 많기 때문에 나는 아무것도 물을 수가 없었다. 기가 막혀 아무 말도 못하고 있다가 겨우 그녀에게 한 말은 지금 당장 한국으로 돌아가자는 것이었다. 그러나 그녀는 단호하게 고개를 내저었다. 그러면서 나에게 이혼해달라고 요구했다.

"그는 최고의 남자예요. 제 걱정은 하지 마세요."

그렇게 말하면서 그녀는 내 앞에다 커피잔을 내려놓았다. 그때 얼핏 본 손목에는 주사 자국으로 보이는 푸르죽죽한 점들이 무수히 찍혀 있었다.

네 명의 아내 가운데 다시 보고 싶은 여자는 난소암으로 죽은 이소인이었다. 첫 번째 아내였던 그녀가 갑자기 세상을 떠나자 나는 장례를 치른 후 다음 날 혼자서 일본 홋카이도로 갔다. 바로 가지 않고 오사카에서 내려 침대 열차를 타고 일본 서해안을 따라 북상했다. 열차는 밤새도록 눈보라를 헤치며 달려가다가 새벽녘에야 아오모리 역에 도착했다. 나는 하루 종일 눈 속을 돌아다니다가 초저녁에 다시 열차를 타고 삿포로로 향했다. 삿포로에 도착했을 때는 한밤중이었다. 앞이 보이지 않을 정도로 눈보라가 치고 있었고, 거리의 가로등은 희미하게 빛을 뿌리고 있었다. 거리에는 행인들도 거의 보이지 않았고, 차들만 가끔씩 굼벵이처럼 느릿느릿 지나다니고 있을 뿐이었다.

나는 가방을 끌고 어두운 거리를 걸어갔다. 눈이 많이 쌓여 걷기가 불편했지만, 호텔을 찾아 계속 걸어갔다. 모자를 눌러 쓰고 고개를 숙인 채 어둠 속으로 눈보라를 헤치며 나아갔다. 너무 힘이 들어 어느 건물의 출입구 발코니 아래로 들어가 한숨을 돌린 다음 담배를 막 피워 무는데 "여보!" 하는 소리가 들려왔다. 그것은 소인의 애절한 목소리였다. 나는 화들짝 놀라 소리가 들려온 쪽을 한참 동안 바라보았지만, 눈보라만 시야에 들어올 뿐 아무것도 보이지 않았다. 담배 한 대를 피우고 나서 나는 다시 어둠 속을 더듬어 나갔다. 왜 도망치듯 집을 나와 삿포로까지 왔는지 그 이유를 알 수 없었다. 이제 내 곁에는 아무도 없다는 사실이 못 견딜 정도로 두려웠던 것일까.

호텔 간판이 저만치 눈보라 속에 희미하게 보여 그곳을 향해 걸음을 빨리하기 시작했을 때 뒤에서 "여보!" 하는 애절한 목소리가 또 들려왔다. 나는 재빨리 고개를 돌렸다. 그러나 어두운 허공에서 소용돌이치고 있는 눈보라만 보일 뿐, 소인의 모습은 보이지 않았다. 너무도 애절한 목소리의 여운에 나는 차마 발길을 떼지 못한 채 그 자리에서 함박눈을 맞으며 한동안 멍하니 서 있었다.

달맞이언덕의 안개

찢어진 안개

그 노인은 멀리서도 금방 눈에 띄었다. 열차 편으로 부산에 도착한 승객들이 모두 썰물처럼 빠져나간 텅 빈 공간을 노인은 목발에 의지한 채 위태위태할 정도로 힘겹게 걸어오고 있었다. 다리가 없는 왼쪽 바짓가랑이는 걸레 조각처럼 힘없이 흔들리고 있었다. 노인의 몸뚱이는 조그맣게 오그라붙어 있었고, 머리는 눈을 뒤집어쓴 듯 유난히 하얬다. 전화로 말하기를 머리가 하얗고, 한쪽 다리가 없고, 목발을 짚었기 때문에 쉽게 알아볼 거라고 했는데, 그는 그 말에 딱 맞는 노인이었다. 그래도 나는 확실히 해두기 위해 '노준수 형님'이라고 큼직하게 쓴 백지를 앞에 펴들고 외다리 노인을 바라보았다. 그러다가 나는 더 기다리지 못하고 엎어지듯 허둥지둥 그에게 다가갔다.

내 앞에 멈춰선 노인은 두꺼운 돋보기안경 너머로 백지에 쓴 글을 눈여겨보더니 고개를 끄덕이면서 이윽고 내 얼굴을 가만히 쳐다보았다.

"준기냐?"

노인은 조그맣게 떨리는 목소리로 물었다.

"마, 맞습니다! 형님!"

나는 63년 만에 만난 준수 형을 부들부들 떨면서 쳐다봤다. 형이 스무 살 때 내가 기억하고 있던 그의 모습은 그 어디에도 없었다. 기억마저 희미해져 버린 터에 어떻게 그의 모습을 알아볼 수 있겠는가! 형은 너무 초라하고 측은해 보였다. 금방이라도 바스러질 것 같은 가랑잎 같다는 생각이 들었다. 낯선 모습에 우리 형제는 처음에는 서로 머뭇거리다가 이내 감격에 겨워 서로 얼싸안았고, 북받치는 설움에 울음을 터뜨렸다.

"너도 많이 늙었구나."

형은 내 뺨에 흐르는 눈물을 닦아주면서 내 얼굴을 가만히 응시하다가 다시 흐느끼면서 나를 끌어안았다. 많이 늙었다는 말은 내가 형한테 하고 싶은 말이었다. 나는 늙기는 했지만 아직 몸은 건장하고 얼굴은 살이 쪄서 주름도 기의 없는 편이었다. 관절통으로 걷는 것이 조금 불편한 것 말고는 젊은 사람 못잖은 체력을 지니고 있었다. 반면 형은 어릴 때부터 체구가 왜소했지만 80대 노인이 된 지금은 더 작아져서 초등학생 저학년 정도의 몸집밖에 되지 않았다. 피골이 상접한 앙상한 얼굴은 온통 주름으로 쭈글쭈글했고, 이빨도 거의 빠져 입안에는 이가 서너 개밖에 남아 있지 않은 것 같았다. 형이 그런 몸으로 지금까지 이루 말할 수 없는 고통을 겪으며 살아온 것을 생각하면, 아직 목숨이 붙어 있다는 것이 신기할 정도였다. 나는 바닥에 나뒹군 목발을 집어 주면서 어쩌다가 한쪽 다리까지 잃었느냐고 물으려다가 그만두었다. 형의 어깨에는 낡아빠진 검은색 작은 배낭이 하나 달랑 걸려 있었다. 짐이라고는 그것이 전부였다. 하긴 목발을 짚고 있으니 짐을 가지고 다닐 수도 없었을 것이다.

나는 형을 역사 밖으로 데리고 나가 캠핑카에 태웠다. 그는 무슨 못 볼 것을 보기나 한 듯 실내를 두리번거리다가 이게 무슨 차냐고 물었다.

"캠핑카입니다. 야외에 놀러 갈 때 지내기에 좋은 차입니다."

"준기 네 차냐?"

"네, 그렇습니다. 얼마 전에 하나 샀습니다."

"비싸겠구나."

형은 여기저기를 쓰다듬어 보기도 하고 문을 열어보기도 하면서 신기한 듯 연신 고개를 끄덕였다.

"좋구나. 참, 좋구나."

감탄하는 목소리로 중얼거리는 말에 나는 부끄러워 몸 둘 바를 몰랐다.

내가 황 모라는 노인으로부터 전화로 준수 형 소식을 들은 것은 불과 두어 달 전이었다. 60여 년 전에 헤어졌던, 죽은 줄만 알고 꿈에도 생각해본 적이 없던 형에 대해서 느닷없이 소식을 들은 나는 내 귀를 믿을 수가 없었다.

황 노인은 먼저 내가 신의주 출신으로 부모 이름을 대면서 맞느냐고 물었고, 내가 맞다고 하자 육 남매 중 맏형의 이름이 뭐냐고 물었다. 내가 노준수라고 하자 그럼 틀림없다고 하면서 준수 형은 현재 청송교도소에 미전향 장기수로 수감 중이며, 폐암 말기로 앞으로 살날이 얼마 남지 않았다고 전해주었다. 도무지 받아들일 수 없는 말이었기 때문에 나는 도대체 당신은 누구냐고 따져 물었고, 그의 말을 확인하기 위해 그가 살고 있다는 목포까지 찾아갔다.

황 노인은 중키에 안색이 창백하고 거동이 불편해 보였다. 그는 장기수로 교도소에서 준수 형과 함께 오랫동안 같은 방에 갇혀 있었는데, 어느 날 준수 형이 신문에 난 나에 관한 기사를 보고는 어쩌면 내 동생일지도 모른다고 하면서 그 기사를 오려 두었다고 했다.

"그 뒤로도 그 기사를 꺼내 보면서 거기에 실린 사진을 보고 또 보고 하면서도 동생이 틀림없다는 확신은 서지 않았대요. 왜냐하면, 아주 어릴 때 신의주에서 헤어진 동생이 남한에 있을 리가 없다고 생각했던 거지요. 그러다가 내가 석방되어 나가게 되니까 나한테 부탁을 하더라구요. 작가 노준기를 찾아서 내 동생인지 아닌지 한번 알아봐달라고 신신당부를 했어요."

황 노인은 신문사와 내 책을 출간한 여러 곳의 출판사에 연락해서 별로 어렵지 않게 내 전화번호를 알아낼 수 있었다고 했다.

"형님처럼 기구한 인생을 산 사람은 아마 없을 거예요. 난 1980년에 간첩으로 체포돼서 33년간 옥살이를 하다가 나왔지만, 형님은 53년을 감옥에서 썩고 있어요. 난 전향을 하면 석방해준다고 해서 할 수 없이 전향서에 서명하고 나왔지만, 형님은 전향을 한사코 거부했어요. 전향하면 벌써 나왔을 텐데도 절대 타협을 하지 않아요. 폐암 말기란 것을 알고 있으면서도 그렇게 버티고 있는 것을 보면 교도소에서 생을 마감할 각오가 돼 있는 거 같아요. 하지만 그래서는 안 돼요. 단 하루를 살더라도 밖에 나와서 죽어야 해요. 교도소에서 53년을 살았는데 나와보지도 못하고 죽다니 너무 억울하잖아요."

그는 눈물을 글썽이며 말했다.

"나쁜 놈들! 그만큼 가둬놨으면 됐지 무슨 큰 죄를 지었다고 다 죽어가는 사람을 아직도 붙잡고 있어? 잔인무도한 놈들!"

황 노인이 분노에 차서 몸을 떨고 있는 것을 보자 나도 분노가 치밀어 올랐다. 하지만 나는 아직 왜 준수 형이 교도소에서 미전향 장기수로 옥살이를 하게 됐는지, 그 이유를 모르고 있었다. 그래서 분노가 가라앉기를 기다려 물었다.

"형님이 어쩌다가 그렇게 오랫동안 옥살이를 하게 됐나요? 그것도 남한에서 말입니다."

"그걸 여태 몰랐나요?"

"전 형님이 전사한 줄 알았습니다."

"하긴 모를 수밖에 없었겠지. 형님은 면회 오는 사람도 없어요. 단 한 번도. 세상에서 버림받고 완전히 잊혀진 참으로 불쌍한 사람이에요."

황 노인은 괴로운 표정으로 담배만 빨아대다가 이윽고 무겁게 입을 열었다. 황 노인이 형한테서 들었던 이야기와 내가 알고 있는 형에 관한 것을 종합해보건대, 나는 다음과 같은 형의 기구한 과거사를 엮어볼 수가 있었다.

1950년 6월 한국전쟁이 발발하기 수개월 전. 나는 중학교 1학년 학생이었는데 갑자기 소년병으로 징집되었다. 그때 나는 덩치만 컸지 열 살밖에 안 된 어린애였다. 여섯 살에 학교에 들어간 데다 월반을 두 번이나 했기 때문에 같은 학년 아이들보다 네 살이 더 적었다. 우리 집안은 육 남매로 맨 위에 형이, 그 아래로 딸들만 넷이 줄줄이 있다가 내가 막내로 태어났다. 어린 나에게 징집영장이 나오자 우리 집안은 초상집이 되었다. 보다 못한 준수 형이 자기가 나를 대신해서 군대에 가겠다고 나섰는데, 그때 형은 스무 살로 결혼한 지 6개월밖에 안 된 신혼인 데다 사범학교를 나와 소학교 교사로 근무하고 있었다. 부친도 소학교 교장이었기 때문에 우리 집안은 자연스럽게 교육자 집안이 되어 있었다. 형은 교사였기 때문에 징집이 면제되어 있었다. 하지만 그는 어린 나를 대신해서 입대하겠다고 나선 것이었다. 부모가 완강하게 말렸지만 그는 요지부동이었고, 결국 준수라는 본명 대신 준기라는 이름으로 입대하고 말았다. 몸도 왜소한 데다 나이보다 어려 보였기 때문에 그것이 가능했겠지만, 전쟁 준비에 광분하고 있던 시기로 어린애들까지 닥치는 대로 끌어모으고 있을 정도로 병력이 부족했기 때문에 그런 것 저런 것 따지고 있을 계제가 아니었다.

1950년 봄 형은 북한 인민군에 입대했고, 그것을 마지막으로 소식이 끊기고 말았다. 전쟁이 터지고 수개월 후 남하했던 인민군이 북으로 후퇴를 거듭하고 있을 때 형이 전선에서 실종되었다는 통보가 날아들었다. 실종은 곧 죽음을 의미했다. 하지만 정말 실종되었다면 남한 어딘가에 있을 것이라는 생각이 들었고, 그래서 아버지는 1·4 후퇴 때 나 혼자만을 데리고 물밀듯이 밀려드는 피난민들 속에 섞여 홍남부두로 향했다. 미군 수송선을 타기 위해 아우성치는 난민들에 떠밀려 가다가 짐을 잔뜩 진 아버지는 넘어졌고, 그 바람에 내 손을 놓치고 말았다. 죽기 살기로 덤벼드는 난민들 때문에 아버지를 찾아 뒤로 간다는 것은 도저히 불가능했고, 나는 울부짖으면서 떠밀려 가다가 어찌어찌 배를 타게 되었다. 눈보라 치는 어둠 속에서 배는 부두를 빠져나갔고, 한참 후 나는 흥남부두 여기저기에 불기둥이 치솟는 것을 볼 수 있었다. 이틀 후 수송선은 거제도에 난민들을 풀어놓았고, 나는 몇 날 며칠을 울면서 아버지를 찾아 헤맸지만 끝내 찾을 수가 없었다. 그때부터 나는 고아로 부랑아로 깡통을 들고 동냥하면서 나 스스로 먹을 것을 구해야 했다.

그때 준수 형은 지리산에 있었다. 유엔군의 인천 상륙작전으로 퇴로가 막힌 인민군 패잔병들은 지리산으로 들어가 빨치산이 되었고, 형은 빨치산이 거의 전멸되다시피 한 상황에서도 10년을 산속에서 버텼다. 그가 입산했을 때 지리산에는 빨치산수가 2만여 명이나 되었고, 밤이면 지리산 일대의 마을에는 인공기가 내걸릴 정도로 그 기세가 대단했다. 하지만 입산한 지 3년도 안 돼 지리산 빨치산은 토벌대의 대대적인 소탕작전으로 거의 괴멸되다시피 했고, 5년이 지났을 때는 그 수가 백 명도 채 안 되어 있었다. 헐벗고 굶주린 상태에서 전투는커녕 끊임없이 쫓겨 다녀야 했기 때문에 총에 맞아 죽지 않으면 병사하거나 아사하는 경우가 대부분이었다.

입산 10년이 되었을 때 노준수는 산속에 혼자 남아 있었다. 그때의 그는 인간이 아닌 야생의 들짐승이 다 되어 있었다. 그 해 여름밤 굶주림을 면하기 위해 절에 몰래 숨어들어 부엌에서 음식을 훔쳐 먹다가 그는 잠복해 있던 토벌군에게 포위되어 다리에 총상을 입었다. 그런데도 그는 피를 흘리며 도주했다. 나흘 후 그는 실신한 상태로 토벌군에게 발견되었고, 그길로 병원으로 후송되었다. 10년 만에 마지막으로 잡힌 빨치산을 보기 위해 육군참모총장까지 헬기를 타고 날아올 정도로 그는 좋은 구경거리가 되었다. 하지만 그에게 정상참작이나 배려 같은 것은 없었다. 그는 총상을 입은 다리가 썩어가는 바람에 그것을 절단당한 후 재판에 넘겨져 사형선고를 받았다. 그 후 무기형으로 감형되어 지금까지 53년 동안 옥살이를 하고 있었던 것이다.

황 노인과 헤어진 후 나는 즉시 청송교도소로 형을 찾아갔다. 형은 노준기라는 이름으로 수용돼 있었는데, 내가 찾아갔을 때는 출옥하고 없었다. 폐암 말기로 죽을 날이 얼마 남지 않은 것을 알고 교도소에서 가석방을 해준 것이었다. 인도주의 정신에 따라서 53년 만에 비로소 형에게 선심을 베푼 것이었다. 석방된 뒤 형의 행방은 묘연했고, 나는 형한테서 연락이 올 거라는 황 노인의 말만 믿고 애타게 형을 기다렸다. 그러던 차에 마침내 형한테서 전화가 왔고, 우리는 63년 만에 부산역에서 만나게 되었다.

"너도 고생이 많았구나."

내가 고아로 온갖 풍상을 다 겪으며 살아온 것을 알고 난 형이 말했다. 나는 해운대 쪽으로 캠핑카를 몰고 있었다.

"형님 고생하신 거에 비하면 전 아무것도 아니죠."

"부모님 소식은 모르겠지. 벌써 돌아가셨겠지만……."

"돌아가셨겠죠. 연세가 벌써……."

나는 그다음 말을 이을 수가 없었다. 살아계신다면 아버님은 백 세가 넘으셨을 것인데, 생존해 있을 가능성은 거의 없었다.

나는 형을 데리고 '죄와 벌'로 갔다. 포는 내 부탁으로 점심을 차려놓고 기다리고 있었다. 내가 긴말은 하지 않고 단지 형님이라고만 소개하자 그녀는 자리를 비켜주었다.

"너하고 이렇게 식사를 다 하다니 꿈만 같다. 살아생전 못 만날 줄 알았는데."

형도 목이 메었고 나도 마찬가지였다.

"천천히 많이 드십시오."

"맛있구나. 이런 식사는 난생처음이다."

형은 음식을 남김없이 비웠다.

"안개가 심하구나."

식사를 끝내고 노천에 앉아 커피를 마실 때 형이 말했다. 언덕 위에는 안개비가 축축이 내리고 있었다.

"네, 좀 심한 편입니다."

안개는 바람을 타고 느리게 움직이고 있었다. 마치 늙은 우리 형제의 만남을 축하하는 것 같기도 하고 희롱하는 것 같기도 했다.

"그래도 넌 혼자 그렇게 고생해서 유명한 작가까지 됐으니 그만하면 됐다. 자랑스럽고 대단하다."

"대단하긴요. 아무것도 아닙니다."

나는 부끄러워 얼굴을 들 수가 없었다.

"형님, 이제 저하고 삽시다. 헤어지지 말고 함께 삽시다. 요즘은 암도 치료가 되니까 걱정하시지 말고 저하고 병원에도 갑시다. 제가 잘 아는 암 전문병원이 있으니까……."

"아냐. 난 가야 해. 죽기 전에 가야 해."

형이 손을 내저으며 말했다.

"가시다니요? 어딜 가신다는 겁니까?"

"고향에 갈 거야. 가족들이 어떻게 살고 있는지 보고 싶어. 내가 떠날 때 애를 배고 있었는데. 그 애를 낳았다면, 지금쯤 환갑이 넘었을 거야."

형의 목소리가 잠기고 있었다. 안개비 때문인지 형의 목소리는 축축이 젖어 있었다. 나는 그만 가슴이 먹먹해져 왔다. 걷잡을 수 없이 흘러내리는 눈물을 훔치면서 보니 내 앞에서 안개비가 마구 소용돌이치면서 찢어지고 있었다.

"고향에 가보지 않고는 눈을 감을 수가 없어. 내가 지금까지 목숨을 부지할 수 있었던 것은 고향에 가서 부모님과 가족들을 만나야 한다는 일념 하나 때문이었어."

그렇게 말하는 데야 더는 형을 붙잡을 수가 없었다. 붙잡는다고 주저앉을 형이 아니었다. 그렇다고는 하지만 목발로 겨우 움직이는 노인이 어떻게 월북을 한다는 말인가! 그것은 도저히 불가능한 일이었다.

"북한으로 어떻게 넘어가시겠다는 겁니까? 형님 심정은 알지만, 현실적으로 월북한다는 건 불가능합니다. 제가 한번 알아는 보겠습니다만."

"아, 아니야. 난 지금 가석방 중이기 때문에 정상적으로는 출국할 수 없어. 그래서 신분을 바꿔서 베이징으로 갈 거야. 베이징에 가면 북한대사관을 찾아갈 거야. 지금 손을 써놨는데 그런 거 전문으로 하는 조직이 있어. 그런데 문제는 돈이야."

나는 어리둥절했다. 그리고 어떻게 해야 할지 혼란스러웠다.

"얼마면 되겠습니까?"

"2천만 원이 필요하대."

"그 돈으로 갈 수만 있다면 가십시오. 가서 형수님과 조카를 만나보십시오. 누이들도 만나고 부모님 산소도 찾아가 보십시오. 돈은 제가 마련해 드리겠습니다."

"고맙다."

형은 내 손을 꼭 잡았다. 그 손에서 고향에 가겠다는 그의 의지가 얼마나 집요한지 분명히 느낄 수가 있었다. 허가받지 않은 월북은 위법이다. 하지만 형에게 그런 것은 아무런 의미가 없었다.

"제가 베이징까지 동행하면 안 될까요?"

"그건 안 돼. 가석방 중이라 감시당하고 있을지도 몰라."

형은 주위를 둘러보았다. 노천에는 우리만 앉아 있었고, 안개가 우리를 보호해주고 있는 것 같았다.

"잘못하다가는 네가 다칠지도 몰라."

"그런 건 상관없습니다."

"안 돼!"

우리는 그날 밤을 캠핑카에서 함께 보냈다. 63년 만에 처음으로 늙은 형제가 잠자리를 같이하다 보니 너무 감격해서 잠이 오지 않았다. 지붕에 떨어지는 빗소리가 점점 굵어지더니 나중에는 천둥 번개까지 치고 있었다.

새벽녘에야 잠깐 눈을 붙였던 것 같은데, 깨어 보니 형이 보이지 않았다. 그 대신 탁자 위에는 메모지가 하나 놓여 있었고, 거기에는 다음과 같은 내용이 볼펜으로 또박또박 적혀 있었다.

아우에게.

환대 고마웠다. 가야 할 데를 가는 거니까 섭섭하게 생각하지 마라. 나를 찾을 생각 하지 마라. 계좌번호 적어 놓고 간다.

메모 밑에는 은행 계좌번호가 적혀 있었다. 나는 허둥지둥 밖으로 나가 형을 찾았다.

"형님! 형님!"

찢어진 안개가 너풀거리는 사이로 비바람이 거세게 몰아치고 있었다.

"형님! 형님!"

나의 목소리는 절박하게, 그러면서도 비통하게 퍼져나가고 있었다. 나는 어린애처럼 울면서 형을 불렀지만, 그 소리는 세찬 비바람에 쓸려 흩어져버렸다.

나카가와 강에 흐르는 안개

그리운 배가본드 선생님께,

그간 잘 계셨나요?

어제 오후 철망이 처진 호송차를 타고 강가를 지나면서 강 위에 가라앉아 있는 물안개를 보고 문득 나카가와 강에서 보았던 물안개가 생각났고, 불현듯 선생님이 보고 싶었습니다. 벌써 10년이나 흘렀네요.

여름날 저녁 무렵이었지요. 우리는 강가의 포장마차에 앉아 일본 소주를 마시면서 술잔에 물안개를 풀어 마셨지요. 물안개를 닮은, 물안개 같은 선생님. 안개처럼 슬며시 다가와 소리 없이 저를 점령해버리고 나서 상처를 주고 떠나신 선생님. 그러나 그 상처마저 아름다운 추억으로 만들어버리신 선생님.

강에 어둠이 내리고, 물 위로, 안개 사이로 오렌지빛 불빛들이 반사되어 반짝거리는 것을 보고 제가 그만 눈물을 흘리자 선생님은 손수건을 꺼내 가만히 눈물을 닦아주셨지요. 우리는 그날 밤 일본 라멘을 안주 삼아 술을 아주 많이 마셨지요. 그렇게 감미로운 술자리는 난생처음이었어요. 전화 한 통화 받고 선생님께서 후쿠오카로 금방 날아오실 거라고는 생각도 못했기 때문에 저는 정말 감동해버렸고, 감동한 나머지 마치 꿈을 꾸고 있는 것 같았어요.

선생님의 속삭임은 마치 감미로운 선율처럼 들려왔고, 한 마디 한 마디가 아름다운 시였어요. 우리가 꼭 붙어 앉아 술을 마시는 동안 제 몸과 마음은 완전히 부서졌고, 타올랐고, 불꽃이 되어 밤하늘로, 안개 속으로 황홀한 비상을 했어요. 포장마차를 나와 선생님의 팔짱을 꼭 끼고 어깨에 기대어 강가를 거닐었을 때 안개는 더욱 짙어졌고, 그래서 우리는 마음 놓고 키스를 할 수 있었지요. 그 뜨거웠던 입맞춤, 제 몸을 어루만지고 쓰다듬던 손길, 물안개 가득한 강가에서의 그 데이트는 제가 누릴 수 있었던 마지막 황홀한 시간이었어요. 그 어떤 남자도 저에게 그런 밤을 주지 않았기에 그 추억은 더욱 소중하게 제 몸속에 각인되어 있어요.

그날 밤 우리가 들어갔던 호텔 방에서도 강가의 불빛들과 물안개가 잘 보였지요. 우리는 창문을 활짝 열어놓고 사랑을 나누었는데 마치 야외에서 하는 것 같은 기분이었어요. 제가 너무 흥분한 나머지 소리를 질러대자 길 가던 사람들이 올려다 본다고 하면서 제발 좀 조용히 하라고 속삭이는 바람에 제가 얼마나 부끄러워한 줄 아세요. 그 황홀했던 시간도, 그러나 금방 지나가버리고 말았지요. 우리는 헤어져야 했고, 저는 남편이 있는 호텔로 돌아가야 했으니까요. 그것이 선생님과의 마지막 이별이 될 줄은 그때는 생각도 못했어요. 그리고 그날 밤 바로 저는 파멸의 구렁텅이 속으로 빠져들었지요. 마치 악마가 입을 벌리고 제가 나타나기를 기다리고 있다가 저를 통째로 넙죽 삼켜버렸다고나 할까요. 그 불가항력 앞에 저는 도무지 속수무책이었어요.

선생님만은 제가 남편을 죽이지 않았다는 것을 믿으시겠지요. 제가 아무리 부인해도 저한테 씌워진 남편을 살해한 여자라는 낙인은 지워지지 않았어요. 그는 심한 우울증과 정신착란, 난폭한 성격 등을 두루 갖춘 남자였어요. 술에 취하면 착란 상태에 빠져 저를 무섭게 폭행했고, 제 몸을 구석구석 살피면서 다른 남자의 흔적을 찾으려고 기를 썼고, 함께 죽자는 말을 수도 없이 했어요. 그의 취미는 칼 수집이었어요. 그는 외국에 가면 멋지고 특이하게 생긴 칼을 사오곤 했어요. 그것들을 진열장 안에 늘어놓고는 외출할 때마다 그중 한 개를 골라 가슴에 품고 다녔어요. 세상이 하도 험해서 언제 누가 덮칠지 모른다고 하면서 그런 때를 대비해서 칼을 품고 다닌다고 했어요. 이런 말도 한 적이 있어요. 제가 사람을 시켜 자기를 청부살인을 하지 않을 거라고 어떻게 보장할 수가 있느냐 하고 말이에요. 정말 어처구니없는 말이었지요.

그날 밤 선생님과 헤어져 호텔로 돌아왔을 때 남편은 많이 취한 채 저를 기다리고 있었어요. 저를 노려보는 그의 두 눈을 보는 순간 저는 가슴이 덜컹 내려앉으면서 소름이 쭉 끼쳤어요. 저도 좀 취해 있었지만, 선생님과 사랑을 나누는 동안 많이 해소되었기 때문에 정신은 말짱했어요. 저는 옷을 벗고 얼른 욕실로 들어가 선생님과 나누었던 사랑의 흔적들을 지우려고 했어요. 하지만 남편은 제가 샤워를 하기 전에 검사를 받아야 한다고 하면서 샤워를 못하게 했어요. 그는 저한테서 술 냄새가 난다고 하면서 누구하고 술을 마셨느냐고 저를 닦달하기 시작했어요. 저는 혼자 포장마차에서 마셨다고 거짓말을 했지만, 그는 믿지 않고 그 늙은 작가놈을 만나지 않았느냐고 하면서 저를 발가벗겨 놓고 샅샅이 신체검사를 했어요. 칼을 꺼내 들고 위협하는 바람에 저는 두 다리를 넓게 벌리고 검사를 당해야 하는 수모까지 겪어야 했어요. 결국 그는 우리가 나누었던 사랑의 흔적을 발견하고 말았어요. 제 체모에서 선생님의 체모를 찾아낸 것이지요. 호텔 방에 비치된 플래시를 켜들고 다리 사이를 샅샅이 검사하던 그는 마침내 제 체모에서 선생님의 체모를 찾아내고 말았지요. 제 체모에 선생님의 것이 그렇게 많이 붙어 있을 것이라고는 생각지도 못했어요. 그만큼 그것은 격렬했던 사랑의 흔적을 말해주고 있었어요. 그는 선생님의 체모를 여섯 개나 찾아냈는데, 그것들은 제가 보기에도 제 것하고는 아주 많이 달라 보였어요. 눈이 뒤집힌 그는 저를 창가로 끌고 가 함께 뛰어내리려고 했어요. 15층 높이에서 내려다본 밤거리는 무섭고 아찔했어요. 저는 간신히 그를 밀어내고 도망쳤어요. 하지만 방에서 미처 빠져나가기 전에 그가 던진 칼이 문짝에 부딪혀 떨어졌어요. 그것은 그가 일본에 와서 새로 산 날카롭게 생긴 칼이었어요. 저는 얼결에 그것을 집어들고 돌아섰어요. 그 순간 그가 저를 덮쳤고, 저는 뒤로 넘어졌고, 그는 저를 위에서 내리눌렀어요. 그가 신음소리와 함께 옆으로 떨어져 나갔을 때에야 저는 비로소 그의 가슴에 깊이 박혀 있는 칼을 발견했어요. 그것은 곧장 그의 심장을 파고들었고, 미처 손쓸 새도 없이 그는 그 자리에서 숨을 거두고 말았어요.

유명한 정신과 의사에다 외아들, 그리고 재력을 지닌 시댁은 저를 살인범으로 만드는 데 온 힘을 기울였죠. 그 결과 저는 남편을 칼로 찔러 죽인 악녀가 되었고, 마침내 15년 징역형이라는 확정판결을 받았어요. 제 곁에 있던 사람들은 모두 떠나버렸고, 딸아이는 시댁에서 미국으로 보내버려 소식을 모릅니다. 선생님, 다시 말씀드리지만 전 그를 죽이지 않았어요. 그가 잘못해서 칼에 찔렸던 거예요. 아, 하지만 이제 와서 변명한들 무슨 소용이 있겠어요. 그동안 벌써 10년의 세월이 흘러갔고, 석방되려면 앞으로 5년이 더 남았어요.

그동안 저는 너무 늙어버렸고 머리까지 하얗게 변해버렸어요. 그런 제 모습을 보여드리기 싫어 그동안 면회 오시는 것을 거절했던 거예요. 하지만 선생님, 선생님 뵙고 싶어서 견딜 수가 없어요. 이번에 저는 10년을 모범수로 보냈기 때문에 그 보상으로 3일 동안 외박 허가가 나왔어요. 3일간 가족들을 만나 자유를 누리다가 귀소하라는 것인데, 새 프로그램으로 호응이 아주 좋답니다. 하지만 저는 갈 데도 없고, 선생님 외에는 누구도 만나고 싶지 않아요. 친정 부모님은 모두 돌아가셔서 안 계시고, 오빠네는 냉대를 받을 것이 뻔해 가고 싶지 않아요.

그리운 선생님, 방랑벽을 버리지 못하시고 항상 떠돌아다니시는 배가본드 선생님, 제가 외박을 나가면 저를 만나주실 건가요? 달맞이언덕의 안개 속에 앉아 선생님과 함께 커피를 마시고 싶어요. 밤늦도록 와인을 마시면서 그냥 아무 말 없이 선생님 곁에 앉아 있고 싶어요. 그렇게 있다가 돌아오고 싶어요. 그리운 선생님, 제 변한 모습을 보고 너무 실망하시지 마세요.

외박은 제가 원할 때 언제든지 나갈 수 있으니까 시간 날 때 연락해주세요. 이 편지가 선생님 손에 제대로 들어갈지 걱정하면서 보냅니다. 건강하게 오래오래, 아주 오래오래 사십시오. 그리고 5년 후 제가 자유의 몸이 됐을 때 나카가와 강가의 포장마차에서 술 한잔 사주세요. 그때에도 강가에는 물안개가 피어 있겠지요.

_ 8월 17일 마인 올림

나는 편지를 내려놓고 커피잔을 집어들었다. 아까부터 귀찮게 엉겨 붙는 안개를 털어내고 잔을 입으로 가져갔다. 벌써 10년이나 지났단 말인가. 나의 무심함에 소름이 끼쳐왔다. 그것은 교도소에서 보낸 편지 같았다. 보낸 주소는 대전의 유성우체국 사서함으로 되어 있었다.

마인은 결국 나카가와 강가에서 나를 만나 시간을 보냈기 때문에, 그것이 원인이 되어 남편의 분노를 샀고, 결국 남편이 비명에 숨진 바람에 살인범으로 단죄되어 인생을 망치게 된 것이다. 원인 제공자는 내가 아닌가. 그런데도 나는 그녀가 안 만나준다는 핑계로 시간을 끌다가 나중에는 거의 그녀를 잊은 채 살아왔다. 그 정도로 나라는 인간은 남의 상처에 무심한 놈이다. 나는 가슴이 먹먹해져 왔다. 부끄러워 그녀를 볼 낯이 없을 것 같았다.

10년 전 그날 오후 내가 갑자기 후쿠오카에 가게 된 것은 그녀의 연락을 받고서였다. '지금 후쿠오카의 나카가와 강가에 있는데 물안개가 자욱해요. 여기 와서 포장마차에서 술 한잔 하지 않으실래요? 전 오늘 하루 시간이 많아요.' 대강 이런 내용의 메시지를 내 휴대폰에 보냈던 것 같았다.

그녀의 남편은 정신과 의사로, 학회 일로 후쿠오카에 가면서 아내를 데리고 간 것이었다. 그때 인과 나는 사귄 지 6개월쯤 되었는데 우리는 만날 때마다 호텔 출입을 할 정도로 한창 뜨겁게 달아올라 있었다. 그녀는 이상하게도 유부녀의 입장에서 바람을 피우는데도 나를 만날 때는 남편한테 전혀 죄의식이 느껴지지 않는다고 말하곤 했다. 그녀는 남편과는 법적인 관계의 부부 사이일 뿐 마음은 이미 그에게서 멀리 떠나 있고, 그를 미워하는 감정이 자꾸만 쌓이다 보니 이제는 그를 저주하고 있다고 했다.

나는 앞뒤 가리지 않고 즉시 후쿠오카로 날아갔다. 후쿠오카에 도착한 것은 저녁나절이었다. 후쿠오카에 도착해서 전화를 걸자 그녀는 놀라는 것 같았다. 내가 올 것이라고는 생각지도 않고 혹시나 해서 휴대폰에 문자를 보낸 것인데, 정말 내가 나타나자 믿어지지 않는다는 표정이었다. 그녀의 남편은 세미나에 참석 중이었고, 그것이 끝나면 연회가 있기 때문에 그녀는 그날 저녁은 온전히 혼자만의 시간을 가질 수가 있었다.

나카가와 강 위에는 물안개가 자욱했고, 포장마차는 손님들로 왁자지껄했다. 우리는 한쪽 구석에 앉아 후쿠오카 라멘을 안주 삼아 사케를 마셨고, 그녀는 꿈꾸는 듯한 얼굴로 눈물까지 흘렸다. 그녀는 나를 놓지 않겠다는 듯 내 팔짱을 꼭 끼고 있었고, 나를 바라보는 그녀의 두 눈에는 사랑이 넘쳐흐르고 있었다. 그 시간이 너무 행복해서 죽고 싶다고 그녀가 말했을 때 나는 죽음과 사랑이 하나의 의미로 느껴질 수도 있음을 깨달았다.

안개 낀 강가의 여름밤은 사랑하는 여인과 술 마시기에 더할 나위 없이 좋았다. 후쿠오카 시내를 가로지르는 나카가와 강은 중간에 섬을 하나 만들어놓고 헤어졌다가 다시 만난다. 그 조그만 섬에는 환락가가 있고, 강가의 중간쯤 되는 곳에는 밤이면 불을 밝힌 포장마차들이 늘어서 있다. 거기서 다리를 하나 건너면 중심가인 텐진이기 때문에 하루 일과를 끝낸 직장인들이나 관광객들이 시원한 강가에 앉아 한잔 걸치기에는 포장마차만 한 곳이 없다. 그날 밤에는 안개 때문인지 포장마차마다 빈자리 하나 없이 사람들이 들어차 있었고, 안으로 들어가지 못한 사람들은 포장마차 주위에 놓여 있는 탁자에 앉아 술을 마셨다.

우리는 술을 꽤 많이 마셨기 때문에 상당히 취해 있었다. 포장마차를 나온 우리는 강가를 따라 안개 속을 느릿느릿 걸어갔다. 그녀는 내 품에 거의 안기다시피 해서 걸었다. 그렇게 걷다가 벤치에 앉아 그리스 노래 〈기차는 8시에 떠나네〉를 흥얼거리는 소리로 불렀다. 세 번째 소절을 부르기 시작했을 때 그녀의 목소리는 감미로운 톤으로 변해 있었다. 우리는 긴긴 키스를 했고, 그러다가 갑자기 시간이 별로 없다는 것을 알고 서둘러 강가에 있는 호텔로 들어갔다.

이미 그녀의 육체는 뜨거워져 있었고, 깊은 데까지 젖어 있었다. 그렇다고 해서 그녀의 몸을 아무렇게나 굴리거나 대하지는 않았다. 오히려 나는 그녀의 몸을 존중했고, 그래서 그녀의 열려 있는 몸 앞에서 겸손하게 행동했다. 그런데 그것이 더 그녀를 흥분시킨 것 같았다. 우리는 2층에 있었고, 활짝 열린 창문을 통해 안개와 강바람이 밀려들어 왔다. 안개는 우리의 벌거벗은 몸뚱이를 뱀처럼 휘감은 채 놓아주지를 않았다. 우리는 금방 땀으로 젖었고, 땀에 젖은 그 감촉이 좋아 한참 동안 그것을 즐겼다.

나는 마인의 편지를 접어 주머니 속에 집어넣은 다음 가방 속에서 백지와 만년필을 꺼냈다.

내 주위를 감싸고 있는 안개는 어둠과 뒤엉켜 짙은 잿빛으로 흐물거리고 있었다. 어느새 비까지 내리고 있었는데 너무 조용해서 아무 소리도 들리지 않았다. 나는 만년필 뚜껑을 빼내고 편지를 쓰기 시작했다

보고 싶은 마인 씨.

달맞이언덕에는 지금 소리 없이 안개비가 내리고 있소. 나는

단골로 다니는 '죄와 벌'이라는 카페 테라스에 앉아 이 편지를 쓰고 있소. 밤이 깊어서인지 테라스에는 나 혼자 앉아 있고, 나는 와인 한 잔을 앞에 놓고 당신의 눈물 젖은 편지를 읽었소. 벌써 10년이 흐르다니, 마치 세월이라는 놈한테 잔인하게 농락당한 기분이오.

사랑하는 당신의 편지를 받고 너무 부끄러워 몸 둘 바를 몰랐소. 무심하기 짝이 없는 나 자신에 대해 다시 한 번 돌아보는 계기가 되었소. 그 오랜 세월 철창 안에 갇혀 얼마나 외로웠을까 하고 생각하니, 당신의 가여운 모습에 가슴이 미어져왔소. 당신은 천사 같은 여자인데 왜 하늘은 당신한테…….

"작품 쓰세요?"

갑자기 포가 나타나는 바람에 나는 편지를 쓰다 말고 얼른 그것을 접어 주머니 속에 집어넣어 버렸다.

"어머, 제가 방해했나 봐요."

"아니야."

나는 자리에서 일어섰다.

"가시는 거예요?"

"산책 좀 하려고. 이 가방 좀 부탁해요."

나는 책들이 들어 있는 묵직한 가방을 그녀에게 건넸다.

"밤이 깊었는데 산책하려구요? 비도 오고 있어요."

"잠깐 걷다가 오겠소."

"잠깐 기다리세요."

그녀는 내 가방을 들고 안으로 들어갔다가 잠시 후 다시 나왔다. 그녀의 손에는 우산과 휴대하기에 좋은 작은 와인병이 들려 있었다. 그녀의 배려에 나는 고마움을 느끼면서도 당연한 것처럼 그것들을 받아들였다. 작은 와인병은 내가 산책하면서도 와인을 즐겨 마시는 것을 보고 그녀가 휴대용으로 일부러 준비해둔 것이었다.

카페를 나온 나는 오솔길로 접어들었다. 짙은 안개와 어둠 때문에 걷기가 쉽지 않았지만 뿌연 가로등 불빛에 의지해서 조금씩 앞으로 헤쳐나갔다. 나는 우산을 쓰지 않고 비를 맞으며 그대로 걸어갔다. 모자를 쓰고 있었기 때문에 머리가 젖는 것은 피할 수 있었다. 정자에 이르자 그 밑에 들어가 선 채로 와인을 마셨다. 와인을 마시면서 나는 중얼거리고 있었다.

그녀가 외박을 나오는 날 교도소 문 앞까지 캠핑카를 몰고 가 기다리고 있다가 그녀를 태우고 와야지. 그동안 그녀는 어떻게 변했을까? 머리가 하얘졌다고 했는데, 그런들 뭐 어떤가. 가엾은 그녀의 모습을 보듬어줘야지. 우리는 서로를 보자마자 와락 달려들어 껴안을 것이다. 하지만 사람들이 보고 있어서 차마 키스는 못하겠지. 벌써부터 가슴이 뛰고 아려온다. 제일 먼저 그녀에게 커피를 끓여줄 생각이다. 커피를 마시다 말고 우리는 키스하겠지. 그리고 또 키스. 키스 키스……. 천천히, 아주 천천히 이곳저곳을 돌아다니다가 마지막으로 달맞이언덕으로 데리고 올 생각이다. 시칠리아산 와인인 '도망간 여자'와 달콤한 크루아상을 바구니에 담아서 이곳 달맞이언덕의 숲 속으로 깊이 들어와야지. 낙엽 위에 앉아 있으면 짙은 안개가 우리를 감싸줄 것이다. 바닥에 깔 체크무늬 테이블보도 필요하다. 우리는 안개 속에 앉아 말없이 와인을 마실 것이고, 그녀는 내 품에 안겨 많이 울겠지. 아, 그녀가 울면 뭐라고 하나?

안개 속의 초라한 자화상

'죄와 벌'에서 점심 겸 저녁 식사로 크림치즈로 버무린 해산물 스파게티를 와인과 함께 먹고 난 나는 손목시계를 들여다보았다. 5시 20분이 막 지나고 있었다. 이제 슬슬 일어나야 할 것 같았다.

요즘은 체중이 너무 불어 하루 세끼를 꼬박꼬박 먹는 것이 겁이 나 될수록 두 끼 정도로 끝내고 있었다. 점심을 너무 일찍 먹으면 저녁때 배가 고파져서 서너 시쯤에 점심 겸 저녁으로 두 번째 식사를 했다. 하지만 체중은 좀처럼 줄어드는 것 같지 않았다. 그 이유는 술에 있는 것 같았다. 거의 매일 술을 마시니 그것이 지방이 되어 배불뚝이가 되고 만 것이다. 하지만 그렇다고 해서 좋아하는 술을 끊을 수는 없었다. 술은 여자와 함께 내 인생의 동반자인 만큼 어쩔 수 없이 운명으로 받아들이고 마시고 있다. 만일 술이 없었다면 나는 이미 발광해서 죽어 버렸을지도 모른다.

달맞이언덕은 안개비에 푹 젖어 있었다. 아침부터 내리던 비는 그치지 않고 저녁때가 되어서도 계속 추적추적 내리고 있었다. 안개까지 스며든 습기는 더욱 축축하게 느껴졌고, 그 끈적끈적한 느낌이 싫어 나는 몸에 열을 내기 위해 계속 와인을 마셔대고 있었다.

5시 30분쯤 전화벨이 울렸다.

"노준기 선생님이시죠?"

"네, 그렇습니다."

"유상기 의원님 비섭니다. 오늘 출판기념회에서 축사하시는 거 확인차 전화 걸었습니다. 알고 계시죠?"

"알긴 아는데, 그 축산가 뭔가 안 하면 안 되나요? 난 지금 몸도 좋지 않고 해서 다른 사람이 했으면 하는데."

"그건 안 됩니다. 조금 있으면 시작하는데 지금 와서 그런 말씀을 하시면 안 됩니다. 의원님은 다른 사람은 몰라도 선생님만은 꼭 모셔야 한다고 신신당부하셨습니다. 실례지만 지금 어디계십니까?"

"달맞이언덕에 있어요."

"아이구, 빨리 오셔야겠는데요. 차가 많이 밀리니까 전철을 타고 오십시오. 장내가 혼잡해서 예정보다는 30분 정도 늦게

열릴 것 같습니다."

전화를 끊고 난 나는 곤혹스러운 마음으로 와인잔을 빙글빙글 돌리면서 뭐라고 축사해야 하나 생각했다. 손톱만큼도 축하할 마음이 없는데 사람들 앞에 나서서 축사를 해야 하니 이런 곤혹스러운 일이 또 어디 있겠는가.

"어디 가세요?"

내가 자꾸 손목시계를 들여다보자 포가 다가와 물었다.

"출판기념회가 있어요. 유상기라는 국회의원이 낸 책인데, 책 제목은 잘 모르겠고."

"어머, 그런데도 가세요? 유치하게."

그녀는 말이 너무 심했다 싶었는지 얼른 입을 다물었다. 나는 머쓱해하면서 몸을 일으켰다.

"그냥 얼굴만 내밀고 오면 좋겠는데, 축사를 해야 해요. 나보고 축사를 해달래요. 나 원 참."

"거절하시면 되잖아요."

"그러고 싶지만 그럴 처지가 아니라서……."

"선생님은 출판기념회 많이 하셨겠네요?"

"아니, 한 번도 안 했어요. 출판기념회 같은 거 한 기억이 없어요."

"어머나, 세상에. 책을 백 권 넘게 냈으면서 지금까지 한 번도 안 하셨어요? 이유가 뭐예요?"

"그냥 싫어서."

국제회의장 일대는 사방에서 밀려든 차들로 큰 혼잡을 빚고 있었다. 교통경찰까지 나서서 안내하고 있었지만, 도로를 꽉 메운 차들을 통제하기에는 역부족이었다. 차에서 내린 사람들은 개회 시간에 늦지 않기 위해 입구를 향해 뛰고 있었다. 이런 희극도 없겠는데. 지하철역에서 내린 나는 회의장 입구 쪽으로 천천히 걸어갔다. 도대체 얼마나 대단한 출판기념회이기에 이 야단들일까.

입구에는 사람들이 한 줄로 길게 늘어서 있었는데 그 줄이 끝없이 길어 보였다. 입구에서는 젊은 사람들이 돈 봉투를 받느라고 정신이 없었고, 참석자들은 봉투를 내민 다음 새로 출간된 책을 한 권씩 받아들고 인명록에 자신의 이름을 적고 나서 안으로 들어갔다. 참석자들이 봉투를 내민 것은 명색이 책값이라고 낸 것이었다. 하지만 그 안에는 액수는 알 수 없지만 책값보다는 훨씬 많은 돈, 많게는 책값의 수십 배에 달하는 큰 돈이 들어 있었다. 그렇게 많은 돈을 내는 사람들은 대부분 이권이 걸려 있는 사람들로 울며 겨자 먹기 식으로 어쩔 수 없이 내는 것이지만 그런 일에는 이미 이골이 난 듯 보였다.

나는 5만 원이 들어 있는 봉투를 내민 다음 책을 한 권 받아들었다. 옆으로 이동해서 인명록에 이름을 재빨리 적고 나서 안으로 들어가자 안쪽에 서 있던 유상기 의원이 입을 크게 벌리며 두 손으로 내 손을 덥석 잡았다.

"아이구, 선생님, 바쁘신데 이렇게 와주시고. 감사합니다."

그는 50대 초반의 뚱뚱한 사내였다. 얼굴이 검고 목이 짧은 데다 왕방울 같은 두 눈이 서로 멀리 떨어져 있어 흡사 두꺼비 같은 인상이었다. 그는 옆에 서 있는 검정 옷차림의 젊은 여자에게 축사해줄 선생님이니까, 잘 모시라고 말한 다음 눈도장을 찍기 위해 대기하고 있는 다음 사람과 또 아이구 어쩌고 하면서 인사를 나누었다.

운동장만큼 넓은 실내는 이미 사람들로 가득 차 있었고, 장터처럼 와글거리는 소음에 귀가 먹먹할 지경이었다. 나는 안내원을 따라 맨 앞자리로 가서 앉았고, 검정 옷차림의 다른 여자가 내 왼쪽 가슴에 조화를 꽂아주었다.

연단과 그 주위에는 화환이 잔뜩 늘어서 있었고, 연단 위 벽에는 대형 현수막이 걸려 있었다. 현수막에는 입을 크게 벌리고 웃고 있는 유 의원의 얼굴 사진과 함께 '우리 시대의 탁월한 지도자 유상기 의원 출판기념회'라는 글귀가 적혀 있었다. 천장 밑에는 알록달록한 색깔의 고무풍선들이 둥둥 떠 있었고, 한쪽에서는 5인조 밴드가 〈비목〉을 연주하고 있었다.

나는 봉투에서 책을 꺼내 펴보았다. 축사하려면 그 책에 대해서 대강은 알아야 할 것 같았다. 그 책의 제목은 '희망의 시대, 새로운 리더'였다. 책장을 후루룩 넘겨본 다음 나는 그것을 봉투 속에 도로 집어넣었다. 많은 사람 앞에서 하고 싶지 않은 축사를 하려면 그럴듯하게 거짓말을 해야 하는데 그것도 쉬운 일은 아니었다. 얼굴에 철판을 깔지 않으면 거짓말이 잘 나올 리가 없었다.

유 의원은 국회의원직을 접고 시장 선거에 나올 채비를 하고 있었는데, 시장 선거 출마 예정자들에 대한 선호도 조사에서 상위 그룹에 속해 있었다. 상위 그룹에 속해 있는 예비후보는 모두 세 명으로 우열을 가리기 힘들 정도로 엎치락뒤치락하고 있었다. 지방자치단체장 선거에서 정당공천제가 없어지자 너도 나도 시장 선거에 출마하겠다고 나서는 예비후보들이 부쩍 늘 었는데 현재까지 모두 열두 명으로, 언론보도에 의하면 앞으로 서너 명이 더 늘 것이라고 했다. 선거는 내년 3월에 있는데도 벌 써부터 음성적으로 선거운동이 벌어지고 있었다.

출판기념회는 일종의 교묘한 선거운동이라고 할 수 있었다. 현행법상 출마 예정자들은 선거일 90일 전까지는 출판기념회 를 할 수 있기 때문에 그것은 선거법에 저촉되지 않는다. 그 점 을 이용해 그들은 엉터리 같은 책 한 권을 얼렁뚱땅 내놓고 사 람들을 불러 모아 세를 과시하고 수억 원대의 선거 비용을 세 금 한 푼 없이 챙긴다. 당선권 안에 드는 유력 후보들의 출판기 념회에는 보통 5천 명 정도가 모이는데, 최소 1인당 10만 원씩

만 잡아도 5억 원의 수입이 생긴다. 그런데 10만 원 이상 수십만 원짜리가 부지기수일 것으로 보면 얼추 7~8억은 될 것으로 보면 된다. 출판비와 행사 비용이라고 해야 1억 원 정도면 충분할 것이고, 그렇다면 출판기념회 한 번 하고, 7억 원 정도가 손에 들어오는 것이다. 현행법상 기부자를 밝힐 필요도 없고 모금액 제한도 없다. 고스란히 수억 원에 달하는 거액이 손에 들어오는 것이다.

출판기념회 초대장을 받고 온 사람들은 다른 출판기념회 초대장을 줄줄이 받아놓고 있다. 이미 출판기념회를 끝낸 후보들도 있고, 그렇지 않은 후보들은 사람들을 대거 끌어모을 방안 마련에 고심하면서 돈을 내놓을 만한 사람들에게 빠짐없이 초대장을 발송하고 그날이 오기만을 손꼽아 기다리고 있다. 구청장 예비후보자들까지 너도나도 출판기념회를 준비하고 있기 때문에 초청장만 해도 열 장이 넘는다. 그런 판이니 초청장을 받은 사람들은 안 갈 수도 없고 해서 울며 겨자 먹기 식으로 가긴 가지만, 속마음은 등골이 휠 정도로 뒤틀린다.

참석자들은 대부분이 크고 작은 사업체를 가지고 있는 사람들이다. 책값을 내고 눈도장을 찍었으니 잘 기억하고 있다가 당선되면 사업이 잘되게 좀 배려해달라는 무언의 메시지가 거기에는 있다. 봉투를 챙기는 자도 그 메시지에 어떻게 화답해야 하는지를 알고 있기 때문에 그들은 물밑 거래를 하고 있는 셈

달맞이언덕의 안개

이다. 좀 큰 공사를 노리는 자는 책값을 많이 냈을 것이고, 아들의 취직을 부탁하고 싶은 애비는 많이 낼까 적게 낼까 고민하다가 일단 10만 원만 봉투에 담았을 것이다.

이게 한국의 민주주의 선거라는 것이다. 잠시 후 기념회를 개최하니 모두 자리에 착석해달라는 안내 방송이 들려왔다. 나는 초조해지기 시작했다. 아까 마신 와인 탓인지 의식이 몽롱해지면서 자꾸만 하품이 나오고 졸음이 쏟아졌다. 소변도 마려웠다. 아니, 그보다는 변기에 앉아야 할 것 같았다. 나는 슬그머니 일어나 식장을 빠져나왔다.

화장실에 들어가 바지를 끌어내리고 변기 위에 앉은 나는 턱에 두 손을 괸 채 눈을 감았다. 세상이 굴러가고 있는 모양새가 우스꽝스러웠다. 모두가 미쳐서 돌아가고 있는 것 같았다. 자본주의에 잘 길들여진 젊은이들은 꿈과 이상을 접은 채 공무원이 되려고 몰려들고 있고, 대기업에 들어가려고 혈안이 되어 있다. 안정된 직장, 남보다 많은 수입, 좋은 외제차, 고급 아파트…… 이런 것들이 그들의 꿈이다. 모험심도 없고 젊은 날의 고뇌도 없다. 모두가 눈만 뜨면 스마트폰만 들여다보고 있다. 그들의 부모들은 돈과 권력을 좇아 부나비처럼 우르르 몰려다닌다. 부패에 둔감해지고 수치심 같은 것도 없다. 오로지 나 자신과 내 가족들만 잘 챙기면 되고, 남이야 죽든 살든 내가 상관할 일이 아니다. 이들의 속을 간파하고 있는 정치인들은 감언이설로 그들의 판단력을 마비시켜 합법적으로 고혈을 빨아 마시며 영구 집권을 획책한다. 모두가 잘 살고 있다는 착각. 그것을 자각하지 못하는 어리석음. 세상이 미쳐서 돌아가고 있다는 것을 알고 있는 사람은 과연 몇 명이나 될까.

나는 아마 괴로운 표정으로 잠들어 있었던 것 같았다. 세상에. 변기 위에 앉아서 잠이 들다니! 밖에서 뭐라고 하는 소리에 퍼뜩 눈을 떴다.

"노준기 선생님 계십니까?"

"아, 예예."

나는 놀라서 엉거주춤 일어섰다. 밖에는 안내원 청년이 식식거리며 서 있었다.

"축사하실 시간이 지났습니다. 빨리 가시죠."

"시, 시간이 지났는데 지금 가도 되나요?"

"지금 영상물을 보여주고 있습니다. 그게 끝나면 바로 축사해주십시오."

식장 안으로 들어가자 사람들의 시선이 나에게 쏠리는 것 같았다. 나는 얼굴이 화끈거리는 것을 느끼며 자리에 가서 앉았다. 연단 뒤쪽에는 스크린이 내려와 있었고, 거기에는 유 의원의 활동상이 상영되고 있었다. 내가 보이지 않자 뒤에 예정되어 있던 것을 앞당겨 틀어준 것 같았다. 뭐라고 거짓말을 하지? 나는 아직도 뭐라고 축사를 해야 할지 갈피를 못 잡고 있었다. 머릿속은 여전히 몽롱했고, 지독한 피로감으로 금방이라도 쓰러져 잠들 것 같았다. 마침내 화면이 꺼지고 실내에 불이 환하게 들어왔다. 사회자가 뭐라고 말하고 있을 때 나는 또 화장실에 가고 싶어졌다. 아까 변기에 앉았다가 그냥 나온 것이 생각났고, 이번에는 꼭 가야 할 것만 같았다. 안내원이 다가와 축사할 차례라고 말했을 때에야 비로소 나는 사람들이 나를 기다리고 있는 것을 알았다. 나는 비틀거리며 일어나 힘겹게 연단 위로 올라갔다.

마이크가 설치된 연설대 앞으로 다가서자 쏟아지는 불빛과 수천 개의 번득거리는 눈동자에 그만 질려버린 나는 현기증을 느끼고, 두 눈을 감아버렸다. 잠시 후 눈을 뜨는 순간 유 의원과 시선이 마주쳤다. 그는 두 눈을 부릅뜨고 나를 쏘아보고 있었다. 나는 얼결에 입을 열었다.

"출판기념회에 이렇게 많은 분들이 오셨다는 것은 참으로 대단하고 기쁜 일입니다. 책이 팔리지 않아 서점들이 문을 닫고 있고 작가들이 헐벗고 굶주리고 있는 이 시대에 이렇게 수많은 사람이 모여 출간을 축하해준다는 것은 정말로 놀랍고도 경하해 마지않을 일입니다. 이것은 기적이나 다름없는 일이지만, 또한 이것은 저자이신 유상기 의원의 위대함을 단적으로 웅변해주는 것이라고 볼 수 있습니다. 이 시대는 그 어느 때보다도 지도자를 갈망하고 있습니다. 지상기 의원은 그러니까 말하자면……."

항문 근처가 뜨뜻해지면서 갑자기 유 의원의 이름을 틀리게 말한 것 같았고, 당황한 나머지 그의 이름이 얼른 생각나지 않았다. 항문 근처는 점점 뜨거워지고 있었다. 마침내 엉덩이 사이로 뜨거운 것이 물컹 하고 나오더니 허벅지를 타고 슬그머니 미끄러져 내리는 것이 느껴졌다. 맙소사!

"따라서 이 갈망의 시대에 적합한 인물이 누구인지 굳이 제가 말씀드리지 않아도 여러분은 잘 아실 겁니다. 지 의원의, 아, 실례했습니다. 구, 구 의원의 탁월한 지도력은 정평이 나 있고, 따라서 이 위대한 도시의 발전을 위해서는……."

누군가가 다가와서는 내 귀에다 대고 재빨리 "구 의원이 아니라 유 의원입니다." 하고 말했다. 그가 얼굴을 잔뜩 찌푸린 채 물러가는 것이 보였고, 이어서 여기저기서 웅성거리는 소리가 들려왔다. 나는 씨익 웃었다. 왜 웃음이 나왔는지 모른다. 내가 킥킥거리고 웃자 "취했나 봐." "치매 아니야?" "뭐 저런 사람한테 축사를 시켜." 하는 소리가 들려왔다.

혼란을 느낀 나는 계속 뭐라고 웅얼거렸지만 나 자신이 무슨 말을 하고 있는지 갈피를 잡을 수가 없었다.

"여러분은 부패한 자본주의 사회의 한낱 부속품에 지나지 않고, 그래서 고독한 존재들입니다. 고독한 존재들이 한꺼번에 이렇게 모였다는 것은 다분히 희극적입니다. 한편으로는 비극

달맞이언덕의 안개

적이기도 합니다. 셰익스피어가 이 광경을 봤다면 틀림없이 좋은 소잿거리라고 생각했을 거고⋯⋯."

누군가가 급히 다가와 내 팔을 움켜잡으면서 축사는 그만두고 내려가자고 말했고, 나는 가지 않으려고 버티다가 연단 아래로 내려갔다. 그때 바지 사이를 빠져나온 똥 덩어리 하나가 연단 밑으로 떼구르르 굴러 하필이면 유 의원의 발치 앞에 가서 멈춰 섰다. "저거 똥 아니야?" "똥 쌌어!" 하는 소리가 들려왔고, 그 소리에 유 의원은 고개를 숙이고 똥 덩어리를 노려보다가 오만상을 찌푸리며 벌떡 일어섰다. "어휴, 냄새!" 하는 소리를 들으며 나는 두 다리를 벌리고 어기적어기적 걸어갔다. 나를 끌다시피 데리고 가던 청년도 슬그머니 내 팔을 놓고 냄새를 피해 뒤로 물러섰다.

밖으로 나온 나는 혼자였다. 화장실로 들어간 나는 일단 바지를 벗고 볼일을 보고 난 다음 휴지로 허벅지 사이와 바지 안에 묻어 있는 오물을 닦아냈다. 나라는 존재가 구제 불가능할 정도로 거추장스럽게 여겨졌고, 이제 그만 살고 죽고 싶었다.

유상기 의원의 형인 문기는 나와 대학 동기였다. 그는 건설업으로 떼돈을 벌었는데 국회의원인 동생이 뒤를 봐주고 있으니 사업이 잘될 수밖에 없었다. 거기다 그는 시인 행세까지 하고 있었다. 어쩌다 시인이 됐는지는 모르지만, 아무튼 여유가 있는 그는 시 계간지까지 내고 있었고, 그것을 통해 나온 시인들만 해도 수십 명이나 돼 속칭 유문기 사단을 형성하고 있었다. 그 바람에 그는 문단에서 원로 대접까지 받고 있었다. 내가 그를 알게 된 것은 수십 년 전 서울에서 대학에 다니고 있을 때였다. 그와 나는 사학과 동기였고, 같은 집에서 하숙한 적도 있었다. 하지만 나는 그를 별로 좋아하지 않았다. 그는 좀 교활하고 약삭빠른 데가 있어 가까이하고 싶지가 않았다. 대학을 졸업한 후에는 거의 만나지 못했는데, 그를 다시 만나게 된 것은 내가 부산으로 이사 오면서부터였다. 부산 토박이인 그는 그곳에 터를 다져놓고 있었고, 자신의 세를 과시하려는 듯 나를 이리저리 데리고 다녔다.

이번에 유 의원의 출판기념회에서 축사를 하게 된 것은 문기의 부탁 때문이었다. 처음에는 거절했지만, 그가 간곡히 부탁하는 데에는 더 이상 못하겠다고 할 수가 없었다.

유문기한테서 전화가 걸려온 것은 그날 밤 곤히 잠들어 있을 때였다.

"난데. 이야기 들었어. 도대체 그런 추태가 어딨어? 그 자리가 어디라고 그럴 수 있어? 하여간 좋아. 내일 만나서 이야기하자구. 나 지금 도쿄에 있는데 내일 귀국해서 연락할게."

그는 전화를 끊을 듯하다가 고래고래 고함을 지르면서 한바탕 욕을 퍼붓고 나서야 통화를 끝냈다. 그것은 통화라기보다는 일방적인 욕설이었다.

그가 잔뜩 흥분해서 '죄와 벌'에 나타난 것은 다음 날 밤 9시 경이었다. 유 의원처럼 뚱뚱하게 생긴 그는 자리에 앉자마자 나를 사납게 몰아붙였다.

"너 이 자식, 이럴 수 있어? 그게 얼마나 중요한 행사인 줄 알아? 축사를 해달라니까 술 처먹고 가서 바지에다 똥이나 싸고, 내 동생 이름도 몰라 엉터리로 갖다 붙이고. 너 때문에 그 행사 완전히 망쳤어! 무슨 앙심을 품고 그런 거야? 명색이 원로작가라는 자식이 그런 해괴망측한 짓을 저지르고도 괜찮을 것 같아?"

나는 그의 어깨 너머로 포가 질린 표정으로 서 있는 것을 힐끗 쳐다보았다.

"미안하게 됐어. 입이 열 개라도 할 말 없네. 많이 나무라주게."

"허, 기가 막혀서. 미안하다고 하면 다 해결된 거야? 인간말 종 같으니라구!"

"그러니까 왜 치매 걸린 나한테 그런 걸 부탁했어? 내가 싫다고 했는데도 자네가 하도 부탁하는 바람에 그렇게 된 거 아니야."

"치매 걸렸다구? 그렇게 어물쩍 넘어가지 마. 이걸로 우리 사이는 마지막이야. 살다 보니까 별 미친놈 다 보겠네."

그는 나에게 절교를 선언하고 사라졌다.

포가 다가와 내 잔에 말없이 와인을 따라주었다. 그러나 그녀는 무슨 일이냐고 묻지는 않았다.

내가 국회의원 출판기념회에서 축사를 하다가 바지에 실례를 하고 술에 취해 횡설수설한 것은 삽시간에 시내에 퍼졌고, 거기다 내가 치매에 걸렸다는 소문까지 번져나갔다. 나는 창피해서 나다니지 못하고 '죄와 벌'의 노천 테라스에 앉아 안개 속에 몸을 숨긴 채 와인만 마셔댔다.

달맞이언덕의 안개

안개 낀 밤의 바다에서

안개는 사창가의 뒷골목에까지 내려와 있었다. 그것은 달맞이언덕에서 내려온 안개였다. 나는 그 냄새만 맡고도 그것이 달맞이언덕의 안개라는 것을 알 수가 있다. 눅눅하면서 곰팡이 같은 냄새가 조금 나는 것 같으면서 한편으로는 썩은 나뭇잎과 흙냄새가 뒤섞인 것 같은 냄새. 그러면서도 친밀감이 느껴지는 냄새. 이것은 달맞이언덕의 안개에서 나만이 감지할 수 있는 냄새일 것이다.

나는 착잡한 심정으로 어두운 골목길을 걸어가고 있었다. 사창가를 찾아가는 길이었는데 멍하니 걷다 보니 어느새 그 골목에 들어와 있었고, 그것을 알고는 기분이 좀 착잡해졌다.

사창가는 좁은 골목의 한쪽을 따라 길게 이어져 있었는데, 사양길에 접어든 것이 눈에 띌 정도로 쓸쓸하고 한산해 보였다. 쇼윈도처럼 꾸며진 실내에는 붉은 조명이 켜져 있었고, 창가에는 진하게 화장한 여인들이 담배를 피우며 무료하게 앉아 있었다. 그녀들은 하나같이 어깨와 허벅지를 드러낸 반라 차림으로, 마치 진열대 위에 놓여 있는 마네킹처럼 거기에 우두커니 앉아서 말없이 행인들을 유혹하고 있었다. 모든 것이 자극적으로 꾸며져 있었고, 그래서 얼른 보기에는 자극적이었지만, 어쩐지 내 눈에는 그런 모든 것들이 슬프게 느껴졌다. 거기에는 곤궁함, 고독, 사라진 청춘, 찾아올 리 없는 희망, 체념과 단절 그런 것들이 떠돌고 있는 듯했다.

나는 여자들을 눈여겨보며 천천히 걸음을 옮겼다. 내가 찾는 여자가 그 안에 없기를 바라면서. 쇼윈도의 맨 끄트머리 칸에 이르렀을 때 첫눈에도 손님이 붙을 것 같지 않은 늙은 여자의 모습이 눈에 들어왔다. 나는 멈칫하고 서서 그녀를 찬찬히 살폈다. 다른 여자들이 담배를 피우거나 텔레비전을 보고 있는 것과는 달리 그녀는 뜨개질을 하고 있었다. 손님 받는 것을 아예 포기하고 뜨개질이나 하자고 생각한 것 같았다. 한참 동안 거기에서 눈을 떼지 않는 것이 뜨개질을 하면서 무언가 깊은 생각에 빠진 것 같았다. 내가 찾고 있는 여자 같았지만, 고개를 숙이고 있었으므로 확실치가 않았다. 나는 그 앞을 지나쳐 갔다가 발길을 돌려 다시 그 앞으로 가보았다. 그녀는 여전히 뜨개질에 시선을 고정하고 있었다. 검은색 미니 드레스 밖으로 드러난 두 팔과 허벅지, 그리고 다리는 가늘어 보였고, 그런 것들을 거느리고 있는 몸매 역시 깡말라 보였다. 그녀가 문득 고개를 들어 창밖을 잠시 바라보았다. 나와 시선이 마주치자 웃을 듯 말 듯 하다가 도로 고개를 숙였는데, 그 순간 그녀의 늙은 모습이 내 시야에서 갑자기 앞으로 확 달려드는 것 같았다. 그와 함께 내 가슴이 요동치기 시작했다. 그녀는 나이가 들어 보이긴 했지만, 사진에서 본 그 젊은 여자와 비슷해 보였다. 그녀는 나이 든 것을 감추려고 얼굴에 두껍게 화장을 했지만 내 눈을 비켜갈 수는 없었다. 그녀의 두 눈은 유난히 커 보였고, 그 눈으로 다시 한 번 나를 빤히 쳐다보다가 다시 뜨개질 위로 시선을 떨어뜨렸다.

나는 잠시 머뭇거리다가 차마 안으로 들어가지 못하고 발길을 돌려 골목을 빠져나왔다. 차도를 건너자 다시 골목이 나왔고, 골목을 따라 안쪽으로 들어가자 돼지족발이라고 쓴 간판이 삐뚜름하게 걸려 있는 조그만 술집이 보였다. 안에는 네댓 개의 간이 탁자가 놓여 있었고, 손님이라고는 한 쌍의 중년 남녀밖에 없었다. 50대의 빼빼 마른 여인이 계산대 겸 주방에서 설거지를 하다 말고 나를 맞았다.

소주에 족발 안주는 입안에 착 감겨드는 맛이 있었다. 중년의 남녀는 여자 혼자 주로 말을 하고 있었고, 남자는 잠자코 듣고만 있었다. 여자는 신랄하게 남자를 공격하고 있었지만, 사내는 맞대응하지 않고 잠자코 모든 것을 받아들이고 있었다.

나는 소주를 입속에 털어넣었다. 오후 내내 자리를 지켰던 병원의 그 쓸쓸하고 초라하던 빈소가 생각났다. 거기에는 어느 늙은 작가의 빈소가 차려져 있었는데, 그는 죽은 지 3개월이 지나서야 시신으로 발견되었다. 그의 죽음은 고독사의 전형이라고 할 수 있었고, 신문에도 짤막하게 보도되었다.

이석주는 생전에 별로 가까이 지내는 친구가 없었고, 내가 유일한 그의 술친구로, 우리는 가끔씩 만나 바닷가 포장마차 같은 데서 편한 마음으로 술잔을 나누곤 했다. 나보다 서너 살 아래로 나를 형님이라고 부른 그는 바보스러울 정도로 문학밖에 몰랐고, 평생 거기에 충실했지만, 워낙 과작인 데다 발표한 작품도 이렇다 하게 관심을 끌지 못해 그 존재감마저 희미해져버린 작가였다. 결국 그에게 남은 것은 빈곤과 소외, 고독 같은 것뿐이었고, 말년에는 혼자서 쓸쓸하게 지냈다. 10여 년 전에 아내와 사별한 그에게는 혈육으로 딸이 하나 있었지만, 출가한 그녀는 세 번의 이혼 등으로 제대로 된 가정도 이루지 못했고, 거기다 정서 불안과 착란 증세까지 있어 정신병원을 들락거리는 바람에 부녀간에는 이미 오래전에 소식이 끊겨 있었다.

내가 석주를 좋아한 것은 그의 작품 때문이었다. 그의 작품은 사람들의 관심을 별로 끌지 못했지만 나는 그의 작품을 좋아했다. 국내에서 많은 관심과 높은 평가를 받고 있는 작품들,

그래서 엄청나게 팔려나가고 있는 작품들을 볼 때마다 나는 사기를 당한 기분이었고, 그 얼토당토않은 현상에 분노까지 느꼈다. 그런 것들에 비하면 석주의 작품은 진흙탕 속에 숨어 있는 보석 같은 것이었다. 그의 작품에서 천재성이 번득이는, 섬뜩하리만치 차갑고 예리한 감각과 함께 섬세하기 이를 데 없는 미학을 발견한 사람은 내가 유일했을 것이다. 나는 그에게 은근히 질투까지 느꼈고, 그의 내면에 숨겨진 그 비밀스러움에 대한 호기심과 정체를 알고 싶어 그를 만나곤 했다. 그는 자기 작품을 몰라주는 세태에 대해 원망하거나 한탄하지도 않았고, 그런 것에는 아예 관심조차 두지 않았다. 작품을 꼭 발표해야 한다는 강박관념 같은 것도 없는 것 같았다. 세태에 타협하지 않고 완전히 등을 돌려버린 그의 거부의 몸짓과 고독을 즐기는 듯한 모습이 신기해 보이기도 하고 매력적으로 느껴지기도 했다.

그를 마지막으로 만난 것은 지난봄이었다. 장기간의 외국 여행과 바쁜 일정 때문에 한동안 연락을 하지 못했고, 그한테서도 연락이 없었다. 얼마 전에야 두어 번 전화를 걸어보았지만, 그의 전화는 꺼져 있었다.

그는 13평짜리 전세 아파트에서 혼자 살았다. 그것도 그가 죽은 뒤에야 알게 된 것이었다. 재개발을 앞두고 아파트값이 뛰자 집주인은 그를 내보내고 아파트를 팔려고 했지만, 그와 연락이 되지 않았다. 전세 기간이 끝난 지도 한참이나 지났기 때문에 집주인은 하는 수 없이 경찰 입회하에 문을 따고 안으로 들어가보았다. 그는 백골이 되어 누워 있었고, 머리맡에는 소주병과 농약병이 나뒹굴어 있었다. 경찰은 그의 죽음을 자살로 보고 유족을 찾아보았지만 하나밖에 없는 딸한테는 연락이 되지 않았다. 경찰이 나한테 연락을 취한 것은 시신이 발견되고 나서 이틀쯤 지나서였다. 그의 통화 기록을 조사한 결과 지난봄에 나와 통화한 것이 마지막이었고, 그 이전의 통화 기록도 대부분 나와 통화한 것들이었다. 그래서 경찰은 나에게 연락을 취해보았던 것이다.

나는 경찰을 따라 그의 집에 가보았다. 시신은 이미 수습되고 난 뒤였다. 집안은 홀아비 집처럼 변변한 가구나 장식 하나 없이 초라했다. 눈에 띄는 것이라고는 책밖에 없었다. 한쪽에 세워져 있는 책장에는 책들이 가득 채워져 있었고, 방바닥과 거실 바닥에도 책들이 쌓여 있었다. 책상 위 벽에는 사진 액자가 두 개 걸려 있었는데, 하나는 그의 죽은 부인 사진 같았고, 다른 하나는 딸 사진으로 보였다. 딸 사진은 처녀 때 찍은 것 같았는데 갸름하고 청순해 보이는 인상이었다.

"이게 유서인지는 모르겠습니다만, 이런 게 있었습니다."

경찰은 창가에 놓여 있는 낡은 책상 앞으로 다가가더니 가운데 큰 서랍을 열어 보였다. 그 안에는 백지 한 장만이 달랑 놓여 있었다. 다른 물건들은 죽기 전에 치워버린 것 같았다. 나는 백지를 집어들고 거기에 적혀 있는, 만년필로 쓴 글을 읽어보았다.

형님, 제 졸작 「안개 낀 밤의 바다에서」를 읽어보시면 제 딸애가 있는 곳을 짐작하실 수 있을 겁니다. 굳이 딸애한테 연락해서 부담을 줄 것까지는 없지만…… 아아, 모르겠습니다. 형님 처분에 맡기겠습니다.

형님이 누구인지 이름을 밝히지는 않았지만, 그것이 나에게 남긴 유서라는 것을 나는 바로 알아보았다.

경찰은 장례 문제를 이야기했고, 장례를 치러줄 사람이 없으면 시신을 무연고 묘지에 한동안 임시로 매장했다가 연고자가 안 나타날 경우 화장해서 납골당에 안치한다고 했다. 나는 모른 체할 수가 없어 내가 장례를 치르겠다고 약속했다.

나는 장례 문제를 상의하기 위해 작가들의 모임인 협회에 연락을 취했다. 협회장은 전화로 내 이야기를 듣더니 난색을 보였다. 이석주 씨는 협회 행사에 얼굴 한번 내민 적이 없을 정도로 비협조적인 데다 작품도 거의 없는 유명무실한 작가인데 협회가 굳이 나서서 그의 장례를 떠맡는다는 것은 곤란할 뿐만 아니라 협회 재정상 장례를 치를 만한 돈도 없다고 했다. 나는 장례는 내가 치를 테니 협회 이름으로 화환이나 하나 갖다달라,

그리고 회원들에게 연락해서 조문이나 할 수 있게 해달라고 부탁한 다음 전화를 끊었다. 회장은 생각해보겠다고 했는데, 결국 화환은 오지 않았고, 협회 회원들 가운데 조문을 온 사람은 아무도 없었다.

병원의 장례식장에다 간소하게 빈소를 차리긴 했지만 찾아오는 사람이 없어 초라하기 짝이 없었다. 할 수 없이 장례식장 직원에게 부탁해서 자리를 지키게 한 다음 나는 밖으로 나왔다. 석주가 잘 팔리는 작가였다면 이렇게까지 괄시를 받지는 않았을 것이다. 하지만 그는 그런 것에 관심도 없을 것이고, 섭섭해하지도 않을 것이다. 그에게 있어서 잘 팔린다는 것은 아무 의미도 없는 것이고, 그것이 작가들을 잘못된 길로 인도한다는 것을 그는 아주 일찍부터 깨닫고 있었다.

「안개 낀 밤의 바다에서」는 내가 오래전에 읽은 아주 짧은 단편소설이었다. 그것은 바닷가의 사창가를 무대로 쓴 작품으로, 짧지만 강한 인상으로 내 머릿속에 각인되어 있었다.

아주 오래전에 가족을 버리고 집을 나와 난잡한 여자관계와 헤픈 씀씀이로 결국 모든 것을 잃고, 노숙인 신세로 전락한 사내는 에이즈 환자로 죽어가고 있었다. 어느 날 술에 취해 비틀거리며 사창가를 지나가던 그의 눈에 한 창녀의 모습이 잡힌다. 그녀의 얼굴에서 그는 오래전에 헤어졌던 딸의 모습을 발견한다. 그러나 그는 부랑인 신세라 딸 앞에 나서지를 못한다. 그는 먼발치에서나마 딸을 보기 위해 매일 사창가를 지나간다. 딸이 사내들을 집 안으로 맞아들이는 것을 볼 때마다 그는 가슴이 찢어지는 것 같다. 딸은 너무 많이 변해버린 그를 알아보지 못한다. 그러던 어느 날 딸의 모습이 더 이상 보이지 않는다. 그는 하루에도 몇 번씩 그 앞에 가보지만 딸을 볼 수가 없다. 딸은 이미 자살했는데 그것을 모르는 그는 딸을 보기 위해 오늘도 사창가 앞에서 머뭇거린다.

경찰이 알려준 이석주의 딸 이름은 이부용이었다. 나는 「안개 낀 밤의 바다에서」의 무대로 나온 바닷가의 그 사창가를 찾아갔고, 거기서 늙은 창녀를 본 순간 그녀의 얼굴에서 석주의 책상 위에 걸려 있던 사진 액자 속의 부용의 얼굴이 아련히 남아 있는 것을 발견했다.

중년의 남녀도 사라지고 술집에는 나 혼자 남아 있었다. 밤 11시가 지난 시간이었고, 나는 두 병째 술을 마시고 있었다. 나는 술잔을 기울이면서 탁자 위에 놓아둔 석주의 단편집 『안개 낀 밤의 바다에서』를 만지작거리고 있었다. 그것은 「안개 낀 밤의 바다에서」를 다시 한 번 읽어보려고 집에서 가져온 것으로, 그 안에는 아홉 편의 단편소설이 실려 있었다. 아주 오래전에 읽었기 때문에 내용을 거의 잊어먹었고, 그래서 빈소를 지키는 동안 다시 한 번 읽어볼 생각이었다.

문이 열리더니 중년으로 보이는 여인이 안으로 들어섰다. 단 골인 듯 그녀는 주인 여자와 인사를 나누고는 내 곁을 지나 구석 자리에 가서 앉았다. 나와는 한 테이블 건너 자리인 데다 나와 마주 보고 앉았기 때문에 나는 그녀의 모습을 정면으로 볼 수가 있었다. 그녀는 아까 사창가에서 보았던 그 늙은 창녀였다. 그녀는 나를 힐끗 쳐다보고 나서 나와 똑같은 것을 주문했다. 그녀의 머리 위 벽에는 시간이 멎은 죽은 시계가 걸려 있었다. 나는 가슴이 두근거리기 시작했고, 모른 체하고 계속 술이나 마셔야 할지, 아니면 밖으로 나가야 할지 종잡을 수 없는 상태로 빠져들었다. 그때 그녀가 일어나더니 내 곁을 지나갔다. 아마 화장실에 가는 것 같았다. 잠시 후 그녀가 돌아오는 소리가 나더니 내 옆에서 걸음걸이가 멈췄다.

"저기 미안하지만…… 이 책 좀 잠깐 볼 수 없을까요?"

그녀가 손가락으로 『안개 낀 밤의 바다에서』를 가리켰다. 나는 당황해서 얼른 그것을 집어들어 그녀에게 건네주었다.

자기 자리로 돌아간 그녀는 책을 이리저리 만져보기도 하고 책장을 넘겨보기도 하다가 나에게 말을 걸어왔다.

"이 책 읽어보셨어요?"

"옛날에 읽어봤는데 다시 한 번 읽어보려구요. 「안개 낀 밤의 바다에서」는 내가 제일 좋아하는 작품이에요."

"어머, 그래요?"

그녀의 얼굴이 환해지는 것 같았다. 그녀는 기대에 찬 얼굴로 질문을 던져왔다.

"이 작가 어떻게 생각하세요?"

"내가 제일 좋아하는 최고의 작가죠."

"어머, 그래요? 이 작가 아세요?"

"개인적으로는 몰라요. 작품만 읽어봤어요."

그녀는 쭈뼛거리다가 일어섰다.

"같이 앉아도 될까요?"

"앉으세요."

나는 족발을 하나 더 시켰고, 그녀의 잔에 술을 따라주었다.

"감사합니다."

그녀는 두 손으로 예의 바르게 잔을 받았다. 나는 그녀 앞에 놓인 책을 가리켰다.

"그 책 읽어봤어요?"

"저도 오래전에 읽었는데…… 전 잘 모르겠어요. 좀 슬퍼요."

짙은 아이섀도 때문인지 그녀의 크고 검은 두 눈에서는 슬픔이 느껴졌다.

"그 작가 알아요?"

"몰라요."

"인기 작가도 아닌데 어떻게 그 작품을 읽게 됐죠?"

그녀는 책을 쓰다듬다가 말했다.

"어쩌다가 읽게 됐어요."

그녀는 창백해 보였고, 손끝을 떨고 있었다. 그것을 멎게 하려는 듯 그녀는 재빨리 소주를 들이켰다.

"이 책은 절판이 돼서 구할 수가 없어요. 저기, 이 책 저한테 파시면 안 될까요?"

나를 응시하는 그녀의 두 눈에는 안타까움이 배어 있었다.

"안 될 것까지야 없죠. 그렇게 가지고 싶으면 그냥 가지세요. 제가 그냥 드리죠."

"어머, 감사합니다! 정말 감사합니다!"

그녀는 책을 가슴에 품으면서 나에게 연방 고개를 숙였다. 그녀는 눈물까지 글썽이고 있었다.

"이석주는 좋은 작가였어요. 세상을 잘못 만나 묻혀버리고 말았지만……."

나는 말하고 나서 아차 했다. 취기가 오르면 나는 횡설수설하는 버릇이 있었다.

"이 작가가 죽었나요?"

그녀는 여전히 책을 가슴에 안고 있었다. 나는 마지못해 고개를 끄덕였다.

"언제요?"

모든 움직임이 일순간 정지하는 것 같았다.

"얼마 전에……."

나는 손을 내저으며 중얼거렸다.

"언제 돌아가셨다구요?"

"아니, 며칠 전에 시신이 발견됐는데……."

이미 엎질러진 물이었다. 탁자 위를 기어가는 바퀴벌레를 바라보고 있다가 나는 주머니에서 신문 쪼가리를 꺼내 그녀에게 내밀었다. 거기에는 이석주의 사망기사가 짤막하게 실려 있었다. 죽은 지 3개월 만에 시신이 발견됐는데 농약을 먹고 자살한 것 같다는.

"안됐어요."

나는 중얼거리면서 그녀를 힐끗 쳐다보았다. 그녀의 야윈 두 뺨 위로 걷잡을 수 없이 검은 눈물이 흘러내리고 있었다. 아이 섀도가 눈물에 씻겨 내리는 바람에 내 눈에는 그것이 검은 눈물로 보였다. 그녀는 휴지로 눈물을 훔치다가 갑자기 몸을 일으켜 밖으로 사라졌다. 나는 소주병 두 개를 비닐봉지에 담아 들고 얼른 계산을 치른 다음 그녀를 뒤쫓아갔다.

그녀가 차도를 정신없이 건너가는 것이 보였다. 그러나 그녀의 모습은 금방 안개에 가려 보이지 않았다. 나는 서둘러 길을 건너갔다.

내가 바닷가에 이르렀을 때 그녀가 거기에 우두커니 서 있는 것이 보였다. 바다 안개 때문에 바다는 보이지 않았고, 안개 속에서 파도가 철썩이는 소리만 들려오고 있었다. 그녀는 하이힐을 벗어들더니 모래밭을 걸어갔다. 어깨가 떨리고 있는 것이 계속 울고 있는 것 같았다. 파도가 안개 밑으로 밀려오는 바로 앞에 그녀는 털썩 주저앉았다. 나도 그 옆에 가만히 엉덩이를 내려놓았다. 모든 것이 힘들고, 가슴은 터질 것만 같았다.

"왜 저를 따라오신 거예요?"

"그냥 따라왔어요. 혼자 두면 안 될 것 같아서."

"혹시 술 가져왔어요?"

나는 술병이 들어 있는 봉지를 앞에다 놓았다. 우리는 병째로 주둥이에다 입을 대고 술을 마셨다.

"이석주 씨 시신은 어떻게 됐죠? 산소라도 있나요?"

"지금 병원에 안치해놓고 장례를 치르고 있는데 찾아오는 사람이 없대요. 거기 가볼 생각 없어요?"

"아, 아뇨. 내가 거긴 왜 가요."

그녀는 완강하게 고개를 내저었다.

"가족도 없이 혼자 쓸쓸하게 죽은 모양이에요."

"쓸쓸하게 죽은 사람이 어디 한둘인가요."

그녀는 차갑게 말하고 나서 술병을 입으로 가져갔다.

"안개가 포근해요. 우리 저쪽 끝까지 갔다 오지 않을래요?"

"갑시다."

몸을 일으킨 그녀는 비틀거리며 내 팔짱을 끼었다. 나 역시 금방이라도 몸이 무너져 내릴 것 같았지만 넘어지지 않으려고

달맞이언덕의 안개

조심하면서 걸어갔다.

안개에 가려 불빛 하나 보이지 않았다. 안개 사이로 얼핏 별들이 보였다가 사라졌다. 바람 한 점 없었고, 철썩이는 파도 소리만 계속 들려오고 있었다. 안개 저쪽 먼 곳에서 여자가 부르는 노랫소리가 끊어질 듯 말 듯 들려왔다.

"바닷가에 오래 살았지만 이렇게 남자 팔짱을 끼고 걸어보기는 처음이에요. 참, 선생님 이름 물어봐도 될까요?"

"노준기라고 해요. 부인 이름은?"

"이부용이라고 해요. 제 이름 같지가 않아요."

"왜요?"

"제 이름을 불러준 사람이 없었으니까요."

나는 그녀의 손을 가만히 잡아주었다. 그것은 조그맣고 야윈 손이었지만 더없이 따뜻했다. 우리는 걸어가면서 병나발을 불었다.

"안개가 지독해요. 하지만 모든 걸 가려줘서 좋아요."

그녀는 멈춰 서서 주위를 둘러보다가 갑자기 나에게 화장실에 다녀오겠다고 하면서 안개 속으로 사라졌다. 한참을 기다려도 오지 않아 나는 할 수 없이 모래밭에 주저앉았다. 병에 남아 있는 술을 마지막 한 방울까지 털어 마신 다음 다리를 뻗고 비스듬히 앉아 있다가 더는 기다리지 못하고 아예 드러누워버렸다.

눈을 떴을 때는 날이 뿌옇게 밝아오고 있었고, 비까지 내리고 있었다. 안개는 희미하게 남아 있었고, 거친 바다 저쪽으로 수평선이 보였다. 비로소 늙은 창녀가 생각나 주위를 둘러보았지만, 바닷가에는 아무도 없이 텅 빈 적막감만이 감돌고 있었다. 나는 비틀거리며 일어나 그녀가 사라졌던 쪽으로 슬금슬금 걸어가보았다. 얼마쯤 걸어갔을까. 하이힐 한 켤레가 나뒹굴어 있는 것이 보였다. 그 곁에는 모래투성이에 비에 푹 젖은 책 한 권이 버려져 있었다. 나는 그 책을 조심스럽게 집어들었다. '안개 낀 밤의 바다에서'. 책의 제목이 내 눈앞에서 마구 춤을 추기 시작했다.

슬픈 안개

언덕 위에는 바다에서 몰려온 짙은 안개가 흐르고 있었다. 안개는 1미터 앞을 분간하기 어려울 정도로 짙었다. 거기다 어둠을 품고 있어서 그런지 모든 것을 빨아들이는 블랙홀처럼 보였다. 나는 그 속으로 빨려들어 갈 것만 같아 조금은 두려운 마음으로 안개를 바라보고 있었다. 한참 동안 안개를 바라보고 있으면 피부까지 흐물흐물해지다가 결국 뼈까지 녹아버리는 것 같다. 나는 내가 살아 있다는 것을 확인이라도 하듯 피부를 쓰다듬고 손목을 꺾어본다.

바다에서 몰려오는 안개를 보고 있으면 그 기세가 대단해서 마치 백만 대군이 일시에 몰려오는 것 같다. 언덕 위로 밀고 올라온 대군은 내려갈 기미를 보이지 않고 언덕 주위로 견고한 성을 구축하고 난공불락의 요새를 만들어 장기전에 대비한다.

경관이 뛰어난 그곳에 아예 주저앉아 기약 없이 주둔하려는 것 같다. 안개는 그렇게 아래 시가지로 내려가지 않고 언덕 위에만 머물러 있었다. 그것은 해마다 안개의 계절이 오면 볼 수 있는 똑같은 광경이었다. 아래로 결코 흘러내리지 않고 언덕 위에만 머물러 있는 안개는 해운대 해변이나 시가지에서 올려다보면 그 안에 마치 신비스러운 동화의 나라를 감추고 있는 것 같다.

그렇다. 안개 속에 감춰져 있는 그 안에는 신비스러운 동화의 나라가 숨 쉬고 있다. 다만 사람들이 모르고 있을 뿐이다. 동화만이 아니라 그 안에는 많은 사람들의 눈물과 애환이, 버려진 삶의 동물적 신음과 더러운 탐욕이 낙엽처럼 뒹굴고 있다. 내 눈에는 삶의 고통과 허무, 고독한 영혼들의 방황, 눈물겨운 사랑과 피를 말리는 이별의 아픔, 시대의 고통과 가난한 사람들의 몸부림이 보인다. 사람들의 몸속에 흐르는 살인의 철학까지도. 그러나 안개 속에 앉아 있으면 그런 모든 것들이 몽환적으로 보인다. 나는 몽환의 세계에 빠져 오늘도 안개 속을 방황하고 있다.

언덕의 경사면에는 소나무 숲이 우거져 있고, 그 숲 아래로는 태평양의 거친 파도가 밀려와 끊임없이 하얀 포말을 일으키고 있다. 시선을 조금 멀리 던지면 오른쪽으로 오륙도가 보이고, 더 멀리 수평선에는 대마도가 아득한 모습으로 길게 누워 있다. 해안을 따라 숲을 헤치고 달리는 기차는 더없이 무정해

보이고, 숲 사이로 난 오솔길을 산책하는 사람들의 얼굴에는 철학이 없다. 오로지 건강을 위해서 걷고 있다는 그 단순함이 나를 외롭게 한다. 나는 바위를 어루만지고, 아래쪽에 붙어 있는 녹색의 이끼를 쓰다듬는다.

내가 기르는 똥개새끼가 안개 속으로 사라지더니 갑자기 앙칼지게 짖는 소리가 들려왔다. 놈은 너무 방정맞아서 움직이는 것만 보면 짖어댄다. 조만간에 잡아먹든가 누군가에게 줘버릴 생각이다.

너무 심하게 짖어대기에 가까이 다가가 보니 똥개는 오솔길에서 조금 벗어난 아래쪽에서 위를 보고 짖어대고 있었다. 그 모습이 심상치 않아 나는 길에서 벗어나 밑으로 조금 내려가보았다.

내 눈에 맨 먼저 보인 것은 허공에 대롱거리는 여자의 조그만 맨발이었다. 이어서 청바지에 가려진 두 다리와 며칠은 굶은 것 같은 쑥 들어간 복부 가운데 자리 잡고 있는 배꼽이 눈에 들어왔다. 배꼽 위에는 베이지색의 짧은 티셔츠가 상체를 가려주고 있었다. 꺾어진 목에는 노란 머플러가 감겨 있었는데, 그 한쪽 끝은 벚나무 가지에 금방이라도 끊어질 듯 팽팽하게 매어져 있었다. 뒤엉킨 머리칼이 얼굴을 덮고 있었지만 나는 그녀가 누구인지 금방 알아볼 수 있었다. 그녀는 내가 달맞이 오솔길을 산책할 때 자주 마주치는, 항상 목에다 노란 머플러를 두르고 다니던 서른 안팎의 절름발이 여자였다. 안개 바람에 뒤엉킨 머리칼이 살랑거렸고, 그 사이로 얼핏 부릅뜨고 있는 두 눈이 보였다. 입은 크게 벌어져 있었다. '아, 안 돼!' 나는 속으로 고함을 질렀다. 청바지 아래로 빠져나와 있는 두 발은 아기 발처럼 아주 작아 보였다. 조금 떨어진 곳에는 그녀의 것으로 보이는 노란색 조그만 운동화가 나뒹굴어 있었다. 그것은 나란히 있지 않고 따로 떨어진 채 하나는 옆으로, 다른 한 짝은 뒤집어져 있었다. 발버둥 치다가 벗겨진 것일까, 아니면 나무에 쉽게 올라가기 위해 벗어 던진 것일까. 키가 작아 나무 위로 올라가지 않으면 자기 키보다 높은 곳에 목을 매기가 어려웠을 것이다. 나무 위로 올라가 나뭇가지에 머플러를 잡아맨 다음 그것으로 올가미를 만들었을 것이다. 그런 다음 거기에 목을 걸고 뛰어내리지 않았을까.

작은 키에 못생긴 그녀는 심하게 절뚝거리며 다녔는데, 나 역시 다리를 절고 있었기 때문에 동병상련이라고 그녀를 볼 때마다 무심코 지나칠 수가 없었다.

한번은 산책 중에 내가 항상 걸터앉는 바위 위에 앉아 담배를 피우고 있는데, 그녀가 지나치다 말고 말은 못하고 손짓으로 담배를 가리키면서 한 대 달라고 했다. 하는 짓이 벙어리인 것 같았다. 절름발이에다 벙어리라니. 어떻든 딸밖에 안 돼 보이는 젊은 여자가 건방지다고 생각하면서 담배를 내밀긴 했는데, 내 곁에서 서성거리며 담배 한 대를 맛있게 빨고 난 그녀가 느닷없이 수첩을 내밀었다. 그리고 볼펜으로 이렇게 썼다.

'할아부지, 소설가?'

내가 소설가라는 것을 이미 알고 있었던 모양이다. 나는 무표정하게 끄덕였다. 볼펜을 잡고 있는 손은 뒤틀려 있어 제대로 쥐고 있지도 못했다. 그래서인지 글씨 모양은 초등학교 저학년 어린이가 쓴 것처럼 삐뚤삐뚤했다.

'할아부지, 노준기?'

그녀가 또 글씨를 써서 보였다. 내 이름까지 알고 있는 것이 신통하긴 했지만, 솔직히 말해 별로 달갑지는 않았다. 나는 눈을 한 번 끔벅하고 나서 또 말없이 끄덕여주었다. 그녀는 나를 뚫어지게 쳐다보다가 시선이 마주치자 배시시 웃었다. 쉽게 잊어버릴 것 같지 않은 맑고 고운 눈빛이었다.

'오래오래…… 사세요.'

나는 가만있을 수가 없어 한마디 써주었다.

'고마워요.'

그리고 사인을 해달라고 해서 사인까지 얼른 해주었다.

그런 일이 있었던 후로 내가 바위 위에 앉아 쉬고 있으면 가끔 그녀가 지나치다 말고 웃으며 고개를 까닥하고 나서는 말없이 담뱃갑을 내 곁에 놓아두고 사라지곤 했다. 어떤 때는 과자나 빵 같은 것을 놓아두고 갈 때도 있었다. 내가 그러지 말라고 손을 흔들어 거부의 뜻을 밝혔지만, 그녀는 웃기만 하고 그냥 지나쳐 갔다. 덕분에 나는 한동안 공짜 담배를 즐길 수가 있었다.

나뭇가지에 목을 매 죽은 여자의 모습은 너무 참혹하고 비참해 보였다. 그녀의 불쌍한 영혼이 안개 속에서 나를 노려보고 있는 것 같아 나는 한동안 어쩔 줄 모르고 서 있다가 얼른 거기서 벗어나 경찰에 전화를 걸었다.

일주일쯤 지나 경찰에서 연락이 왔는데, 죽은 여자에 관해 알아볼 게 있으니 경찰서로 출두해달라고 했다. 절름발이의 주검을 경찰에 신고했으니 뭘 좀 더 알아보려고 그러려니 했지만 귀찮은 생각이 들었다.

나를 맞은 사람은 곰 형사였다.

"사기 전과가 있군요. 그것도 세 번이나."

내가 자리에 앉기 무섭게 튀어나온 말이었다.

"죽은 여자 말인가요?"

"아뇨. 선생님 말이에요. 혼인빙자간음도 있네요."

나는 화가 나서 곰을 노려보았다. 나의 전과가 죽은 여자하고 무슨 상관이 있다는 말인가. 곰 같은 놈 같으니. 곰은 무뚝뚝한 표정으로 나를 쳐다보다가 불쑥 담배를 내밀었다.

"여기서 담배 피워도 되나요?"

"몰래 피워도 됩니다. 선생님 담배 좋아하시잖아요."

내가 담배를 집어들자 그는 라이터 불까지 붙여준 다음 종이 컵을 재떨이 대용으로 내 앞에 밀어놓았다.

"선생님 전과가 이렇게 많은지 몰랐습니다."

"내 전과하고 죽은 여자하고 무슨 상관이 있다는 거요? 왜 내 과거를 캔 거죠? 전과가 많아 실망했나요?"

나는 담배를 뻑뻑 빨았지만 연기가 나오지 않았다. 곰은 찢어진 눈으로 매섭게 나를 노려보고 나서 다시 라이터 불을 붙여주었다. 그런 다음 자기도 한 대 피워 물었다.

"좀 실망하긴 했습니다. 하지만 뭐 저하고는 상관없는 일이고…… 선생님 과거를 조사할 필요가 있어서 조사한 겁니다."

"이유가 뭔가요?"

"죽은 여자는 신원을 알 수 없습니다. 이름이 뭔지 주소가 어딘지 밝혀진 게 없습니다. 그런데 유전자 감식 결과가 나왔는데, 홈스 선생님 유전자하고 거의 일치하는 것으로 나왔습니다. 숨기지 말고 말씀해보세요. 죽은 여자하고 어떤 관계입니까?"

나는 어리둥절했다. 전과자이기 때문에 내 유전자가 경찰에 보관된 것은 이상할 게 없지만, 그 절름발이 유전자와 내 것이 같다는 것은 황당하기 짝이 없는 일이었다. 나는 기가 막혀 웃음이 나왔다.

"혹시 따님 아닙니까?"

곰은 갈수록 이상한 질문만 해댔다. 나는 고개를 내저었다.

"난 아들만 하나 있어요. 딸 같은 건 없어요."

"그럼 아들한테 전화 걸어봐요."

그는 불손하게 말하면서 자기 휴대폰을 내 앞에 불쑥 내밀었다. 하지만 나는 아들한테 전화를 걸지 않았다. 전화번호를 모르니 그럴 수밖에 없었다.

"아들한테 전화 걸어보세요."

곰은 또 건방지게 말했다.

"전화번호를 몰라요."

"아니, 아들 전화번호를 모른다구요?"

"모를 수도 있죠. 헤어진 지 오래돼서 몰라요."

미국 어딘가에 살고 있을 아들과 연락이 끊긴 것은 20년이 넘는다. 내가 소설 나부랭이나 쓴답시고 가정을 거의 팽개치고, 거기다 사기까지 치고 돌아다니다 끝내 제 엄마와 이혼까지 하자 아들은 나를 증오했고, 결국 부자 관계를 끊었다.

"그건 그렇고…… 죽은 여자, 정말 모르십니까?"

"몰라요. 달맞이언덕 산책길에서 오다 가다 보긴 했는데, 모르는 여자예요."

"달맞이언덕 산책길에서 봤다구요?"

"산책하다가 보곤 했어요. 그 여자도 산책을 좋아하더라구요. 다리를 심하게 저는데도 산책을 하더라구요."

"검시를 해보니까 장애인이더군요. 그건 그렇고 이거 참 알다가도 모르겠네. 두 사람 유전자가 같은데도 부녀 관계를 인정하지 않으시겠다는 겁니까?"

곰이 잔뜩 불만스러운 표정으로 따지듯 물었다.

"당신 같으면 인정하겠소? 이름도 모르고 어디서 굴러왔는지도 모르는 여자를 느닷없이 딸이라고 하면 그걸 인정할 수 있겠소?"

"하지만 유전자 감식 결과가 일치하는 것으로 나왔는데요. 그건 아무리 부인해도 소용없는 엄연한 과학입니다."

"그런 건 난 인정 못해요. 감식 결과가 어떻게 나왔든 난 그런 것에는 관심 없어요. 과학은 과학이고……."

"무엇보다도 합리적이고 과학적인 추리를 중요시하는 홈스 선생님께서 그렇게 상식 이하의 말씀을 하시다니, 정말 유감입니다."

나는 말문이 막혀 얼굴이 벌게졌다. 내가 당황해하자 그는 한 수 더 떴다.

"시신 처리가 문젠데…… 어떻게 하면 좋겠습니까?"

"그걸 왜 나한테 물어요? 그런 건 내가 알 바 아니에요."

"좀 기다렸다가 유족이 안 나타나면 시에서 화장할 수밖에 없습니다. 시신 인수를 거부하시겠습니까?"

"나하고는 상관없는 일이라고 했잖소."

나는 얼굴이 벌게져서 일어섰다. 곰도 따라 일어서면서 볼멘
소리로 말했다.

"글 쓰는 작가라 이해심이 많을 줄 알았는데, 참 냉정하고 잔
인하시군요."

목덜미에 달라붙는 따가운 눈초리를 피해 나는 어깨를 움
츠리고 재빨리 그곳을 빠져나왔다. 차를 몰고 달리다가 신호등
앞에 멈춰 섰을 때에야 나는 진땀을 흘리고 있는 것을 알았다.
나보고 냉정하고 잔인하다고? 참 별놈 다 보겠네. 형사한테서
그런 말을 들을 줄이야.

달맞이언덕은 여전히 짙은 안개에 싸여 있었다. 나는 '죄와
벌' 테라스에 앉아 지금까지 내가 관계했던 그 헤아릴 수 없이
많은 여자에 대해 생각해보았다. 족히 수백 명은 될 것 같은 그
들은 이제는 존재감마저 희미해진 나머지 서로 비슷비슷해 보
였고, 이름도 거의 생각나지 않았다. 그들 가운데 한 명이 절름
발이를 낳았단 말인가. 그 애 엄마는 아이에게 귀가 따갑게 아
빠 이야기를 해주면서 나중에 크거든 아빠를 찾아보라고 말했
을 것이다. 정말 그랬을까?

커피를 마시고 난 나는 와인 한 병을 사들고 '죄와 벌'을 나
와 오솔길로 접어들었다. 뇌경색으로 반신불수가 된 나는 산책
로를 힘겹게 걷다가 너무 화가 나서 지팡이로 안개를 후려쳤다.
하지만 안개는 비웃기라도 하는 듯 끈덕지게 내 몸에 감겨들고

있었다. 모든 것이 안개의 저주 때문에 일어난 것 같았다. 그렇지 않다면 어떻게 이런 일이 일어날 수 있단 말인가.

소아마비로 다리를 절고, 말하지도 듣지도 못하는 아기는 어려서 버림을 받았을 것이다. 아이는 성장하면서 엄마가 일러준 대로 나를 찾기 시작했고, 마침내 수십 년이 지나서야 내가 사는 곳을 알게 되었을 것이다. 그러나 절름발이는 같은 처지의 내 앞에 자신의 초라한 몰골을 드러내고 싶지 않았을 것이다. 그냥 오솔길에서 오가며 자연스럽게 스치기만 하는 것으로 위안을 삼았을 것이다. 그녀가 괜히 담배를 사서 내 곁에다 두고 가곤 했겠는가. 나는 그녀가 준 담뱃갑을 꺼내보았다. 안에는 마지막 한 개비가 남아 있었다. 나는 그것을 차마 피울 수가 없어 도로 집어넣어 버린 다음 곰에게 전화를 걸어 절름발이 시신을 내가 거두겠다고 말했다.

"잘 생각하셨습니다. 만일 선생님께서 끝까지 외면하셨다면 전 선생님께 크게 실망했을 겁니다."

그 말을 듣자 나는 비로소 내가 옳은 선택을 했음을 깨달았다.

바위 위에 앉아 안개를 안주 삼아 와인을 마시다가 나는 오솔길을 벗어나 절름발이가 목을 매었던 벚나무 가까이 다가가 보았다. 늙은 벚나무는 한쪽으로 많이 휘어져 있었고, 그런데도 사방으로 가지를 뻗은 채 언제 그런 일이 있었느냐는 듯 시침을 떼고 서 있었다. 나뭇가지에는 그녀가 목을 맸던 노란 머플러 끝이 남아 있었다. 매듭이 풀리지 않자 그 아래를 칼로 자른 다음 그대로 방치해둔 것이었다. 몸이 성치 않은 그녀가 어떻게 나무 위에 올라갔는지 그것은 알 수 없었다. 하지만 그녀가 목을 매는 장면이 눈앞에 보이는 듯했다. 나는 다시 한 번 그 장면을 그려보았다. 그녀는 맨발로 휘어진 둥치를 타고 조금 올라간 다음 먼저 나뭇가지에 머플러를 잡아매고 나서 자신의 목에도 칭칭 감아 맨다. 그러고 나서 머뭇거리다가 밑으로 뛰어내린다. 머플러는 팽팽해지고, 그녀는 한참 대롱거리다가 숨을 거둔다.

나는 조금 떨어진 곳에 앉아 노란 머플러를 한참 동안 바라보았다. 안개 속에 서 있는 나무는 마치 악마의 전설을 품고 있는 것처럼 보였고, 그러자 갑자기 공포감이 엄습했다. 그것을 떨쳐버리려고 병에 남아 있는 와인을 마저 마셔버리고 나서 몸을 일으키다가 현기증을 느끼고 도로 주저앉았다. 그때 조그만 수첩 하나가 눈에 들어왔다. 그것은 발에 밟히고 비에 젖은 데다 나뭇잎에 반쯤 덮여 있어 잘 눈에 띄지 않았다. 나는 그것을 집어들어 흙과 나뭇잎을 털어낸 다음 이리저리 살펴보았다. 절름발이가 가지고 있던 수첩 같아 그것을 조심스럽게 펴보았다. 삐뚤삐뚤한 글자가 보였고, 나에게 써주었던 글자도 눈에 들어왔다.

아빠·아빠·아빠·아빠·아빠·아빠·아빠

할아부지, 소설가?

할아부지, 노준기?

오래오래…… 사세요.

내가 '고마워요.' 하고 써준 글도 있었고, 내 사인도 그대로 있었다. 그런데 그 삐뚤삐뚤한 글자들에 비해 내 글과 사인이 왠지 추악해 보였다.

며칠 후 나는 산책길에 절름발이 유골을 가지고 가서 바위 위에 앉아 재를 뿌렸다. 그것은 뿌리자마자 안개 속으로 사라져 버렸다. 나는 들고 온 소주를 병째 나발 불고 나서 그녀가 준 마지막 담배를 피워 물었다. 마음은 담담한데 이상하게도 걷잡을 수 없이 자꾸만 눈물이 흘러내렸다. 어디서 굴러다니다가 여기까지 왔단 말이냐. 불쌍한 것 같으니! 나는 손바닥으로 얼굴을 문질렀다. 처음으로 안개가 슬프게 느껴졌다.

안개, 그리고 '망각의 여신'

마침내 꿈에 그리던 캠핑카를 한 대 샀다. 캠핑카를 몰고 전국을 떠돌아다니면서 그 안에서 먹고 자고 하면서 글 쓰는 것이 소원이었는데, 마침내 그 소원을 이룬 것이다. 살날이 얼마 남지 않은 늙은 나이에 소원을 이룬 것이 좀 유감이긴 하지만 어떻든 가지고 싶었던 것을 손에 넣었으니 더 이상 바랄 것이 없을 것 같다.

전에 두어 번 캠핑카를 빌려서 돌아다닌 적이 있는데 국산 2톤 트럭 위에다 박스를 얹어 캠핑카 흉내를 낸 것으로, 소형인 데다 시설과 디자인이 조잡해서 별로 마음에 들지 않았다. 이번에 내가 구입한 것은 독일제로 차체가 크고 고급스러워 처음 그것을 보는 순간 나는 단번에 거기에 매혹당하고 말았다. 그것을 처음 발견한 것은 캠핑카 전시회에서였다. 하지만 판매가가 무려 2억 5천만 원이나 되어 감히 그것을 구입한다는 것은 생각지도 못했었다. 그런데 집에 돌아와 곰곰 생각해보니 점점 구미가 당기기 시작했고, 어떤 놈은 개인 제트기까지 타고 다니는데 나라고 캠핑카 하나 못 살 게 뭐가 있느냐, 세상에 태어나서 캠핑카 한번 굴려보지 못한다면 그게 어디 세상을 살았다고 할 수 있느냐, 하는 생각이 들면서 슬그머니 오기가 발동했고, 거기다 캠핑카를 몰고 떠돌아다니면서 글을 쓰면 그동안 가라앉아 있던 잠재력이 화산처럼 폭발해서 금방이라도 걸작들을 줄줄이 써낼 것 같았다. 그것들이 베스트셀러가 되면 엄청난 수입을 올릴 수 있을 것인즉 차값 2억 5천만 원쯤이야 새 발의 피에 지나지 않은 것이라고, 아주 그럴듯하게 치부해버렸다.

통장에는 2억여 원 정도가 들어 있었다. 그것은 내가 노후를 대비해서 쓰지 않고 아껴둔 돈이었다. 하지만 나는 그것을 과감히 깨기로 했다. 사실 무모하고 어리석은 짓이었지만 그런 것보다는 캠핑카 운전대를 잡고 싶은 욕망이 내 판단력을 마비시킬 정도로 훨씬 더 강했다. 저축해둔 2억 원을 모두 털어도 차값이 부족했기 때문에 나는 우선 아파트를 담보로 은행에서 1억 원을 대출받기로 했다. 통장에서 빼낸 1억 5천만 원에다 대출금 1억을 보태 차값을 마련한 다음 나는 마침내 독일제 캠핑카를 샀던 것이다. 통장에는 이제 5천만 원가량 남아 있었다. 그것은 생활비로 남겨둔 것이지만 사실로 말하면 은행빚이라고 할 수 있기 때문에 나는 이제 돈 한 푼 없는 알거지나 다름없었다. 하지만 호화 캠핑카 안에 들어가 앉는 순간 내가 알거지라는 생각은 조금도 들지 않았다. 그러기는커녕 내가 갑자기 부자가 된 기분이 들었고, 나야말로 세상에서 가장 행복하고 근사한 놈이라는 생각이 들었다. 그와 함께 그 캠핑카는 나에게 행운을 가져다줄 여신처럼 생각되었다. 그렇다. 나는 나의 캠핑카에다 '망각의 여신'이라고 이름을 붙이기로 했다. 차 안에 들어간 순간 세상살이의 고통과 근심 걱정 따위를 깨끗이 잊게 해주고 그 풍만한 행운의 품속으로 나를 이끌어 안아주는 여신…… 그녀는 망각의 여신임이 틀림없었다.

나는 안개 속에 서서 'CARADO'를 마치 애마처럼 쓰다듬었다. '카라도'는 캠핑카의 브랜드명이었다. 전체가 짙은 녹색에다 실내는 고급 오크목으로 꾸며져 있었고, 밤색의 가죽 소파는 침대처럼 크고 안락했다. 맨 안쪽에는 더블 침대가 놓여 있었고, 그 반대쪽에도 2층으로 된 더블 침대가 있었다. 소파까지 이용하면 8명은 충분히 잘 수 있을 것 같았다. 창가에는 네 개의 의자가 딸린 원목으로 된 큼직한 탁자가 놓여 있었는데, 거기에 앉아 집필하기에는 더없이 좋을 것 같았다. 주방에는 최고급 독일 제품들이 놓여 있었고, 화장실과 샤워실은 공간이 넉넉해 보였다. 모든 것은 전력으로 가동할 수 있게 되어 있었는데, 자가 발전시설까지 있는 것을 보고 나는 감탄을 금할 수가 없었다. 그런데 나를 더 감동하게 한 것은 전기 자전거까지 갖춰져 있다는 사실이었다. 차에는 전기 자전거를 넣어둘 수 있는 보관함까지 따로 있었다. 자전거는 일반 자전거처럼 페달을 밟아서 갈 수도 있고 전기로도 갈 수 있는 겸용이었다. 야외용 탁자도 갖춰져 있었고, 차양을 밖으로 끌어내 노천에 앉아 느긋하게 즐길 수도 있게 되어 있었다.

나는 '죄와 벌' 커피숍 주차장에 캠핑카를 대놓고 안으로 들어가 커피부터 주문했다. 포는 바쁘게 움직이고 있었다. 최근 들어 '죄와 벌'에는 손님이 늘어 포는 거의 쉴 틈도 없이 일하고 있는 것 같았다. 매상이 늘어 좋긴 하지만 그녀는 생활에 여유가 없다고 하면서 피곤해했다. 노천에 앉아 커피를 거의 다 마셨을 때 포가 커피포트를 들고 와 내 잔에다 커피를 따라주었다.

"무슨 좋은 일 있으세요?"

내 표정이 여느 때와 달리 조금 상기되어 있었는지 내 눈을 들여다보면서 그녀가 물었다.

"드라이브 가지 않을래요?"

느닷없는 말에 그녀는 의아해하면서 큰 눈을 깜박거렸다.

"왜 갑자기 드라이브예요? 지금 바쁜데……."

"차를 하나 샀는데 시승을 해보려구."

"그래요? 무슨 찬데요?"

그녀는 주차장으로 나와 캠핑카를 보고는 입이 딱 벌어졌다.

"어머, 멋있어요! 빌린 거예요?"

"산 거예요."

"어머머, 정말 멋있어요!"

그녀는 차를 어루만지다가 감동 어린 눈으로 나를 쳐다보았다. 나는 그녀를 차 안으로 안내해 실내를 보여주었다.

"이걸 몰고 다니면서 작품을 쓸 거예요."

"너무 근사해요. 선생님은 역시 로맨틱해요."

"차 이름을 '망각의 여신'이라고 할 건데 어때요? 이 안에 들어오면 모든 근심 걱정을 잊고 몽환의 세계로 빠져든다는 의미라고나 할까……."

"아, 망각의 여신! 너무 멋져요! 앞으로 전 이 차에 탈 때마다 망각의 여신이 될 거예요."

그녀는 내 팔짱을 꼭 끼더니 어쩔 줄을 몰라 했다. 그녀의 젖가슴이 내 팔뚝에 닿아 한참 동안 뭉클거리는 바람에 나는 정신이 몽롱해져 왔다.

바쁘다던 그녀는 하던 일을 팽개치고 재빨리 외출 준비를 한 다음 차에 올라탔다.

잠시 후 '망각의 여신'은 우리를 태우고 휘감아 도는 달맞이 언덕길을 느릿느릿 올라갔다. 어느새 안개비가 내리고 있었고, 안개비 사이로 흐릿하게 드러나 보이는 젖은 숲 위에서 갑자기

꿩 한 마리가 날아오르는 것이 보였다. 짙은 안개 때문에 헤드라이트를 켜고 달리는 동안 실내에는 〈태양은 가득히〉의 주제가가 감미롭게 흘러나오고 있었다. 포는 소파에 앉아보기도 하고 침대 위에 드러누워보기도 하고 이것저것 만져보기도 하면서 모든 것이 신기한 듯 잠시도 가만있지 못했다.

"이 차, 어디서 만든 거예요?"

"독일제."

"그러면 그렇지. 독일 사람들은 물건 하나는 정말 잘 만들어요."

이윽고 달맞이언덕길 정상에 이르자 나는 차를 세워놓고 안쪽으로 들어가 소파에 앉아 있는 그녀 곁에 다가앉았다. 내가 앉기가 무섭게 그녀가 갑자기 내 목을 끌어안더니 내 입에 기습적으로 키스를 했다. 나는 잠시 얼떨떨해 있다가 그녀의 어깨를 감싸 안고 눈을 감았다. 그녀의 머리칼과 목에서는 내 피를 끓게 하는 향내가 일고 있었다. 그것은 아무리 가슴 깊이 들이마셔도 끝에까지 닿을 수 없는 향내였다. 나는 그녀의 머리칼을 쓰다듬다가 코와 입술을 만지고 긴 목에 입술을 갖다 댔다. 그녀는 검고 보드라운 블라우스를 입고 있었다. 상체를 가리고 있는 것은 그것뿐이었다. 블라우스가 밑으로 흘러내리자 희디흰 상체가 드러났다. 갑자기 드러난 우아한 흰 피부에 나는 순간적으로 눈이 부셨다. 그녀는 거추장스럽다는 듯 청바지와 팬티까지 벗어 던지고 소파에 비스듬히 앉았다. 그녀의 몸은 조금 마른 듯하면서도 40대 여인 특유의 도발적이고 농익은 완숙미를 지니고 있었다. 그녀가 일어서서 창가로 걸어갈 때 그녀가 얼마나 훌륭한 엉덩이를 가졌는지, 나는 그것을 인정하지 않을 수 없었다. 여자가 아무리 빛나는 육체를 가지고 있어도 그것을 사랑스럽게 어루만져줄 남자의 손길이 없으면 그 빛은 스러지고 만다. 안타까운 일이지만 그렇게 스러지고 있는 여자들이 얼마나 많은가.

그녀는 아직 자신이 젊다는 것을 나에게 과시하고 있는 듯이 보였다. 그러나 그녀는 아무 말도 하지 않았다. 그녀가 침묵하고 있는 것이 마음에 들었다. 우리는 한 마디도 나누지 않은 채 침대 위에서 마치 일을 하듯 한곳으로 집중해 들어갔다. 터널 속으로 아무리 깊이 들어가도 그것은 끝날 것 같지 않았고, 어둠 속에 갇힌 우리는 한순간 공포감으로 몸을 떨었다. 터널 속은 귀를 때리는 굉음과 무너질 것 같은 진동으로 단말마의 비명을 지르고 있었다. 문득 터널 속에 영원히 갇혀버릴까 하는 생각이 들었다.

모든 것이 조용해졌을 때 나는 가슴이 축축해지는 것을 느꼈다. 내 가슴에 얼굴을 묻은 그녀가 소리 없이 눈물을 흘리고 있었다. 그녀는 아무 말도 하지 않았고, 나 역시 아무것도 묻지 않았다. 우리는 너무 편안해서 한참 동안 누워 있었다.

"커피 마시고 싶어요. 커피 끓일 수 있어요?"

"잠깐 기다려요."

나는 주방으로 가서 커피를 끓였다. 창문을 열자 안개가 안으로 밀려들어 왔다. 그녀가 내 뒤로 살그머니 다가오더니 뒤에서 나를 끌어안았다. 그녀의 얼굴과 가슴과 두 팔과 배와 두 다리와 그 사이의 욕망이 찰떡처럼 달라붙어 나는 움직일 수가 없었다.

우리는 창가에 앉아 커피를 마셨다. 청사포 쪽 바다와 내가 자주 다니는 달맞이언덕 아래쪽 오솔길, 그리고 '죄와 벌'이 있는 곳은 두터운 안개에 싸여 아무것도 보이지 않았다. 우리는 벌거벗은 채 앉아 커피를 마시면서 몇 번이고 키스했다. 그녀는 요부 같았고 나는 악마 같았다. 그녀가 너무 사랑스러워 나는 죽을 것 같았다. 우리는 입을 크게 벌리고 안개를 가슴 깊숙이 들이마셨다. 열린 창을 통해 들어온 안개는 길고 빨간 혀를 날름거리며 몸의 구석구석을 핥아댔다. 뱀처럼 몸을 휘감아대다가 어느 순간에 사라지더니 그다음에는 소리 없이 다가와 모포처럼 따뜻하게 어깨를 감싸주기도 했다.

"달맞이언덕의 안개는 요부 같아."

내가 중얼거리자 그녀는 미소를 지으며 말했다.

"하지만 부드럽고 달콤해요. 안개 때문에 옷을 벗고 있어도 부끄러운 느낌이 안 들어요."

그러고 보니 그런 것 같았다. 안개가 옷을 대신해서 몸을 가려주고 있다는 착각에 별로 부끄러움을 못 느끼고 있는 것 같았다.

"안개 속에서는 모든 사람들이 옷을 벗고 지내면 어떨까요?"

"그거 좋은 생각인데."

대충 옷을 입은 다음 나는 송정으로 차를 몰았다. 밑으로 내려가는 동안 안개는 뒤로 밀려났고, 송정 바닷가에 닿았을 때 안개는 언덕 위에 유령처럼 머물러 있었다. 바닷가에는 안개는 없었지만, 비가 내리고 있었다. 소리 없이 내리는 부슬비였다.

나는 창가에 앉아 와인잔 두 개를 탁자 위에 올려놓은 다음 시칠리아산 와인인 '도망간 여자'를 꺼내 잔에 따랐다. 그녀는 와인을 마시면서 거친 바다 쪽을 바라보고 있었는데, 두 줄기 눈물이 뺨을 타고 소리 없이 흘러내리고 있었다.

"너무 좋아요. 잊을 수가 없을 거예요."

나와 시선이 부딪쳤을 때 그녀의 두 눈은 불타오르는 듯했다. 그녀는 아름답고 매혹적이었고, 나를 계속해서 자극하고 있었다. 나는 손을 뻗어 그녀의 손을 쓰다듬었다. 그녀의 손은 매끄러웠고, 손가락이 유난히 길어 보였다. 나는 그녀의 손등에 입을 맞추었다. 그녀는 내 곁으로 의자를 가져왔고, 내 품에 안겨 와인을 마시면서 바다를 바라보았다. 파도 속으로 조그만 배 한 척이 가라앉았다가 다시 솟아나오는 것이 보였다. 가랑잎처럼 위태롭게 움직이고 있는 그 배를 우리는 한참 동안 바라보고 있었다.

우리는 계속 와인을 마셨고, 바다 위로 어둠이 내리기 시작했을 때 그녀는 산책을 하겠다고 하면서 혼자 밖으로 나갔다.

"우산 가져가요."

그녀는 내 말을 들은 체도 하지 않고 그대로 걸어갔다. 아마 비를 맞고 싶어 하는 것 같았다.

나는 탁자 앞에 다가앉아 머리 위의 전등을 켰다. 그런 다음 서랍에서 권총을 꺼내 탁자 위에 올려놓았다. 그것은 여러 해 전에 러시아 선원한테서 산 리벌버 45구경이었다. 그것은 불빛을 받아 검게 번들거리고 있었다. 나는 그것으로 언제라도 내 머리통을 쏴버릴 준비가 되어 있었다. 나는 모든 준비가 되어 있었기 때문에 하나도 두려울 것이 없었다. 나는 그것을 쓰다듬다가 손잡이를 가만히 쥐고 방아쇠에 손가락을 걸었다. 총구를 관자놀이에 갖다 대자 섬뜩한 냉기가 느껴졌다. 뇌 기능이 정지되고 팔다리가 마비되어 움직일 수 없을 때, 남에게 부담이 되고, 그래서 누구한테도 의지하고 싶지 않을 때, 나는 혼자서 결정을 내려야 할 것이다.

나는 그것을 서랍 속에 집어넣은 다음 노트와 펜, 그리고 잉크를 꺼냈다. 펜 손잡이에는 깃털이 달려 있었다. 그것은 수년 전 베네치아에서 산 것이었다. 나는 노트를 열고 소설 첫 문장을 쓰기 시작했다.

태양과 죽음

어린 병사는 소총 총구에 진달래꽃 한 송이를 꽂아놓고 있었다. 머리 위에서는 태양이 이글거리고 있었다. 원산이 고향인 병사는 중학교 2학년인데, 징집을 받고 전선에 끌려와 있었다. 그는 집에 가고 싶은 마음밖에 없었다. 그는 전쟁이 왜 일어났는지 그 이유를 몰랐고, 그런 것은 알고 싶지도 않았다. 소년병한테는 전쟁은 남의 일이었지만 그는 전장에 끌려와 있었다. 그는 어른들이 무서웠고, 모든 것이 두렵기만 했다. 새끼를 여섯 마리나 낳은 누렁이 생각이 났다. 꼬물거리며 엄마 젖을 빨아대는 새끼들 모습이 눈앞에 아른거렸다. 배에서 꼬르륵하는 소리가 들려왔다. 배도 고프고 목도 말랐다. 점심때가 지났는데도 그는 아침부터 굶고 있었다.

소년병은 총신에 오른쪽 눈을 갖다 대고 가만히 전방을 응시했다. 처음에는 흔들리는 진달래꽃이 시야를 가리고 있었다. 그런데 그 사이로 사람의 움직임이 아른거리는 것이 보였다. 눈을 깜박이고 나서 다시 바라보니 적군 한 명이 다가오고 있었다. 느린 걸음으로 걸어오던 그는 키 큰 소나무 아래 그늘 속으로 들어가더니 바지를 내리고 쭈그리고 앉았다. 엉덩이뼈와 허벅지가 앙상해 보였다. 적군은 똥을 누면서 주머니를 뒤적거리더니 담배꽁초를 꺼내 물고 거기다 지포라이터로 불을 붙였다. 푸르스름하게 피어오르는 담배 연기 사이로 가끔 얼굴을 찡그리면서 하늘을 올려다보곤 하는 것이 보였다. 그러다가 무거워 보이는 철모를 귀찮은 듯 벗어 던졌는데, 햇빛에 드러난 머리는 반백이었고 깡마른 얼굴은 주름투성이로 까맣게 타 있었다. 고향에 있는 아버지처럼 늙어 보이는 병사였다.

변을 보고 난 늙은 병사는 벗어놓은 군장과 철모를 챙긴 다음 사방을 둘러보다가 소년병이 숨어 있는 곳으로 다가왔다. 어린 병사는 당황했다. 그대로 엎드려 있으면 발각될 것이 뻔했다. 왜 하필이면 이쪽으로 오는 거지? 소년은 안절부절못하다가 더 이상 엎드려 있지 못하고 몸을 일으켰다. 아무런 경계심도 없이 터벅터벅 걸어오던 늙은 병사는 인민군 병사를 보고는 소스라치게 놀라면서 두 손을 번쩍 쳐들었다. 자신을 향해 총을 겨누고 있는 인민군이 뜻밖에 왜소한 체구인 것을 알고는 조금 안심하는 것 같았지만 경계심을 늦추지는 않았다. 소년병은 어떻게 해야 할지 알 수 없었다. 아버지처럼 늙어 보이는 병사가 왜 혼자 떨어져 있는지 이해가 되지 않았다. 낙오병일지도 모른다고 생각하면서 방아쇠에 걸고 있는 손가락에 신경을 집중했다. 하지만 차마 방아쇠를 당길 수가 없었다. 소년병과 늙은 병사는 그 자리에 얼어붙은 채 그렇게 한동안 서 있었다. 무슨 말인가 해야 한다고 생각했지만 아무 말도 나오지가 않았다. 눈부신 햇살이 눈을 찌르고, 거기다 땀방울이 눈으로 흘러내리는 바람에 소년은 눈을 찡그렸다. 그때 갑자기 뒤에서 총소리가 났고, 늙은 병사가 뒤로 벌렁 나자빠지는 것이 보였다. 소년병은 어리둥절했다. 권총을 뽑아든 장교가 그의 옆을 지나 늙은 병사 앞으로 다가가더니 머리를 겨냥하고 방아쇠를 당겼다. 총소리는 무더운 장막에 갇혀 별로 크게 들리지 않았다. 장교가 뭐라고 말했지만 무슨 말인지 잘 알아들을 수가 없었다. 소년은 늙은 병사 쪽으로 다가가 보았다. 늙은 병사의 이마에는 구멍이 하나 나 있었고, 가슴은 피에 젖어 있었다. 강렬한 태양 빛에 노병이 흘린 피는 타는 듯이 붉어 보였다.

큰길로 내려간 소년은 장교한테 야단을 맞은 후 조랑말 뒤에 설치된 발판 위에 올라섰다. 소년의 뒤에는 대포가 포신을 뒤로 한 채 매달려 있었다. 조랑말의 등짝은 회초리에 무수히 얻어터져 피범벅이 되어 있었다. 수백 리 길을 무거운 대포를 끌고 오느라고 조랑말은 지칠 대로 지쳐 있었다. 소년병은 조랑말과 대포 사이에 서서 전방을 바라보았다. 붉은 황톳길 위로 탱크의 무한궤도 자국이 선명히 나 있었고, 그 위로 흙먼지를 누렇게 뒤집어쓴 병사들이 느릿느릿 움직이고 있었다. 전쟁은 이제 시작 단계였다.

달리, 안개를 그리다

'세기의 거장 살바도르 달리 초현실주의 특별전'

나는 '죄와 벌'에 앉아 맞은편에 걸려 있는 현수막을 바라보고 있었다. 현수막에는 달리 특별전을 알리는 문구가 적혀 있었다. 나는 달리 특별전을 소개하는 안내 팸플릿을 펼쳐보았다. 표지에는 녹아내리는 시계를 배경으로 콧수염을 말아 올린 달리의 괴기스러운 얼굴이 실려 있었다. 작품은 모두 43점으로 유화와 수채화, 그리고 판화였다. 팸플릿 안에는 초대권이 두 장 들어 있었다.

포가 커피를 가져다 내 앞에 내려놓더니 팸플릿을 집어들었다. 나는 아래쪽에서 슬금슬금 밀고 올라오는 안개를 째려보면서 뜨거운 커피를 입으로 가져갔다.

"달리 작품을 40여 점이나 전시하다니, 대단한 전시야. 같이 가서 보지 않을래요? 내일 오프닝에 오라고 초대장도 왔는데……."

포는 코웃음을 쳤다.

"왜 그래요?"

"아뇨. 아무것도 아니에요."

그녀는 더 이상 말하지 않았고, 나도 더는 묻지 않았다. 포는 고개를 갸우뚱하면서 팸플릿을 한참 동안 들여다보고 있었다.

안개는 어느새 탁자 밑으로 기어들어오고 있었다. 나는 다리에 감겨드는 안개를 털어냈다. 포는 진홍색 민소매 드레스에 왼쪽 가슴에 검은 장미 브로치를 달고 있었다. 머리칼은 묶어서 뒤로 틀어 올리고 있었는데 그날따라 요염해 보였다.

다음 날 나는 포와 함께 Z화랑에 갔다. Z화랑은 50대의 여자가 운영하는, 전국적으로 알려진 큰 화랑이었다. 사장인 손 모 여인은 다른 군소 화랑에서는 넘보지 못하는 국내 유명 화가들을 수시로 초대하여 전시회를 열었고, 외국 화가들의 그림도 자주 내걸어, 불황에도 불구하고 가장 활발하게 화랑을 운영하고 있었다. 그녀의 남편은 병원장이고 남동생은 검사장이라는 둥 그 배경이 대단하다는 소문이 있었다. 그래서인지 그녀는 마당발이었고, 수완이 좋아 비싼 작품들도 잘 팔아넘기고 있었다. 바닷가에 새로 조성되는 거대한 조각 공원에 놓이게 될 수십 개의 외국 작품들도 Z화랑이 거의 독점해서 설치할 거라는 소문이 나돌고 있었다. 손 사장은 상대하는 사람에 따라 표정 변화가 다양하게 나타나, 비아냥거리기 좋아하는 사람들 사이에서는 칠면조로 불리고 있었다.

오프닝 시간이 되자 Z화랑은 사람들로 가득했는데, 마치 내로라하는 사람들이 총출동한 것처럼 힘깨나 쓰는 얼굴들로 북적거렸다. 오프닝의 첫 순서는 미술평론가이자 대학교수라는 어느 땅딸보 사내의 강연이었다. 그는 그럴듯한 달변으로 달리의 위대함에 대해 장황하게 늘어놓고 나서 그의 작품들이 이렇게 많이 한국에 선보이게 된 것은 역사상 처음이자 마지막 기회라고 역설했다. 특히 작품마다 퐁피두센터의 진품 인정서가 첨부된 것은 전시 작품의 진가를 더욱 빛내주는 것이라고 강조했다. 뒤이어 듣기에 민망한 축사들이 이어졌고, 마지막으로 칠면조가 나와 정중하게 인사한 다음 달리 작품이 소더비즈와 크리스티 같은 세계적인 경매시장에서 얼마나 고가에 팔리고 있는지를 장황하게 늘어놓았다. 달리 작품들이 대거 한국에서, 그것도 부산에서 선보이게 된 것은 기념비적인 일로 그의 진품들을 보게 된 것만으로도 큰 횡재를 한 셈이라고 덧붙였다.

"한국은 현재 세계 10위권 안에 드는 경제 대국으로 세계 미술시장에서도 큰손으로 인정받고 있습니다. 달리 같은 세계적인 거장의 작품들이 이렇게 한국시장에 나왔다는 것 자체가 바로 한국의 위상이 어느 정도인가를 보여주는 것이라고 생각합니다. 만일 우리가 가난한 나라라면 달리 작품이 여기까지 올리가 있겠습니까?"

여기저기서 박수 소리가 터져나왔다.

각 작품 밑에는 가격표 같은 것이 붙어 있었는데, 약식으로 적혀 있어서 정확한 가격을 알 수가 없었다. 해골이 그려진 수채화 밑에는 1,000,-이라고 적혀 있었다. 나는 포에게 그것을 가리키면서 작은 소리로 물었다.

"이거 얼마라는 거지? 천만 원인가?"

"10억이에요."

포가 내뱉듯이 말했다. 가슴에서 쿵 하고 울리는 소리가 났다.

"에이. 그럴 리가……."

나는 어안이 벙벙했다. 포는 픽 웃었다.

"참, 뭘 모르시네요. 여기서 최하가 1억이에요. 1억에서 25억까지 있어요."

포는 어느새 상황을 파악하고 있었다. 나는 바보가 된 기분이었고, 모욕을 당한 것 같은 기분까지 들었다. 나는 그녀에게 25억짜리를 보여달라고 했고, 그녀는 나를 가장 큰 그림 앞으로 데리고 갔다. 그것은 유화로 그 밑에는 2,500,- 이라고 적힌 가격표가 붙어 있었다. 나는 멀거니 그 그림을 바라보았다. 그 그림의 제목은 '돈키호테'였다. 푸른 바다를 배경으로 한 남자가 걸어 나오고 있었다. 거품이 이는 물결이 그의 두 다리를 때리고 있었다. 그런데 사내의 몸통은 없고 그 대신 배의 돛대와 부푼 돛이 그려져 있었다. 그런 광경을 지우기라도 할 듯 그 위로 푸르스름한 안개가 흐르고 있었다. 포는 25억짜리가 또 한 점 있다고 하면서 나를 옆방으로 데리고 갔다.

또 다른 25억짜리는 '크리스토퍼 콜럼버스의 아메리카 발견'이라는 작품이었다. 탐험자는 해변으로 걸어나오며 배를 끌어올리고 있었다. 그 옆에는 거의 벌거벗은 모습의 아름다운 소년이 서 있었는데, 소년은 십자가를 들고 있었다. 그 뒤 배경에도 똑같은 소년이 완전히 발가벗은 채 보드라운 엉덩이를 보이며 돌아서 있었다. 그리고 그 그림 위에도 푸르스름한 안개가 흐르고 있었다. 나는 1억에서 25억 사이의, 엄청난 가격이 붙은 그림들을 차례로 둘러보고 있는 동안 억대라는 숫자가 처음 느낌과는 달리 별것 아닌 것처럼 생각되었다. 〈섹스어필의 망령〉〈갈라의 초상〉〈깨어나기 직전 석류나무 주위로 날아든 꿀벌로 인한 꿈〉〈위대한 마스터베이터〉〈코끼리 그림자를 드리운 백조들〉〈기억의 고집〉〈성 안토니우스의 유혹〉〈암푸르단 전경에 나타난 입체적 얼굴〉〈암푸르단의 소녀〉〈암푸르단 인근 풍경〉〈아무것도 찾지 않는 암푸르단의 화학자〉……. 그림들은 기묘하면서도 매력적이었고, 이미지는 위험스럽게 느껴졌다.

"좋은 작품들은 다 있는데요."

포가 내 곁으로 다가와 속삭였다. 나는 고개를 끄덕였다. 잘 모르겠지만, 아무튼 매력적으로 느껴지는 것은 사실이었다. 더구나 이미 전설이 돼버린 세계적인 화가의 그림들이 아닌가.

"암푸르단이 지명을 말하는 건가?"

나는 그녀가 대답을 못할 거라고 생각하고 물었다. 그러나 그녀는 기다렸다는 듯이 대답했다.

"바르셀로나에서 북동쪽으로 두 시간 남짓 걸리는 바닷가 지역인데 아름다우면서도 거친 풍광이 압권이에요. 달리는 그곳에 인격을 부여했고, 그곳을 배경으로 수많은 그림을 그렸어요. 달리는 해안선이 내려다보이는 언덕 위의 집에서 온갖 기행을 일삼으면서 살다가 죽었어요."

화랑을 나온 우리는 어둠과 안개가 깔린 언덕길을 천천히 올라갔다.

"달리 작품이 모두 팔리면 매출액이 엄청나겠던데. 25억짜리가 두 점, 15억짜리가 두 점, 10억짜리가 다섯 점…… 이것만 해도 130억이니까 다 팔리면 어림잡아 200억은 넘겠던데."

내가 부러워하자 그녀는 코웃음 쳤다.

"정확히 260억이에요. 대단한 사기 사건이 될 거예요."

"그게 무슨 말이야?"

"모두 가짜라구요! 달리의 위작들이 한국에까지 굴러들어오

달맞이언덕의 안개

다니, 이건 비극이에요!"

그녀는 흥분해서 말했다.

"무슨 근거로 그런 말을 하지?"

"한국인들은 밥이에요. 세계적인이란 말만 들어가면 앞뒤 안 가리고 덤벼들어요. 바보 같은 자들이 뭣 모르고 달리의 가짜 작품들을 사겠죠. 한 푼어치 가치도 없는 것을 수억씩이나 주고 사서 집에 걸어놓고 희희낙락하는 꼴이라니 정말 이런 희극과 비극이 또 어디 있어요."

그녀는 신랄하게 쏘아붙였고, 나는 그녀의 말을 어디까지 믿어야 할지 몰라 멀거니 서 있기만 했다.

"그게 정말이라면 손을 써야 하지 않나?"

"내버려둬요. 내 돈 없어지는 것도 아니니까."

"작품이 가짜인지 진짜인지 하는 건 거액이 왔다 갔다 하는 거니까 아주 신중하게 판단해서 말해야 할 거야. 함부로 잘못 말했다가는……."

내 말이 채 끝나기도 전에 그녀는 무례하게 뛰어들었다.

"전 파리에 있을 때 달리를 전공했어요. 그것으로 박사학위도 받았구요. 달리에 대해서는 좀 알고 있어요."

나는 멈칫했다. 그녀가 달리를 전공했다는 것은 처음 듣는 말이었다. 하긴 그녀 쪽에서 지금까지 입을 다물고 있었으니까 모를 수밖에 없었다.

"왜 지금까지 그런 말을 안 했지? 난 파리에 유학 갔다 온 화가인 줄만 알았지."

"선생님께서 묻지 않으셨잖아요."

"꼭 물어봐야 말하는 건가?"

"대단한 것도 아니잖아요. 달리는 정말 흥미진진한 화가였어요. 일반 화가들과 나란히 놓고 설명할 수 없는 괴물이었어요. 달리를 연구하면서 그림도 그렸는데 어느 날 제 그림을 가만 보니까 달리와 많이 닮았더라구요. 저도 모르게 그를 닮아간 거죠."

우리는 다시 걷기 시작했다. 안개가 짐승의 혓바닥처럼 뺨을 계속 핥아대는 바람에 나는 얼굴을 찡그리면서 그것을 닦아내곤 했다.

문제가 터진 것은 열흘쯤 지나서였다.

'죄와 벌'에 단골로 드나드는 병원장 부인이 남편과 함께 저녁 늦게 나타났는데, Z화랑에 들렀다 오는 길이라고 했다. 그날로 달리전이 끝났기 때문에 구입한 작품을 가져오는 길이라고 하면서 제법 뿌듯해하는 표정이었다. 나와 함께 와인을 마시고 있던 포는 무슨 작품을 구입했느냐고 물었다.

"〈기억의 영속성〉이란 작품이에요."

머리가 벗겨진 50대 후반의 병원장이 말했다. 포가 작품을 좀 볼 수 없겠느냐고 하자 그는 주차장에 세워둔 차에서 작품을 가지고 와 포장을 풀었다. 포는 그것을 벽에 기대놓고 뚫어지게 노려보더니 얼마 주고 구입했느냐고 물었다.

"9억 5천이요. 10억이었는데 5천 깎아준 거예요."

병원장 부인이 들뜬 목소리로 말했다.

"대금은 지불했나요?"

"그럼요. 벌써 지불했죠."

그것은 바닷가를 배경으로 그린 그림이었다. 오른쪽에는 깎아지른 절벽이 있고 왼쪽에는 나무와 탁자가, 탁자 옆에는 괴상하게 생긴 생물체가 누워 있었다. 나뭇가지와 탁자와 생물체 위에는 치즈처럼 축 늘어진 시계가 놓여 있었다. 그와 같은 괴상한 풍경 위로 안개가 흐르고 있었다. 시간이 정지해 있는 느낌이었다.

"이 작품은 가짜예요."

포는 단칼로 자르듯 말한 다음 와인을 벌컥벌컥 들이켰다. 나는 깜짝 놀라 그녀를 쳐다보았다. 병원장 부부도 놀란 눈으로 그녀를 바라보았다.

"그, 그게 무슨 말이에요? 지금 정말로 말씀하시는 거예요?"

병원장 부인이 언성을 높여 물었다.

"제가 왜 그런 거짓말을 하겠어요."

나는 생각 같아서는 그녀의 입을 틀어막고 싶었다. 그러나 이미 엎질러진 물이었다.

"어, 어떤 근거로 가짜라는 거예요? 근거가 있을 거 아니에요?"

포는 미간을 찌푸렸다.

"근거를 대면 뒤집어질 거예요. 그러니까 사모님께서는 다른 말씀 하시지 말고 작품을 돌려주고 돈만 돌려받으세요."

"참, 기가 막혀서……."

"그러니까 내가 잘 생각해서 사라고 했잖아. 덮어놓고 덜컥 사면 어떡해? 9억 5천이 적은 돈이야?"

병원장은 잡아먹을 듯이 아내를 노려보았다.

"만일 돈을 안 돌려주면 어떡하죠?"

병원장 부인은 잔뜩 불안한 표정으로 눈을 이리저리 굴렸다.

"글쎄요. 그땐 사기로 고소하든가 그래야겠죠."

"이러고 있을 때가 아니야! 빨리 화랑에 가봐!"

병원장이 서둘러 일어나자 그 부인도 허둥지둥 따라 일어났다. 그녀는 주차장으로 가면서 화랑에 전화를 거는 것 같았다.

"괜한 짓 한 거 아닐까?"

나는 고개를 흔들면서 포를 곁눈질로 바라보았다. 그녀의 안색은 굳어 있었다.

"대사기 사건인데, 그대로 두고 볼 수가 없었어요."

"하지만 문제가 커질 것 같은데……."

나는 그녀가 걱정스러웠다.

나의 걱정은 얼마 안 돼 현실로 나타났다.

칠면조가 험악한 인상으로 병원장 부부를 거느리고 '죄와 벌'에 들이닥친 것은 병원장 부부가 사라진 지 한 시간도 채 안 돼서였다. 나긋나긋하고 날씬하게 생긴 그녀는 살기등등한 얼굴로 포를 노려보면서 손가락으로 그녀의 어깨를 쿡 찔렀다.

"뭐가 가짜라는 거야! 무슨 근거로 그런 거짓말을 하는 거야? 당신 도대체 뭔데 그런 말을 해? 남의 사업을 망칠 셈이야?"

좋은 구경거리라도 생긴 듯 손님들이 우르르 몰려와서 원을 그리며 둘러쌌다.

"자, 여기서 이러지 말고 방으로 들어가서 이야기합시다. 밖으로 소문나면 서로 좋을 게 없으니까 안으로 들어갑시다."

내 말에 포는 안쪽에 단체 손님들을 위해 만들어놓은 별실로 사람들을 데리고 들어갔다.

"왜 가짜라는 거야? 만일 증거를 대지 못하면 당신 손해배상 청구할 거야! 증거를 대봐!"

장방형의 탁자를 사이에 두고 모두가 자리를 잡고 앉았지만, 칠면조는 분을 이기지 못한 채 그대로 서서 포를 윽박질렀다. 그러나 포는 의외로 침착했다.

"증거를 댈 테니까, 그림을 이 방으로 좀 갖다주시겠어요?"

병원장이 잽싸게 밖으로 나가더니 그림을 가지고 방으로 들어왔다.

"그림을 좀 잡아주실래요?"

병원장 부부가 양쪽에서 탁자 위에 올려놓은 그림을 잡아주었다. 포는 턱으로 그림을 가리키면서 물었다.

"사장님, 달리가 이 그림, 〈기억의 영속성〉을 언제 그린 줄 아세요?"

"몰라. 그런 게 무슨 상관이야?"

"반말하지 마세요. 이 그림은 스물일곱 살 때인 1931년에 그린 거예요. 그런데 이 사인을 좀 보세요."

포는 볼펜 끝으로 그림 오른쪽 밑에 있는 점을 가리켰다.

"이게 뭐죠? 사모님, 이게 뭐죠?"

그녀가 병원장 부인을 쳐다보며 묻자 그녀는 고개를 숙이고 그것을 뚫어지게 들여다보았다.

"지문인데그래."

"네, 그래요. 누가 봐도 이건 지문이에요. 달리는 1970년대에 이르자 사인 대신 지문을 사용했어요. 병이 깊어 손가락 하나 움직일 수가 없었고, 그래서 사인도 할 수가 없었어요. 그래서 사인 대신 지문을 사용하게 된 거예요. 비서가 손가락을 잡고 꾹꾹 눌러준 거죠. 당연히 1930년대 작품에는 지문 대신 사인이 들어 있어야 옳죠. 그때는 펄펄 날아다닐 때니까 본인이 직접 사인을 갈겨댔죠. 그런데 여기 보면 30년대 작품에 70년대 지문이 찍혀 있어요. 이건 뭘 의미하는 거죠? 사장님 한번 설명해보시죠."

나는 감탄 어린 눈으로 포를 바라보았다. 감동한 나머지 그녀가 존경스럽기까지 했다. 칠면조를 힐끗 보니 그녀의 얼굴은 붉으락푸르락해져 있었고, 말문이 막혀 어쩔 줄 모르다가 입에서 겨우 튀어나온다는 말이 이런 것이었다.

"난 그런 거 몰라! 말도 안 되는 소리 하지 마!"

그녀는 백에서 종이 한 장을 꺼내 흔들었다.

"그럼 이건 뭐야? 이건 퐁피두센터에서 발행한 진품 인증서야! 이것도 가짜란 말이야?"

"그런 건 얼마든지 위조할 수가 있어요. 퐁피두센터에서도 위조 인증서 때문에 골치를 앓고 있어요. 전 파리에 있을 때 퐁피두센터에서도 일을 했기 때문에 거기 직원들을 잘 알고 있어요. 지금이라도 전화를 걸어 알아볼 수 있어요. 한번 알아볼까요?"

"당신 나한테 무슨 감정 있어? 도대체 왜 이러는 거야?"

얼굴이 창백해진 칠면조는 바들바들 떨고 있었다. 포는 담배를 꺼내 불을 붙였다. 그리고 연기를 기분 좋게 두어 모금 내뿜고 나서 차분한 어조로 입을 열었다.

"감정 같은 건 없어요. 당신이 잡아먹을 듯 대드니까 잡아먹히지 않으려고 할 수 없이 하는 말이에요. 나온 김에 하는 말인데 Z화랑에 걸려 있던 40여 점의 달리 작품들의 사인은 모두 지문뿐이었어요. 그 작품들이 언제 그려졌는지 그런 것은 그만두고라도 지문 사인은 아까 제가 말씀드렸듯이 달리가 손가락 하나 움직일 수가 없었기 때문에 사인 대용으로 사용했던 거예요. 그런데 사인 하나도 할 수 없었던 달리가 무슨 힘으로 그림을 그릴 수 있었겠어요? 결국 지문이 찍힌 그림은 모두 위조된 거라고 봐도 틀림없어요."

"말도 안 돼!"

"제 말 끝까지 들어보세요. 달리는 생전에 700개 가까운 사인을 사용했어요. 그러니까 서로 다른 사인들이 700개 가까이 있었다는 얘기예요. 달리는 그의 그림을 그럴듯하게 모방해서 그리는 전문 비서들을 곁에 두고 수없이 그림들을 양산해냈어요. 비서들이 유화, 수채화, 판화 등 닥치는 대로 그려내면 그는 사인하기에 바빴어요. 그러다가 나중에는 기진맥진해서 지문까지 찍어냈어요. 그것도 모자라 비서들은 각자 독립해서 세계 여기저기에서 그의 그림을 위조하고 사인까지 위조해서 시장에 내다 팔았어요. 세계 유명 미술관에 있는 초대형 캔버스 유화들, 이를테면 워싱턴 D. C에 있는 〈최후의 만찬〉, 플로리다 주 세인트 피츠버그에 있는 〈크리스토퍼 콜럼버스의 아메리카 발견〉, 도쿄 미나미 미술관에 있는 〈테투앙 전〉, 독일 쾰른의 루트비히 미술관에 있는 〈페르피냥 철도역〉까지도 모두 가짜 작품이에요. 모두가 쉬쉬하고 있지만 알 만한 사람들은 모두 알고 있는 사실이에요."

"난 그런 거 몰라요. 그런 거 알 필요도 없고, 나도 달리 작품들을 홍콩까지 가서 경매에 나온 걸 사온 거예요. 빚을 내서 사온 거라구요."

칠면조의 목소리는 떨리고 있었다.

포는 웨이터에게 시칠리아산 와인을 가져오게 해서 방 안에 있는 사람들에게 모두 한 잔씩 돌렸다. 그러나 칠면조는 그것을 거들떠보지도 않았다. 포는 와인을 한 모금 마신 다음 조용히 입을 열었다.

"전 이 일을 확대할 마음은 없어요. 신문사에 이런 이야기를 해주면 기자들은 벌 떼처럼 달려들어 기사를 써낼 거예요. 그렇게 되면 사장님은 달리 작품으로 대사기극을 벌인 사기꾼으로 낙인찍힐 거고, 결국 경찰에 체포될 거예요. 그렇게 되면 더 이상 화랑은 운영할 수 없게 되겠죠. 전 여기서 끝내고 싶어요. 사장님이 더 이상 말썽을 피우지 않고 돌아가주시면 저도 입을 다물 거예요."

칠면조가 비틀거리며 몸을 일으키자 병원장 부부도 따라 일어섰다. 병원장 부인은 포에게 고맙다고 연신 머리를 조아렸고,

병원장은 두 손으로 포의 손을 움켜잡고 "정말 대단하십니다! 존경합니다!" 하고 말했다.

그들이 밖으로 사라지자마자 나는 손뼉을 쳤다. 그리고 포를 으스러지게 끌어안고 키스를 했다. 잠시 후 우리는 노천으로 나가 안개 속에 앉아 와인으로 축배를 들었다.

"달리의 위작에 거의 모두 안개가 그려져 있었어요. 원작에는 안개 같은 게 없어요. 위작을 그린 작가가 일부러 위작이란 걸 드러내기 위해 안개를 그려 넣은 것 같기도 한데, 확실한 건 잘 모르겠어요."

"당신은 정말 근사한 여자야. 내가 본 여자 중에 최고야."

그녀는 내 허벅지를 쓰다듬으면서 어깨에 가만히 머리를 기댔다.

"사기와 날조야말로 예술의 진정한 본질인지도 몰라요. 달리가 보여줬잖아요."

파리의 안개, 그리고 헤밍웨이

오후에 '죄와 벌'에 들른 나는 노천 테라스에 앉아 커피를 주문한 다음 낡은 가죽 가방 속에서 책 한 권을 꺼냈다. 그것은 미국판 유명한 사진 잡지인 〈라이프LIFE〉지로 60여 년 전에 발행된 것이라 낡아 보였다. 표지에는 콧수염을 기른 헤밍웨이의 야성적인 얼굴이 실려 있었다. 사진 전문지이기 때문에 판형이 일반 잡지의 두 배 정도로 커 보였다.

안개가 너무 짙어 한낮인데도 주위는 어둑어둑했다. 안개에 질식할 것 같아 숨을 깊이 들이마셨는데 공기는 상쾌했다. 커피의 쓴맛을 음미하면서 나는 〈라이프〉지의 표지를 다시 바라보았다. 오른쪽 상단에는 'THE OLD MAN AND THE SEA by HEMINGWAY'라는 영문 글자가 찍혀 있었고, 그 밑에는 조금 작은 글자로 'A COMPLETE NEW BOOK FIRST PUBLICATION'

이라고 표기되어 있었다. 번역하면 헤밍웨이가 쓴 『노인과 바다』를 처음으로 잡지에 전재했다는 말이었다. 오른쪽 하단에는 발행 날짜가 나와 있었는데, 이렇게 적혀 있었다.

'SEPTEMBER 1, 1952'.

"어머, 헤밍웨이 아니에요?"

소리 없이 다가온 포가 내 어깨 너머로 〈라이프〉지 표지를 내려다보면서 말했다. 나는 내 어깨 위로 흘러내린 그녀의 머리칼에 코를 갖다 대면서 숨을 깊이 들이마셨다.

"어디 좀 봐요."

그녀는 내 곁에 다가앉더니 잡지를 집어들고 헤밍웨이 얼굴을 뚫어지게 응시했다.

"야성적이고 멋있어요. 제가 제일 좋아하는 작가예요. 이 남자 콧수염을 보면 괜히 흥분돼요."

헤밍웨이 콧수염을 보고도 흥분된다는 그녀의 말이 묘하게 나를 자극했다.

그녀는 표지에 인쇄된 글을 재빨리 훑어보고 나서 페이지를 넘겼다.

"이 안에도 헤밍웨이 사진이 있네요. 어머, 노인과 바다……."

그녀는 페이지를 한 장 한 장 끝까지 넘겨보고 나서 흥분한 얼굴로 나를 쳐다보았다.

"『노인과 바다』가 전재돼 있네요. 페이지마다 삽화까지 그려져 있구요. 굉장히 중요한 잡지인데요."

나는 끄덕이면서 그 잡지의 가치를 알아보는 그녀에게 회심의 미소를 지어 보였다. 그녀는 『노인과 바다』가 시작되는 페이지 옆 페이지에 전면으로 실려 있는 헤밍웨이 사진을 한참 동안 바라보고 있었다. 그것은 쿠바의 어느 바닷가일 거라고 생각되는 곳을 배경으로 찍은 사진으로, 헤밍웨이는 두 손에 나뭇가지를 든 채 서 있었다. 베이지색 바지 위에 누르스름한 남방을 걸친 그는 우람한 체격에 거칠고 도발적인 인상이었다. 죽음과 폭력, 모험으로 가득 찼던 그의 생애와 작품들을 생각하면서 나는 페이지를 넘겼다.

"20페이지에 걸쳐 실렸는데, 『노인과 바다』가 처음부터 끝까지 모두 실렸어요. 중편 정도의 작품이니까 전재가 가능했을 거예요. 놀라운 것은 문학지도 아닌 사진 전문잡지에 전재되었다는 거예요. 라이프사에서 파격적으로 실은 거지. 편집자한테는 작품을 알아보는 안목과 함께 이와 같은 파격이 필요해요."

나는 표지에 나와 있는 발행 날짜를 가리켰다.

"이걸 보면 알겠지만 이건 1952년 9월에 발행됐어요."

"60년이 넘은 잡지네요."

"아주 오래된 거지. 오래된 데다 『노인과 바다』가 처음 세상에 소개된 잡지지. 1952년에 그 작품이 실리고 나서 이듬해 헤밍웨이는 그것으로 퓰리처상을 받았고, 그다음 해, 그러니까

54년에 마침내 노벨문학상까지 받았어요."

"어머나, 아주 귀한 거네요."

그녀는 다시 한 번 작품을 유심히 살펴보고 나서,

"이거 선생님 거예요?"

하고 물었다. 나는 회심의 미소를 지으면서 고개를 끄덕였다.

"이런 걸 어디서 구하셨어요? 사려면 굉장히 비쌀 텐데……."

"돈 주고도 구할 수 없는 거지."

"어디서 구하셨어요? 설마 1952년에 사신 건 아니겠죠?"

"52년이면 난 열한 살 코흘리개였고, 한국전이 한창일 때였지. 수년 전 파리에 갔을 때 우연히 헌책방에서 발견했어요. 쇼윈도에 전시되어 있어서 눈에 띈 거예요."

"얼마 주고 사셨어요? 비싸게 줬을 거 같은데?"

"아무리 비싸도 구입하려고 했는데, 주인이 안 판다고 해서 그만 실망하고 말았어요."

"그런데 어떻게 구하셨어요?"

그녀는 궁금해서 죽겠다는 듯이 나를 빤히 쳐다보았다.

"할 수 없이 불법적으로 취득했지."

"그게 무슨 말씀이에요?"

"훔쳤다는 말이에요."

"에이, 그럴 리가요."

그녀는 내 말을 믿지 않았고, 사실대로 말해달라고 졸랐다.

내가 와인을 찾자 그녀는 재빨리 그것을 갖다주었고, 나는 와인을 마시면서 안개에 젖은 파리의 센 강과 강가에 있는 그 헌책방을 떠올렸다.

수년 전 여름, 내가 한 달 예정으로 파리에 갔을 때 시내를 가로지르는 센 강은 안개비에 젖어 있었다. 그날 나는 파리에서 화가로 활동하고 있는 40대 여인과 함께 노트르담 성당을 둘러보고 나서 강변을 따라 안개비 속을 걸었다. 우리는 오랜만에 만났고, 그녀는 내 팔짱을 꼭 낀 채 정감 어린 밀어들을 속삭이며 걸었다. 그녀는 파리쟌느가 다 되어 있었고, 자기는 파리를 떠나서는 살 수 없을 것 같다는 말까지 했다.

센 강은 짙은 안개로 덮여 있어서 강이 보이지 않았고, 그 때문에 모든 배의 운항이 중지된 것 같았다. 여름인데도 코트를 입고 있는 사람들이 많이 보였고, 강가를 걸어가는 사람들이나 다리 위에 우두커니 서 있는 사람들 모두가 방랑자들처럼 보였다.

우리는 다리를 건너가 헌책방 앞에서 걸음을 멈췄다. 2층짜리 낡은 건물 출입구 위에 가로질러 있는 'SHAKESPEARE AND COMPANY'라는 낡은 간판이 눈에 들어왔다. 내가 파리에 올 때마다 들르는 책방이었다. 너무 유명하다 보니 비좁은 건물이 항상 관광객들로 북적이고 있었다.

셰익스피어 서점은 1920년대에 문을 연 헌책방이었다. 주인은 실비아 비치라는 금발의 예쁜 미국 처녀로 아버지와 함께 파리로 건너와 지내다가 취미 삼아 조그만 책방을 열었던 것이다. 그런데 여기에 작가들이 한두 명씩 모여들면서 차츰 유명세를 타게 되었던 것이다.

당시 파리에는 미국에서 건너와 하릴없이 빈둥거리는 일군의 가난한 작가들이 있었다. 1차 대전 후 미국 경제가 호황을 누리면서 사회가 타락한 자본주의 물결에 휩쓸리고 빈부격차 등 그 부작용이 속출하자 전쟁으로 상처를 입은 미국의 젊은 작가들은 상실감과 함께 미국 사회에 환멸을 느끼고 파리로 건너온다. 그들은 인생의 의미나 목표를 잃은 채 술과 섹스에 탐닉하면서 방황하는데, 그런 그들을 일컬어 잃어버린 세대Lost Generation라고 불렀다. 유럽의 같은 세대 작가들과 어울린 그들 중 대표적인 작가가 헤밍웨이였다. 헤밍웨이는 헨리 밀러, 피츠제럴드, 제임스 조이스, 오스카 와일드, 거트루드 스타인, 에즈라 파운드, 더스 패서스, 엘리엇 등과 휩쓸려 다녔는데, 가난한 그들은 셰익스피어 서점에 들락거리면서 잠자리를 구하기도 하고 구석에 앉아 글을 쓰기도 하고 아르바이트로 용돈을 벌기도 했다. 그들을 사랑한 실비아 비치는 조이스의 『율리시스』를 처음으로 출판해주기도 했고, 그것이 금서로 지목되어 미국으로의 반입이 금지되자 헤밍웨이가 발 벗고 나서서 캐나다를 통해 그것을 미국으로 몰래 들여보냈다.

헤밍웨이는 수년 후 잃어버린 세대의 모습을 『태양은 다시 떠오른다』에 구체적으로 그려낸다. 전쟁 때문에 많은 것을 잃어버린 그들은 매일 술독에 빠져 지내면서 세월을 보내지만, 헤밍웨이는 그래도 결국 '태양은 다시 떠오른다'는 희망적인 제목을 작품에다 갖다 붙였다.

당시 셰익스피어 서점을 출입하던 잃어버린 세대의 작가들은 젊음 하나만을 믿고 좌충우돌하고 있었기 때문에 별로 알려지지도 않았고, 말썽이나 피우고 다니는 술꾼 정도로 치부되고 있었다. 그러나 시간이 지나면서 그들이 서서히 두각을 나타내고, 결국은 대부분이 세계적인 문호로 성장하자 그들의 아지트였던 셰익스피어 서점도 덩달아 유명해지기 시작했다. 세월이 흐르면서 작가들은 모두 뿔뿔이 흩어져 제 갈 길로 갔지만 그들의 체취가 배어 있는 책방은 더욱 유명해져 추억을 더듬어보려는 관광객들로 항상 북적이게 되었다.

책방 앞에는 센 강을 끼고 조그만 공터가 있는데, 비가 오지 않는 날에는 그곳에도 서가와 책이 담긴 박스들이 놓인다. 사람들은 야외에 진열된 헌책들을 구경하다가 낡은 목조 문을 밀고 안으로 들어간다. 안으로 들어가면 2층으로 올라가는 입구에 다음과 같은 글귀가 걸려 있다.

BE NOT INHOSPITABLE TO STRANGERS,

LEST THEY BE ANGELS IN DISGUISE.

낯선 사람을 괄시하지 마라.

변장한 천사일지도 모르니.

잃어버린 세대의 작가들은 과연 변장한 천사들이었을까. 실비아 비치는 처음부터 그들을 알아보았을까. 실내는 낡은 책들이 풍기는 퀴퀴한 냄새로 가득하다. 하지만 그 냄새는 영혼을 품고 있어서 그런지 기분 좋은 느낌으로 다가온다.

비좁은 공간은 온통 책들로 채워져 있고, 2층으로 올라가는 계단 위에도 책들이 쌓여 있다. 2층에도 책들이 널브러져 있고, 강이 내려다보이는 조금 넓은 방 창가에는 작고 낡은 책상 하나가 자리를 차지하고 있다. 책상 위에 놓여 있는 구형 타자기, 닳아빠진 의자……. 그 앞에 앉아 있는 헤밍웨이의 모습이 눈앞에 어른거린다. 벽에 걸려 있는 조그만 액자 속 사진을 들여다본다. 헤밍웨이가 고양이를 안고 웃고 있다.

"꼭 개구쟁이 같아요."

사진을 들여다보면서 여류화가 M이 말했다.

웃으며 자전거를 타고 가는 헨리 밀러의 사진. 어제는 또 어떤 여자를 건드렸을까. 문 앞에서 서로 쳐다보면서 담소를 나누고 있는 제임스 조이스와 실비아 비치. 실비아 비치를 으스러지게 껴안고 키스를 퍼붓고 있는 헤밍웨이의 근육질 어깨와 넓은 등판. 아무렇게나 쌓여 있는 책들과 거기서 풍기는 묘하고 기분 좋은 냄새. 삐걱거리는 나무 계단을 내려와 사람들과 부딪치지 않으려고 애쓰면서 밖으로 나가면 또 하나의 출입구가 있다. 정면에서 보면 왼쪽에 있는 출입문이다. 그곳은 또 다른 매장으로, 좀 고급스럽고 비싼 책들이 있는 곳이다.

나는 안으로 들어가기 전에 쇼윈도에 있는 헤밍웨이 사진을 보고 그 앞으로 가까이 다가섰다. 그것은 〈라이프〉지 표지에 실린 사진이었다. 헤밍웨이가 한창 왕성하게 활동할 때 찍은 것인 듯 야성미가 넘치는 얼굴이었다.

"멋있어요."

M이 말했다. 헤밍웨이한테 반하지 않은 여자가 어디 있었던가. 나는 은근히 질투를 느끼면서 문을 밀고 안으로 들어갔다.

안에는 손님이 서너 명 있었고, 계산대에는 날카롭게 생긴 중년 사내가 앉아서 컴퓨터를 들여다보고 있었다.

나는 쇼윈도로 다가가 거기에 세워져 있는 〈라이프〉지를 집어들었다. 그것은 비닐 커버 안에 들어 있었다. 커버 안에서 잡지를 꺼내 속지를 살펴보고 난 나는 흥분으로 가슴이 두근거리기 시작했다.

"보물을 발견했어."

나는 M에게 귓속말로 말했다. 내가 흥분하는 것을 보고 그녀는 호기심 어린 눈으로 나를 쳐다보았다.

"뭔데요?"

"52년도 판에다 『노인과 바다』가 처음으로 실린 잡지야."

나는 〈라이프〉지를 펼쳐 보이며 말했다.

"노벨상 받은 작품 아니에요?"

"그렇지. 노벨상 받기 전에 여기에 처음 소개된 거야. 이 삽화 좀 봐. 페이지마다 그림이 있는데 아주 잘 그렸어."

우리는 한참 동안 페이지를 넘기면서 『노인과 바다』를 살펴 보았다. 나는 흥분으로 거칠어진 숨을 고르고 있었다. 마치 먹이를 앞에 두고 도사리고 있는 맹수처럼.

"삽화도 멋있네요. 정말 잘 그렸어요."

화가인 그녀가 그렇게 말했기 때문에 나는 다시 찬찬히 그림을 살펴보았다.

잠들어 있는 노인 곁으로 사자들이 어슬렁거리며 걸어가고 있다. 노인이 사자 꿈을 꾸고 있는 것을 그린 삽화이다. 푸른 하늘로 날아오르는 갈매기 한 마리. 84일 동안 고기 한 마리 낚지 못한 산티아고 할아버지가 혼자서 작은 조각배를 저으며 바다로 나가고 있다. 마침내 낚시에 걸린 거대한 고기 한 마리. 야구방망이처럼 주둥이가 튀어나왔다. 푸른 바다 위로 솟구치는 거대한 고기와 사투를 벌이는 노인의 모습이 역동적으로 그려져 있다. 다음은 거대한 고기를 뜯어먹으려고 달려드는 상어 떼를 향해 작살을 찍어대는 노인의 모습이다. 마침내 항구에 도착한 노인은 극심한 피로에 지쳐 쓰러져 잠이 들고, 사람들은 배에 매달려 있는 거대한 고기 뼈를 신기한 듯 구경한다. 상어 떼가 뜯어먹어 앙상하게 뼈만 남아 있는 거대한 고기 그림. 인생의 허무를 상징적으로 말해주고 있는 것 같다. 지쳐 쓰러진 노인은 황금빛 해변으로 내려오는 사자들 꿈을 꾸고 있다.

헤밍웨이는 쿠바의 해변에서 어부들과 자주 어울려 술을 마셨고, 그래서 그들의 삶에 대해서 잘 알고 있었을 것이다.

"그런 유명한 작품이 어떻게 〈라이프〉지에 다 실렸죠?"

"그러니까 특별하지. 사진 전문잡지에 소설을 전재했다는 건 기념비적인 편집이라고 할 수 있어. 편집자가 보통 작품이 아니란 것을 알아보고 과감하게 실은 거지. 아주 뛰어난 편집자야."

그녀 역시 흥분이 되는지 연신 예쁜 눈을 깜박거리고 있었다.

"구입하시려구요?"

"이런 기회는 좀처럼 없어. 놓치면 후회할 거야."

내가 당연하다는 듯 말하자 그녀는 고개를 갸우뚱했다.

"아마 비쌀 거예요."

"아무리 비싸도 놓칠 수는 없어."

이건 나를 위해서 존재하는 거야. 뭘 우물쭈물하지. 나는 망설이지 않고 계산대 쪽을 바라보았다.

내가 〈라이프〉지를 들고 다가가자 중년 사내가 안경 너머로 날카롭게 나를 쳐다보았다. 처음부터 나의 움직임을 주시하고 있었던 것 같았다. 나는 의심스러운 눈빛으로 나를 쳐다보는 그의 차가운 시선이 싫어 그를 외면한 채 영어로 물었다.

"이거 얼마죠?"

M도 곁에서 불어로 물었다. 사내는 천천히 고개를 가로저으면서 뭐라고 말했다.

"뭐라고 그래요?"

"안 판대요."

M이 아쉬운 듯 말했다.

"왜 안 판다는 거야? 팔지도 않을 거면서 왜 전시해놨지? 이유를 물어보라구."

M과 사내가 불어로 주고받는 말을 나는 한 마디도 알아들을 수가 없었다.

"파는 게 아니래요."

"이런 제길헐……."

나는 맥이 풀렸고, 밖으로 나오자 은근히 화가 났다.

책방 앞에서 발길을 떼지 못하고 머뭇거리자 그녀가 카메라를 꺼내면서 사진을 찍어주겠다고 말했다.

나는 쇼윈도에 놓여 있는 〈라이프〉지 옆에 바싹 다가서서 포즈를 취했다.

"헤밍웨이 얼굴이 잘 나오게 찍어줘."

"조금 더 옆으로 다가서세요. 됐어요. 어머머……."

그녀가 갑자기 카메라를 내리면서 어이없어했다.

"왜 그래?"

나는 쇼윈도를 돌아보았다. 조금 전까지 놓여 있던 〈라이프〉지가 보이지 않았다.

"저 사람이 치웠어요."

안에서 밖을 내다보고 있는 사내를 그녀가 턱으로 가리켜 보였다.

"아주 못됐어요."

"정말 형편없는 놈이군."

볼멘 목소리로 투덜거리는 그녀를 데리고 나는 그 옆에 있는 카페로 들어갔다.

카페는 빈자리가 없을 정도로 손님들이 많았다. 마침 노천 쪽에 앉아 있던 손님 둘이 일어서는 바람에 우리는 재빨리 그 자리를 차지하고 앉았다. 자리에 앉자마자 그녀는 분을 이기지 못해 식식거리며 말했다.

"무슨 수를 써서라도 라이프지를 손에 넣어야 해요."

"그건 내 맘에 쏙 드는 말인데."

우리는 커피를 주문했다. 머리 위에 처져 있는 차양 끝으로 빗방울이 떨어지고 있었다. 뿌연 안개 속으로 소리 없이 비가 내리고 있었다. 의외로 우산도 없이 비를 맞으며 걷는 사람들이 많았다.

채 흥분이 가시지 않은 나는 한참을 말없이 앉아 있었다. 눈앞에 있는 〈라이프〉지를 구입할 수 없다는 데서 오는 실망감이 의외로 컸기 때문에 나는 마음을 달래려고 담배만 빨아댔다.

강변과 다리 위로는 사람들이 쉴 새 없이 오가고 있었다.

"왜 사람들이 우산을 안 쓰지?"

"파리 사람들은 웬만한 비는 무시하고 다녀요. 안개비를 맞으며 걷는 모습이 멋지고 환상적이지 않아요?"

그러고 보니 그런 것 같았다. 파리에서는 노천카페에 앉아 오가는 사람들을 구경하는 재미가 보통이 아니다.

내 어깨에 가만히 무게가 느껴졌다. M이 머리를 기대면서 아득한 시선으로 허공을 바라보았다.

"선생님하고 이렇게 나란히 카페에 앉아 커피를 마셔본 지도 오래된 것 같아요."

"몇 년 됐지."

나는 그녀의 손을 가만히 잡아주었다. 그녀의 손은 보드랍고 따뜻했다.

내가 처음 M을 만난 것은 20여 년 전이었다. 그녀는 파리에서 미술을 공부하는 가난한 유학생으로 내가 파리에 갔을 때 알게 되었다. 그때 나는 어떤 문학단체의 유럽여행에 참가해 파리에 갔는데 현지 가이드로 M이 안내를 맡아주었다. 그녀는 문인들 사이에 인기가 좋았는데, 다른 사람들은 눈에 안 들어오는지 나한테만 유독 관심을 보였다. 하루는 밤에 둘이서 몰래 만나 데이트를 하다가 호텔로 돌아왔는데 조금 후 노크 소리가 나서 문을 열었더니 문 앞에 그녀가 서 있었다. 다른 사람들이 볼까 봐 나는 얼른 그녀를 안으로 끌어 들였고, 그녀는 내 품에 안겨 그날 밤을 보냈다. 그녀는 거의 잠을 자지 않고 내 품을 파고들었고, 나 역시 이별의 아쉬움을 상쇄하려는 듯 밤새도록 그녀를 유린했다.

나는 이틀 후면 귀국하게 되어 있었는데, 나도 그녀도 헤어지는 게 싫었다. 결국 나는 일행과 떨어져 남게 되었고, 일주일을 더 그녀와 함께 보내다가 귀국했다. 우리는 프랑스 북부 노르망디 지방을 여행했다. 바다 위에 수도원의 첨탑과 함께 신비스러운 모습으로 솟아 있는 몽생미셸, 영화 〈쉘부르의 우산〉의 무대인 셰르부르, 성벽으로 둘러쳐진 해적들의 본거지였던 생말로……

그 뒤에도 나는 파리에 갈 때마다 그녀를 찾았다. 그러다가 그녀가 결혼하면서 소식이 뜸해졌는데, 그녀와 다시 소식을 주고받으면서 만나게 된 것은 수년 전부터였다. 그녀는 어느 돈 많은 프랑스 노인과 결혼했다가 그가 죽는 바람에 지금은 딸하나를 데리고 고급 주택가에서 살고 있었다. 내가 파리에 가

면 그녀를 찾듯이 그녀 역시 한국에 오면 나에게 연락을 해오
곤 했다.

"결혼 안 해?"

느닷없는 물음에 그녀는 준비가 되어 있는 듯 웃으며 고개를
흔들었다.

"혼자 사는 게 좋아요."

"애인 없어?"

"저한테는 선생님밖에 없어요."

그녀의 표정은 어느새 진지해져 있었다. 나는 가슴이 저며드
는 것을 느꼈다.

"거짓말하지 마."

"정말이에요."

"우리는 자주 만나지도 못하고, 내가 잘해주지도 못하는
데⋯⋯."

"그런 건 상관없어요. 전 선생님 생각하는 것만으로도 행복
해요. 선생님이 떠나시면 전 며칠 동안 앓아누울 거예요."

그녀는 팔짱을 꼭 끼면서 다시 머리를 기대왔다.

"내가 죄를 많이 지었군."

"아, 아니에요. 책임감 느끼실 필요는 없어요."

나는 그녀를 꼭 끌어안고 뜨겁게 입을 맞추고 싶었다. 하지
만 사람들이 보는 앞에서 이 늙은 놈이 그런 짓을 할 수는 없었

다. 그러자 M이 화제를 돌렸다.

"〈라이프〉지 못 사서 서운하신가 봐요."

"보물을 놓쳤으니 서운할 수밖에……."

"그렇게 그걸 갖고 싶으세요?"

나는 당연하다는 듯 크게 고개를 끄덕였고, 그녀는 소리 내어 웃었다.

"꼭 아기 같아요."

"방법이 없을까? 아까 무슨 수를 써서라도 그걸 손에 넣어야한다고 했는데, 그게 무슨 말이지?"

"아시면서 그래요. 선생님은 추리작가잖아요."

그녀는 제법 의미심장한 말을 했다. 나는 솔깃해서 그녀의 의중을 떠보았다.

"창작과 현실은 다르잖아."

"창작의 세계를 현실로 가져와보세요."

"몽상을 현실로 바꾸라 이 말인가?"

"선생님의 용기와 배짱을 테스트해보고 싶어요."

그 말에 나는 찔끔했다. 나는 겁이 많아 모험이나 도전보다는 도망치는 데 오히려 익숙한 편이었다.

"대충 두 가지 방법이 있어요. 하나는 정상적으로 돈 주고 사는 거예요. 말은 파는 게 아니라고 하지만 이쪽에서 어마어마한 액수를 제시하면 안 팔고 배기겠어요? 하지만 그렇게 많은 돈을 지불할 수는 없잖아요. 억대를 내고 〈라이프〉지를 사시겠어요?"

나는 얼른 대답을 못하고 머뭇거렸다. 아무리 그것을 가지고 싶다 해도 억대를 지불할 생각도 능력도 없었다.

"그럼 첫 번째는 포기하기로 하고, 두 번째 방법을 생각해봐요. 그게 뭔지는 아시겠죠?"

"훔치는 거 말인가?"

"꼭 갖고 싶으면 그 방법밖에는 없잖아요."

그녀는 맹랑한 말을 하고 있었다.

"그러다가 들키면 어떡하지?"

"창피를 당하든가 감옥에 가든가 그러겠죠. 그런 각오 없이는 〈라이프〉지를 손에 넣을 수 없을 거예요."

나는 소극적이었고, 그녀가 오히려 적극적으로 나섰다.

다음 날도 우리는 셰익스피어 서점을 찾아갔다. 쇼윈도에는 그 〈라이프〉지가 다시 자리를 차지하고 있었다. 내가 먼저 안으로 들어가면 M은 10분쯤 지나 들어오기로 되어 있었다. 계산대에는 어제의 그 사내 대신 귀엽게 생긴 아가씨가 앉아 있었다. 나는 서가를 살피다가 아래쪽에서 헨리 밀러에 관한 크고 두툼한 책을 발견하고 그것을 뽑아들었다. 얼른 보기에도 값이 꽤 나갈 것 같은 책이었다. 안에는 흑백과 컬러 사진들이 실려 있었는데, 그 가운데 컬러 사진 한 장이 내 시선을 끌었다. 전면에 걸쳐 실려 있는 그 사진은 늙은 밀러가 자신은 옷을 입은 채로 벌거벗은 금발의 젊은 여자와 탁구를 치고 있는 모습을 찍은 사진이었다. 그 책을 들고 계산대로 다가갈 때 문이 열리면서 M이 안으로 들어왔다. 아가씨는 책값이 250유로라고 말했다. 한국 돈으로 37만 원가량 되는 돈이었다. 내가 좀 깎아줄 수 없느냐고 손짓 발짓으로 말하고 있을 때, M은 〈라이프〉지를 비닐 커버에서 꺼내놓고 헤밍웨이 얼굴이 나와 있는 표지와 광고가 실려 있는 뒤표지를 재빨리 카메라로 찍었다. 아가씨는 10유로를 깎아주겠다고 말했다. 나는 카드 대신 현찰로 책값을 지불했다. 내가 200유로짜리 한 장과 10유로짜리 네 장을 거침없이 꺼내놓자 그녀는 조금 놀라는 기색이다가 금방 활짝 웃었다. 내가 헨리 밀러의 책이 든 쇼핑백을 들고 계산대에서 물러나자 M이 〈라이프〉지를 들고 그 앞으로 다가섰다.

"이거 얼마예요?"

"파는 게 아니에요."

두 여자가 불어로 이야기하고 있을 때 나는 서가에 꽂혀 있는 '007시리즈'를 눈여겨보고 있었다. 그것은 페이퍼백으로 모두 아홉 권이었다. 내가 그것들을 꺼내 살펴보고 있을 때 M은 먼저 밖으로 사라졌다.

그다음의 작업은 신속히 이루어졌다.

우리는 컬러 복사집으로 가서 〈라이프〉지를 찍은 사진을 원형 사이즈로 복사했다. 문구점에 들러 〈라이프〉지를 넣을 수 있는 비닐 커버와 40여 장 정도의 백지를 구입한 다음 그녀의 집으로 갔다.

도벽이 발동한 나는 솜씨가 정교해지고 빨라졌다. 〈라이프〉지는 표지를 제외하고 모두 86페이지였다. 그중 20페이지가 『노인과 바다』였다. 43장의 백지를 〈라이프〉지 사이즈에 맞게 자른 다음 네 군데에 구멍을 내 실로 단단히 묶고 나서 앞뒤에 복사한 표지를 갖다 대자 〈라이프〉지와 비슷해 보였다. 앞뒤 표지가 떨어지지 않게 안쪽으로 투명 테이프로 붙이고 나서 비닐 커버를 씌우자 더 이상 흠잡을 데 없는 〈라이프〉지가 탄생했다.

"감쪽같아요. 이걸 어떡하실 거죠?"

"진짜하고 바꿔치기하는 거지."

"그게 가능할까요?"

그녀는 걱정스러운 듯 물었다. 나의 용기와 배짱을 테스트해보고 싶다던 그녀는 막상 내가 차근차근 일을 진행해나가자 겁이 나는 모양이었다.

다음 날에도 센 강은 안개에 덮여 있었다. 날이 어두워지기를 기다려 우리는 마침내 작전을 마무리 짓기 위해 다시 셰익스피어 서점에 갔다.

달맞이언덕의 안개

안으로 들어가기 전에 밖에서 지나치면서 보니 계산대에는 그저께 보았던 그 날카로운 사내가 버티고 있었다. 우리는 멈칫했다.

"다음으로 연기하는 게 좋을 것 같아요. 아가씨가 계산대를 볼 때 오죠."

M의 말에 나는 고개를 가로저었다.

"그대로 해요. 저치한테 본때를 보여주고 싶어."

나는 물러설 수가 없었다. 나에게는 도벽이 한번 발동하면 마치 모험을 즐기는 것처럼 위험수위를 아슬아슬하게 넘나드는 버릇이 있었다. 나는 그 사내를 통쾌하게 꺾고 싶었다. 그렇다고 M을 위험에 빠뜨리게 할 수는 없었다. 그녀는 그냥 바람만 잡아주고 사라지면 된다.

우리는 전과는 좀 다르게 변장을 했다. 그녀는 챙이 넓은 모자에 히피 같은 차림이었고, 눈에는 잠자리 눈 같은 안경을 끼고 화장을 아주 짙게 했다. 나는 잿빛 장발에 바바리코트를 걸치고 검은색이 들어간 동그란 안경을 코에 걸었다. 어깨에는 큼직한 가죽 가방을 걸쳤는데, 열려 있는 지퍼 사이로는 신문이며 잡지 같은 것들이 아무렇게나 처박혀 있었다.

나는 먼저 책방 안으로 들어가 서가를 살피는 척하다가 '007 시리즈'가 꽂혀 있는 곳으로 다가가 그중 한 권을 눈에 띄게 조금 뽑아놓았다. 돌아서서 다른 서가 쪽으로 천천히 이동하고 있는데, 히피처럼 요란스럽게 차려입은 여자가 안으로 들어왔다. 그 뒤를 이어 중년 남녀 한 쌍이 들어섰다. 계산대의 사내는 토끼 눈을 하고 손님들을 살피다가 컴퓨터 화면으로 시선을 깔았다. 히피 여인이 '007시리즈' 아홉 권을 몽땅 뽑아내다가 놓치는 바람에 책들이 바닥으로 와르르 쏟아졌다. 계산대 사내가 그쪽으로 가는 사이 나는 쇼윈도에서 〈라이프〉지를 집어들어 보는 척하다가 가방 속에서 다른 〈라이프〉지를 꺼내 슬그머니 바꿔치기했다. 진짜 〈라이프〉지를 신문지 사이에 밀어넣고 가짜는 쇼윈도에 올려놓은 다음 매대 위에 놓여 있는 책들 가운데서 〈MAGAZINE LITTÉRAIRE〉 8월호를 집어들고 계산대로 다가갔다. 그것은 유명한 문학 잡지였다. 사내는 '007시리즈'를 계산대 위에 쌓아놓고 막 계산대 안으로 들어서고 있었다. 히피 여인은 계산대 앞에서 껌을 질겅질겅 씹어대면서 몸을 흔들어대고 있었다.

"007 영화는 처음 만든 것이 제일 좋아요. '애인과 함께 소련에서 오다'. 그거 봤어요? 그게 제일 재미있어요. 007은 역시 숀 코너리가 주연한 게 제일 멋있어요. 안 그래요? 그런데 사실은 영화보다 소설이 훨씬 나아요. 난 007 마니아예요."

그녀가 불어로 지껄여대자 사내가 뭐라고 말했고, 그러자 두 사람은 소리 내어 웃었다. 나는 얌전히 차례를 기다리고 있었다. 잠시 후 히피는 책값 135유로를 놓고 너무 비싸다고 불평했다.

　　　　　　　　　　　　　　　　　달맞이언덕의 안개

"페이퍼백 문고판 싸구려를 한 권에 15유로나 받다니 이런 폭리가 어딨어요?"

"오래된 책일수록 비싸다는 거 몰라요? 안 사도 좋아요."

"셰익스피어 서점 이름값 톡톡히 하는군요. 주세요."

그녀가 퉁명스럽게 말하고 나서 책값을 내자 사내는 거칠게 책들을 쇼핑백에 담아서 내밀었다. 히피가 휑하니 사라지자 나는 웃으며 잡지를 내밀었다.

마침내 서점 밖으로 나왔을 때 나는 뒷덜미가 뒤로 당겨지는 것 같아 불안했다. 사내가 뛰쳐나와 나를 붙잡을 것 같아 겁이 났지만 일부러 뒤를 돌아보지 않고 천천히 걸어가다가 인파 속으로 들어가서야 걸음을 빨리했다. 숨이 차고 식은땀이 흘렀지만 마고카페에 이를 때까지 아무 일도 일어나지 않았다.

카페 안으로 들어가자 히피 여인이 헤밍웨이 사진 밑에 앉아 있는 것이 보였다. 사진 밑에는 동판으로 '헤밍웨이가 앉았던 자리'라고 쓰여 있었다. 마고카페는 과거 사르트르와 보부아르, 카뮈와 헤밍웨이, 피카소, 장 콕토 같은 인물들이 즐겨 찾던 카페로 그들이 앉았던 자리에는 사진과 함께 그들의 이름이 새겨진 동판이 붙어 있었다.

"성공했어요?"

M은 발딱 일어나 나를 얼싸안았다. 나는 숨을 고르면서 자리에 앉은 다음 〈라이프〉지를 꺼내 탁자 위에 올려놓았다.

"멋져요!"

그녀는 헤밍웨이 사진에 키스한 다음 내 뺨에도 입을 맞추었다.

"어쩌면 그렇게 눈 하나 깜빡하지 않고 태연하게 해치우세요? 정말 솜씨가 대단해요. 과거에 많이 해본 솜씨 같아요."

"겁이 나서 혼났어."

"전혀 그렇게 보이지 않던데요."

"나보다는 그대 연기가 일품이었어."

이번에는 내가 그녀의 뺨에 입을 맞추었다.

"쇼윈도에 있는 게 가짜라는 걸 알았을 때의 그 남자 표정을 보고 싶어요."

짜릿한 스릴감에 우리는 다시 한 번 껴안고 몸을 떨었다.

나는 〈라이프〉지를 손으로 쓰다듬다가 축하주로 와인 한 병을 주문했다.

그날 우리는 밤늦게까지 센 강 변을 거닐면서 와인을 마셨고, 안개 속의 미로를 헤집듯 상대방의 육체에 탐닉했다. 안개에 가려진 육체에 손을 댔을 때 그녀의 몸은 걷잡을 수 없이 타올랐고, 나는 파괴된 윤리 감각과 배반의 성취감에 전율했다.

내 이야기를 듣고 난 포는 믿을 수 없다는 듯 고개를 흔들면서 〈라이프〉지를 만지작거리다가 와인잔을 들어 내 잔에 부딪쳤다.

"성공을 축하해요. 헤밍웨이도 〈라이프〉지가 선생님 손에 들어간 것을 좋아할 거예요."

나는 커튼처럼 우리를 둘러싸고 있는 안개를 향해 미소를 지었다. 헤밍웨이도 달맞이언덕의 안개 속에 앉아 와인을 한번 마셔봤다면 결코 이 언덕을 잊지 못했을 것이다.

"헤밍웨이는 파리에 얼마 동안 있었죠?"

내 마음을 읽은 듯 포가 물었다.

"한 8년쯤 있었을 거예요. 스무 살 때 1차 대전에 참전해서 중상을 입었는데 전역 후 3년쯤 지나 파리로 건너갔어요. 그때 그는 8년 연상의 해들리라는 여자와 결혼한 상태였는데, 그 여자가 헤밍웨이 원고를 잃어버리는 바람에 결정적으로 부인한테 실망하게 돼요."

해들리가 기차에서 분실한 원고는 장편소설 1편과 단편 18편, 그리고 시 30편이었다. 헤밍웨이는 한동안 충격에서 벗어나지 못해 외과수술까지 받아야 했다. 아내와 소원해진 그는 더프와 폴린이라는 두 명의 여자와 번갈아 사귄다.

"그런 가운데서도 헤밍웨이는 창작을 게을리하지 않아 28세 때에 『태양은 다시 떠오른다』를 발표, 아주 유명해지고, 그것으로 로스트 제너레이션의 대표작가로 부상해요. 그리고 아내와 이혼하고 폴린과 재혼해요. 그 이듬해인가 그의 부친이 권총으로 자살했는데, 헤밍웨이 역시 나중에 엽총을 입에 물고 방아쇠를 당겨요. 8년간의 파리 방랑생활을 접고 그가 미국 플로리다 최남단에 있는 키웨스트 섬으로 이주한 것은 서른 살 때였어요. 거기서 그는 1년 후에 『무기여 잘 있거라』를 발표해 그것으로 세계적인 작가가 되죠."

하지만 잠시도 가만있지 못하는 헤밍웨이는 미국을 떠나 스페인 내란에 참전하여 그 경험을 바탕으로 『누구를 위하여 종은 울리나』를 발표한다. 2차 대전 때에는 노르망디 상륙작전에 참가해 프랑스 게릴라 부대와 함께 파리에 진주하는 영광을 맛본다.

"그때가 45세 때였는데 프랑스 게릴라 대원들은 그를 '파파'라고 불렀어요."

"정말 모든 것을 바쳐 사랑해보고 싶은 남자예요."

포는 헤밍웨이 얼굴에다 다시 한 번 진한 키스를 했다.

"포가 만일 헤밍웨이 애인이라면 다섯 번째 부인이 됐을 거야."

"그래요?"

그녀는 눈을 휘둥그렇게 떴다.

안개와 함께 밤의 열기 속에서

"노준기!"

판사의 호명에 나는 숙이고 있던 고개를 쳐들고 몸을 일으켰다.

"소설가 맞아요?"

고양이처럼 생긴 젊은 판사가 고양이 같은 눈으로 나를 노려보았다.

"네."

나는 기어들어가는 목소리로 대답했다.

"나도 노 작가의 팬입니다. 그런데 이런 자리에서 만나게 되어 실망이 이만저만 크지가 않습니다. 사회의 모범이 되어야 할 저명한 작가가 이런 추잡한 사건에 연관되어 범법 행위를 했다는 것은 정말 수치스러운 일이 아닐 수 없습니다. 노 작가는 현재 최고의 베스트셀러 작가로서, 국민들의 관심의 초점이 되고 있을 정도로 저명한 작가입니다. 하지만 그런 이유로 해서 정상 참작이 될 수는 없습니다. 오히려 그 때문에 더 엄정한 법의 심판을 받아야 한다고 생각합니다. 피고는 현재 몇 살이죠?"

"70입니다."

"고령이군요. 그런데도 그런 짓을 했어요?"

고양이처럼 생긴 판사는 나에게 최대의 모멸감을 안겨주고 있었다. 나는 고개를 밑으로 떨어뜨렸다.

"마지막으로 할 말 있습니까?"

"없습니다."

나는 아득한 현기증을 느끼며, 제발 재판이 빨리 끝나기만을 바라면서 무기력한 목소리로 대답했다.

"피고 노준기는 윤락행위방지법을 위반, 징역 6개월에 집행유예 2년, 벌금 5백만 원을 선고한다. 다음 조두식!"

마침내 나는 자리에 앉았고, 내 옆에 앉아 있던 50대의 사내가 몸을 일으켰다. 그는 허리가 엄청나게 굵은 장딴막한 사내였다.

"조두식 씨, H대 총장 맞습니까?"

"마, 맞습니다."

"대학 총장이면 우리 사회에서 최고의 지성으로 존망받는 위치에 있는 사람입니다. 그리고 후세를 가르치는 교육자로서 막

중한 책임과 의무를 지고 있습니다. 당연히 사회의 귀감이 되어야 할 몸인데도 불구하고 이런 추악한 사건의 피의자가 됐다는 것은 우리 사회의 지도층이 얼마나 부패했는가를 단적으로 보여주는 예가 아닐 수 없습니다."

"죄, 죄송합니다. 취중에 그만 큰 실수를 하고 말았습니다. 30년 넘게 교육계에 종사해오면서 지금까지 한 점 부끄러움 없이……."

"마지막 진술 기회를 줄 테니 그때 가서 이야기하세요."

판사는 몇 분간 더 준엄하게 질책하더니 결국 조 총장에게도 나와 똑같은 판결을 내렸다.

이번 사건으로 재판정에 불려 나온 사람은 나까지 포함해서 모두 일곱 명이었다. 그런데 하나같이 사회지도층에 속하는 사람들로 나 외에 대학 총장, 병원장, 공기업 사장, 국회의원, 기업체 대표, 방송국 사장 등이 있었다. 군 장성도 한 명 끼어 있었지만, 그는 군 수사기관으로 넘겨졌다고 했다. 면면으로 봐서는 그냥 넘어갈 수도 있는 사건이었는데, 혈기왕성한 신문사 기자가 그것을 물고 늘어져 대서특필하는 바람에 파장이 커졌고 엄벌하라는 사회적 지탄에 직면하게 되었다.

방청석은 빈자리 하나 없이 사람들로 들어차 있었고, 일부는 서 있기까지 했다. 나는 사람들 눈에 띄지 않게 오른손으로 사타구니를 긁적거렸다. 참을 수 없을 정도로 사타구니가 가려웠고, 따끔거리는 통증까지 점점 심해지고 있었다. 나란히 앉아 있는 같은 피의자들을 곁눈질로 훔쳐보니 그들 역시 약속이나 한 듯 사타구니를 긁적거리고 있었다.

달맞이언덕에 스페인풍의 멋진 카페가 하나 새로 생긴 것은 6개월 전쯤이었다. 그런데 하필이면 카페 '죄와 벌' 가까운 곳에 자리를 잡는 바람에 문을 열자마자 '죄와 벌'은 직격탄을 맞고 비틀거리게 되었다.

그 카페는 상호부터가 이색적이고 낭만적이어서 금방 사람들의 시선을 끌었다. '사랑할 때와 죽을 때'. 이것이 그 카페의 상호였는데 사실 그것은 내가 지어준 이름이었다. 문을 열기 한 달 전쯤 그 카페의 주인이라는 여자가 '죄와 벌'에 앉아 있는 나에게 불쑥 다가와서는 나의 팬이라고 하면서 친근감을 보였는데, 마리(馬梨)라는 이름의 그녀를 보는 순간 나는 그녀의 고혹적인 모습에 그만 반하고 말았다. 그녀는 나에게 카페 이름을 하나 지어달라고 부탁했고, 나는 그 자리에서 레마르크의 소설 제목인 '사랑할 때와 죽을 때'를 적어주면서 그 작품의 스토리를 대충 이야기해주었다. 그녀는 이름이 매우 마음에 든다고 하면서 그것을 상호로 채택했고, 얼마 후에 카페 앞에는 '사랑할 때와 죽을 때'라는 근사한 간판이 내걸렸다.

그 카페는 2층짜리 별장을 개조한 것으로, 하얀 회벽에 주황색 지붕이 덮인 것이 마치 지중해의 스페인풍 건물 분위기를 풍겼다. 1층과 2층에는 바다 쪽으로 넓은 테라스가 나와 있었고, 바닥에서 천장까지 이어진 길쭉한 창문들은 접이식으로 언제라도 활짝 열어젖힐 수 있었다. 2층에는 밀실도 두 개나 있었고, 바닥에는 큼직한 타일이 깔려 있었다. 탁자는 목제로 튼튼하게 만들어져 있었고, 의자와 소파는 같은 것이 하나도 없는 모양새가 모두 다른 것들이었다.

문을 열기가 무섭게 손님들은 모두 '사랑할 때와 죽을 때'로 몰려들었다. 마치 블랙홀처럼 사람들을 빨아들이는 바람에 '죄와 벌'은 손님 하나 없이 파리만 날아다니는 텅 빈 공간이 되고 말았다. 포는 낙담하고 분개했지만 어쩔 수 없는 일이었다.

"어디서 굴러먹던 것이 와서는……."

마리를 보고 포가 질투 끝에 중얼거린 말이었지만, 나는 시간이 흐르면 달라지겠지 하고 한가하게 생각하면서 쏠림 현상에 대해 별로 개의치 않았다.

그도 그럴 것이 나부터가 포가 눈치채지 않게 몰래 '사랑할 때와 죽을 때'에 드나들고 있었다.

그 카페에 뻔질나게 드나들게 된 것은 솔직히 말해 여주인 마리에게 마음이 있었기 때문이다. 30대인지 40대인지 헷갈려 보이는 그녀는 고혹적인 용모에 늘씬한 몸매를 지니고 있었다. 가슴은 터질 듯 부풀어 있어서 보기만 해도 숨이 막히는 것 같았다. 좌우로 흔들리는 큼직하고 탄탄한 엉덩이를 몰래 훔쳐보는 즐거움이란 참으로 별난 것이어서 나는 그곳을 즐겨 찾았다. 더구나 상호까지 지어준 인연이 있는 데다 내 팬이었기 때문에 마리는 나를 특별히 우대했다. 크고 열정적인 눈빛으로 응시하는 미녀의 모습은 보기만 해도 가슴을 뜨겁게 달아오르게 했고, 그런 기분은 나뿐만 아니라 거기에 출입하는 모든 남성들이 다 같이 느끼는 것 같았다.

'사랑할 때와 죽을 때'는 밤낮으로 손님들로 북적거렸다. 낮에는 주로 젊은 남녀와 주부들이 들락거렸고, 날이 저물면 돈푼깨나 있어 보이는 나이 든 사내들이 고급 외제차를 타고 나타나서는 어깨에 힘을 주고 안으로 들어오곤 했다. 그들이 모두 마리를 보고 모여든다는 것은 금방 보아도 알 수 있었다.

그렇지 않다면야 그들이 왜 먼 거리를 마다 않고 달맞이언덕까지 오겠는가.

그들은 밀실로 안내되어 마리가 따라주는 양주를 마시며 밤늦게까지 노닥거리다가 돌아가곤 했는데, 그러다 보니 어느새 그곳은 밤이면 가볍게 칵테일 한잔 하는 곳이 아닌 호화판 룸살롱으로 변질되어 있었다. 사실대로 말하면 처음부터 그것을 노리고 카페를 열었는지도 모른다.

카페 벽에는 여기저기 의미를 알 수 없는 추상화가 걸려 있었는데 모두가 마리가 직접 그린 것들이라고 했다. 그러니까 그녀는 화가 겸 카페 주인인 셈이었다. 그녀가 화가라는 사실은 그녀를 새롭게 보는 계기가 되었고, 그 때문에 그녀의 인기는 더욱 올라갔다. 그러던 차 달맞이언덕에 있는 어떤 갤러리에서 느닷없이 그녀의 그림을 전시하는 초대전이 열리게 되었다. 여기저기 포스터가 나붙고 카페 입구에 팸플릿도 쌓여 있어서 자세히 그것을 들여다보았는데, 마리의 이력은 대단했다. 그녀의 최종 학력은 뉴욕대 회화과 졸업으로 되어 있었고, 각종 국제 공모전에 특선하기도 하고, 세계 여기저기에서 열린 전시회에 초대 작가로 참가한 것으로 되어 있었다. 그녀의 작품에 대한 어느 미술평론가의 극찬도 소개되어 있었다. 하지만 그림에 대해 문외한이나 다름없는 나는 그녀의 그림들이 그렇게 극찬을 받을 만큼 훌륭한지 어떤지 알 수가 없었다. 도대체 무엇을 그린 것인지, 그리고 무엇을 의미하는지, 그런 것부터가 애매모호하기만 했다.

전시회가 열리는 날 저녁 오프닝 파티에 초대되어 간 나는 참석자들 면면을 보고 그만 놀라고 말았다. 기업인들과 기관장들, 대학 총장과 교수, 병원장, 국회의원, 신문과 방송국 사장, 그리고 요란스럽게 치장한 귀부인들…… 한마디로 상류층 인사들이 다 모였다고 해도 지나친 말이 아닐 정도로 힘깨나 쓰고 돈푼깨나 있는 사람들이 약속이나 한 듯 몰려와 있었다.

전시된 작품들은 큰 것부터 소품들까지 수십 점이나 되었는데, 그것들을 찬찬히 살펴보고 난 포는 "이런 것도 그림이라고……." 하고 빈정거리더니 더 이상 볼 것도 없다는 듯 혼자서 휑하니 밖으로 나가버렸다. 나는 그녀를 내버려둔 채 내 시야에서 마리를 놓치지 않으려고 애쓰면서 그냥 그곳에 머물러 있었다. 포가 뭐라고 했던 간에 전시된 작품들 밑에는 벌써 판매를 표시하는 빨간 딱지들이 나붙어 있었다. 작품가는 5천만 원짜리 대작부터 최하 5백만 원짜리 소품까지 다양했는데, 5천만 원짜리 작품 밑에는 이미 빨간 딱지가 붙어 있었다. 나는 마음이 초조해지기 시작했다. 마리의 마음에 들기 위해서는, 그리고 내 체면을 봐서라도 작품 하나는 팔아줘야 하지 않을까 생각했지만, 최하가 5백만 원이니 내 형편으로는 버겁지 않을 수 없었다. 더구나 5백만 원짜리 다섯 점은 이미 팔렸고, 천만 원짜리 한 점이 제일 낮은 가격으로 남아 있었다. '이미지 25'라는 알쏭달쏭한 제목이 붙은 작품이었다.

"이 작품이 마음에 드세요?"

마리가 소리 없이 내 곁으로 다가와 속삭이듯 물었다. 농익은 여체에서 풍기는 독특한 체취와 고급 화장품 향내에 나는 현기증을 느꼈다. 차마 천만 원이라는 가장 낮은 가격의 그림이 마음에 든다고 말할 수가 없어 나는 우물쭈물했다.

"우울한 색감이 마음에 들어요. 터치도 과감하고……."

쥐뿔도 모르면서 나는 제법 전문가처럼 말했다. 그녀가 더 가까이 다가서는 바람에 그녀의 젖가슴이 내 어깨에 뭉클하고 닿았다.

"선생님은 역시 보시는 게 달라요. 선생님이 하시겠다면 50 프로 할인해서 드릴게요."

5백만 원을 벌었다는 생각에 나는 감격했다.

그녀는 나보다 키가 더 컸다. 어깨와 가슴골이 훤히 드러난 짙은 자주색 드레스에 가려진 그녀의 육체는 더할 수 없이 농염해 보였고, 건드리면 터질 것 같은 아슬아슬한 폭발성을 안고 있는 것 같기도 하고, 누군가가 건드려주기를 애타게 기다리고 있는 것 같기도 했다.

그날 밤 나는 그 정도 선에서 그녀를 놓아주고 그곳을 나왔다. 나보다 더 비싼 그림들을 산 작자들이 그녀를 차지하려고 눙치고 있는 마당에 내 차례가 되려면 적어도 몇 달은 걸릴 것 같았다.

그런데 내가 착잡한 기분으로 '죄와 벌'로 가자 포는 기다렸다는 듯이 마리의 그림들을 신랄하게 비판했다.

"한마디로 모두 엉터리 그림들이에요. 혹시 그 그림 사신 건 아니죠?"

"아, 아니. 내가 무슨 돈이 있어서……."

나는 당황해서 얼버무렸지만 그녀는 내 속을 꿰뚫어 보는 것 같았다. 그림이야 어떻든 나는 마리를 외면할 수가 없었다.

마리한테서 전화가 걸려온 것은 이틀쯤 지나서였다. 전화를 받기 무섭게 그녀는 오늘 밤 내 캠핑카를 타고 밤새 어디론가 달리고 싶다고 했다. 그러면서 다른 누구보다도 선생님과 함께 밤을 보내고 싶다는 말까지 덧붙였다.

그날 밤 나는 바다를 끼고 한참을 달리다가 어느 조그만 어촌마을에서 조금 떨어진 조그만 모래밭에 캠핑카를 세웠다. 바닷가에는 아무도 없었고, 파도 소리만 조금 들릴 뿐 주위는 적막에 잠겨 있었다. 하늘에는 둥근 달이 떠 있었고, 바다는 달빛에 반짝이고 있었다. 간이 테이블과 의자를 내놓자 마리는 옷을 홀라당 벗고는 나한테도 옷을 벗으라고 말했다.

우리는 벌거벗은 채 의자에 앉아 바다를 바라보면서 와인을 마시다가 서로 껴안고 입을 맞추었다. 그런 다음 물속에 들어가 다시 끌어안고 키스했다. 그녀의 엄청나게 큰 젖가슴과 거대한 엉덩이에서 흘러내리는 물방울이 달빛을 받아 구슬처럼 반짝거렸다. 조금 떨어진 곳에 큰 바위가 있었는데 그쪽으로 다가가자 둘이 몸을 숨길 수 있는 움푹 들어간 공간이 있었다. 그녀는 돌아서서 바위에 두 손을 짚은 다음 엉덩이를 내밀었고, 나는 그것을 애무하다가 엉덩이 사이의 깊은 골짜기로 밀고 들어갔다.

그녀는 듣기에 민망할 정도로 소리를 질러댔다. 사정없이 내지르는 교성 때문에 잠자던 갈매기들이 놀라서 도망갈 정도였

　　　　　　　　　　　　달맞이언덕의 안개

다. 그녀의 뇌쇄적인 육체와 넘치는 힘은 나를 완전히 압도했다. 캠핑카에 돌아와 샤워를 하고 난 뒤에도 그녀는 벌거벗은 채 나에게 덤벼들었고, 내가 힘겨워하자 그제야 그녀는 아쉬운 듯 나한테서 떨어졌다.

그녀와 관계한 것은 그것이 처음이자 마지막이었다. 어떻든 언약도 있고 해서 다음 날 나는 거지 같은 그림값으로 할인가인 5백만 원을 그녀의 계좌로 송금했다. 그 뒤로 나는 두 번 다시 그녀를 안을 수 없었다. 며칠 지나면서부터 몸에 이상 증세가 나타나기 시작했기 때문이다. 사타구니가 가렵고 따끔거리는 것이 시간이 흐를수록 점점 심해지는 것 같아 혹시나 하고 비뇨기과에 가서 진찰을 받았는데, 매독에 걸린 것으로 나타났다. 어이가 없어진 나는 그렇다고 마리에게 따져 물을 수도 없고 해서 치료약만 먹어대고 있었다. 그러던 어느 날 곰처럼 생긴 형사가 나타나 경찰서로 좀 가야겠다고 했다. 연행 이유에 대해 그는 이렇게 설명했다.

"사랑할 때와 죽을 때 사장인 마리라는 여자 아시죠? 그 여자, 매춘과 사기 혐의로 체포됐습니다. 그림을 미끼로 해서 수백에서 수천만 원을 받고 유명 인사들한테 몸을 팔았는데, 아시다시피 성을 매수한 사람도 엄하게 처벌받게 되어 있습니다. 매수자 명단에 선생님의 성함이 들어 있었고, 매수 대가로 5백만 원을 준 것으로 되어 있더군요. 그 여자가 다 불었습니다. 매춘 전과가 많습니다. 부산에 오기 전에는 인천과 대전에서 사고를 쳤고, 다음번에는 제주도로 캠프를 옮길 계획이었습니다."

캠프라는 말에 나는 참 적절한 표현이라는 생각이 들었다. 나는 그가 몰고 온 낡고 조그만 차의 뒷좌석에 몸을 구겨 넣었다.

"혹시 밑에가 가렵거나 하지 않습니까?"

차가 안개 속을 굴러가고 있을 때 그가 불쑥 물었고, 내가 얼굴을 붉히자 그는 그럴 줄 알았다는 듯 고개를 끄덕였다.

"현재 그 여자와 관계한 남자들은 모두 매독에 걸린 것으로 밝혀졌습니다. 대학 총장, 병원장, 국회의원, 기업체 대표, 방송국 사장, 공기업 사장, 작가 등 모두 일곱 명이나 됩니다. 군 장성도 한 명 있는데, 그 사람은 군 수사기관에 넘겨졌고…… 아무튼 좀 시끄러워질 겁니다. 어휴, 무슨 안개가 이렇게 심하지."

나는 멍하니 안개를 바라보고 있었다. 열린 창을 통해서 열기와 함께 안개가 흘러들어오고 있었다.

"이번 사건을 맡은 검사가 보통 꼬장꼬장한 사람이 아닙니다. 정석대로 하는 사람이기 때문에 유명하다고 해서 봐주거나 그러지 않습니다. 본보기로 대표적인 상류층 사람들을 처벌하고 하루아침에 패가망신시킬 그런 검삽니다. 그렇게 되면 강직한 검사로 유명해질 거고, 나중에 정계로 진출해서 국회의원이나 뭐 그런 거 하겠죠."

　사건이 불거진 것은 총장 부인이 직접 경찰이 아닌 검찰에 고소했기 때문이었다. 총장과 잠자리를 하고 난 그녀는 며칠 후 밑이 근질거려 병원에 가서 진찰을 받았고, 매독이라는 진단을 받고는 남편을 닦달했다. 그 대학은 본래 그녀의 아버지가 설립했는데, 그는 지금은 이사장으로 재직하고 있었고 총장 자리는 사위가 맡고 있었다. 처가 쪽 덕을 많이 보고 있는 총장은 아내한테 기를 못 펴고 있었고, 그런 터에 바람을 피우고 아내한테 성병까지 옮겼으니 펄펄 뛰는 아내 앞에서 벌벌 떨 수밖에 없었다. 총장 부인은 엉터리 그림값으로 5천만 원이나 주고 마리라는 창부를 산 것을 알고는 격분했고, 이참에 이혼해도 좋다는 생각으로 두 사람을 검찰에 고발했던 것이다. 50대 중반인 그녀한테는 최근 스무 살이나 어린 애인이 생겼는데, 그와 몇 번 잠자리를 하고 나서는 완전히 그에게 푹 빠져 있었다. 그 애인은 텔레비전 방송 드라마에 단역으로 가끔씩 출연하고 있는 탤런트로 부산에 자주 내려왔고, 총장 부인도 그를 알고 나서는 서울 나들이가 잦았다. 그런 만큼 남편한테는 당장 헤어진다 해도 조금도 미련이 없었다.

　"마리가 그렸다는 그림은 전부 가짜로 밝혀졌습니다. 그 여자는 화가도 아니면서 자기가 그리지도 않은 정체불명의 그림들을 자기가 그린 것처럼 전시하곤 했습니다. 국내 작가가 그린 것은 말썽의 소지가 있기 때문에 중국에 가서 누가 그린지도 모르는 싸구려 그림들을 마구잡이로 사다가 전시한 겁니다. 그 여자가 영리한 것은, 돈을 받고 몸을 판 것이 아니라 그림값으로 돈을 받았기 때문에 매춘이 아니라는 겁니다. 몸을 준 것은 서로 좋아해서 그런 것이기 때문에 자기는 처벌받을 이유가 없다는 겁니다. 아주 머리를 잘 썼어요. 하지만 검사가 물고 늘어지는 바람에 전모가 드러나고 말았죠."

"뉴욕대에서 그림 공부를 한 걸로 아는데요?"

"팸플릿에 나와 있는 이력은 전부 가짜예요. 무슨 국제공모전에 특선했다는 것도 가짜고, 하여간 모두 가짜라고 보면 됩니다. 선생님은 앞으로 여자를 좀 조심하셔야 하겠습니다. 전번에도 여자 때문에 곤욕을 치르셨는데, 이번에 또 여자 문제로 체면을 구기게 됐으니, 선생님 팬으로서 정말 안타깝습니다."

"앞으론 여자라면 쳐다보지도 않을 거요."

곰은 나를 봐주고 싶지만 검찰에서 직접 지시가 내려왔기 때문에 조사를 하지 않을 수 없다고 하면서, 경찰서에 도착하자 나를 심문실로 데려가 조서를 작성하기 시작했다.

고양이처럼 생긴 판사는 마지막으로 마리의 이름을 불렀는데, 그녀의 본명은 하지숙이었다. 검은색 원피스 차림의 그녀가 자리에서 일어서자 여기저기서 웅성거리는 소리가 났다. 그녀의 미모에 감탄하는 것 같은 소리였다. 그녀의 아름다움은 재판정에서 더욱 빛을 발하고 있었다. 판사의 준엄한 질책이 시작되었지만 나는 거의 듣는 둥 마는 둥 하고 있었다.

"……피고는 거액의 돈을 받고 성을 판 사람으로서 조금도 반성의 기미가 없이 뻔뻔스럽기 짝이 없는 자기 변론으로 일관하고 있습니다. 사기와 성매매 전과가 다섯 번이나 있으면서도 또 같은 범죄를 저질렀다는 것은 정상참작의 여지가 없는, 도저히 용서할 수 없는 행위라고 할 수 있습니다. 피고는 그림을 판 것이지 성 제공의 대가로 돈을 받은 것이 아니라고 주장하고 있지만, 그것은 일고의 가치도 없는 철저한 사기극에 지나지 않습니다. 피고 자신이 그 그림들을 그려서 판매했다면 사기도 아니고 성매매 대가도 아닐 수 있습니다. 하지만 피고는 중국에서 사들인 싸구려 그림들을 마치 자기가 그린 것처럼 위장해서 사회 고위층 인사들로부터 구입 약속을 받아낸 다음, 보다 확실하게 판매하기 위해 성을 제공하고 거액을 받아내기에 이르렀습니다. 그러니까 그림은 성을 매매하기 위한 위장 도구이자 사기 도구였던 셈입니다. 이것은 얼마 전 피고가 가짜 그림 전시회를 열면서 배포한 팸플릿입니다. 여기에 보면 뉴욕대 회화과를 졸업하고 각종 국제공모전에서 특선하고 세계 유명 미술관에서 수차례 초대전을 연 것으로 되어 있는데, 알아본 결과 모두 거짓으로 드러났습니다. 여기에 대해 할 말 있습니까?"

"없어요."

마리는 고개를 꼿꼿이 쳐든 채 대답했다. 판사는 자신의 말에 취한 것 같았다.

"할 말이 없겠죠. 피고가 더욱 악랄한 것은 성 매수자들에게 성병을 옮긴 것입니다. 이 자리에 있는 남성 피고들은 지금 피고가 전염시킨 성병으로 모두 고통받고 있습니다. 왜 그랬습니까? 남성에 대한 보복 심리로 성병을 옮긴 것입니까?"

"저도 몰랐어요. 나중에야 저도 성병에 걸린 줄 알았어요."

"그게 만일 에이즈였다면 어떡할 뻔했습니까? 에이즈에 걸리지 않았다고 확신할 수 있어요?"

"개새끼!"

마리는 오른쪽 신발을 벗어들더니 판사를 향해 냅다 집어던졌다. 그것은 정확히 고양이 이마에 부딪혀 떨어졌다.

"징역 5년!"

고양이는 재빨리 판결을 내린 다음 오른손으로 이마를 누르면서 서둘러 안으로 사라졌다.

마리는 맨 먼저 법원 정리에게 끌려나갔다. 나는 검은색 원피스 안에서 안타깝게 요동치는 그녀의 엉덩이를 정신없이 바라보다가 뒤를 힐끗 쳐다보았다. 그리고 토끼 눈을 하고 나를 쏘아보고 있는 포를 발견하고는 얼른 고개를 돌렸다.

집행유예로 구속은 되지 않고 풀려났지만 나는 마음이 착잡했다. 신문 지상에는 이미 사건화됐을 때부터 대서특필되었기 때문에 얼굴을 들고 다닐 수 없었다. 그러나 무엇보다도 '죄와 벌'에 갈 수 없게 된 것이 괴로웠다. 포가 나에게 출입금지를 선언한 것은 아니었지만, 나 스스로 무슨 낯짝으로 그녀를 볼 것인가 하고 생각하니 차마 그쪽으로 발길이 떨어지지가 않았다.

포를 못 본 지 두어 달 된 것 같은데, 지난번 뜻밖에도 법정에서 그녀를 목격한 나는 괴로운 마음으로 먼발치에서 '죄와 벌' 건물을 바라보다가 안개 낀 오솔길을 걸어갔다. 안개가 내 모습을 가려주는 것이 그렇게 고마울 수가 없었다. 숲 속으로 들어갈수록 밤의 열기가 훅 끼쳐왔다. 열기 속에서 안개는 그 자리를 빼앗기지 않으려는 듯 의뭉하게 버티고 있었다. 만일 안개가 사라진다면 나는 보호막이 사라져 더 이상 오솔길에 올 수 없을 것 같았다.

나는 저녁 식사도 잊은 채 벤치에 앉아 한참 동안 잠이 든 것 같았다. 누군가의 손길이 내 뒤통수를 쓰다듬는 것을 느끼고 나는 화들짝 놀라 눈을 떴다.

"피곤하신가 봐요."

포가 나를 빤히 쳐다보고 있었다. 나는 두 눈을 껌벅거리면서 벙어리처럼 그녀를 쳐다보기만 했다.

"와인 가져왔어요."

그녀는 두 개의 잔에 와인을 따랐고, 나는 염치없이 시칠리아산 와인을 천천히 마시기 시작했다.

피와 모래, 그리고 안개

　수평선 위에는 뒤엉킨 구름 떼가 길게 깔려 있었다. 그 위로
는 푸른 하늘이 있었고, 하늘의 중간쯤에서 태양은 이글이글
타오르고 있었다. 넘실대는 코발트빛 바다 위에는 크고 작은
요트들이 떠다니고 있었고, 유행가를 크게 틀어놓고 오륙도 쪽
으로 가고 있는 유람선 꽁무니에는 갈매기 떼가 군무를 이루
며 따라가고 있었다. 파도가 철썩이는 모래밭은 벌거벗은 사람
들로 짓이겨져 있었고, 바닷물 속에서 첨벙대는 사람들의 모습
은 마치 해류를 타고 몰려온 물개 떼처럼 보였다. 물가에서 안
쪽으로 조금 떨어진 드넓은 모래밭은 온통 울긋불긋한 파라솔
로 뒤덮여 있었고, 그것들은 햇빛을 피해 몰려든 사람들로 빈
자리 하나 없이 채워져 있었다.

　나는 소나무 그늘에 앉아 엉덩이에 모래를 묻힌 채 왔다 갔

다 하는 비키니 차림의 젊고 발랄한 여자들을 음험한 눈빛으로 훔쳐보기도 하고, 두 눈을 가늘게 뜬 채 마치 내가 마지막으로 가야 할 곳이 거기에 있기라도 하는 듯 아득한 눈길로 수평선 쪽으로 시선을 던지기도 했다.

한 시간쯤 지나자 북쪽으로부터 새로운 구름이 몰려오기 시작하더니 수평선 위에 머물러 있는 긴 구름 띠와 금방 뒤엉켜 두터운 층을 이루면서 바닷가 쪽으로 다가왔다. 하늘은 금방 어두워졌고, 비가 올 듯 우중충해지더니 비 대신 달맞이언덕 오른쪽, 바다를 가리고 있는 돌출부 밑으로부터 희끄무레한 것이 스멀스멀 피어오르면서 해수욕장 쪽으로 몰려오기 시작했다. 그것이 점점 두껍고 진한 색깔로 모습을 드러냈을 때 그것은 이미 바다 안개가 되어 바닷가를 점령하고 있었다. 달맞이언덕을 뒤덮고 있는 안개는 밑으로 내려오다가 중간에 멈춰 있었고, 그 아래로 숲과 언덕을 잠식한 아파트들이 난개발의 상처를 고스란히 드러내고 있다가 해안에 가까워지면서부터는 다시 안개에 가려져 보이지 않았다. 바다 안개는 어느새 모래밭을 휘감고 있었다.

미포 쪽 가까운 해수욕장 왼쪽에 사람들이 몰려서 있는 것이 보였는데, 그 수가 점점 불어나고 있는 것을 보고 나는 호기심에 슬그머니 몸을 일으켰다. 구경꾼들 틈에서 수영복 차림의 젊은 여자들 서너 명이 떨어져 나와 모래밭을 가로질러 호안도로 위로 올라서는 것이 보였다. 그들은 내가 서 있는 쪽으로 재잘거리며 다가오고 있었다. 그들이 가까이 다가오기를 기다리고 있다가 나는 사람들이 몰려서 있는 곳을 손으로 가리키면서 무슨 일이 있느냐고 물었다.

"사람이 죽었어요."

"외국 여자예요."

두 여자가 잇따라 말했다. 외국 여자라는 말에 나는 부적 호기심이 일었다. 외국 여자가 하필이면 왜 해운대 해수욕장에서 죽었을까? 나는 샌들을 벗어들고 모래밭을 가로질러 갔다. 그곳에는 경찰은 보이지 않고 구경꾼들만 잔뜩 몰려 있었다.

죽은 여자는 금발이었는데, 모래밭에 파묻혔다 나온 듯 머리칼은 모래와 뒤엉켜 있었다. 얼굴 위에도 모래가 지저분하게 붙어 있었고, 더구나 모래가 묻어 있는 안경을 끼고 있었기 때문에 얼굴은 알아볼 수가 없었다. 그녀의 몸뚱이는 하체 쪽만 모래 속에 묻혀 있었고, 상체는 모래 밖으로 드러나 있었다. 몸뚱이 전체가 모래에 덮여 있던 것을 누군가가 상체 쪽만 모래를 걷어낸 것 같았다. 바람을 타고 안개가 시신을 쓸고 지나갔다. 잠시 후 새로운 안개가 다가와 슬픈 듯 시신을 어루만졌다. 안개는 움직이지 않고 그냥 거기에 머물러 있었다.

순찰대원으로 보이는 젊은 경찰 두 명과 좀 나이 들어 보이는 사복 차림의 사내가 나타난 것은 30분쯤 지나서였다. 사복 차림의 형사는 바로 곰 형사였다. 그는 땀을 삘삘 흘리면서 나와 악수를 했다.

"여긴 웬일이십니까?"

"아, 산책 나왔다가……."

곰은 이미 시신을 처음 발견했다는 마흔쯤 돼 보이는 사내 쪽으로 가고 있었다. 사내가 곰에게 하는 말소리가 잘 들리지 않았기 때문에 나는 그쪽으로 가까이 다가가 귀를 기울였다.

"뛰어가는데 뭐가 물컹하더라구요. 그래서 헤집어봤더니 사람 몸뚱이가 만져지더라구요. 보통 모래찜질을 하면 얼굴은 내놓잖아요. 그런데 얼굴까지 모래에 덮여 있었어요. 아무래도 이상해서 모래를 파봤더니 여자가 죽어 있더라구요. 더구나 외국 여자가 말이에요. 깜짝 놀랐어요."

온몸이 새카맣게 그을린 사내는 검은색 삼각 수영복으로 중요 부위만 살짝 가리고 있었는데, 말끝에 소름이 끼친다는 듯 어깨를 조금 떨다가 말았다.

"그러니까 처음에는 완전히 모래 속에 묻혀 있었는데, 당신이 이렇게 얼굴과 상체에 덮여 있던 모래를 치워냈다 이 말이군요?"

"네, 그렇죠. 살았는지 죽었는지 확인해야 할 거 아닙니까?"

사람들이 조금이라도 더 가까이서 시신을 보려고 서로 밀치면서 몰려들자 곰은 순찰대원들에게 빨리 폴리스라인을 설치하라고 지시했다.

나는 구경꾼들 틈에 끼어서 노란선 밖으로 밀려났다. 그런데 곰이 나를 불러주는 바람에 선 안으로 들어갈 수가 있었다.

"마침 작가님이 오셨으니까 추리력을 한번 발휘해보십시오. 보시다시피 이렇게 수많은 사람이 북적대고 있는 해운대 해변에서, 그것도 대낮에 외국 여자가 죽었습니다. 이런 일은 처음이고, 보기 드문 사건인데 어떻게 생각하십니까?"

"살인 같은데요. 그것도 아주 교묘한……."

"왜 그렇게 보십니까?"

"스스로 모래 속에 들어가 죽었을 리는 없지 않습니까. 죽은 사람이 자기 얼굴을 모래로 덮을 수는 없죠."

"그렇군요. 그런데 왜 교묘하다는 거죠?"

"보통 살인은 사람들 눈에 띄지 않는 곳에서 발생하는데 이건 엄청난 인파가 몰려 있는 해수욕장에서 대낮에 버젓이 일어났어요. 수많은 사람의 눈을 피해 일어난 겁니다. 역발상이죠. 시신이 부패하지 않고 피부가 싱싱한 것으로 봐서 사망한 지 얼마 안 된 것 같은데요."

곰은 고개를 끄덕이고 나서 면장갑을 끼더니 나한테도 면장갑을 하나 건네면서 "바쁘시지 않으면 좀 도와주시겠습니까?" 하고 말했다. 그러면서 서에는 자기를 도와줄 인력이 하나도 남아 있지 않다고 투덜거렸다.

나는 곰을 도와 시신 위에 덮여 있는 모래를 대강 걷어냈다. 본의 아니게 시신을 만지게 돼 기분이 좀 언짢았지만 좀처럼 접할 수 없는 경험을 하게 된 셈이어서 적잖게 흥분한 상태에서 시신을 만지고 관찰했다.

안경을 걷어내자 비로소 얼굴이 제대로 드러났는데, 20대의 젊은 여자로 지저분한 상태에서도 아름다움이 느껴지는 그런 얼굴이었다. 동그랗게 뜨고 있는 녹색 눈은 초점 없이 허공을 바라보고 있었고, 선이 분명한 육감적인 입술은 조금 벌어져 있었다. 그녀는 노란색 비키니 수영복을 입고 있었다. 누워 있는데도 젖가슴이 잔뜩 부풀어 있는 것을 보면 그녀는 엄청나게 큰 가슴을 가지고 있는 것 같았다. 그녀의 몸뚱이를 살피던 곰이 나를 가까이 부르더니 한곳을 가리켰다. 왼쪽 겨드랑이 밑에 상처가 보였고, 그 밑으로 흘러내린 피가 모래를 적셔놓고 있었다. 피는 멈춰 있었고, 흘러내린 핏자국은 굳어 있었다. 안개 때문인지 핏자국이 유난히 선명해 보였다.

"바로 심장 밑을 찔렀군요."

내 말에 곰은 끄덕였다.

"깊이 찔렀네요. 심장 밑에서 위쪽으로 깊이 찌른 것 같아요."

"이렇게 심장을 깊이 찌르면 아무 소리 못하고 즉사하지 않나요?"

"끽소리 못하고 죽죠. 찌른 다음 모래로 덮어버린 모양이에

달맞이언덕의 안개

요."

그밖에 다른 상처는 없는 것으로 보아 피살자는 흉기에 심장이 찔려 사망한 것 같았다. 부검을 해봐야 자세한 것을 알 수 있지만, 대강 살펴본 결과는 그런 것 같았다.

어디선가 몇 번 본 것 같은 생각이 들어 나는 죽은 여자의 얼굴을 다시 찬찬히 들여다보았다. 그러다가 내 시선이 멎은 곳은 그녀의 왼쪽 어깨였다. 어깨 위에는 푸른 도마뱀 문신이 그려져 있었다. 그 문신을 본 곳은 달맞이언덕에 있는 펍에서였다. 비로소 나는 그녀가 그 펍에 드나들던 여자란 것을 알아보았다. 몇 번 본 적이 있고 인상적인 여자였기 때문에 기억에 분명히 남아 있었다. 인상적이란 것은 엄청난 크기의 젖가슴 때문에 그런 것 같았다.

내 기억이 맞는다면 왼쪽 어깨에 도마뱀 문신을 한 여자는 한 명이 아니고 두 명이었다. 똑같이 푸른 도마뱀 문신을 한 그들은 언제나 함께 있었다.

그날 저녁 나는 안개를 헤치고 죽은 여자가 드나들었던 그 펍에 가보았다. 그곳에 가보지 않고는 안 될 것 같은 생각이 들었던 것이다.

그 펍은 카페 '사랑할 때와 죽을 때'를 그대로 인수해서 펍으로 바꾼 것이었다. '사랑할 때와 죽을 때'가 마리의 매춘과 사기

사건으로 한바탕 홍역을 치른 후 새 주인이 상호를 그대로 사용하기로 하고 생맥주를 주로 파는 펍 형태로 다시 문을 열었다. 펍으로 바뀌면서 밀실 같은 것도 없어지고, 비싼 양주 같은 것도 팔지 않고, 그 대신 부담 없이 마실 수 있는 값싼 생맥주 위주로 나가자 소문을 듣고 외국인들이 찾아오기 시작했다.

외국인들이 오는 술집에는 으레 한국인들이 오기 마련이다. 그것도 남자들보다는 여자들이 찾아온다. 여자들은 외국 남자와 사귀고 싶어 오는 것이고, 그것을 알고 있는 외국 남자들은 그들 앞에서 꼬리를 치는 여자애들을 손쉽게 낚아챈다. 그들은 자기들끼리 내기를 하기도 한다. 누가 먼저 한국 여자 백 명과 섹스를 하는지, 백 명 먼저 채우기 내기를 하고, 이기면 공짜 술을 마시고, 지면 그날 밤 모두에게 술을 돌려야 한다.

펍에 드나드는 외국인들은 공단이나 원전 같은 데서 일하는 기술자들도 있지만 대부분이 원어민 강사들이다. 학교에 계약직 원어민 강사로 나가는 사람도 있지만, 그보다는 사설 학원에서 영어를 가르치는 강사들이 훨씬 더 많다. 원어민 강사들은 대부분 젊고 미혼이기 때문에 방랑자 같은 자유로움을 좋아하고, 그래서 한 여자에게 얽매이는 것을 싫어한다. 한국에 있는 동안 가능한 한 많은 여자를 건드려보고, 그녀들이 흘리는 눈물에 뿌듯한 자만심을 느끼면서 어느 날 갑자기 도망치듯 귀국길에 오른다. 맺어질 줄 알고 잔뜩 기대를 걸고 몸도 마음도 모두 주고 난 여자애들은 마치 닭 쫓던 개 지붕 쳐다보듯 멀거니 허공만 쳐다보다가 돌아서서 울음을 터뜨린다. 하지만 소용없는 짓이다.

외국인들이 값싼 술집에 몰리는 이유는 단순하다. 적은 돈으로 가볍게 한잔 걸칠 수 있는 데다 펍 외에는 마땅히 갈 곳이 없기 때문이다. 펍이야말로 외국 생활의 고달픔과 외로움을 잠시라도 달랠 수 있는 곳이기 때문에 그들은 별일이 없으면 펍을 찾는 것이다.

밤 9시 조금 지난 시간이었고, 실내는 절반쯤 손님들로 채워져 있었다. 나는 테이블에 앉지 않고 바의 구석진 자리에 걸터앉아 있었다. 바의 중간 자리는 비어 있었고, 저쪽 끝에 검정 운동모를 눌러쓴 젊은 사내가 혼자 앉아 있었다. 30대 총각인 바텐더가 내 쪽으로 다가오자 나는 마티니를 한 잔 주문한 다음 슬쩍 물어보았다.

"여기 출입하던 외국인 아가씨가 죽은 거 알고 있어요?"

"메리 말이군요. 참 안됐어요. 참한 아가씨였는데……."

"벌써 소문이 퍼졌나요?"

"경찰이 외국인들을 중심으로 조사한 모양인데, 그중에 메리를 알아본 외국인들이 있었겠죠. 여긴 출입하는 외국인들 가운데 몇 명은 벌써 조사를 받은 것 같아요."

"어느 나라 아가씨였죠?"

"캐나다 몬트리올인가, 거기서 왔다고 했어요."

"경찰이 여기 왔었나요?"

"네, 조금 전에 다녀갔습니다."

말상에 눈이 가늘게 찢어진 바텐더는 코 밑 수염에 나비넥타이를 매고 있었고, 왼쪽 가슴에는 'Jack'이라고 쓰인 명찰을 달고 있었다. 외국인 손님들이 많다 보니 그들이 부르기 쉽게 아예 영어 이름을 하나 지은 것 같았다. 그는 돌아서려다 말고 물었다.

"메리가 죽은 걸 어떻게 아시죠?"

"해변에서 봤어요. 죽어 있는 걸……."

새로 외국 손님 두 명이 바에 다가섰기 때문에 잭은 그쪽으로 갔다. 나는 고개를 돌려 바의 오른쪽 끝에 검정 운동모를 푹 눌러쓰고 있는 젊은 사내를 힐끗 바라보았다. 그는 생맥주 한 잔을 앞에 놓고 나처럼 혼자 앉아 있었다. 풀어 헤쳐진 반팔 검정 남방 사이로 드러난 가슴은 구릿빛으로 그을려 있었고, 그 위에는 조개 목걸이가 걸려 있었다. 그는 나를 한번 쏘아보고 나서 급히 계산을 치르고 밖으로 나갔다.

잠시 후 내 바지 주머니 속에 들어 있던 휴대폰이 떨어대기 시작했다. 나는 얼른 그것을 꺼내 귀에다 갖다 댔다. 그리고 상대방이 하는 말을 잠자코 듣고 나서 "잘 알겠습니다. 수고 많았습니다." 하고 말한 다음 전화를 끊었다.

나는 범인이 메리를 죽이는 장면을 상상해보았다. 범인이 메리에게 모래찜질을 해주겠다고 하자 메리는 좋다고 한다. 두 사람은 열심히 모래를 파헤쳐 한 사람이 누울 수 있는 구덩이를 만든다. 메리가 그 안에 눕자 범인은 그녀의 몸 위로 모래를 덮는다. 얼굴만 남기고 모두 덮고 나자 범인은 메리가 보지 못하게 그녀의 얼굴 위에다 모자를 올려놓는다. 아니, 수건으로 얼굴을 가렸는지도 모른다. 주위 사람들은 별스런 짓도 아니기 때문에 그들을 별로 눈여겨보지 않는다. 범인은 날카로운 칼을 꺼낸 다음 한 손으로 메리의 입을 틀어막으면서 마치 애정행위를 하는 것처럼 상체를 포갠다. 그와 동시에 칼로 심장 밑을 찌른다. 밑에서 위로 심장 깊숙이 칼을 밀어넣는다. 메리는 비명도 지르지 못한 채 바르르 떨다가 숨을 거둔다. 범인은 모자 또는 수건을 걷어내고 그녀의 얼굴을 모래로 덮는다. 안경을 빼낼까 하다가 그대로 두고 모래를 덮는다. 그런 다음 모자 또는 수건을 다시 그 위에 올려놓는다. 다른 사람들이 볼 때 누군가가 모래 속에 누워서 잠든 것처럼 보인다. 범인은 주위 사람들이 떠나기를 기다린다. 이윽고 주위에서 사람들이 떠나자 범인은 아주 자연스럽게 모자 또는 수건을 집어들고 그 자리를 떠난다.

내가 부르지도 않았는데 잭이 내 쪽으로 다가왔다. 나는 마티니 한 잔을 또 주문했다. 그리고 그가 마티니를 가져오자 물었다.

"메리는 어떤 여자였어요? 캐나다 아가씨가 여기까지 와서 죽다니 정말 안됐어요."

"메리에 대해서는 잘 모릅니다."

그는 딱 잘라 말했다. 내가 담배를 꺼내 물자 그는 재빨리 라이터 불을 붙여주었다.

"메리에 대해 왜 그렇게 관심이 많으세요?"

"그냥 호기심에서. 안됐다 싶고……."

나는 5만 원권을 꺼내 그 앞으로 내밀었다.

"메리에 대해 아는 대로 말해줘요."

잭은 그것을 힐끗 쳐다보더니 슬그머니 챙겨 넣으면서 상체를 앞으로 기울였다. 그리고 속삭이듯 말했다.

"메리는 레즈비언이었어요."

상대는 제인이라는 이름의 여자로 어깨에 메리처럼 도마뱀 문신을 한 원어민 강사였다. 그녀는 호주 출신이었다. 내가 기억하기에 그들은 항상 붙어 있었다.

"제인은 오늘 여기 오지 않았나요?"

"요즘은 안 와요. 메리와 제인이 심하게 싸웠는데, 그 뒤로 제인은 펍에 오지 않아요."

"왜 싸웠죠?"

"메리가 배신을 했나 봐요. 메리한테 새 애인이 생겨가지고…… 그래서 싸운 것 같아요."

며칠 후 밤이 깊어 내가 '죄와 벌'에 앉아 안개와 함께 시칠리 아산 와인을 음미하고 있는데 연락도 없이 곰이 나타났다.

"도와주셔서 감사합니다."

그는 비싼 양주를 한 병 내놓았다.

"바텐더가 맞나요?"

"네, 자백했습니다."

그날, 그러니까 해변에서 메리의 피사체가 발견되던 날, 나는 곰과 헤어져 늦게까지 그 주변을 돌아다니며 사람들에게 이것 저것 물어보고 다녔었다. 그 결과 메리는 여자가 아닌 남자와 단둘이 그 자리에 앉아 있었다는 것을 알게 되었다. 그것도 외국 남자가 아닌 한국 남자와 앉아 있었다고 했다. 그들은 파라 솔 업자에게 파라솔을 빌리지 않고 개인 파라솔을 가져와 조금 떨어진 곳에서 그것을 펴놓고 밀회를 즐긴 것 같았다. 나는 목격자들에게 그 남자의 인상까지 꼼꼼히 물어보았는데 물론 공짜로 물어본 것은 아니고 만 원짜리 두어 장씩을 쥐여 주고 서야 얻어들을 수가 있었다.

메리를 살해한 방법은 여자가 할 수 있는 방법이 아니었다. 그런 대담한 방법은 남자가 아니고는 할 수가 없는 것이었다. 그리고 정확히 심장을 겨누고 찔렀다는 것은 전문가나 경험이 있는 자의 소행이라고 할 수 있었다.

내가 펍 '사랑할 때와 죽을 때'에 들렀을 때 나는 혼자가 아니었다. 낮에 해변에서 메리와 함께 앉아 있던 남자를 정확히 알아볼 수 있다고 자신한 목격자 한 명을 데리고 펍에 갔던 것이다. 그 목격자는 얼굴이 까맣게 타고 목에 조개 목걸이를 걸고 있는 치킨 장수로 여름 한철 해수욕장을 돌아다니며 양념치킨을 파는 사내였는데, 메리와 한국인 남자에게 치킨을 팔았기 때문에 그 남자의 얼굴을 정확히 기억하고 있다고 자신했다. 그래서 나는 바쁘다는 치킨 장수에게 10만 원이나 주고 그를 펍에 데려갔던 것이다. 물론 우리는 따로따로 안으로 들어갔고, 서로 모른 채 떨어져 앉았는데 들어간 지 10분도 안 돼 치킨 장수가 나에게 전화를 걸어왔다. 저 지금 밖에 나와 있습니다. 영감님 맞은편에서 술 팔고 있는 코 밑 수염 기른 남자가 바로 그놈입니다. 들어가자마자 알아봤습니다. 확실합니까? 확실하니까 믿으세요. 저 바빠서 갑니다.

"폭력과 강도, 강간 전과가 다섯 번이나 있는 자예요."

내가 따라 준 와인을 마시면서 곰이 말했다.

"왜 메리를 죽였죠?"

"메리하고 한 달쯤 동거를 했는데 메리가 헤어지자고 하면서 짐을 싸들고 나간 모양이에요. 메리한테 새 애인이 생긴 걸 알고 놈은 그냥 헤어질 수는 없으니 마지막으로 해수욕장에서 수영이나 하자고 꼬신 것 같아요. 이별 파티 같은 그런 거겠죠. 그리고 기회를 엿보고 있다가 모래찜질을 해주는 척하면서 여자를 죽인 거죠. 죽이고 나서 놈은 태연히 펍에 출근했습니다. 아주 잔인한 놈입니다."

부검 결과 메리의 혈액에서는 다량의 히로뽕 성분이 검출됐는데, 잭한테서도 같은 성분이 나왔다고 했다. 메리는 마약에 취해 모래 구덩이에 누워 있었고, 잭은 마약으로 흥분한 상태에서 그녀를 살해한 것 같다고 곰은 말했다.

"메리는 레즈비언이 아니었나요?"

"제인과 친하기는 했지만 동성애자는 아니었습니다. 잭이 제인한테 혐의를 씌우려고 지어낸 말입니다."

"제인이라는 아가씨를 만나봤나요?"

"메리가 살해되기 일주일 전에 이미 출국했더군요."

"위스키 한잔 할까요?"

내가 양주병 뚜껑을 따려고 하자 곰은 손을 흔들며 일어섰다.

"가봐야 합니다."

그는 돌아서려다 말고 말했다.

"상부에서 작가님한테 표창장을 수여하기로 했습니다. 포상금도 2백만 원 책정이 됐는데 내일 오후 2시까지 경찰서로 나와주십시오. 그 전에 모시러 오겠습니다."

"어이구, 그런 건 싫습니다."

나는 손사래를 치면서 안개를 바라보았다. 피와 모래 위에 떠돌던 안개가 생각나 기분이 언짢았다.

곰이 가고 나자 포가 내 곁으로 가만히 다가와 앉으며 말했다.

"사랑할 때와 죽을 때는 말썽이 끊이지 않네요."

"글쎄 말이야. 상호가 안 좋은가."

안개 속으로 사라진 여인

한 번만이라도 "어머니!" 하고 불러보고 싶다. 그러나 내가 어머니를 불러본 것은 열 살 때까지였고, 그 이후로는 지금까지 불러본 적이 없다. 더 이상 어머니는 이 세상에 존재하지 않았으니까. 머릿속에서 까맣게 타들어가다가 잿빛으로 희미해져버린, 이제는 아련한 아픔으로만 존재하는 불쌍한 여인. 사진 한 장 남아 있지 않은 여인. 내 가슴속에 36세의 젊고 예쁜 모습으로만 남아 있는 여인. 우리 어머니처럼 불쌍한 여인이 또 어디 있을까.

달맞이언덕의 카페 '죄와 벌'의 테라스에 홀로 앉아 실로 오랜만에 이 늙은 놈이 어머니 생각에 눈물을 흘린다. 세파에 시달려 피폐해질 대로 피폐해진 나에게 아직 눈물이 남아 있다는 것이 신기하기만 하다.

"어머!"

테라스로 나와 내 곁으로 다가온 포가 내 얼굴을 보더니 멈칫한다.

"무슨 일 있으세요?"

"아, 아니야."

나는 고개를 흔들며 와인잔을 입으로 가져갔다.

"울고 계시잖아요? 무슨 일 있으세요?"

나는 고개를 저으면서 안개를 바라보았다. 62년 전 그날, 어머니가 세상을 떠나던 그날 그 언덕 위에도 바다에서 밀려온 안개비가 자욱하게 끼어 있었다. 나는 안개를 손바닥 안에 그러쥐고 힘을 주었다. 안개가 으스러지면서 그날의 아픔과 비통함이 내 몸속에서 비명을 지른다. 나는 손을 털고 포를 물끄러미 바라보았다.

"잠깐 어머니를 생각했어요."

"어머니가 계신가요?"

그녀는 조심스럽게 물었다.

"옛날에 돌아가셨어요. 내가 열 살 때……."

"그러셨군요."

내 상처를 건드릴까 봐 그녀는 머뭇거리다가 물었다.

"어쩌다가 그렇게 일찍 돌아가셨죠?"

"전쟁 때 피난 갔다가 돌아가셨어요. 우리 형제 여섯을 남겨

놓고…… 서른여섯 살 때……."

"어머나……."

그녀는 더 이상 묻지 않았지만 얼굴에는 궁금해하는 빛이 뚜렷이 나타나 있었다. 나는 누구한테도 자세히 이야기하지 않던 어머니의 죽음을, 안개 속으로 사라진 한 불행한 여인의 최후를 그녀에게만은 담담하게 이야기할 수 있을 것 같았다.

60여 년 전 그때 우리 가족은 서울 필동에 살고 있었다. 우리집은 2층으로 된 적산가옥으로 꽤 큰 집이었는데, 집 뒤로는 개천이 흐르고 있었다. 일곱 살에 학교에 들어간 나는 그때 소학교 3학년생으로 아홉 살이었다. 어느 날 뒷마당에서 밖을 내다보니 개천을 따라 이어진 길 위로 뿌옇게 먼지를 뒤집어쓰고 모자와 어깨 위를 잡초로 위장한 낯선 군인들이 걸어가고 있었다. 나중에야 그들이 북쪽에서 내려온 인민군이라는 것을 알고는 좀 신기한 생각이 들었다.

우리 가족은 변두리 시골로 피난을 갔고, 몇 달 후 서울이 수복되자 불타고 무너진 거리를 지나 필동집으로 돌아왔다. 그러나 또 몇 달이 지나, 그러니까 이듬해 1월 중공군이 밀고 내려오는 바람에 엄동설한에 다시 피난길을 떠나야 했다. 그때는 대대적인 철수작전이 이루어지고 있었기 때문에 민간인들의 피난 행렬도 지난해와는 비교가 안 될 정도로 길었다.

그런데 피난을 떠나기 전날 밤 갑자기 아버지가 괴한들에게 연행되는 바람에 우리 가족은 큰 충격에 휩싸이고 말았다. 군복 차림이었지만 계급장도 달지 않은 그들은 기관원이라고 하면서 권총으로 대학교수인 아버지를 위협하고 손목에 수갑까지 채워서 끌고 갔다. 아버지는 끌려가면서 울부짖는 어머니에게 걱정하지 말고 새벽에 트럭이 오면 무조건 아이들을 데리고 그 차를 타고 먼저 떠나라고 신신당부했다. 자기하고는 나중에 만나면 된다고 어머니를 안심시키면서. 우리가 계속 울어대면서 따라가자 기관원이 "빨갱이 새끼들! 시끄러워! 다 쏴 죽일 거야!" 하고 소리쳤다.

나는 뭐가 뭔지, 사태가 어떻게 돌아가는지, 우리가 어디로 가는지 알 수가 없었고, 그냥 배를 타고 아주 멀리 떠난다는 사실에 호기심과 함께 마냥 가슴이 설레기만 했다.

어머니는 그때 서른여섯이었고, 혼자서 고만고만한 말썽꾸러기 아들 넷과 딸 하나를 데리고 정처 없이 먼 길을 떠나야 할 판이었다. 그뿐만이 아니었다. 엎친 데 덮친 격으로 어머니는 만삭으로 배까지 불러 움직이는 것조차 힘들어했다. 하지만 어떻든 우리는 떠나야 했다. 서울에 남아 있으면 모두 죽는다는 공포감이 확산되어 있었고, 그래서 너도나도 정처 없이 떠나고 있었다. 우리는 어렸지만 가져갈 수 있는 한 많은 등짐을 하나씩 짊어졌다. 새해가 되어 열 살이 된 나는 위로 두 살 더 많은 형이 있었고, 밑으로 여덟 살과 여섯 살짜리 남동생, 그리고 네 살 먹은 여동생이 있었다. 짐을 지고 추위에 벌벌 떨고 있는데 하늘 한쪽이 벌겋게 타오르면서 포성 소리가 쉴 새 없이 들려왔다. 얼마 후 군용 트럭이 달려오더니 헌병 완장을 찬 군인이 뛰어내려 우리를 트럭 위에 태웠다. 덮개를 씌운 트럭 위에는 이미 다른 피난민 가족들이 타고 있었다. 급박한 상황에서 군용 트럭으로 이동할 수 있었던 것은 아버지가 손을 써두었기 때문이었다.

트럭이 우리를 부려놓은 곳은 인천 부두였다. 부두는 이미 피난민들로 인산인해를 이루고 있었다. 우리는 사람들에게 떠밀리다시피 해서 해군 LST에 올라 배 밑창으로 내려갔다. 보급품과 차량 같은 것들을 싣는 그곳은 운동장처럼 넓었지만 이미 피난민들로 가득 차 있었다. 어른들의 고함소리, 아이들의 울부짖는 소리, 여인의 앙칼진 욕설, 코를 찌르는 악취 등으로 그곳은 생지옥을 방불케 했다. 어머니는 만삭의 배를 부여잡고 고통스러워하고 있었다.

얼마 동안 갔는지, 몇 날 며칠이 걸렸는지 모른 채, 한 번도 밖에 나가보지 못하고 배 밑창에 갇힌 채, 토하다 토하다 못해 헛구역질만 나오는 허기진 배를 안고 도착한 곳은 부산 부두였다. 어머니는 우리를 이끌고 아버지가 써준 편지에 적힌 주소를 찾아갔다. 아마 먼 친척쯤 되는 집 같았지만, 그 집에 도착한 우리는 안에 들어가보지도 못한 채 문밖에서 발길을 돌려야 했다. 아무리 친척이라 한들 아이들을 다섯이나 주렁주렁 달고 불쑥 들이닥친 만삭의 부인을 보고 그만 기가 질렸을 것이다. 갈 곳이 없는 우리는 부둣가에 짐으로 담을 친 채 땅바닥에서 밤을 지새웠다. 바닷가의 겨울밤은 춥고 길었다. 어머니의 기침 소리는 밤새도록 우리를 잠 못 들게 했다. 어머니는 그런 몸으로 아침부터 먹을 것을 구하러 다녔고, 우리는 도둑질을 하거나 장난질로 시간을 보냈다. 그렇게 부둣가에서 며칠을 보낸 후 우리는 배를 타고 또 다른 친척이 있다는 여수로 흘러들어갔다. 그러나 그 친척 역시 우리를 받아주지 않았다. 그 대신 산 중턱에 있는 폐가를 하나 소개해주었다. 그 집 마당에서는 멀리 부두와 바다가 보였다. 나중에 안 일이지만 그 집은 사람이 자주 죽어나가는 바람에 흉가로 알려진 집이었다. 초가지붕은 폭삭 꺼져 있었고, 벽은 갈라지고 구멍이 숭숭 뚫려 있었지만, 우리한테는 세상에 둘도 없는 보금자리였다.

얼마 후 어머니는 그 집에서 아기를 낳았는데 아들이었다. 어머니의 기침은 더욱 심해지고, 아기는 끊임없이 울어댔다. 먹을 것이 조금이라도 생기면 우리가 먼저 달려들어 인정사정없이 먹어치웠기 때문에 어머니는 먹을 것이 없었다. 아름답던 어머니의 모습은 영양실조로 그 빛을 잃고 꺼져가고 있었지만, 돼지 같은 새끼들은 그것을 눈치채지 못했고, 사실 어머니한테는 제발 기침소리 좀 멈춰줬으면 하는 생각 외에는 별로 관심도 없었다.

어머니의 격렬하다고밖에 표현할 길 없는 숨 막히는 기침소리가 갑자기 뚝 멎은 것은 아기를 낳은 지 열이틀이 되던 날이었다. 밖에 나갔다 돌아오니 형이 눈물을 뚝뚝 흘리며 울고 있었다. 어머니가 죽었다고 했다. 난폭하고 어머니를 그렇게 괴롭히던 형이 어머니의 죽음을 말하면서 우는 모습이 신기하기만 했다.

"엄마가 나 좀 살려달라고 했어. 거, 거품을……."

형은 말을 잇지 못한 채 흐느껴 울었다. 어머니가 남긴 참혹한 한마디에 나는 멍하니 있다가 방으로 들어가보았다. 어머니는 차가운 방바닥에 짐짝처럼 널브러져 있었다. 나는 어머니의 헝클어진 머리칼 사이로 드러난 앙상하고 창백한 얼굴을 슬그머니 쳐다보았다. 무섭고 두려운 데다 너무 낯설어서 가까이 다가가 똑바로 쳐다볼 수가 없었다. 그 옆에서 아기는 자지러지게 울어대고 있었다. 어머니는 서른여섯이었다.

이튿날 우리를 측은하게 여긴 동네 사람들이 어머니의 시신을 가마니에 둘둘 싸서 들것에 들고 언덕 너머에 있는 공동묘지로 향했다. 그날따라 안개가 자욱했고, 공동묘지에 도착할 때까지 우리는 안개에서 벗어날 수가 없었다. 네 살짜리 여동생과 아기를 제외한 우리 사 형제는 관도 없는 운구 뒤를 말없이 따라갔다. 그것은 만장도 만가도 없는, 그냥 가마니에 둘둘 말아놓은 시신을 운반하는 그지없이 초라하고 쓸쓸하기 짝이 없는 행렬이었다. 여기저기서 까마귀들이 울어댔고, 안개 속에서 날개를 퍼덕이며 날아다니는 까마귀들은 마치 죽음을 노래하는 것 같았다. 언덕을 넘어가자 드넓은 공동묘지가 나타났고, 하필이면 그때 비가 내리기 시작하는 바람에 동네 남자 넷은 서둘러 땅을 파고 어머니를 묻었다. 그들은 대충 흙을 쌓아올린 다음 떼도 입히지 않고 쫓기듯 내려가버렸다. 우리는 새로 생긴 조그만 묘 앞에 우두커니 서 있었는데 형이 갑자기 우는 바람에 모두 따라 울었다.

"엄마…… 엄마……."

우리는 울면서 어머니를 불렀고, 그 말밖에는 다른 할 말이 없었다.

"너희들 사이좋게 지내야 한다. 불쌍한 엄마 생각해서라도……."

형은 울면서 더듬더듬 말했는데, 그것은 형한테서 처음으로 들어본 어른스럽고 이성적인 말이었다.

어머니를 공동묘지에 묻고 비에 젖은 몸으로 오돌오돌 떨며 집에 돌아왔을 때, 우리를 기다리고 있는 것은 텅 빈 공허감이었다. 뭔가 휑하니 비어버린 것 같은 그 허전하고 쓸쓸한 공허감에 우리는 두려움에 떨며 어쩔 줄을 몰라 했다. 그 공허감에

　　　　　　　　　　　　　달맞이언덕의 안개

뒤이어 찾아온 것은 현실적인 문제였다. 쌀은 어디서 구할 것이며, 밥은 무엇으로 어떻게 짓는지, 빨래며 청소는 누가 할 것인지, 무엇으로 방바닥을 덥힐 것인지, 그 모든 것들이 우리한테는 생소하고 힘들게만 생각되었다. 우리를 더 힘들게 한 것은 아기였다.

아기는 하루 종일 빽빽 울어대고, 먹는 대로 설사를 해댔다. 아기가 먹는 것이라고는 미음이나 원조물자로 들어온 사료용 우유 가루가 전부였다. 분유 같은 것이 있을 리 없으니 그런 것이라도 먹일 수밖에 없었고, 아기가 제대로 크지 못하고 설사를 해대는 것은 너무도 당연한 일이었다. 어떻든 아기는 우리가 감당하기에는 너무 벅찬 존재였고, 우리는 서로 아기를 피했기 때문에 거의 방치되다시피 했다. 나는 아기가 건강하게 성장할 수 없을 것이라는 생각이 들었고, 그 같은 예감은 얼마 후 사실로 나타났다. 아기는 태어난 지 백일쯤 지나, 죽어가는 병아리처럼 울음소리도 약해지고 앙상하게 말라비틀어지더니 더 이상 버티지 못하고 숨을 거두었다. 아기의 죽음에 우리 형제는 아무도 울지 않았다. 귀찮은 놈이 마침내 사라졌다는 데서 오는 안도감과 후련함으로 어깨가 한결 가벼워진 느낌이 들긴 했지만, 그런 잔인한 기분을 굳이 겉으로 드러내지는 않았다.

아기가 죽자 형은 지체하지 않고 사과 궤짝에다 아기의 시신을 넣은 다음 뚜껑에다 쾅쾅 못질했다. 그리고 밤이 되기를 기다렸다. 산 주인 몰래, 그리고 동네 사람들 눈에 띄지 않게 산에다 아기를 묻어야 한다는 것이었다. 날이 저물자 형은 새끼줄로 멜빵을 만들어놓은 궤짝을 나보고 짊어지라고 말했다. 내가 싫다고 하자 내 얼굴로 곧장 주먹이 날아들었다. 그즈음 형은 폭력적으로 변해 있었고, 자기 말을 듣지 않거나 비위가 틀리면 사정없이 주먹을 휘둘러댔다. 주먹질이 하도 무자비해서 나를 비롯한 동생들은 그가 눈을 부라리기만 해도 발발 떨었다. 그의 말은 바로 명령이었고, 그것을 거역하면 즉시 제재가 가해지곤 했다.

나는 코피를 닦고 나서 궤짝을 짊어졌다. 산으로 올라가는 동안 나는 내내 서러워서 훌쩍거렸다. 아기의 죽음이 서러워서가 아니라 형에게 얻어맞은 것이 서러워서 운 것이었다. 나는 속으로 복수를 다짐하면서 입술을 깨물었다. 앞장서서 등불을 든 형을 따라 우리는 산 중턱을 올라가다가 적당한 곳을 골라 궤짝을 묻었다. 아기 묘는 돌로 만들어야 한다는 말을 들은 바가 있어 우리는 돌을 주워다가 그 위에다 쌓았다. 형은 그 앞에 우리를 일렬로 세우고 고개를 숙이게 하더니 작별 인사를 했다.

"아기야, 잘 있어라."

그때까지 아기는 이름이 없었다. 아버지가 아기 이름을 지어야 한다고 하는 바람에 그때까지 이름이 없었고, 우리는 아버지가 돌아오기만을 기다리고 있었다.

"잘 있어."

나는 무뚝뚝하게 작별 인사를 했다.

우리는 하루하루 연명하는 것이 너무 괴롭고 힘들었다. 그 가운데서 나를 가장 괴롭히는 것은 밥을 얻으러 다니는 일이었다. 형은 집에 먹을 것이 없으면 나에게 밥을 얻어오라고 시키곤 했다. 그러면 나는 할 수 없이 동생들을 데리고 동네를 한 바퀴 돌아야 했다. 동생들을 데리고 간 것은 나 혼자서는 도무지 자신이 없었기 때문이었다. 동생들 가운데서 여동생을 앞세운 것은 효과가 컸다. 네 살짜리 어린 소녀가 울먹이면서 배고프다고 하면 차마 거절은 못 하고 뭔가를 던져 주곤 했다. 찌그러진 깡통과 냄비에 밥 덩이와 김치 조각이 던져지면 나는 누가 볼까 봐 얼른 그것들을 보자기에 싸서 돌아오곤 했다. 그러나 우리 형제들이 거지새끼가 됐다는 소문은 피할 수가 없었다. 아버지는 돌아오지 않았고, 동네 사람들은 동네에 거지새끼들이 돌아다니는 것을 보고 수군거리기 시작했다. 우리가 봐도 우리 형제들은 거지 몰골을 하고 있었다. 때에 절고 해진 옷과 오랫동안 목욕을 하지 못해 더러워진 몸뚱이며 누런 이빨들은 영락없는 거지 몰골이었다.

그러던 어느 날 동네 이장과 집주인이라는 사람이 나타나서는 집을 비워야 한다고 하면서 내일 고아원에 데려다줄 테니 그리 알고 준비하고 있으라고 했다.

고아원은 시 변두리에 있는 낡아빠진 창고 같은 곳이었지만 비로소 우리는 굶주림을 면할 수가 있었다. 나는 무엇보다도 밥을 얻으러 돌아다니지 않아도 되는 것이 기뻤다. 미군 구호물품이 수시로 들어왔기 때문에 나는 건빵과 초콜릿, 통조림 같은 것을 먹을 수가 있었고, 헐렁한 군용 파카까지 얻어 입고 다녔다.

형은 고아원에 들어와서도 주먹질을 멈추지 않았다. 대상이 동생들한테서 다른 아이들로 바뀌면서 폭력의 강도는 더 심해졌다. 고아원 원장에게 야단을 맞기도 하고 벌을 서기도 했지만 갈수록 더 난폭해져 갔다. 어떻게 구했는지 담배까지 물고 다녔고, 뭔가를 때려 부수고 누군가를 때리고 싶어 안달이 나 있는 것 같았다. 고아들 가운데서 형보다 나이가 서너 살 더 위고 덩치가 큰, 짱구라는 별명을 가진 아이가 있었는데, 그 아이는 우리가 그곳에 들어가기 전부터 고아들의 지배자로 군림하고 있었다. 형은 그를 꺾으려고 몇 번 부딪쳐보았지만, 그때마다 번번이 창피를 당하고 말았다. 분을 이기지 못한 형은 아이들이 보는 앞에서 정식으로 한판 붙자고 제의했고, 짱구는 얼마든지 좋다고 하면서 장소와 날짜와 시간까지 일러주었다.

짱구와 형의 한판 싸움은 큰 흥밋거리였고, 계집애들을 제외한 남자아이들은 거의 빠짐없이 그곳으로 몰려들었다. 그러나 기대와는 달리 싸움은 처음부터 짱구의 일방적인 우세로 끝나고 말았다. 형은 기를 쓰고 달려들었지만, 짱구가 그를 몇 번 들었다가 땅바닥에 메다꽂자 결국은 축 늘어지고 말았다. 짱구는 승리의 미소를 날리면서 손을 털고 돌아서 걸어갔다. 그런데 기절한 줄 알았던 형이 갑자기 몸을 일으켰다. 그리고 큼직한 돌덩이를 들고 짱구를 쫓아갔다. 아이들의 비명과 퍽 하는 소리는 거의 동시에 일어났다. 뒤통수를 얻어맞은 짱구는 힘없이 나동그라졌고, 형은 그길로 고아원을 빠져나가 어디론가 사라져버렸다. 병원으로 실려간 짱구도, 형도 그 후 다시는 고아원으로 돌아오지 않았다.

그해 12월 첫눈이 내리던 날, 네 살짜리 여동생은 해외입양기관에 넘겨져 고아원을 떠났다. 어린 여동생이 헤어지지 않으려고 발버둥 치는 것을 보고 뒤에 남은 우리 삼 형제는 모두 울었다. 며칠 후에는 여섯 살짜리 남동생도 해외로 입양되어 떠나고 우리 형제는 둘만 남게 되었다.

그로부터 20년쯤 지나 내 나이 서른한 살이 되었을 때 나는 여수에 있는 어머니 산소를 찾아가 보았다. 가는 길에 언덕 중턱에 있는 우리가 살았던 그 초가집, 어머니와 갓난아기가 죽어나갔던 그 흉가에 들렀는데, 그 집은 여전히 사람이 살지 않는 폐가로 버려져 있었다. 온통 뿌연 잿빛으로 변한 그 집은 더 없이 황량하고 피폐해 보였다.

어머니가 잠들어 있는 공동묘지는 너무 많이 변해서 그곳에 발을 들여놓은 순간 나는 당황하고 말았다. 나를 더욱 당황케 한 것은 어머니가 어디에 묻혀 있는지 도무지 산소 위치를 알 수가 없다는 사실이었다. 나는 뙤약볕 아래서 땀을 뻘뻘 흘리며 어머니 산소를 찾아다녔지만 끝내 찾을 수가 없었다. 어린 나이 탓이었을까. 산소에 아무 표지도 남기지 않은 채 떠났고, 그 후로 세파에 시달리며 생존을 위해 정신없이 살다 보니 도무지 여유가 없었고, 그래서 그동안 한 번도 산소에 와보지 못한 것이 씻을 수 없는 불효를 저지르게 된 것이었다.

차마 그곳을 떠나지 못하고 며칠 동안 찾아다녀 보았지만, 도대체 어느 것이 어머니 산소인지 분간이 되지 않아 그저 막막하기만 했다. 마을로 내려가 20년 전에 어머니 시신을 묻어주었던 사람들을 찾아보았지만, 그때까지 그곳에 사는 사람은 아무도 없었다. 어머니 산소를 잃어버리다니! 그것은 불효막심하다는 한마디로 용서받을 일이 아니었다. 혹시나 해서 동생을 데리고 다시 찾아가 보았으나 동생 역시 모르기는 마찬가지였다. 형이 혹시 기억하고 있을지도 모른다는 생각이 들긴 했지만, 형에 대해서는 지난 20년 동안 생사조차 알 수 없으니 난감하기 짝이 없었다.

형의 소식을 알게 된 것은 헤어진 지 30년쯤 지난 1980년경 이었다. 그때까지 소식을 알 길 없는 형이 너무 야속해서 모른 체해왔지만, 내 나이 40줄에 들어서자 더 이상 모른 체할 수가 없어 여기저기 알아보던 끝에 마지막으로 혹시나 해서 찾아간 곳이 국방부였다. 국방부에 비치된 군복무자 명단에는 형의 이름이 들어 있었고, 거기에 붙어 있는 사진을 보니 틀림없는 형이었다. 그러나 반가운 마음도 잠시, 비고란에는 '사망'이라는 붉은 글자가 찍혀 있었다. 형은 1966년 10월에 월남전에서 전사한 것으로 되어 있었다. 그는 1960년에 해병대에 장기복무자로 지원 입대, 1965년에 월남전에 참전하여 그 이듬해에 전사했는데 그때 나이 스물일곱, 계급은 하사였다.

나는 동생과 함께 꽃다발과 소주 한 병, 마른오징어 한 마리를 사들고 동작동 국립현충원을 찾아갔다. 젊은 나이에 무수히 스러져간 어린 병사들의 초라한 묘비들 사이에서 마침내 형의 묘비를 발견하는 순간 나는 울음부터 터뜨렸다. 헤어진 지 30년 만에, 전사한 지 15년 만에 우리 형제는 그렇게 만났다.

아버지는 끝내 소식이 없었다. 소식을 알 길이 없어 거의 포기하고 있을 즈음 철학교수 출신의 어느 노학자가 쓴 글을 읽게 되었다. 1990년경이었다. '한국전쟁과 이승만'이라는 제목의 그 글은 한국전쟁에서 이승만 대통령이 저지른 과오와 그로 인해

백성들이 입게 된 참담한 피해 상황을 집중적으로 조명하고 있었다. 우리 집안 역시 전쟁 때문에 풍비박산이 된 만큼 한국전쟁에 관한 글이라면 읽지 않고 그냥 넘어갈 수가 없었다. 그런데 그 책의 중간쯤에서 아버지 이름을 발견하고 나는 눈이 번쩍 뜨였다.

당시 S대와 Y여대에 적을 둔 젊은 교수들이 주축이 되고 일부 재야 지식인들도 참여한 '백장미'라는 그룹이 있었는데, 1950년 유엔군의 인천상륙작전으로 서울이 다시 수복되었을 때 백장미 그룹은 다시 모임을 재개하게 되었다. 독립한 지 얼마 안 된 조국이 초석을 다지기도 전에 내전으로 초토화되자 어떻게 국가를 재건할 것인가 하는 것이 모임의 주된 토론 주제였다. 그때 모임을 이끈 사람이 바로 우리 아버지인 노지회(盧智會)였다. 아버지는 그때 S대 영문학 교수로 재직 중이었는데, 당시 회원들은 모두 이승만에게 분개하고 있었다. 그들은 이승만은 전쟁 책임을 지고 당장 물러나야 하며, 자진해서 물러나지 않을 경우 국민적 저항으로 강제 하야시켜야 한다고 주장했다. 그와 같은 주장의 중심에 노지회가 있었다. 그러나 노지회는 장기 집권을 획책하고 있는 이승만이 좀처럼 물러날 위인이 아니라는 것을 알고 있었기에 극단적인 방법을 선택하지 않고는 다른 대안이 없다고 주장했다. 그것은 이승만을 제거하는 일이었다. 과격한 노지회의 주장에 대부분의 회원은 회의적인 반응을 보였지만 몇 사람은 거기에 동조, 비밀리에 모여 암살을 모의하게 되었다. 하지만 모의 단계에서 누군가의 밀고로 모두 체포되었고, 어디론가 끌려가 다른 죄수들과 함께 집단 처형되었다. 그 책을 펴낸 필자는 간신히 도망쳐 일본으로 밀항해 목숨을 구할 수 있었다고 했다.

며칠 후 나는 저자인 이제민 씨를 만나볼 수가 있었다. 그는 여든이 다 된 고령으로 건강이 좋지 않은지 거동이 불편해 보였지만, 목소리만은 카랑카랑했다. 내가 실종된 노지회 교수의 아들이라는 사실은 이미 전화로 말했기 때문에 그는 나를 보자마자 손을 덥석 잡으면서 감회 어린 표정을 지었다. 그는 책으로 둘러싸인 서재로 나를 안내한 다음 아버지가 실종된 경위를 좀 자세히 이야기해보라고 했다. 하지만 내가 그에게 들려줄 수 있는 것은 긴 이야기가 필요 없는 아주 간단한 내용이었다. 1951년 1월, 우리가 피난길에 나서기 전날 밤 느닷없이 괴한들이 들이닥쳐 아버지를 끌고 갔고, 그 이후로는 지금까지 아버지 생사를 모른다는 것이 전부였다. 그는 어이가 없는지 한동안 묵묵히 담배만 피우더니 그동안 가족들 고생이 심했겠다고 하면서 지나온 이야기를 듣고 싶어 했다. 나는 아버지의 갑작스러운 실종으로 우리 가족이 겪어야 했던 고통스럽고 험난했던 일들에 대해서는 굳이 자세히 말하고 싶지 않아 대충 이야기해주었다. 내가 알고 싶은 것은 아버지에 대한 소식이었다.

"노 교수는 나보다는 두어 살 적었지만 백장미의 리더로서 손색이 없었어요. 그는 양심적인 젊은 학자로서 나라가 전란에 빠져 수백만이 죽고 온통 파괴되자 누구보다도 분노하고 절망하고 견딜 수 없어 했어요. 그리고 거기에 대해 가장 크게 책임질 사람으로 이승만을 지목했어요. 전쟁이 발발했을 때 이승만은 이미 75세로 전쟁을 감당하기에는 너무 벅찬 고령이었어요. 그런데도 그는 장기 집권을 하려고 반대 세력을 숙청하고 무고한 백성들을 살상했어요. 보도연맹사건 하나만 보더라도 좌익이라는 혐의를 씌워 재판도 없이 수십만 명을 살해했어요. 적군 손에 죽은 민간인보다 아군 손에 죽은 사람이 더 많았으니 이런 천인공노할 일이 어디 있어요. 보도연맹뿐만 아니라 그 전에 터진 제주 4·3사건부터 시작해서 이런저런 이유로 닥치는 대로 사람들을 죽였어요. 나중에 일어나지만, 조봉암을 간첩으로 몰아 사형시킨 사건은 대표적인 정적 제거 사례지요."

이제민 씨는 매우 강직해 보였고, 분노에 차서 이야기를 계속했다.

"6·25가 일어나던 날 이승만이 경복궁에서 낚시질을 하고 있었다는 이야기는 유명한 이야기예요. 그는 국내 신문도 읽지 않고 미군이 갖다준 영자 신문만 읽었으니 국내 사정이 어떻게 돌아가고 있는지 까맣게 모르고 있었어요. 참모들이 보고하는 것만 듣고 앉아 있었으니 참모들 손에 놀아날 수밖에 없었어

　　　　　　　　　　　　　　　　달맞이언덕의 안개

요. 제주 4·3사건, 여순반란사건, 보도연맹사건 같은 것이 일어났을 때 대통령이라면 당연히 참모들을 소집해서 대책을 숙의하는 것이 대통령의 의무인데, 그는 그러지를 않았어요. 남쪽이 요새 왜 그렇게 시끄러워? 좀 조용히 해봐. 이 말 한마디가 전부였고, 그러면 밑에 있는 참모들이 알아서 처리했어요. 그 과정에서 양민학살 같은 것이 일어난 거예요. 그야말로 엉터리 대통령이었어요. 노 교수가 이승만을 제거하지 않으면 나라가 바로 설 수 없다고 생각한 것은 아주 당연한 생각이었어요. 노 교수는 성격이 과격한 데다 추진력이 있어서 이승만 제거 계획을 구체적으로 추진해나갔어요. 하지만 그 과정에서 겁먹은 회원들이 하나둘 떨어져 나가고, 결국 나를 비롯한 서너 명밖에 남지 않았어요. 무기를 구하는 방법, 결행 날짜와 장소, 직접 결행할 사람 등 이런 것들이 아주 구체적으로 논의됐어요. 노 교수가 이승만 암살은 자기가 맡겠다고 처음부터 주장하고 나왔기 때문에 결행할 사람은 이미 결정되어 있었어요. 그런데 누군가의 밀고로 모의 과정에서 모두 검거되고 말았어요. 무기를 구하거나 그러기도 전에 체포되고 만 거죠. 나는 요행히 도망쳐서 일본으로 튀었는데, 나중에 들은 바로는 암살을 모의한 백장미 회원들은 북으로부터 이승만 암살 지령을 받은 간첩으로 몰려 모진 고문을 받았다고 해요. 그러다가 다른 좌익 사범들과 함께 끌려나가 재판도 없이 총살을 당했어요. 밤중에 트럭으로 실려가 총살당했는데 살아남은 사람이 하나도 없어 장소가 어딘지도 몰라요. 모두 집단 매장한 걸로 짐작은 가는데, 한창 정신없이 철수할 때 벌어진 일이라 기록 같은 것도 남아 있지 않고……."

그때 아버지는 서른여덟 살이었다.

서른여섯에 세상을 떠난 어머니의 산소는 잃어버렸고, 아버지는 어느 하늘 아래 묻혀 있는지 알 길이 없다. 엄마 젖도 못 먹고 죽은 갓난아기와 해외로 입양된 어린 동생들을 생각하면 가슴이 미어진다. 월남전에서 전사한 형의 고독한 모습이 눈앞에 어른거린다. 하나 남은 동생도 작년에 세상을 떠나고 이 땅에는 이제 나 혼자 구차하게 살아남아 오늘도 안개 속을 헤매고 있다.

안개, 살인의 철학을 속삭이다

여비서는 책상 맞은편에 서 있는 여자를 다시 한 번 쳐다보고 나서 그녀가 내민 명함을 받아 들여다보았다. 버클리대 수학과 교수 이학박사 김동희. 그것은 사람들의 관심을 끌만한 직함이었다. 그녀는 명함을 뒤집어보았다. 거기에는 같은 내용이 영어로 인쇄되어 있었다. 방문자는 50대 초반쯤 되어 보였고, 검은색 스커트 위에 흰 블라우스 차림의 단정한 모습이었다. 키는 자그마했고, 통통하고 호감 가는 얼굴은, 별로 특징 같은 것도 없는, 어디서나 흔히 볼 수 있는 아주 평범한 인상이었다. 가늘고 작은 두 눈은 부드러운 빛을 띠고 있었다. 생긴 것이야 어떻든 이렇게 수수하게 생긴 여자가 수학과 교수라는 사실에, 그것도 국내도 아닌 미국 유명 대학의 교수라는 사실에 여비서는 강한 호기심과 함께 호감을 느꼈다. 그래서 자기도 모르게 선망 어린 눈으로 그녀를 쳐다보면서 입을 열었다.

"장관님은 지금 회의 중이신데, 무슨 일로 그러시는가요?"

"이 책을 드리려구요."

김 교수는 묵직해 보이는 검정 백 속에서 책 한 권을 꺼내놓았다. 여비서는 그것을 집어들고 표지를 살펴보았다. '수학으로 풀어본 미술의 비밀'. 흥미로운 제목의 책이었다. 책의 저자는 명함에 적혀 있는 이름과 같은 김동희였다. 미술에 관심이 많은 30대의 여비서는 김 교수에게 더욱 호감이 갔다. 하지만 책 한 권 때문에 저자가 장관실로 찾아와 그것을 직접 장관에게 전해주겠다는 것은 처음 보는 일이었다. 저서는 대부분 우편으로 배달되어 오기 마련이었다.

"이 책, 제가 이따가 장관님께 전해드리면 안 될까요?"

"그래도 되는데, 한국에 온 김에 한번 만나 뵙고 가려구요. 사실은 오 장관님하고 초등학교 동창인데 장관님이 기억하실는지 모르겠어요. 이번에 이 책을 한국에서 출판하게 되어 20년 만에 귀국했어요. 오후에 출국하는데 그 전에 잠깐 뵈려구요. 장관 되신 거 축하도 드릴 겸 딱 5분만 뵙고 가려구요."

"아, 그러세요. 초등학교 동기시군요."

비로소 그녀가 장관을 직접 만나려고 하는 이유를 알고 난 여비서는 고개를 끄덕이고 나서 몸을 일으켰다.

"이 책, 장관님한테 먼저 보여드려도 될까요?"

여비서가 책을 집어들면서 물었다. 책을 보여주면 쉽게 면담을 허락할 것이라고 생각했지만, 굳이 그런 말까지 하지는 않았다.

"네, 보여드리세요."

김 교수는 기대에 찬 얼굴로 대답했다.

"잠깐 기다려보세요."

여비서는 장관실 안으로 들어갔다. 회의 중이라는 말은 그녀가 그냥 둘러댄 것으로, 장관은 와이셔츠 바람으로 창가를 왔다 갔다 하면서 전화통화를 하고 있었다.

그는 장딸막한 몸집에 머리가 벗겨지고 배까지 튀어나온, 한마디로 몸 관리가 제대로 되어 있지 않은 막돼먹은 모습의 사내였다. 구릿빛으로 그을린 넓적한 얼굴은 기름으로 번들거리고 있었고, 복판에 자리 잡은 매부리코는 한쪽으로 조금 휘어져 있었다. 그 아랫부분을 점령하고 있는 입은 유난히 커 보였고, 입술은 아프리카 니그로처럼 두터웠다. 가늘게 찢어진 두 눈은 금테 안경 너머에서 항상 뭔가 의심스러워하는 듯 번득이고 있어서 가깝게 다가서기가 쉽지 않았다.

문화체육부 장관이 된 지 5개월밖에 안 된 그는 어느 날 갑자기 장관으로 발탁된, 되게 운 좋은 사람이었다. 하지만 그의 지나온 행적을 보면 권력을 향한 그의 구애가 어느 정도 집요하고 끈질겼는지 알 수가 있다.

그는 원래 정치학 전공의 대학교수 출신으로, 신문에 정치 관계 칼럼을 집필하면서 독설가로 유명세를 타게 되었다. 극우 보수 세력을 옹호하고 진보개혁 쪽을 싸잡아 비난한 그는 좌파 인사들을 무조건 빨갱이로 몰아붙였고, 보수 정권에 비판적인 사람들을 역적이라고 쏘아붙였다. 그의 독설은 방송까지 타게 되어, 그는 방송국에서 열린 시국 좌담회 패널로 자주 초대되어 상대편에게 서슴없이 저질스러운 험담을 퍼부어댔다. 양식 있는 시청자들은 분개하고 그를 권력에 아부하는 어용교수라고 비난하는 글들이 심심찮게 여기저기에 실렸지만, 보수층에서는 그를 영웅처럼 떠받들었다. 그 여세를 몰아 그는 결국 총선에서 보수 정당의 후보로 부산에서 출마해 보수 일색인 선거구에서 압도적인 표차로 쉽게 국회의원에 당선되었다. 그리고 1년 후 실시된 대통령 선거에서는 보수 정당 후보자의 대변인이 되어 독설을 휘둘러댔다. 그 후보가 대통령에 당선되자 그는 당연한 듯 정권 인수팀에 들어갔고, 새 정권이 출범하자 대통령은 5개월 후 그를 문화체육부 장관에 임명했다. 결국 그는 권력에 이르는 줄을 잘 탔고, 그것을 최대한 이용해서 그가 바라던 대로 장관 자리까지 오르게 되었던 것이다.

장관실로 들어간 비서는 그가 통화를 끝낼 때까지 한쪽에 조심스럽게 서 있다가 그가 자리로 돌아오자 명함과 책을 책상 위에 올려놓았다.

달맞이언덕의 안개

"이 책을 쓰신 분인데 책도 드릴 겸 5분만 뵙고 가겠다고 합니다."

오 장관은 명함을 앞뒤로 들여다보았다.

"장관님하고 초등학교 동창이라면서 축하도 드릴 겸 꼭 한번 뵙고 싶어 하십니다. 오후에 출국한다고 하면서 출국 전에 뵙고 가려고 온 모양입니다. 여자분이십니다."

"여자라고?"

"네, 여자분이십니다."

"그래?"

그는 고개를 끄덕이면서 명함을 만지작거렸다. 한국 여자가 버클리대 수학과 교수라면 뛰어난 사람임에는 틀림없는 것 같았다. 그는 책을 집어들고 책장을 넘겨보았다.

"특이한 책인데."

"네, 좋은 책인 것 같아요."

"초등학교 동창이라고?"

"네, 그렇게 말씀하시던데요."

그는 고개를 갸우뚱했다. 가난했던 어린 시절이 주마등처럼 스쳐갔다. 그가 어린 시절을 보낸 경남 함양의 산골 분교에는 전교생이라고 해야 열댓 명 정도가 고작이었다. 그런 분교의 동창생이라니. 더구나 그 분교 출신으로 미국 유명대인 버클리대 수학교수가 됐다니, 한번 만나보면 어쩌면 감동적인 만남이 될 수도 있을 것 같았다. 잔뜩 호기심이 인 그는 마침내 고개를 끄덕였다.

"들어오라고 해요."

여비서가 나가자 그는 예의를 갖추기 위해 재킷을 입었다.

이윽고 문이 열리면서 자그마한 여자가 안으로 들어섰다. 오 장관은 일어서서 그녀를 맞았다.

"어서 오십시오."

그는 책상 너머로 손을 뻗어 여자의 조그만 손을 잡고 흔들면서 그녀의 평범한 얼굴에서 초등학교 분교 시절의 어떤 소녀의 얼굴을 찾아보려고 유심히 그녀를 살펴보았다. 그러나 어떤 얼굴도 떠오르지 않았다. 워낙 오래전의 잊고 싶었던 시절의 일이라, 한두 명의 코흘리개 정도만 생각날 뿐 그 밖에는 떠오르는 것이 없었다.

"앉으십시오."

김 교수는 책상을 사이에 두고 오 장관과 마주 보는 자리에 놓여 있는 의자에 다소곳이 앉았다.

"온당 분교에 다니셨다구요?"

"네⋯⋯."

두 사람의 시선이 부딪쳤다. 그녀의 얼굴에는 아무런 표정도 나타나 있지 않았다.

"그런데 용케 저를 기억하고 계시군요?"

"그럼요. 학교 다닐 때 말도 못하게 개구쟁이였잖아요."

"아, 제가 그랬던가요?"

장관은 기분이 좋아 껄껄거리고 웃었다. 그때 여비서가 찻잔을 들고 들어왔다. 그녀가 찻잔을 놓고 나갈 때까지 기다리고 있다가 장관은 김 교수에게 차를 권했다.

"드시죠. 그런데 전 기억이 통 안 나네요. 하긴 40여 년 전 일이라서 ……."

"여자들은 많이 변하잖아요."

"아, 그런가요."

여자가 몸을 일으키는 것을 그는 의아한 듯 바라보았다. 그리고 그녀의 오른손에 들려 있는 것을 보고는 눈을 깜박거렸다. 처음에는 그것이 무엇인지 얼른 감이 와 닿지 않았다. 잠시 후 그것이 권총인 것을 알고는 놀라서 얼굴이 굳어졌다.

"무, 무슨 짓이야! 당신 누구야?"

그는 재빨리 책상 위의 버튼을 누른 다음 몸을 일으키려고 했다. 그러나 그보다 먼저 권총이 불을 뿜었다. 총탄은 정확히 그의 이마를 꿰뚫고 지나갔다. 여자는 침착한 태도로 장관의 가슴팍을 겨누고 두 발을 더 발사했다. 그 충격으로 장관의 몸뚱이가 풀썩 튀어 올랐다가 도로 의자 위로 내동댕이쳐졌다.

안으로 들어서던 여비서는 비명을 지르며 도로 뛰쳐나갔다. 살인자는 권총을 손에 쥔 채, 의자 위에 죽어 있는 장관을 무표정하게 바라보았다. 그는 사지를 벌린 채 멍하니 허공을 바라보고 있었다. 크고 두툼한 입은 쩍 벌어져 있었고, 가슴팍을 가리고 있는 흰 와이셔츠는 피로 흥건히 젖어들고 있었다. 이마에 동그랗게 뚫린 구멍에서는 피가 몇 방울만 맺혀 있을 뿐이었다.

아침에 오치수 장관실에서 발생한 장관 살인사건은 뉴스를 타고 금방 전국으로 퍼져나갔고, 조금 후에는 전 세계 주요 방송에서도 다투어 그것을 보도하기 시작했다. 전국은 한바탕 광풍이 몰아친 것처럼 들썩거렸고, 장관을 사살한 범인이 여자라는 사실에 사람들은 경악했다. 아침에 장관실을 찾아가 근무 중인 장관을 권총으로 살해한 여자의 잔인함과 대담성에 사람들은 혀를 내두르는 한편으로는 그 같은 범행을 저지른 이유가 무엇인지 몹시 궁금해했다. 그러나 범인이 굳게 입을 다물고 있어서 아직 그 정확한 이유는 밝혀지지 않고 있었다.

그녀는 범행 현장에서 체포되었는데 김동희라는 이름과 버클리대 수학과 교수라는 직함은 사실이 아닌 것으로 밝혀졌다. 『수학으로 풀어본 미술의 비밀』의 진짜 저자가 나타났기 때문에 드러난 것이었다. 범인이 신원을 불지 않아 애를 먹던 경찰은 그녀의 지문을 조회한 결과 본래 이름이 이민혜임을 밝혀냈다. 그녀는 살림만 하는 과부로 슬하에 자식이 둘 있었다. 남편은 1년 전에 사망했고, 큰딸은 결혼해서 대구에 살고 있었고,

아들은 해군에 복무하고 있었다. 죽은 남편은 3년 전 부산 해운대구에서 국회의원에 야권 후보로 출마했다가 낙선했는데 당시 상대방 여권 후보가 하필이면 오 장관이었다.

그래서 경찰은 당시의 선거 결과에 앙심을 품고 그녀가 오 장관을 살해한 것이 아닌지 추궁했지만, 그녀가 한사코 묵비권을 행사하는 바람에 정확한 이유는 알아낼 수가 없었다.

곰이 나를 찾아온 것은 오 장관 피살사건이 일어난 지 닷새째 되던 날 오후 두 시쯤 됐을 때였다. 나는 그때 '죄와 벌' 테라스에 앉아 『이름 없는 죄수, 번호 없는 감방』이라는 책을 읽고 있다가 안개 속에서 깜박 잠이 들었던 것 같았다.

"너무 달게 주무시는 것 같아 안 깨웠어요."

포가 곰과 나에게 커피를 갖다주면서 말했다.

"안개에 취했던 것 같아."

나는 얼굴에 거머리처럼 달라붙어 있는 안개를 손바닥으로 쓸어냈다.

곰은 탁자 위에 놓여 있는 책을 집어들고 이리저리 살펴보더니 "이거 무슨 책입니까?" 하고 물었다.

"아르헨티나 군사독재 시절 인권 탄압에 대해 쓴 거예요. 정부에 비판적인 한 언론인이 수사기관에 연행되어 재판도 없이 감방에 갇힌 채 갖은 고문과 모욕을 당해요. 작가는 가까스로 살아남아 이 수기를 썼는데, 독재정권의 인권 유린 실태를 아주 생생하게 그려서 감동적이에요."

"그렇습니까? 다 읽고 나면 좀 빌려주십시오. 저도 한번 읽어보고 싶습니다."

"그렇게 하세요. 수사기관에 있는 사람이라면 꼭 한번 읽어볼 필요가 있어요. 수사관들은 인권 유린의 유혹을 많이 받으니까 이런 걸 읽어봐야 해요."

"책 읽은 지도 워낙 오래돼서. 이제부터는 책 좀 읽어야겠어요. 그건 그렇고, 선생님."

나는 얼굴에 달라붙는 안개를 손바닥으로 쓸어내다가 진지한 눈으로 나를 쳐다보는 곰과 시선이 마주쳤다.

"무슨 일 있나요?"

나는 블랙커피를 한 모금 마시고 나서 담배를 꺼내 물었다.

"오 장관 사건 말입니다. 범인이 도무지 입을 열지 않아 고민인 모양입니다. 여자라 함부로 다룰 수도 없고……."

"이민혜 말이군."

"네, 그 여자 말입니다. 그 여자 아십니까?"

"좀 알고 있지."

"어떻게 아십니까?"

곰의 조그만 두 눈이 번득였다.

"나한테 소설 창작을 배웠거든."

"그게 그렇게 된 거군요."

"소설을 쓰고 싶은데 어떻게 써야 할지 모르겠다고 하면서 날 찾아왔는데…… 한 1년쯤 오다가 그만 포기했는지 더 이상 나오지 않았어요."

그녀는 조용하고 진지한 여자였다. 일주일에 한 번씩 만나 개인지도를 했는데, 1년 동안 놀라울 정도로 실력이 늘어 오랜만에 뛰어난 제자를 만났다고 속으로 기뻐했었다. 그런데 어느 날부터 갑자기 나오지 않아 나는 적잖게 서운하기도 하고 괘씸하기도 했다. 지금 생각하면 남편이 국회의원 선거에 출마했다가 낙선하는 등 주변 상황이 그녀를 가만 놔두지 않았던 것 같았다.

"선생님께 소설을 배웠던 여자가 그런 살인을 저지른 것을 보고 무슨 생각이 드셨습니까?"

"난 뒤통수를 한 대 얻어맞은 기분이에요. 지금도 머릿속이 멍해요."

언제나 조용하고 진지하던 여인의 모습이 눈앞에 어른거렸다. 아무 특징도 없는 평범한 얼굴이지만, 그 내면에 뭔가 폭발할 것 같은 열정과 열망 같은 것이 느껴지던 여자였다.

"서울지방경찰청에서 급히 연락이 왔는데, 이민혜 씨가 선생님을 만나고 싶어 한답니다. 아무도 찾지 않고 선생님만 찾고 있습니다. 선생님한테만은 모든 걸 털어놓겠답니다. 수사본부에서는 그 여자가 단 한마디도 하지 않아서 애를 먹고 있었는데, 그 이야기를 듣고는 즉시 저희한테 연락했습니다. 선생님을 서울로 모시고 오라고 말입니다."

나는 고개를 내저었다.

"난 갈 수가 없어요."

곰은 의아한 눈으로 나를 쳐다보았다.

"전 국민의 이목이 집중된 사건입니다. 선생님께서 협조해주시면 모든 의문이 풀릴 것으로 기대하고 있습니다. 제가 모실 테니까, 바쁘시겠지만 저하고 같이 서울로 올라가시죠."

"가고 싶지 않아요. 대신 이민혜 씨를 이곳으로 데려오면 만나주겠어요. 난 이 자리에 앉아 그 여자하고 와인을 한잔 하고 싶어요. 바로 이 자리, 죄와 벌 테라스에 앉아서 말이요."

곰은 어이없다는 표정으로 나를 멍하니 쳐다보다가 내 결심이 굳은 것을 알고는 고개를 끄덕이면서 몸을 일으켰다. 그가 가고 나자 포가 내 어깨를 치면서 "잘하셨어요. 정말 멋진 만남이 될 거예요." 하고 말했다.

그날 밤 자정이 조금 지났을 때 이민혜는 경찰차에 호송되어 달맞이언덕의 '죄와 벌'에 나타났다. 그 전에 나는 경찰에 나를 만나는 동안 용의자의 손목에 수갑을 채우지 말 것과 내가 허락한 사람들 외에는 나와 용의자가 앉아 있는 자리에서 반경

5미터 안으로는 수사관과 기자들을 비롯한 그 누구도 접근시키지 말 것 등을 요구했다. 서울지방경찰청의 수사 책임자는 기자들을 따돌리느라고 밤늦게 도착하게 되었다고 해명했다.

민혜와 나는 안개 속에 앉아 시칠리아산 와인을 마셨다. 내가 포도 함께 동석해도 좋겠냐고 묻자 민혜는 고개를 끄덕였고, 그러자 포는 가만히 다가앉아 그녀의 손을 꼭 잡아주었다. 우리가 앉아 있는 자리에서 5미터 밖 주위로는 수사관들이 삥 둘러 서 있었다. 만일의 사태에 대비해서 길 건너편과 차도에도 경찰이 지키고 있었고, 차도에는 경찰이 타고 온 차들이 길게 늘어서 있었다.

민혜는 초췌해 보였다. 그러나 표정은 담담했다. 그녀는 안개에 입을 맞추는 듯 얼굴을 이리저리 움직이다가 조용히 입을 열었다.

"3년 전 국회의원 선거 때 오치수가 남편을 모욕했어요. 남편은 그 모욕에 괴로워하다가 암에 걸렸고, 1년 전 세상을 떠났어요. 하지만 전 그 모욕을 참을 수가 없었어요. 남편의 명예를 회복하고 싶었어요. 그래서 오치수를 찾아가 사살한 거예요."

그녀는 마치 벌레 한 마리를 죽인 것처럼 담담하게 이야기했다.

"오치수가 남편한테 무슨 모욕을 줬나요?"

"백정의 피를 물려받은 잔인한 사람이라고 하면서 그런 사람이 국회의원이 돼서는 안 된다고 했어요. 그 말 한마디에 민심이 돌아서긴 했지만 선거에 떨어진 것은 문제가 안 됐어요. 실추된 우리 집안의 명예가 문제였어요."

"백정의 피를 물려받은 건 사실인가요?"

"그건 사실이에요. 할아버지 대부터 그 일을 했는데, 그렇다고 해서 선거판에서 공개적으로 그것을 비난한다는 것은 말이 안 되죠. 그것도 엄연히 직업인데……."

"그렇죠. 엄연한 직업이죠. 명예훼손으로 고소를 안 했나요?"

"했다가 취소했어요."

명예훼손으로 고소당한 오치수는 기다렸다는 듯이 여러 가지 근거 자료들을 내놓았는데, 거기에는 민혜의 남편이 밀도살로 두 번이나 구속되어 형을 살고 나온 전과 기록도 포함되어 있었다. 민혜의 남편은 아버지를 도와 밀도살을 하다가 경찰 단속에 걸려 형을 살게 되었다. 그런 기록들이 공개될 경우 더 치욕적인 모욕이 될 것을 우려한 남편은 결국 고소를 취하했던 것이다.

"권총은 어디서 구했죠? 그리고 사격 솜씨가 뛰어나던데 그건 어디서 배웠죠?"

"러시아 선원한테서 별로 어렵지 않게 구했어요."

그녀는 권총을 구하기 위해 부산역 맞은편에 있는 러시아 거리에 자주 나갔다. 그곳은 배에서 내린 러시아 선원들이 즐겨 찾는 곳으로 전에는 미군들이 많이 찾아왔기 때문에 텍사스 거리로 불렸지만, 지금은 미군 대신 러시아 선원들이 몰려오기 때문에 어느새 러시아 거리로 이름이 바뀌어 있었다. 러시아 선원들 사이에는 마피아도 섞여 있기 때문에 권총 같은 무기류도 심심찮게 암거래되고 있었다. 그곳을 출입한 지 열흘쯤 되었을 때 그녀는 마침내 어느 바의 호스티스를 통해 6연발 자동 권총 한 자루와 탄창 두 개를 구할 수 있었다. 권총값으로 그녀가 지불한 돈은 60만 원이었다. 그다음 날부터 그녀는 사격연습장에 회원등록을 하고 한 달 동안 하루도 빠지지 않고 사격 연습을 했다. 한 달이 거의 다 되었을 때 그녀는 조교가 자리를 비운 사이 숨겨 가지고 온 자신의 권총을 꺼내 실제 사격 연습을 해보았다. 타깃의 머리를 겨누고 안에 장전된 여섯 개의 탄환을 모두 발사하자 네 개가 명중되고 두 개는 빗나갔다.

한 달 동안 연습으로 사격에 자신을 갖게 된 그녀는 서점에 가서 한나절 가까이 책들을 뒤적이다가 마침내 적당한 책을 찾아냈는데, 그것은 『수학으로 풀어본 미술의 비밀』이란 책이었다. 그 책의 저자인 김동희는 미국 버클리대 수학교수였다. 다음에 그녀는 인터넷을 뒤져 버클리대 마크와 주소, 전화번호, 홈페이지 주소 같은 것들을 옮기고 나서 마지막으로 영어로 김동희라고 써넣었다. 명함의 한 면은 영어로 이렇게 정리한 다음 다른 면에는 한글로 쉽게 적어 넣었다. 그것을 명함집에 가져가 그럴듯하게 명함을 만든 그녀는 이틀 뒤 오 장관실을 찾아갔다. 책과 가짜 명함은 경비실과 비서실을 쉽게 통과하기 위한 도구였던 셈이었다. 그녀가 의도했던 대로 그 책과 명함은 큰 위력을 발휘했고, 그녀는 아주 쉽게 오 장관실에 들어갈 수가 있었다. 그러고 보면 그녀는 아주 치밀하게 오 장관 암살을 준비했던 것이다.

"절 이해해줄 사람은 이 세상에 선생님밖에 없을 것 같았어요. 그래서 실례를 무릅쓰고 선생님을 만나고 싶다고 한 거예요."

"잘 왔어요. 난 충분히 이해해요."

나는 그녀의 손을 잡고 손등을 쓰다듬어 주었다.

"이제 소설을 쓸 수 있을 것 같아요. 만일 사형을 안 당하면 혼자 있는 시간이 많을 테니까 그 시간에 소설을 쓸 거예요."

"잘 생각했어요."

"제가 소설 써서 보내면 봐주실 거죠?"

"물론이지. 시간 내서 면회도 갈게요."

손목에 수갑을 차고 수사관들에 둘러싸여 안개 속으로 걸어가는 그녀의 뒷모습을 바라보고 있다가 나는 마지막 남은 피 같은 와인을 쭉 들이마셨다. 그때 포가 내 귀에다 대고 속삭이는 소리가 들려왔다.

"저렇게 멋진 여자는 처음 봤어요."

그것은 안개의 속삭임 같기도 했다. 살인에 대한 안개의 속삭임 말이다.

"살인에도 철학이 있는 법이야."

나는 안개에 가려 더 이상 보이지 않는 민혜의 뒷모습을 보려고 애쓰면서 중얼거렸다.

안개비에 젖은 살인의 철학

곰처럼 생긴 형사는 난처한 일이 있을 때마다 나를 찾아와 도움을 청한다. 좀 귀찮긴 하지만 나는 성의껏 그의 부탁을 들어주곤 했고, 그런저런 일들로 해서 우리 사이는 아주 가까워져 있었다. 중키에 떡 벌어진 어깨와 짧고 굵은 목, 동자가 보이지 않을 정도로 작은 두 눈 사이가 유난히 멀리 떨어져 있어 표정이 쉽게 읽히지 않는 얼굴, 거칠고 위압적인 말투와 저돌적인 행동……. 이런 것들 때문에 그에게 곰이라는 별명이 붙은 것 같았다. 갓 마흔을 넘긴 그는 아직 미혼이지만 일밖에 모르는 것을 보면 별로 결혼할 마음도 없어 보였다.

그에게 전화가 걸려온 것은 점심시간이 조금 지났을 때였다. 긴히 드릴 말씀이 있다고 하면서, 지금 바로 오겠다고 해서 나는 영화 보러가는 것을 포기하고 그에게 '죄와 벌'로 나오라고 한 다음 전화를 끊었다.

달맞이언덕의 안개는 '죄와 벌'의 노천 테라스까지 뒤덮고 있었다. 나보다 먼저 도착한 곰은 테라스에 앉아 포와 이야기를 나누고 있다가 나를 보고 몸을 일으켰다. 나는 자리에 앉으면서 포에게 커피를 주문했다. 포는 검은색 짧은 스커트에 같은 색 티셔츠를 입고 있었는데, 스커트 아래로 드러난 다리가 만지고 싶도록 예뻐 보였다.

"저 여자 말이에요. 난 결혼한 줄 알았는데 아직 미혼이라면서요?"

돌아서서 안으로 들어가는 포의 뒷모습을 가리키면서 곰이 물었다. 그래서? 나는 신경이 쓰였지만 시침을 떼고 거짓말을 했다.

"결혼은 안 했지만 결혼 약속한 애인이 있어요. 대학교수인데 잘생겼더라구."

"아, 그래요."

곰은 좀 실망한 듯 말했다. 그에게서는 항상 땀 냄새가 났다. 그는 이내 목소리를 바꿔 찾아온 용건을 이야기했다.

"얼마 전에 달맞이언덕에서 일가족 살인사건 일어난 거 아십니까?"

"신문에 크게 났더구먼. 왜 하필이면 달맞이언덕에서······."

나는 추리소설을 쓰기 때문에 특히 살인사건 기사는 빼놓지 않고 읽는 편이다. 읽고 나서 버리는 것이 아니라 그것을 가위로 일일이 오려 스크랩을 해두는데, 지난 수십 년 동안 해오다 보니 지금은 방대한 양의 자료가 되어 언젠가는 그것을 분석 정리해서 살인의 철학에 대해 논해볼 생각이다.

"아직 범인 못 잡았나요?"

"못 잡았습니다. 그런데 수사를 해보니까 이해가 안 되는 일이 있습니다."

"무슨 일인데요?"

나는 포가 가져온 커피잔을 집어들고 커피향을 깊이 들이마셨다.

달맞이언덕에서 일가족 살인사건이 발생한 것은 일주일쯤 전이었다. 사건이 일어난 곳은 달맞이언덕 뒤쪽, 바다도 보이지 않는 옹달진 곳에 자리 잡고 있는 한 조그만 아파트로, 철거를 앞두고 삭막한 분위기가 감돌고 있는 곳이었다. 온통 칠이 벗겨지고 여기저기 금이 가서 금방이라도 무너질 것만 같은 아파트 건물은 입주민들이 거의 다 빠져나가고 지금은 오갈 데 없는 세입자들만 조금 남아서 강제 철거에 맞서 버티고 있었다.

살인사건이 일어난 곳은 바로 그 세입자 집이었는데, 집 안에서 살해된 사람은 모두 세 명이었다. 피해자 세 명은 노파와 소녀 두 명으로, 모두 여자였다. 노파는 그 집에 세 들어 산 지

5년이 넘었는데, 13평짜리 조그만 아파트에서 초등학교에 다니는 손녀 둘을 기르며 근근이 살아왔다. 손녀 둘은 하나밖에 없는 아들이 어느 날 불쑥 데려다 놓고는 수년째 종무소식이었다. 아들은 정식으로 결혼한 적이 없었고, 노파는 아들의 동거녀라는 여자를 한 번인가 본 적이 있었다. 그녀가 딸 둘을 낳고 기르다가 갑자기 도망가는 바람에 아들은 할 수 없이 노파에게 딸들을 맡기고 가버렸다. 처음 얼마 동안은 생활비라고 눈곱만큼의 돈을 보내오더니 얼마 안 가 그마저 끊기고 소식이 없었다. 손녀 둘은 연년생으로 큰아이는 초등학교 5학년, 둘째는 초등학교 4학년에 다니고 있었다.

곰이 현장에 도착했을 때 노파와 두 소녀는 모두 두개골이 함몰될 정도로 흉기로 머리를 얻어맞고 죽어 있었다. 세 명을 잔인하게 때려죽인 것을 보면 힘이 센 남자의 소행일 가능성이 컸다. 엘리베이터도 없는 좁은 계단을 올라가 집 안으로 들어섰을 때, 곰은 비좁은 실내에 절어 있는 가난의 때와 그 냄새를 접하고 가슴이 저렸다. 이렇게 가난하고 힘든 삶을 견디고 있는 사람들을 죽이다니! 도대체 살인자는 어떤 놈일까?

일단 강도일 가능성은 배제했다. 강도가 부잣집들을 놔두고 가난한 집에 숟가락을 훔치러 들어왔을 리는 만무했던 것이다. 강도가 아니라면 남는 것은 원한 관계밖에 없을 것 같았다.

곰은 먼저 지문과 유전자 감식 등 단서와 증거 확보에 심혈을 기울이는 한편 수사진을 풀어 관련자들을 찾아보았다. 피해자들과 가장 가까운 관련자는 아이들의 부모였다. 그러나 두 사람 다 행방을 알 수 없었다. 집 안 여기저기에서 채취한 지문을 검사해보았지만, 그것들은 모두 피해자들의 것으로 밝혀졌다. 침입자의 지문이 없다는 것은 범인이 시간을 두고 자신의 지문을 철저히 지웠다는 것을 의미한다. 그러나 아무리 흔적을 남기지 않으려고 해도 뭔가 하나쯤 흘리기 마련이다. 경찰은 집 안에서 침입자의 것으로 보이는 머리카락 몇 올을 발견, 그 것을 국립과학수사연구소에 넘겨 유전자 감식을 의뢰했다.

"국과수에서 유전자 감식 결과가 나왔는데 그 머리카락은 노파의 아들, 그러니까 아이들의 아버지 것으로 밝혀졌습니다."

"그걸 어떻게 알았죠?"

나는 포에게 와인을 갖다달라고 부탁했다.

"노파의 아들은 조문구라는 자로 경찰에 DNA가 보관되어 있었습니다. 전과가 많습니다."

"그놈이 범인이구먼."

"그렇다면 제가 왜 선생님을 찾아왔겠습니까? 그게 좀 이상합니다."

"뭐가 이상하다는 거죠?"

나는 시가를 꺼내 불을 붙였다. 얼마 전 쿠바에 갔다 온 제자가 선물로 준 것인데 나는 그것을 아껴 피우고 있었다.

달맞이언덕의 안개

"조문구는 현재 교도소에 있습니다. 살인 미수로 2년 넘게 복역하고 있는데 그동안 밖으로 나온 적이 없습니다. 그런데 그놈 머리카락이 노파 집에서 발견된 겁니다. 어떻게 이런 일이 있을 수가 있죠?"

"음, 그거 이상하군."

나는 담배 연기를 깊이 빨아들였다가 안개 속으로 길게 내뿜었다.

"귀신이 곡할 노릇입니다."

"뭔가 이유가 있겠지."

나는 포가 가져온 시칠리아산 와인을 곰에게 따라주고 나서 포와 내 잔에도 술을 채웠다. 그런 다음 포에게 일가족 살인사건에 대해 곰과 나눈 이야기를 해주었다. 그녀는 금방 표정이 어두워지면서 입을 열었다.

"저도 신문 보고 알았는데…… 그 할머니하고 어린 손녀들 정말 안됐어요. 그 애들이 무슨 죄가 있다고 그렇게 잔인하게……."

그녀는 고개를 절레절레 흔들다가 나를 똑바로 쳐다보았다.

"선생님은 추리작가이면서 그런 거 하나 해결 못하세요?"

"실제 사건하고 소설은 좀 다르지."

나는 뜨끔해서 얼버무렸지만 아까부터 내 머릿속은 벌써 내가 간직하고 있는 살인에 관한 방대한 자료를 헤집고 있었다.

내 머릿속에 입력된 특이한 살인사건들과 거기에 얽힌 수사 비화 같은 것들이 뒤죽박죽 서로 뒤엉켰다가 실타래처럼 풀려나가고 있었다.

"조문구라는 자를 만나봤나요?"

"네, 안양교도소에 가서 만나봤습니다."

"모친과 딸들이 죽은 것을 말해줬나요?"

"네, 말해줬습니다. 안 해줄 수도 없고 해서 할 수 없이 알려줬는데, 대성통곡을 하더군요."

"머리카락 이야기도 했나요?"

"네, 이야기했습니다. 당신 머리카락이 사건 현장에 떨어져 있었는데 어떻게 된 일이냐고 하자 어이없어하더군요. 그도 그럴 것이 2년 동안 교도소 밖을 나간 적이 없고, 죄수라 머리도 빡빡 깎은 상태기 때문에 긴 머리카락에 관해 묻는다는 것이 말이 안 되죠."

나는 고개를 끄덕이고 나서 두 손으로 안개비를 떠서 얼굴을 씻었다. 얼굴을 문질러대자 뭔가 퍼뜩 스치는 것이 있었다.

"조문구를 다시 한 번 만나보는 게 어떨까?"

내 말에 곰은 의아한 표정을 지었다.

"만나야 할 이유가 있으면 백 번이라도 가서 만나겠지만, 제가 보기에는 더 이상 그를 만나야 할 필요는 없을 것 같은데요. 안양교도소까지 갔다 오는 것도 쉬운 일은 아닙니다. 그자를 다시 만나야 할 무슨 이유가 있습니까?"

나는 와인잔을 흔들다가 그것을 입으로 가져가 한 모금 마셨다. 그리고 불이 꺼진 시가에 다시 불을 붙였다.

"시가 냄새가 좋은데요."

하고 곰이 말했다.

"향이 그만이에요. 이건 그냥 가능성을 이야기해보는 건데…… 혹시 일란성 쌍둥이 형제가 없는지 한번 물어보세요."

"쌍둥이 말입니까?"

곰의 조그만 눈이 더욱 작아지는 것 같았다.

"일란성 쌍둥이 말이에요. 만일 일란성 쌍둥이 형제가 있으면 그 사람 유전자는 조문구와 같습니다."

"그렇다면 그 사람이 바로 범인이겠네요."

그때까지 듣고만 있던 포가 눈을 반짝이며 옆에서 거들었다.

"내일 바로 안양에 다녀오겠습니다. 갔다 와서 연락드리겠습니다."

곰은 잔에 남아 있는 와인을 급히 마시고 나서 허둥지둥 안개 속으로 사라졌다. 나는 포의 손을 가만히 잡으면서 말했다.

"조금 전에 안개가 나한테 속삭였어요. 일란성 쌍둥이 형제가 있을지 모른다고 말이야."

"일란성 쌍둥이는 유전자가 같나요?"

"같지. 전에 이런 사건이 있었어요. 강간범이 흘린 정액에서 채취한 유전자를 감식한 결과 교도소에 수감 중인 죄수의 것과 일치했어요. 하지만 그 죄수는 강간사건이 일어나던 그 시간에 교도소에 있었어요. 결국 일란성 쌍둥이 형제가 있다는 것이 밝혀졌고, 그 쌍둥이가 범인으로 체포됐어요."

다음 날 오후 곰으로부터 전화가 걸려왔는데, 그의 목소리는 잔뜩 흥분되어 있었다.

"선생님 말씀이 맞습니다. 문구 말이 어머니한테 들었는데 쌍둥이 형제가 있었답니다. 그런데 살기가 너무 어려워 어머니가 쌍둥이 하나를 버렸답니다. 문구는 이야기를 듣기만 했지 갓난아기 때 헤어졌기 때문에 전혀 기억이 없답니다."

"아, 그렇게 됐군요."

나 역시 흥분하고 있었다.

"문구 모친은 생전에 버린 아들을 한번 만나는 게 소원이었답니다. 그 아들을 못 잊어 아이를 버린 곳을 찾아가 수소문한 결과 스웨덴 가정에 입양된 것까지 알아내고 더 이상은 알 수가 없었답니다."

"그 입양되었던 아들이 결국 어머니를 찾아와서 세 사람을 살해했다는 건가?"

"그렇게 볼 수밖에 없잖습니까?"

"어째서?"

"버림받은 아들은 자기를 버렸던 어머니를 평생 증오했을 거고, 그래서 복수하려고 한국에까지 찾아왔겠죠."

"그럼 조카들은 왜 죽였죠?"

"할머니를 죽이는 것을 보고 달려들어 막았겠죠. 머리가 돌아버린 범인은 분을 이기지 못해 닥치는 대로 흉기를 휘둘렀을 거고……."

"음, 듣고 보니까 그럴 수도 있겠네요."

잠시 무거운 침묵이 흐른 뒤 나는 한숨을 내쉬고 나서 물었다.

"신원은 알아냈나요?"

"그걸 알 수가 없습니다. 스웨덴에 입양된 게 확실하고 거기서 살고 있다 해도 이름을 모르면 소용없습니다. 이름을 알면 인터폴에 수사를 의뢰하면 되는데, 신원을 도통 알 수가 없습니다. 그가 외국인 신분으로 입국했다 해도 수백만 명이나 되는 외국인 입국자들 가운데서 이름도 모르는 범인을 찾아낸다는 것은 거의 불가능합니다."

"뭐 꼭 그렇지만은 않을 거예요. 의외로 쉽게 알아낼 수도 있어요."

"어떻게 말입니까?"

"용의자가 스웨덴으로 입양되었다면 스웨덴 국적을 가졌을 텐데…… 한국에 입국하는 스웨덴 사람이 1년에 몇 명이나 될까요?"

"별로 없겠죠."

"그렇죠. 아주 극소수의 스웨덴인들이 업무차 한국에 올 겁니다. 그렇다면 외국인 입국자들 가운데서 스웨덴인을 가려내는 건 식은 죽 먹기 아닙니까."

"그렇더라도 이름은 모르지 않습니까?"

이런 곰처럼 미련한 놈 같으니. 이 정도 말해줬으면 거의 다 알아냈으니까 알아서 기어야지. 이렇게 미련한 녀석이 어떻게 형사질을 하지? 나는 이렇게 말하고 싶은 것을 꾹 참고 점잖게 입을 열었다.

"출입국 관리소에 가면 외국인 입국자들의 여권을 컴퓨터 파일에 복사해서 저장해둔 게 있을 거예요. 거기서 스웨덴 여권만 골라낸 다음 여권에 나와 있는 인물 사진들 가운데서 조문기와 닮은 동양인을 찾아봐요. 그 사람이 바로……."

"아아, 알겠습니다. 역시 선생님은 대단한 추리작가십니다."

바보 같으니. 곰은 안양교도소에 가서 조문기를 직접 만나보았기 때문에 그의 얼굴을 알고 있다. 만일 수십 년 전 스웨덴 가정으로 입양되었던 조문기의 쌍둥이 형제가 어머니를 찾기 위해 입국했다면, 그의 여권에 나와 있는 얼굴 사진은 영락없이 조문기를 닮았을 것이다.

이틀쯤 지나 곰은 또 흥분해서 전화를 걸어왔다.

"조문구의 쌍둥이 형제가 입국한 사실이 밝혀졌습니다. 예상대로 그의 국적은 스웨덴이고, 이름은 헨릭 가르델이라고 합니다."

"이제 다 잡은 거나 마찬가지군요."

"그런데 사건이 발생하던 날 인천공항을 통해 이미 출국해버렸습니다. 그래서 살인사건 수사 기록과 유전자 감식 결과 등 제반 서류를 작성해서 스웨덴 대사관에 보낼 예정입니다. 스웨덴하고는 범인 인도협정이 체결되어 있기 때문에 요건만 갖춰져 있으면 신병을 인도받는 것은 어렵지 않을 겁니다. 인터폴에도 가르델을 1급 살인 용의자로 수배해달라고 요청할 계획입니다."

"그 사람이 체포되어 한국으로 압송되는 건 시간문제겠군요. 기대가 되네요."

"네, 그렇습니다. 모두가 선생님 덕분입니다. 범인을 체포하면 이번에는 정말 크게 한턱내겠습니다."

"술 한잔 합시다."

6개월이 지났다. 그동안 곰은 용의자가 조만간에 한국으로 인도될 것이기 때문에 기다리기만 하면 된다고 하더니, 반년이 지나도록 통 소식이 없었다. 연이어 큰 사건들이 터지는 바람에 정신없이 바쁠 거라고 생각하면서, 나 역시 뉴욕에 두 달쯤 다녀왔기 때문에 그동안 곰 못지않게 바쁘게 지낸 셈이었다.

그러던 어느 날 곰이 마침내 가르델이 수일 내로 한국에 도착할 거라고 알려왔다. 그러면서 하는 말이, 나에게 김해공항에 함께 나가보지 않겠느냐고 했다. 나는 웃으면서 말했다.

"형사도 아닌 내가 공항에는 왜 나가죠?"

"그게 말입니다. 주한 스웨덴 대사관 측에서 연락이 왔는데 영어 잘하는 사람을 붙여달라고 했습니다. 용의자는 스웨덴어밖에 모른답니다. 대사관 직원이 따라올 모양인데 그 직원이 스웨덴어를 영어로 통역해주면 우리 쪽에서 그걸 한국어로 통역해줄 사람이 필요합니다. 선생님께서 영어 통역을 좀 해주시면 고맙겠습니다."

"무슨 소리야? 나는 그만한 실력이 못 돼요."

"선생님께서 영어 잘하신다는 소문을 익히 들어서 알고 있으니까 협조해주십시오."

"경찰에도 외사과 같은데 영어 잘하는 직원들 있잖아요. 그 사람들 데리고 가면 될 텐데 왜 하필 나 같은 영감을……."

곰이 내 말을 잘랐다.

"그게 그렇지가 않습니다. 선생님은 이 사건을 가장 잘 이해하고 사건 해결에 결정적인 도움을 주셨습니다. 따라서 범인을 직접 만나서 이야기해보시면, 우리 경찰보다 더 깊이 사건의 내

막을 아실 수 있을 거라고 봅니다. 외사과 애들한테는 부탁하고 싶지도 않습니다."

사실 살인사건 용의자를 만나볼 기회는 좀처럼 없었다. 더구나 헨릭 가르델은 불행한 운명을 안고 태어난 인물로 충분히 만나볼 가치가 있는 상대였다. 태어나자마자 버림을 받고 스웨덴 가정에 입양됐던 아이가 마흔세 살이 되어 자신의 뿌리를 찾아 한국에 와서 마침내 그렇게 그리던 생모를 만났다. 그런데 그 생모를 죽이고 조카들까지 살해했다. 상식적으로 있을 수 있는 일인가? 이게 사실이라면 거기에는 뭔가 피치 못할 사정이 있을 것이다. 혹시 가르델이 정신 이상자로, 착란 상태에 빠져 살인을 저지른 게 아닐까? 갑자기 나는 조바심이 났고, 경찰이 해결해줄 때까지 한가롭게 기다릴 수가 없었다. 그래서 마지못한 척 곰의 제의를 받아들였다.

"스웨덴 대사관 말로는 가르델은 엄청난 부자랍니다. 양부모가 원래 대기업을 운영할 정도로 재벌이었는데, 세상을 떠나면서 재산을 모두 가르델에게 물려줬답니다. 워낙 부자다 보니까 그의 신병을 한국으로 넘길 때 스웨덴에서는 말이 많았는데, 증거가 확실했기 때문에 어쩔 수 없이 신병을 한국에 인도했답니다."

공항에는 어느새 소식을 듣고 기자들이 몰려와 있었다.

일반 손님들이 먼저 빠져나온 뒤 가르델의 일행으로 보이는 사람들이 나타났는데 나는 그들 가운데 가르델이 누구인지 알 수가 없었다. 일행은 모두 다섯 명으로 남자 네 명에 여자가 한 명이었다. 남자들 가운데 한 명은 휠체어에 앉아 있었는데 나중에 알고 보니 그가 바로 가르델이었다. 그는 두 다리를 아예 못 쓰는 중증 장애인 같았다. 그가 가르델임을 확인하는 순간 나는 맥이 탁 풀리고 말았다. 곰 역시 당황하고 있었지만 그렇다고 나처럼 맥 풀린 표정은 아니었다.

가르델은 조금 마른 얼굴에 창백한 표정이었고, 기자들의 질문에 예민하게 반응하고 있었다. 하지만 알아들을 수 없다는 듯 뭐라고 말하면서 고개를 흔들곤 했다. 지적이고 현명한 모습이 정신 이상하고는 거리가 먼 것 같았다. 다른 남자 세 명은 스웨덴 주재 한국 대사관에 근무하고 있는 경찰청 소속 직원과 가르델의 개인 비서, 그리고 변호사였다. 금발에 키가 큰 여자는 한국 주재 스웨덴 대사관 직원이었다.

"조문구하고 얼굴이 같아요?"

차를 타고 공항을 빠져나갈 때 나는 곰에게 귓속말로 슬쩍 물어보았다.

"틀림없는 쌍둥이입니다."

"하지만 잘못 봤어요. 엉뚱한 사람을 데려왔어요."

"왜, 왜 그렇게 보십니까?"

곰이 당황해서 물었다.

"이따가 이야기합시다."

일행은 소형 버스에 모두 타고 있었기 때문에 곰과 길게 이야기를 나누는 것이 조심스러웠다. 해운대 경찰서에 도착했을 때 가르델 일행을 먼저 안으로 들여보내고 나서 곰은 주차장에 서서 나에게 따지듯 물었다.

"가르델이 범인이 아닌 이유가 뭡니까?"

"가르델의 생모와 조카들은 몇 층 아파트에 살았죠?"

"5층에 살았죠."

"그 아파트에 엘리베이터가 있던가요?"

"어, 없습니다."

"그렇다면 가르델은 어떻게 휠체어를 타고 5층으로 올라가서 세 사람을 죽였죠? 그리고 범행 후 어떻게 혼자 5층을 내려왔죠?"

"고, 공범이 있지 않을까요?"

곰은 풀이 죽어 말했다.

"말도 안 되는 소리……. 잘못 소환했어요."

아까 맥이 풀렸을 때와는 달리 나는 안도의 한숨을 내쉬었다. 가르델이 생모를 죽이지 않았다는 사실이 얼마나 다행스러운 일인가! 지옥으로 추락했던 인간이 새로운 생명으로 다시 태어나는 것 같아 나는 가슴이 뭉클해져 왔다.

취조실로 들어간 나는 곰보다 더 적극적으로 질문을 던지기 시작했다. 곰은 영어를 못했기 때문에 내 눈치를 보면서 소극적으로 나올 수밖에 없었다. 내가 영어로 질문을 던지면 금발 여자가 그것을 가르델에게 스웨덴어로 통역해주고, 가르델이 스웨덴어로 말하면 금발이 영어로 통역해 나에게 말해주는 식으로 심문이 진행되었다.

가르델은 소아마비로 어릴 때부터 두 다리를 못 쓰고 있었다. 그러나 그는 양부모의 헌신적인 노력으로 성악을 공부했고, 현재는 스웨덴은 물론 유럽 전역에서 유명한 성악가로 활동하고 있었다. 양부모가 세상을 떠난 후 물려받은 기업을 대신 관리해야 해서 공연 활동에 많은 지장을 받고 있는 것이 고민이라면 고민이었다. 휠체어에 앉아서 노래를 부르는 그의 모습은 생각만 해도 감동적일 것 같았다.

나는 그가 어떻게 생모를 찾을 수 있었는지, 거기에 초점을 맞춰 물어보았다. 언어도 행동도 자유롭지 못한 그는 누군가의 도움이 없이는 한 발짝도 움직일 수 없는 처지였다. 가르델은 내 질문에 대답하기 전에 한참 동안 눈물을 흘리며 울었다. 생모의 참혹한 죽음에 비통한 감정이 되살아난 것 같았다. 한참 후에 그는 눈물을 닦고 나서 입을 열었다.

"먼저 영어와 스웨덴어를 구사할 줄 아는 한국인을 구했습니다. 바로 이 여자입니다."

그는 스마트폰에 저장된 사진을 하나 보여주었다. 가냘픈 인상의 젊은 여자로 이름은 차은영, 외국어대에서 스웨덴어를 전공했고 어학 연수차 스톡홀름에 왔을 때 가르델이 운영하는 회사에서 아르바이트를 했다고 했다. 사실은 한국인이라고 해서 가르델이 관심을 가지고 그녀를 채용했던 것이다. 차은영은 가르델의 부탁으로 회사 일은 젖혀둔 채 가르델의 생모를 찾는 일에 주력했다. 그리고 일을 시작한 지 6개월 만에 생모의 주소와 전화번호를 알아내자 난생처음으로 가르델은 중간에 통역을 두고 생모와 전화통화를 할 수 있었다. 그리고 그는 즉시 은영과 함께 한국으로 날아왔다.

"아파트 5층으로 올라갈 때 어떻게 올라갔나요? 은영 씨가 업어줬나요?"

"아뇨. 은영 씨는 힘이 없어요. 그리고 임신 중이기 때문에 무거운 걸 들면 안 돼요. 은영 씨 애인이 업어줬어요. 차도 운전하고 그분이 수고 많이 했어요."

차은영은 미혼으로 결혼을 약속한 남자가 있었다. 그는 성실한 남자로 바쁜데도 불구하고 가르델이 한국에 있는 동안 온갖 궂은일을 도맡아 했다고 했다.

"생모를 처음 만났을 때 이야기를 좀 해주십시오"

"붙잡고 울기만 했죠. 어머니는 용서해달라고 하면서 서럽게 우셨어요. 나는 엄마를 원망한 적이 없다고 말했어요. 사실 살아오면서 엄마를 몹시 보고는 싶었지만 원망한 적은 없어요. 어머니는 쌍둥이를 낳고 나서 얼마 안 있어 남편이 농약을 먹고 자살하는 바람에 생활이 몹시 어려웠대요. 도저히 둘을 기를 수가 없어 하나를 보육원 앞에다가 갖다 버렸는데, 옷 속에다 이름과 생년월일을 적어두었대요. 그때 제 이름이 조순구였답니다."

그가 놀라고 가장 가슴 아팠던 것은 생모의 찌든 가난을 목격하고서였다. 금방이라도 무너질 것 같은 아파트 5층에 업혀서 올라가 집 안으로 들어갔을 때, 그 비좁고 남루한 살림살이에 그는 그만 시선을 돌리고 말았다. 집을 비워주어야 하는데 당장 갈 데가 없어 이러지도 저러지도 못하고 그곳에 눌러앉아 살고 있다는 말을 들었을 때, 제일 먼저 생모와 조카들이 안심하고 살 수 있는 집부터 마련해주는 것이 급하다고 생각했다. 그는 우선 10만 달러를 찾아 그것을 한국 돈으로 환전한 다음 은행에 예치했는데, 은영이 그를 대신해서 그 일을 처리해주었다. 은영은 생모의 이름으로 계좌를 개설했고, 은행 통장과 함께 새로 만든 도장까지 가르넬이 보는 앞에서 생모에게 전해주었다.

"스웨덴으로 돌아가서 돈을 더 부칠 생각이었습니다. 세 식구가 안심하고 살 수 있는, 방이 여러 개 있는 아파트를 구입하라고 권할 생각이었습니다. 그랬는데……."

달맞이언덕의 안개

가르델의 두 눈에 눈물이 다시 그렁그렁 맺히고 있었다.

"10만 달러면 대충 1억이 넘는 돈인데, 그 돈이 입금된 통장은 보지 못했습니다."

곰이 한참 만에 말했다. 그는 사건 발생 직후 유품들을 빠짐없이 수거해서 점검해보았는데, 거액의 현찰이 들어 있는 통장은 없었다고 부연해서 강조했다. 나는 곰을 한쪽으로 데리고 가서 말했다.

"차은영을 만나봐야겠는데요."

"그 여자 국내에 있을까요? 가르델이 전화번호를 알고 있으니까 일단 전화를 걸어보죠."

"전화를 걸면 도망갈지도 모르니까 저녁때 집으로 쳐들어가는 게 좋을 겁니다."

"그게 좋겠군요."

차은영의 집 주소는 가르델이 보관하고 있는 그녀의 휴대폰 번호를 통해서 금방 알 수가 있었다. 경찰 신분을 밝히고 그 번호가 등록된 전화 회사에 문의하자 직원은 두말 않고 즉시 소유자의 주소를 알려주었다. 경찰에 등록된 여권 발급자 명단에서 차은영을 찾아내자 거기에도 같은 주소가 적혀 있었다.

"차은영을 범인이라고 보십니까?"

차은영이 살고 있는 아파트를 향해 출발했을 때 곰이 물었다.

"글쎄, 두고 봅시다."

"여자인 데다 임신까지 했다는데 그렇게 잔인한 짓을 할 수 있을까요?"

나는 조수석에 앉아 있었고, 뒷좌석은 처음 보는 형사 두 명이 차지하고 있었다.

해가 진 아파트 단지는 가로등이 켜져 있기는 했지만 어두워 보였다. 곰은 경비실로 가서 경비원에게 먼저 차은영의 집으로 인터폰을 해달라고 부탁했다. 인터폰을 몇 번 누르고 난 경비원은 고개를 저었다.

"안에 아무도 없는 모양인데요. 아, 저기 오네요."

경비원은 경비실 쪽으로 다가오고 있는 젊은 두 남녀를 턱으로 가리켰다. 장을 봐오는지 두 사람 다 무거워 보이는 쇼핑백을 양손에 들고 있었다.

"저 여자가 차은영인가요?"

"네, 맞습니다."

곰이 신호를 보내자 차 안에 대기하고 있던 다른 형사들이 밖으로 나와 차은영 쪽으로 다가갔다. 나는 맨 뒤에 차에서 내려 그들의 움직임을 지켜보았다. 그때 차은영과 함께 걸어오던 남자가 갑자기 쇼핑백을 집어 던지더니 몸을 돌려 냅다 도망가기 시작했다. 동시에 세 명의 형사들도 번개처럼 그 뒤를 쫓았다. 곰이 뛰는 것을 보고, 그 날쌘 동작에 나는 어안이 벙벙했다. 차은영은 땅에 흩어진 토마토와 고추, 오이, 호박 같은 채소 류를 주워 담을 생각도 하지 않은 채 멍하니 남자들이 사라진 어둠 속을 바라보고만 있었다. 그때 멀리서 쿵 하는 소리가 들려왔다. 이어서 급브레이크를 밟는 차 소리도 끼익 하고 났다.

차은영의 동거남인 변태수는 차 사고로 머리를 크게 다쳐 의식을 잃었다가 사흘 만에 가까스로 정신을 차렸다. 의사가 말렸지만 곰은 듣지 않고 병실로 밀고 들어가 진술을 받아냈다. 그 진술을 끝내고 나자 태수는 다시 의식을 잃었고, 다음 날 그는 서른다섯 살로 생을 마감했다. 그날 밤 곰은 술에 취한 채 나를 찾아와서는 혀 꼬부라진 소리로 주절주절 입을 열었다.

"1억이 넘는 돈을 은행에 입금하고 통장을 만들어 갖다준 사람은 은영이 아니라 변태수였어요. 은영이 대신 시킨 거죠. 돈에 쪼들리고 있고, 그래서 결혼식도 못 올리고 있던 그는 그 돈을 보자 그만 이성을 잃고 말았습니다."

그는 포가 따라 준 와인을 단숨에 벌컥벌컥 마셨다.

"놈은 렌터카로 가르델을 안내했어요. 가르델은 일주일 동안 생모하고 지냈는데 집이 좁아서 호텔에서 숙박했어요. 가르델이 생모하고 마지막으로 작별 인사를 하고 공항으로 갔을 때, 태수는 공항에서 그가 떠나는 것을 본 후 바로 생모 집으로 갔어요. 그때 은영은 동행하지 않았어요. 노파는 그를 보고 그동안 수고가 많았다고 하면서 차와 과일을 대접했어요. 태수는 차와 과일을 다 먹고 나서 일어서더니 가방에서 갑자기 망치를 꺼내 노파의 머리를 내리쳤어요. 노파가 비명도 못 지른 채 쓰러졌을 때 뒤에서 인기척이 났어요. 학교에서 돌아온 작은 손녀가 너무 놀라서 꼼짝도 못한 채 얼어붙어 있었어요. 놈은 주저하지 않고 그 애의 머리를 내리쳤어요. 그리고 집 안을 뒤져 통장을 찾기 시작했어요. 그런데 아무리 찾아도 통장이 보이지 않았어요. 그는 거의 미쳐버렸어요. 큰손녀가 집에 돌아온 것은 그때였어요. 그는 그 애한테 통장을 내놓으라고 했지만, 그 애도 그게 어디 있는지 몰랐어요. 그렇다고 살려둘 수도 없고 해서…… 살려달라고 애걸했지만……."

"세상에. 돈도 못 찾고 사람만 죽였군요."

포가 깊은 한숨을 내쉬었다.

"놈은 밤새 통장을 찾았고 밤새 집 안을 치웠어요. 지문을 지우고, 쓸고, 닦고…… 그런데 그 노파가 통장을 어디다 숨겼을까요?"

"내가 그걸 어떻게 알아요."

나는 짜증 섞인 소리로 퉁명스럽게 대꾸했다.

안개는 알고 있을 것이다. 안개는 바닥에 깔려 있었다. 마치 밤의 바다에 입맞춤을 하고 있는 것 같았다. 살인에 대해 철학적 사유를 하다가 지쳐서 그러고 있는 것일까.

런던의 안개

　문득 런던의 안개가 생각났다. 그 지독한 런던의 안개…….

　사람도 차도 한 발짝도 못 움직이게 하는 그 안개에 비하면 달맞이언덕의 안개는 그래도 양호한 편이다. 런던의 안개에는 다분히 악마적인 미소와 입김이 작용하고 있다. 그렇지 않고서야 그렇게 지독한 안개가 대도시를 완전히 마비 상태로 몰아넣을 수는 없는 것이다. 칸칸한 밤에 악마가 공중에서 미소를 지으며 훅 하고 입김을 불면 안개는 하늘로부터 서서히 내려와 거대한 그물처럼 런던을 덮어씌운다. 안개는 시간이 흐를수록 짙어지고, 바람 한 점 없는 도시에서 그것은 미동도 하지 않은 채 점령군처럼 버티고 있다.

　이 치명적인 안개에 모든 것들이 움직임을 멈출 때 마치 바퀴벌레처럼 여기저기서 기어 나와 도시의 미로 속을 자유롭게 활개 치며 돌아다니는 자들이 있다. 바로 범죄자들이다. 도둑과 강도, 살인자들은 제 세상을 만난 듯 안개 속을 휘저으며 런던의 밤을 공포 속으로 몰아넣는다. 여기저기서 비명소리가 들리지만 경찰도 시민도 발만 동동 구를 뿐 속수무책이다.

2007년 여름 나는 긴 여행에 지친 몸을 이끌고 마지막으로 런던에 도착했고, 호텔에 여장을 풀고 휴식을 취한 다음 이튿날 네 번째 코스에 대한 취재에 나섰다. 네 번째 코스라는 것은 오로지 복수를 위해 20년 동안 계속된 무자비한 암살의 궤적을 말하는 것이었다.

나는 그때 집필하기 전에 이미 제목이 정해진 『암살 코스』라는 소설을 쓰기 위해 한 달 넘게 중동과 유럽을 돌아다니면서 암살이 자행되었던 피의 현장을 차례대로 답사하고 있었다. 런던은 그 답사의 네 번째 현장이 있는 곳이었고, 블룸즈버리 지구에 있는 그 현장에 도착해서 눈에 익은 펍의 노천에 앉아 있으려니 감회가 새로웠다. '블랙로즈'라는 이름의 그 펍은 28년이 지났는데도 여전히 성업 중이었고, 화약 냄새와 피비린내가 뒤엉켜 진동하던 그날의 참상을 말끔히 잊은 듯이 보였다. 나는 잠시 그 펍에서 일한 적이 있었는데, 28년이 지나서 찾아온 나를 알아보는 종업원은 아무도 없었다.

느닷없이 불청객이 찾아온 것은 커피를 시켜놓고 앉아 멍하니 28년 전 일을 생각하고 있을 때였다. 처음에는 일방통행로인 골목 입구 쪽으로부터 희끄무레한 것이 소리도 없이 스멀스멀 다가오더니 반대쪽에서도 흰 연기 같은 것이 몰려오기 시작했다. 워낙 소리 없이 가만히 다가왔기 때문에 다른 데 잠깐 정신이 팔린 사이 양쪽에서 기습해온 희끄무레한 그 무엇과 연기 같은 것은 순식간에 서로 뒤엉켜 비로소 그 존재감을 뚜렷이 드러냈다. 그것은 그 유명한 런던의 안개였다. 바로 옆자리 손님도 안 보일 정도로 짙었고, 흡사 겹겹이 둘러쳐진 장막처럼 시야를 가렸다. 나는 28년이라는 긴 시차를 사이에 두고 찾아온 그 안개를 보고 그 우연에 적잖게 놀라지 않을 수 없었다. 28년 전 그 거리에서 참혹한 테러가 일어났을 때 나는 현장에 있었고, 그때에도 이렇게 짙은 안개가 기습적으로 그 거리를 점령했었다. 그런데 28년이 지나 그 현장을 취재하러 온 내 앞에 안개가 잊지도 않고 또 찾아온 것이다. 유령같이 찾아온 안개에 나는 숨이 가빠왔고, 안절부절못하다가 안으로 급히 들어가 생맥주를 한 잔 가지고 나와 벌컥벌컥 들이켰다. 비로소 두방망이질하던 가슴이 가라앉으면서 답답하던 숨통이 조금 터지는 것 같았다.

1972년 8월 26일 오후 3시, 뮌헨 올림픽경기장에 제20회 올림픽 개막을 알리는 성화가 타올랐다. 그러나 세계의 이목이 집중된 그 올림픽은 며칠 후 피로 물든 비극의 올림픽이 되고 말았다.

9월 4일 밤 12시 뮌헨 중앙역에 여덟 명의 청년들이 나타났다. 구내식당에 모인 그들은 중년의 사내로부터 모종의 작전 지시를 받은 다음 근처 보관함으로 가서 묵직한 가방들을 꺼냈다. 그 가방 안에는 각종 무기가 들어 있었다. 그들은 팔레스타인 출신 청년들로 '검은 9월단' 소속의 테러리스트들이었다.

그 시간에 이스라엘 선수들은 극장에서 연극을 관람하고 있었다. 그들이 연극 구경을 끝내고 선수촌으로 돌아온 것을 확인한 테러리스트들은 체육복 차림으로 선수촌으로 잠입했다. 그때가 9월 5일 새벽 4시 10분이었다.

이스라엘 선수촌으로 숨어들어간 그들은 이스라엘 선수 두 명을 현장에서 사살하고 9명을 인질로 잡은 다음, 이스라엘에 억류 중인 팔레스타인 죄수들을 석방하여 아랍 국가로 이송하라고 요구했다. 그러나 이스라엘의 여수상 골다 메이어는 그들의 요구를 단호히 거부했다.

9월 5일 밤 12시, 헬기 두 대에 인질들을 나누어 태우고 탈출하려던 테러범들은 진압부대가 공격해오자 헬기에 수류탄을 터뜨리고 총기를 난사해 이스라엘 선수 9명을 모두 살해했다.

자국 선수 11명이 참혹하게 살해된 데 분노한 골다 메이어 여

달맞이언덕의 안개

수상은 즉각 이스라엘 정보기관 모사드에게 다음과 같은 명령을 내렸다. "전 지구를 구석구석 뒤져서라도 범인들을 찾아내 처단하라. 수십 년 수백 년이 걸리더라도 반드시 임무를 완수하라."

이때부터 모사드 암살부대 카이사레아는 세계 도처에서 범인들을 찾아내 처단하기 시작, 20년에 걸친 암살의 대장정이 시작되었다. 골다 메이어 수상이 명령을 내린 그 길고 긴 암살작전은 그 후 메나헴 베긴, 이츠하크 샤미르, 시몬 페레스, 이츠하크 라빈 수상에 이르기까지 중단 없이 끈질기게 전개되었다. 내가 말한 암살 코스는 바로 그 대장정을 더듬어 가보는 것이었다.

내가 5년 전 암살 코스 취재에 나섰을 때 맨 처음 들른 곳은 로마였다. 로마에서 그 기나긴 암살의 서막이 올랐기 때문에 첫 번째 암살 현장만은 빼놓을 수가 없었던 것이다. 로마에 도착한 나는 먼저 한국인 유학생인 K를 만났다. 지인의 소개로 알게 된 그는 로마에서 조각을 공부하고 있었다. 로마에 오기 전에 한국에서 수차례에 걸쳐 전화와 메일을 주고받았기 때문에 그는 준비를 끝내고 내가 오기만을 기다리고 있었다. 그가 그렇게 열성을 보인 것은 내가 후한 보수를 약속했기 때문이었다. 첫 번째 타깃이 암살당한 것은 1972년 10월 16일 월요일 오후 9시 30분이었다. 나는 그 날짜 전후의 이탈리아 신문들을 뒤져서 현장을 알아내고 관련 기사들을 번역해 보내라고 K에게 지시했는데, 그는 비교적 충실히 내 부탁을 들어주었다.

K가 나를 안내한 곳은 로마 북부의 피아자 안니발리아노 거리에 있는 한 아파트였다. 5층짜리 그 아파트는 검은 9월단의 로마 지역 책임자인 와엘 주아이티르가 거주했던 곳치고는 낡고 때에 절어 있었다. 동네도 가난한 사람들이 몰려 사는 후진 곳이었다. 이스라엘 정보요원들은 그가 뮌헨 테러사건에 깊숙이 관여한 것으로 상부에 보고했고, 메이어 수상은 즉시 그를 처단할 것을 허가했다.

K가 수집해준 자료에 따르면 주아이티르는 학식 높은 집안 출신으로, 장신에 마른 체격의 36세 독신남이었다. 16년째 로마에 거주 중인 그는 로마로 오기 전에 바그다드 대학에서 고전 아랍문학과 철학을 전공했다. 프랑스어와 이탈리아어, 그리고 영어를 능숙하게 구사한 그는 음악과 책을 사랑했고, 이탈리아 공산당원, 시인, 작가들을 친구로 두고 있었다. 그는 낡은 아파트에서 쪼들리는 생활을 하고 있었는데, 이스라엘 정보요원들은 그것을 위장으로 보고 있었다. 그를 암살하기 위해 동원된 카이사레아 요원들은 모두 15명이었고, 그들은 2주 동안 그의 동선을 감시하면서 비밀작전을 전개했다.

10월 16일 마침내 작전 개시명령이 떨어졌고, 날이 저물자 암살자들은 주아이티르의 아파트로 향했다. 그 시간에 주이아티르는 레스토랑에서 여자 친구인 호주 출신의 재닛 벤 브라운, 유명한 작가인 알베르토 모라비아와 젊은 시인 두 명과 함께 담소를 나누고 있었다. 그 누구도 그의 죽음을 예상하지 못하고 있었다. 그가 그들과 헤어져 아파트에 도착한 시간은 밤 9시 30분이었다. 아파트에 도착해서 입구로 막 들어섰을 때, 어둠 속에서 두 사람이 나타나 그를 가로막았다. 그들은 똑같이 소음기를 단 베레타 22구경 권총을 들고 있었다. 그들은 단 한 마디의 말도 없이 경쟁하듯 권총을 발사했다. 주아이티르는 머리와 가슴에 12발의 총탄을 맞고 그 자리에서 즉사했다.

암살 코스의 두 번째 현장은 파리의 드 알레시아 거리에 있었다. 나는 열차를 타고 파리로 향했다. 이튿날 오후 3시경 샹젤리제 거리에서 나는 파리에서 10년 넘게 살고 있는 한국인 여자 J를 만났다. 그녀는 파리에서 그림 공부를 하다가 프랑스 청년과 사랑에 빠져 동거생활에 들어갔는데, 지금은 그 남자와 헤어져 혼자 딸을 기르며 살고 있었다. 그녀는 방 한 칸을 민박용으로 내놓고 주로 한국인 관광객들에게 빌려주고 있었고, 개인적으로 자신의 차를 이용하여 소수의 한국인 관광객들을 안내해주는 일로 생활비를 벌고 있었다. 나 역시 2년 전쯤 그녀의 아파트에서 한 달 가까이 장기투숙한 일이 있었기 때문에 그녀에게 모하무드 함샤리라는 인물의 암살에 관련된 자료들을 부탁했던 것이다. 내 부탁을 받고 그녀는 처음에는 바쁘다고 거절했는데, 내가 수고비를 배로 올리자 마지못한 척 받아들였다.

샹젤리제 거리는 파리 시민들과 세계 도처에서 찾아온 관광객들이 서로 뒤엉켜 혼란스러울 정도로 북적이고 있었다. J와나는 노천카페에 자리를 잡고 앉아 간단한 브런치와 함께 커피를 주문했다.

"왜 팔레스타인 사람의 암살사건을 조사하는 거예요?"

그녀가 꼬나문 담배에 불을 붙이면서 물었다. 우리가 앉아있는 자리 앞으로는 수많은 사람들이 오가고 있었다. 그녀의옆모습은 갸름해 보였고, 어쩐지 쓸쓸한 분위기를 띠고 있었다.

"작품을 하나 구상하고 있어요."

"그걸 소재로 쓰시려구요?"

"글쎄, 그러려고 하는데 잘 모르겠어요."

"왜 하필이면 그런 걸 쓰려고 하시죠?"

"자료 가져왔나요?"

그녀는 누런 마닐라지 서류 봉투를 꺼냈다.

"르몽드, 르피가로는 물론이고 렉스프레스, 르 카나르 앙셰네등 주간지까지 모두 뒤졌어요. 잡지도 뒤지구요. 비교적 자세히나와 있었어요."

"수고 많았어요."

달맞이언덕의 안개

나는 봉투 안에 한글로 번역된 두툼한 자료를 대충 훑어보고 나서 그녀에게 돈 봉투를 건넸다.

식사를 끝낸 나는 그녀의 차를 타고 드 알레시아 거리로 갔다. 그곳은 파리 중심부 14번 지구로 몽파르나스 기차역과 페르네티 역이 가까이 있었고, 부근에는 박물관과 레스토랑이 즐비했다. 번화가의 광장에서 차를 내린 J는 맞은편에 보이는 아파트 건물을 가리켰다. 아파트로 보이는 누르스름하게 빛바랜 5층짜리 건물 세 채가 나란히 광장을 향해 서 있었는데, 그녀는 오른쪽 건물을 가리켰다.

"오른쪽 건물 5층 맨 오른쪽 아파트에서 함샤리는 죽었어요. 어떻게 살해됐는지는 자료에 자세히 나와 있으니까 읽어보세요. 저 이제 애 때문에 가봐야겠는데 이만 가도 될까요?"

J가 가고 난 뒤 나는 그 거리와 함샤리가 살았던 아파트를 집중적으로 사진 찍었다. 그러고 나서 아파트가 잘 보이는 노천카페에 앉아 생맥주를 마시며 사건 현장을 몇 번이고 올려다보다가 J가 준 자료를 찬찬히 읽어보았다. 30년 전 함샤리는 그의 아파트에서 폭탄이 터져 사망했고, 아파트는 반파되었다. 그러나 지금 내가 보고 있는 아파트는 파괴의 흔적 같은 것은 찾아볼 수 없이 멀쩡해 보였다.

함샤리는 파리의 비공식 PLO(팔레스타인 해방기구) 대표였다. 역사학 박사인 그는 준외교관 신분인 자기를 모사드도 감히 건

들지는 못할 것이라고 생각했다.

어느 날 그는 함께 커피라도 마시자는 이탈리아 기자의 초대에 응해 센 강 좌안에 있는 그의 집 근처 길모퉁이 카페로 나갔다. 두 시간 가까이 이런저런 이야기를 나누고 난 그들은 악수를 하고 헤어졌는데, 헤어지기 전에 기자는 그에게 명함을 한 장 달라고 했다.

2주 동안 함샤리의 동선을 감시한 결과 암살자들은 그를 밖에서 처리하는 것이 어렵다고 생각했다. 무모한 짓으로 암살자의 정체가 드러나는 것을 모사드는 극도로 경계하고 있었다. 대안으로 생각한 것이 함샤리의 아파트에서 그를 제거하는 것이었다. 하지만 그의 집에는 부인과 어린 딸이 있었다. 암살자들은 부인과 딸이 집을 비우는 시간을 노렸다.

모사드 내에는 침투만을 전문으로 하는 케세트(Keshet, 무지개)라는 조직이 있다. 그 팀은 아파트, 호텔 방, 사무실, 금고, 공장 등 장소에 상관없이 어디든 잠입해서 임무를 수행하는 침투 전문가들이었다.

1972년 12월 7일 목요일, 함샤리가 이탈리아 기자와 만나고 있을 때 그의 부인과 딸이 집에 없다는 연락을 받은 무지개 팀은 그의 아파트로 잠입했다. 그들은 함샤리가 주로 이용하는 책상 앞으로 다가가 그 위에 놓여 있는 전화기 밑에다 뭔가를 부착했는데, 그것은 인명 살상용 얇은 플라스틱 폭탄이었다. 특정 코드의 전기신호를 소형 안테나가 받아서 뇌관이 작동하도록 되어 있는 그것은 500미터 이내에서는 언제든 터뜨릴 수 있었다. 작업을 끝낸 그들은 깨끗이 흔적을 지운 다음 밖으로 나왔다.

12월 8일 금요일 아침 8시가 조금 지나자 함샤리의 프랑스인 아내 마리 클로드가 딸 아미나를 데리고 아파트 밖으로 나왔다. 함샤리는 아내와 딸이 나가고 나면 침대로 돌아가 아침잠을 즐기는 습관이 있었다. 아파트는 정적에 잠겨 있었다. 이탈리아 기자가 공중전화 부스 안에서 함샤리의 명함을 들여다보면서 거기에 적혀 있는 전화번호를 차례차례 눌렀다. 신호음이 세 번 울린 후 신호가 떨어지면서 "여보세요." 하는 소리가 들려왔다.

"함샤리 박사님 계십니까?"

"전데요."

함샤리는 프랑스어로 정중하게 대답했다.

이탈리아 기자는 옆에 있는 동료에게 동그라미 사인을 보냈다. 사인을 받은 동료는 즉시 원격조정기의 버튼을 눌렀다. 순간 엄청난 폭발음이 거리를 뒤흔들었다. 함샤리의 몸뚱이는 갈가리 찢겨나갔다.

암살 코스의 세 번째 현장을 찾기 위해 나는 노르웨이의 릴레함메르로 향했다. 항공편을 이용하면 금방 갈 수 있는 거리지만 비행기 타는 것이 싫어 나는 열차를 타고 파리를 출발했다. 노르웨이까지 가려면 벨기에, 독일, 스웨덴 등 3개국을 거쳐야 했다. 아침 9시 6분 파리 북역를 출발한 TGV는 3시간 50분이 지난 오후 12시 58분에 프랑크푸르트 역에 도착했다. 거기서 열차를 바꿔 타야 했는데, 한 시간의 여유가 있었기 때문에 나는 역구내에 있는 카페에서 커피와 함께 샌드위치 한 조각을 먹고 나서 오후 1시 58분에 출발하는 함부르크행 열차에 올랐다. 북쪽으로 올라갈수록 하늘은 두터운 구름층으로 어두워졌고, 시간이 흐르면서 세찬 빗줄기가 차창을 두드려댔다. 독일 고속열차인 ICE는 3시간 37분 만인 오후 5시 35분에 함부르크 역에 도착했다. 함부르크에서 노르웨이 오슬로까지 가는 열차는 하루에 한 편만 있었고, 그것도 아침 7시 25분에 출발하는 열차밖에 없었다. 나는 내친김에 덴마크 코펜하겐까지 가기로 했다. 거기까지 간 다음 열차편이든 배편이든 이용할 생각이었다. 함부르크 역 주변에서 두 시간을 기다린 끝에 나는 저녁 7시 28분에 출발하는 코펜하겐행 마지막 열차에 올랐다. 열차는 독일 영토 끝에 이르자 거대한 페리호 안으로 들어가 바다를 건너갔다. 열차를 배에다 싣고 바다 건너 덴마크로 가는 것이었다. 배가 가는 동안 열차 승객들은 열차에서 나와 갑판으로 올라갔다. 페리호 안은 면세구역으로 승객들은 쇼핑을 하기도 하고 맥주나 커피를 마시기도 하면서 시간을 보냈다. 한 시간쯤 지나 덴마크에 도착하자 열차는 페리호 밖으로 빠져나가 북상했다. 함부르크를 출발한 지 거의 다섯 시간이 지난 0시 18분에 열차는 마침내 코펜하겐 역에 도착했다.

자정이 지난 역은 쓸쓸했다. 나는 녹초가 되어 있었고, 그 시간에 짐을 끌고 여기저기 호텔을 찾아 나설 엄두가 나지 않았다. 역 앞에 서서 주위를 둘러보니 별로 멀지 않은 곳에 호텔 간판들이 불을 밝히고 있는 것이 보였다. 나는 홀리데이인 호텔 쪽으로 걸어갔다. 호텔에 빈방은 있었지만 방값이 예상보다 비쌌다. 북유럽의 물가가 비싼 것은 알고 있었지만 막상 그것을 인정하자니 억울한 생각이 들었다. 하지만 나는 너무 피곤했기 때문에 열쇠를 받아들고 방으로 들어가 씻지도 않은 채 침대 위에 누워버렸다.

다음 날도 비가 내렸고, 바람까지 거세게 불어대고 있었다. 나는 아침 일찍 역으로 나가 오슬로행 열차 시간을 알아보았다. 오슬로까지는 무려 여덟 시간이나 걸렸는데, 하루에 세 편만 있었고, 그나마 토요일에는 운행하지 않았다. 그런데 하필이면 그날이 토요일이었다. 나는 배편을 알아보았다. 배편은 매일 있었지만 하루에 한 편밖에 없었고, 출발 시간은 오후 5시였다. 도착 시간은 다음 날 아침 9시 30분. 무려 16시간 30분이나 걸리는 긴 여행이었다. 그제야 나는 비행기를 타지 않은 것을 후

회했지만, 다시 생각해보니 그렇게 무의미한 여행은 아닌 것 같았다.

나는 배 안의 바에서 밤늦게까지 한국 여자 두 명과 술을 마시며 시간을 보냈다. 마흔을 눈앞에 두고 있는 그녀들은 아직 미혼으로 서로 죽이 맞은 끝에 고독과 우울로부터 탈출하기 위해 배낭여행을 떠났다고 했다. 한국을 떠난 지 한 달이 다 되어가는데 딱 100일만 미친 듯 돌아다니다가 귀국하면 뭔가 달라질 것 같은 예감이 든다고 했다. 그녀들은 술도 잘 마셨고 말도 많은 편이었다. 나 같은 늙은이가 혼자 여행하는 것이 신기하다는 듯 이것저것 캐물었다. 배는 밤새 기우뚱거리며 달리다가 새벽녘에야 겨우 안정을 되찾는 것 같았다.

다음 날 아침 오슬로에 도착한 나는 마중 나온 Y를 만나 함께 아침 식사를 서둘러 하고 나서 다시 북상하는 열차에 몸을 실었다. 하늘에는 여전히 구름이 잔뜩 끼어 있었지만 비는 오지 않았다.

Y는 노르웨이 주재 한국 대사관 영사로 근무하고 있는 40대 초반의 젊은 남자였다. 그는 외교관 생활을 하면서도 북유럽 추리소설을 여러 권 번역해서 한국에 소개할 정도로 추리소설에 남다른 애정과 관심이 있었다. 그가 휴가차 한국에 왔을 때 어떤 모임에서 우연히 그와 인사를 나누게 된 나는 수개월 후 그에게 1973년 7월에 발생한 암살사건에 관한 자료 수집을 부탁

달맞이언덕의 안개

했었는데, 그가 기꺼이 알아봐주겠다고 해서 잔뜩 기대를 걸고 찾아간 것이다.

그의 말로는 1973년에 발생한 그 사건은 평화로운 노르웨이 사회에 큰 충격파를 던졌었다고 말했다.

릴레함메르까지는 두 시간 남짓 걸렸고, 도착하면서 시계를 보니 12시 50분을 가리키고 있었다. 역에 가까운 호텔에 짐을 풀고 나서 우리는 레스토랑에서 점심 식사로 연어스테이크를 먹었다. 아침 식사를 가볍게 한 탓으로 출출하던 참이었기 때문에 나는 주는 대로 접시를 깨끗이 비웠다. 식사를 마친 후 나는 Y와 함께 택시를 타고 도시 서쪽에 있는 니보의 한 주택가로 갔다. 경사진 길을 올라가다가 멈춰선 Y는 손으로 길바닥을 가리켰다.

"바로 여기서 부인과 함께 가다가 살해됐습니다. 저기 보이는 아파트가 그들이 살던 아파트입니다."

경사진 길의 맨 위쪽에 아파트 건물이 하나 서 있었다. 나는 스마트폰을 꺼내 여기저기 사진을 찍기 시작했다.

1973년 7월은 뮌헨 테러사건이 일어난 지 10개월이 된 때였다. 그즈음 모사드의 암살부대 카이사레아는 알리 하산 살라메를 쫓고 있었다. 그는 검은 9월단의 핵심 간부로서 뮌헨 사건을 기획한 인물로 알려져 있었다. 그런 만큼 모사드의 주요 암살 대상에 올라 있었다. 그러나 그는 신출귀몰한 데가 있어서 미행을 따돌리고 잠적해버리곤 하는 바람에 암살자들은 애를 먹고 있었다. 그러던 차에 노르웨이 릴레함메르에서 그의 꼬리를 잡았다는 보고가 들어왔다. 암살부대는 릴레함메르로 집결했고 살라메의 움직임을 24시간 감시했다.

7월 21일 토요일 저녁, 살라메는 임신한 아내와 함께 아파트를 나와 버스를 타고 시내 중심가에 있는 극장으로 갔다. 여자는 노란색 비옷을 입고 있었기 때문에 감시하기가 쉬웠다. 그 소도시에는 극장이 하나밖에 없었는데, 그날 상영되고 있는 영화는 클린트 이스트우드와 리처드 버턴이 출연하는 전쟁영화 〈독수리 요새〉였다.

살라메 부부가 극장을 나온 것은 10시 35분경이었다. 그들은 시내버스를 타고 집으로 향했다. 15분쯤 지나 버스에서 내린 그들은 손을 잡고 소곤거리며 포로바카칸 거리를 천천히 걸어갔다. 그들이 경사진 길을 올라가고 있을 때 맞은편에서 차가 한 대 빠른 속도로 다가오다가 급정거했고, 차 안에서 두 괴한이 튕기듯 튀어나왔다. 그들은 지체하지 않고 살라메를 향해 베레타 권총을 연달아 발사했다. 암살자들이 차를 타고 도망간 자리에 멍하니 서 있던 임산부는 이윽고 피투성이가 되어 쓰러져 있는 남자의 품에 엎어지면서 처절한 비명을 질렀다.

노르웨이 신문들은 이 암살사건을 대서특필해서 보도했다.

그런데 살해된 사람은 살라메가 아닌 아크메드 부치카라는 모로코 출신 청년이었다. 모사드가 잘못 오인해서 엉뚱한 사람을 살해했던 것이다. 모사드가 저지른 크나큰 실수였다.

부치키는 더 나은 삶을 찾아 노르웨이로 이민 온 모로코인이었다. 그는 웨이터로 일하면서 시립 수영장에서 시간제로 근무하는 평범한 이민자였다. 그의 아내인 토릴 라센 부치키는 노르웨이인으로 임신 7개월째였다.

세계 도처에 널려 있는 20여 곳에 이르는 암살 현장을 찾아가는 것은 쉬운 일이 아니었다. 나에게는 그것은 여러 가지 형편상 몇 년이 걸리는 일이었다. 5년 전 나는 카이사레아의 암살 현장을 네 번째로 취재하는 것으로 그 해의 암살 코스 답사를 마무리 짓기로 했다. 계속 하고 싶었지만, 비용과 시간이 너무 많이 드는 데다 한국으로 돌아가 처리해야 할 일들이 밀려 있었기 때문에 그 정도 선에서 중단하고 나머지는 다음 해로 미루었다.

네 번째 암살은 앞에서 빗나간 오인 살해로 표적에서 벗어난 살라메를 다시 노린 사건이었다. 그동안 6년의 세월이 흘렀지만 모사드는 포기하지 않고 여기저기서 긁어모은 정보들을 분석하면서 살라메를 추적하고 있었다. 모사드에게 포기라는 말은 존재하지 않았다. 드디어 1979년 7월 어느 날, 런던에서 살라메의 꼬리를 붙잡았다는 보고가 날아들었다.

그런데 지금이야 밝히는 것이지만 살라메 암살 작전은 나와 떼려야 뗄 수 없는 깊은 관계에 있었다. 그것은 나도 모르는 사이에 그렇게 얽혀든, 나로서는 상상조차 할 수 없었던 암살사건이었다.

그때 나는 영국의 문학적 전통과 그 분위기에 매료돼 1년 넘게 런던에 머물고 있었다. 내가 묵은 그 영국인 하숙집에는 나 외에도 이탈리아에서 온 유리 모로프라는 청년이 있었는데, 그는 런던대에서 물리학을 공부하고 있는, 유순하게 생긴 대학생이었다. 우리는 가끔씩 저녁때면 근처 펍에 가서 맥주를 마시곤 했다. 시간이 흐를수록 우리는 친밀해졌고, 그러다 보니 주말이면 함께 여행을 가기도 했다.

그러던 어느 토요일 밤 펍에서 늦게까지 술을 마시고 놀다가 옆자리의 청년들과 시비가 붙었다. 그때 모로프는 새로 사귄 미모의 여대생을 데리고 나왔는데, 옆자리의 청년들이 그녀에게 계속 추근대자 모로프가 나서서 그들에게 주의를 주었다. 몇 번 옥신각신하던 중 덩치가 큰 녀석이 "유대인 새끼!" 하면서 주먹으로 모로프의 얼굴을 갈겼다. 뒤이어 기다렸다는 듯이 다른 두 놈도 달려들어 모로프를 때리기 시작했다. 여대생이 비명을 질렀을 때 나는 이미 그들에게 달려들고 있었다. 나는 어설픈 태권도 실력으로 덩치가 큰 놈은 쓰러뜨렸지만 다른 두 놈은 당해낼 수가 없었다. 정신없이 얻어맞다가 나는 완전히 뻗어 버렸고, 그들은 내가 의식을 잃을 때까지 나를 구둣발로 걷어차고 밟아댔다. 내가 의식을 찾은 것은 병원에서였다. 눈을 뜨자 모로프와 그의 여자 친구가 걱정스럽게 나를 내려다보고 있었다.

나는 일주일 가까이 입원했다가 퇴원했는데 모로프와의 사이에 뭔가 좀 달라진 것이 느껴졌다. 나는 그가 유대인이라는 것을 알게 되었고, 그는 위험을 무릅쓰고 자기를 구해준 나를 은인처럼 떠받들었다. 그런 것들이 전과는 좀 다른 느낌을 주었는데, 나로서는 그가 유대인이든 뭐든 아무 상관이 없었다.

봄이 지나고 여름이 다가오자 모로프가 하루는 여름방학 때 아르바이트를 하지 않겠느냐고 물었다. 런던에 가서 누구를 감시하는 일인데 감시하고 보고만 하면 상당한 보수를 받을 것이라고 했다. 자기도 누군가의 부탁을 받고 그 일을 할 생각이라고 했는데, 그가 말해준 보수를 알고는 나는 두말 않고 그 일을 하겠다고 약속했다. 그 정도의 보수라면 똥도 풀 수 있을 것 같았다. 사실 나는 그때 돈도 떨어지고 해서 귀국할 생각을 하고 있던 참이었다. 누군가를 감시하는 일에 대한 대가는 한국 돈으로 계산하면 일당 30만 원꼴이었다. 약 20일 정도 감시해야 한다고 했으니 아르바이트가 끝나고 나면 6백만 원이나 되는 돈을 받게 되는 셈이었다. 내가 긴가민가하자 그는 선금으로 나에게 3백만 원에 해당하는 파운드화를 현찰로 지불했다. 그러면서 그는 이번 일에 대해서 일절 알려고 하지 말고 누구한테 입도 뻥긋하지 말라고 당부했다. 보수를 주는 것 외에 모로프는 나에게 숙소까지 마련해주었고, 자기 숙소는 다른 데 있다고 말했다.

나중에야 그 이름을 알게 되었지만 살라메는 블룸즈버리 지구의 조용한 주택가에 있는 아파트에 살고 있었다. 블룸즈버리는 대영박물관과 런던대학, 크고 작은 박물관들이 들어서 있어 어딘지 모르게 학구적인 분위기를 띠는 곳이었다. 나는 그가 거의 매일 차를 타고 지나가는 길목에 위치한 '블랙로즈'라는 이름의 펍에서 웨이터로 일하면서 그의 움직임을 관찰했다. 모로프도 나와 함께 그곳에서 일했는데, 우리는 교대로 거리를 감시하면서 잠시도 거기서 눈을 떼지 않았다. 나중에 알게 된 것이었지만 그 펍 역시 위장된 곳으로 일종의 감시초소인 셈이었다.

그곳에서 나는 19일 동안 근무했는데, 살라메는 거의 매일 아침 9시경에는 집을 나와 1킬로미터쯤 떨어진 곳에 살고 있는 그의 노모를 방문하곤 했다. 그의 노모는 딸들과 함께 살고 있었는데, 지병이 악화되어 위독한 상태에 있었기 때문에 살라메는 매일 아침 노모를 만나러 가곤 했다. 내가 일하던 펍은 살라메가 살고 있는 아파트로부터 백 미터쯤 떨어져 있었다.

8월 20일 아침은 구름이 잔뜩 낀 것 말고는 평소와 별로 다르지 않았다. 모로프는 오늘로써 아르바이트도 끝난다고 하면서 나에게 바깥을 잘 감시하라고 일렀는데, 왠지 펍에서 일하고 있는 사람들 모두가 긴장해 있는 것 같았다.

살라메가 탄 갈색 시보레 차가 나타난 것은 9시 조금 전이었다. 두 명의 경호원이 그 차에 동승하고 있었고, 다른 두 명이 탄 랜드로버가 그 뒤를 호위하고 있었다. 나는 즉시 모로프에게 신호를 보냈고 모로프도 어디론가 급히 전화를 걸었다. 그런데 믿을 수 없는 일이 일어났다. 살라메가 가고 있는 맞은편에서 안개가 몰려오고 있었던 것이다. 안개 때문에 그쪽은 완전히 시야가 가려져 있었고, 차들도 멈춰 서 있었다. 갈색 시보레 차도 더는 가지 못하고 하필이면 '블랙로즈' 앞에 멈춰 서 있었다. 시보레 차 뒤에도 차들이 꼬리를 물고 있었다.

거기서 150미터쯤 떨어진 곳에서는 약 32킬로그램의 다이너마이트에 해당하는 플라스틱 폭탄을 실은 폭스바겐 한 대가 대기하고 있었고, 백여 미터 더 떨어진 곳에서는 카이사레아 요원이 원격조정기를 들고 신호가 오기만을 기다리고 있었다. 그러나 신호는 오지 않았고, 카이사레아 요원은 발을 동동 굴렀다. 그도 그럴 것이 살라메는 그날 중으로 팔레스타인으로 돌아가기로 되어 있었기 때문에 그날 그를 처치하지 않으면 7년에 걸친 기나긴 추적은 완전히 수포로 돌아갈 공산이 컸다.

안개는 더 짙어졌고, 안절부절못하던 모로프는 갑자기 나를 데리고 안개 속을 더듬어 나갔다. 이윽고 카이사레아 요원을 만난 그는 무슨 말인가 했는데 나는 한 마디도 알아들을 수가 없었다. 카이사레아 요원은 대기해둔 차로 모로프와 나를 데려가더니 차 안에서 묵직해 보이는 검정 가방을 꺼내 모로프에게 주었다. 그러더니 그것을 도로 빼앗아 내 손에 들려 주었다. 나중에 생각해보니 내가 동양인이라 의심을 사지 않을 것이라고 생각한 것 같았다.

"시보레 차 밑에다 밀어넣어요. 당황하지 말고 침착하게 행동해요."

나와 함께 걸어가면서 모로프가 말했다.

"차 밑에다 밀어넣은 다음에는 빨리 피해요. 될수록 멀리 피해요. 그 전에 나한테 신호를 보내요. 아, 안개 때문에 신호는 보이지 않을 테니까, 그 대신 마이클이라고 크게 세 번 불러요."

모로프는 나와 떨어져서 안개 속으로 사라졌다.

이윽고 시보레 차가 흐릿하게 나타났고, 나는 그 곁으로 다가서서 가방을 떨어뜨렸다. 그리고 그것을 구둣발로 슬그머니 밀었다. 그때 차 뒷좌석에 앉아 있던 사내가 창문을 조금 내리고 나를 쳐다보았는데, 크고 검은 두 눈이 유난히 차갑게 느껴졌다. 직감적으로 그가 바로 살라메인 것을 알아본 순간 내 몸은 뻣뻣하게 굳어졌다. 그러나 나는 반사적으로 싱긋 웃고 있었고, 입에서 "굿모닝." 하는 말이 흘러나왔다. 살라메도 미소를 지으면서 차창을 올렸다. 나는 펍으로 들어가 "마이클! 마이클! 마이클!" 하고 세 번 불렀다.

"뒷문으로 빨리 나가!"

어디선가 모로프의 다급한 목소리가 들려왔고, 나는 펍의 뒷문을 통해 밖으로 빠져나갔다. 그리고 무작정 뛰기 시작했다. 하지만 안개 때문에 빨리 달릴 수가 없었다. 5분쯤 지났을 때 지축을 뒤흔드는 폭발음이 들려왔고, 그 진동에 나는 휘청하면서 무릎을 굽혔다가 두 손으로 머리를 감싸 쥐었다. 잠시 후 일어서서 보니 펍 쪽에서 불기둥이 치솟고 있었다.

그 작전으로 살라메는 형체도 알아볼 수 없을 정도로 날아가버렸지만, 그 밖에도 사망자가 9명이나 더 있었다. 부상자까지 합하면 피해를 입은 사람은 수십 명이나 되었고, 건물 피해도 심각했다. 작전치고는 더러운 작전이었다. 그제야 나는 모로프의 정체를 알게 되었고, 분노와 함께 갑자기 그가 두려워졌다. 나는 전율했고, 한동안 아무것도 할 수가 없었고, 아무것도 먹을 수가 없었다. 모로프는 종적을 감췄기 때문에 만날 수가 없었다. 다만 그로부터 전화 한 통을 받은 것이 전부였는데, 빨리 피신하라는 말과 함께 수일 내로 내 은행 계좌에 돈이 입금될 것이라고 했다. 나는 미처 짐도 다 챙기지 못한 채 급히 한국으로 돌아왔고, 10년 넘게 유럽에는 얼씬거리지도 않았다. 10년이 지나서야 다시 유럽에 가곤 했는데, 그동안 내가 알아낸 바로는 모로프는 살라메 암살사건 다음 해인 1980년 9월에 아테네에서 목이 잘린 시체로 발견되었다. 참, 당시 내 계좌에 입금된 정체불명의 돈은 한국 돈으로 환산해서 모두 7천만 원쯤 되었는데, 그것은 내가 플라스틱 폭탄을 살라메가 탄 시보레 차 밑에다 밀어넣은 데 대한 수고비까지 포함한 액수인 것 같았다.

2007년 8월에 살라메 살해 현장이었던 그 길을 걸어가다가 28년 전 내가 일했던 펍 '블랙로즈' 앞에 앉아 있을 때 느닷없이 몰려왔던 안개, 암살 코스 답사의 마지막이 되어버리고 말았던 그곳의 안개, 악마의 입김이 만들어낸, 사람과 차를 오도 가도 못하게 만드는 런던의 치명적인 안개를 생각하자 나는 그만 형체도 없이 안개 속에 녹아버리는 것 같았고, 그래서 밤늦게까지 달맞이언덕의 또 다른 안개 속에 앉아 시간 가는 줄 모르고 시칠리아산 와인인 '도망간 여자'만 마셔대고 있었다.

안개 속의 정사

달맞이언덕 오솔길에는 사람들이 잘 모르는 샛길이 여러 갈래로 나 있다. 그런 길은 사람들의 발길이 뜸해지면 금방 잡초와 덤불로 뒤덮여 그 모습이 사라지곤 한다. 나는 그런 길들을 좋아해서 그날 오후에도 지팡이로 짙은 안개와 길게 자란 풀들을 헤치며 위쪽으로 꼬불꼬불 나 있는 길을 느릿느릿 올라갔다. 나뭇가지가 흔들릴 때마다 작은 새들이 화들짝 놀라 사방으로 날아올랐고, 가끔씩 시커먼 청설모가 나뭇가지를 타고 오르내리는 것이 보였다. 안개 때문에 바다는 보이지 않았고, 안개에 갇힌 나는 손수건으로 이마에 흐르는 땀을 연방 닦으며 숲을 헤쳐나갔다.

경사면의 중간쯤 올라갔을 때 뭔가 희끄무레한 것이 눈에 들어왔다. 그것은 주위와 전혀 어울리지 않은, 희고 기묘한 모습의 형체로, 규칙적으로 움직이고 있었다. 눈을 잡아끄는 그것에 이끌려 나는 조심스럽게 다가가 보았다. 그리고 멈칫하고 서버렸다. 놀랍게도 그것은 사람의 엉덩이였다. 그 엉덩이는 아래위로 힘차게 움직이고 있었고, 그 엉덩이 밑에는 여자의 하체가 깔려 있었다. 여자는 두 다리로 남자의 허리를 칭칭 감고 있었고, 남자는 무자비하게 그녀를 찍어대고 있었다. 한창 달아오를 대로 달아오른 여자는 억눌린 신음소리를 숨이 넘어갈 듯 질러대고 있었고, 남자는 "조용히 해! 조용히 하란 말이야!" 하고 주의를 주면서도 여자를 농락하는 것을 조금도 멈추려고 하지 않았다.

저럴 수가! 어스름이 깔리기 시작하고 있긴 하지만 언덕의 숲 속에서 대담하게 섹스를 즐기고 있는 그 모습은 일상에서는 좀처럼 볼 수 없는 파괴적이고 자극적인 광경이었기 때문에 나는 걸음을 뗄 수가 없었다. 그것은 짙은 안개가 커튼처럼 가려주고 있기 때문에 가능한 일이었고, 그래서 모든 것을 안개 탓으로 돌릴 수도 있었다.

두 사람은 아랫도리를 완전히 벗은 채 섹스에 몰입하고 있었기 때문에 관음증이 도진 내가 가까이 다가가 스마트폰으로 정신없이 사진을 찍어대는 것도 모르고 있었다. 만일 발각되면 얻어터질 것이 뻔한데도 불구하고 나는 피하지 않고 안개 속의 정사 장면을 스마트폰에 고스란히 담았다. 숲 속에서, 그것도 안개 속에서의 정사는 내가 일찍이 본 적이 없는 환상적인 장면이었기에 나는 그것을 결코 놓칠 수가 없었다.

여자의 몸속을 파고드는 남자의 몸놀림은 혀를 내두를 정도로 집요했고, 그런데도 불구하고 여자는 달뜬 목소리로 "더 세게! 더 세게!" 하고 애타게 갈구하고 있었다. 남자가 입고 있는 흰색의 민소매 러닝셔츠는 땀에 젖어 있었고, 밖으로 드러난 완강하고 넓적한 어깨 위에는 여자의 손톱이 깊이 박혀 있었다. 여자는 알록달록하게 물든 열 개의 손톱을 날카롭게 세워 남자의 어깨에 매달려 있었는데, 손톱의 색깔이 한 가지가 아니고 모두 달라 보였다. 제각기 다른 열 가지 색깔로 물든 그 특이한 손톱 모양은 내가 그 자리를 떠난 뒤에도 내 머릿속에 또렷이 박혀 떠나지 않았다.

정신없이 엉겨 붙어 있던 그들이 몸을 일으켰을 때 나는 들킨 줄 알고 도망치려고 했다. 하지만 그들은 체위를 바꿔 그 짓을 계속했다. 여자가 엎드린 자세로 엉덩이를 높이 쳐들자 그것은 엄청나게 부풀어 올랐고, 사내는 그것을 쓰다듬다가 그 안으로 거침없이 밀고 들어갔다. 그다음에 그들이 보여준 마지막 장면은 더욱 자극적이었다. 사내는 늠름한 자세로 우뚝 서 있었고, 여자는 그의 사타구니에 얼굴을 묻고 있었다. 오르가슴을 여자의 입안에서 해결하려고 그러는 것 같았는데, 그렇게 하면 임신도 피할 수 있어 일석이조의 효과를 보는 셈이었다.

다음 날 점심때가 좀 지나 오솔길을 산책하고 있는데 길가에 경찰차들이 경광등을 번쩍이면서 서 있었다. 사람들이 웅성거리면서 경사진 샛길을 내려가고 있는 것이 보였다. 아래쪽에서 올라오는 중년 사내에게 무슨 일이냐고 묻자 숲 속에 사람이 죽어 있는데 안 보는 게 좋을 거라고 하면서 끔찍하다는 듯 어깨를 움츠리면서 침을 탁 뱉고 지나갔다. 나는 허둥지둥 내려가 보았다.

사람들이 몰려서 있는 곳은 어제 두 남녀가 정신없이 몸을 섞던 바로 그 장소였다. 피투성이가 되어 죽어 있는 사람은 남자였고, 경찰이 막 구겨진 바지를 남자의 사타구니 위에 올려놓고 있었다. 조금 떨어진 곳에서는 곰처럼 생긴 형사가 어디론가 전화를 걸고 있었다.

"40세쯤 되어 보이고 신분증은 없습니다…… 네, 그렇습니다. 흉기로 잔인하게 난자당했고, 성기도 잘려나갔습니다…… 네네, 알겠습니다. 아무튼 엽기적인 살인사건이 틀림없는데…… 감식반 애들을 빨리 좀 보내주십시오."

통화를 끝낸 곰은 나를 발견하고는 반가운 표정으로 다가왔다.

"달맞이언덕에는 최근 들어 사건이 끊이지 않는데요."

"조용할 날이 없어요. 이 언덕에 사람들이 많이 몰려들면서부터 그런 것 같아요."

"치정살인 같은데, 한번 보시겠습니까?"

"좀 봅시다."

피투성이 피사체를 보는 것은 역겨운 일이지만, 그보다는 추리작가로서의 호기심이 더 강했기 때문에 나는 곰과 함께 시신 가까이 다가서서 그것을 내려다보았다. 곰이 아랫도리를 가리고 있던 바지를 걷어내자 남근이 싹둑 잘려나간 상처가 드러났다. 과도한 출혈로 그것은 온통 말라붙은 피로 덮여 있었고, 너무 끔찍해서 나는 시선을 돌려버렸다. 흉기로 난자당한 상처는 목으로부터 가슴 부위까지 퍼져 있었다. 상체를 가리고 있는 러닝셔츠는 피로 온통 물들어 있었다.

"모두 열두 군데나 찔렀습니다. 닥치는 대로 찌른 것 같아요. 그러고 나서도 성에 안 차 성기를 절단한 것 같아요. 잔인한 여자죠?"

곰은 이미 범인을 여자로 단정하고 있는 것 같았다. 나는 슬쩍 딴죽을 걸어보았다.

"왜 범인을 여자라고 생각하죠?"

"보면 알 수 있잖습니까? 아랫도리가 벗겨져 있고, 사방에 휴지가 널려 있어요. 섹스하고 나서 정액 같은 것을 닦아내고 버린 것들입니다. 둘이서 한바탕 하고 나서 여자가 남자를 찔러 죽인 겁니다. 보지 않아도 눈에 뻔히 보입니다."

나는 주머니 속에 들어 있는 스마트폰을 만지작거렸다. 섹스 장면을 찍은 사진들과 동영상을 보여주면 반색을 하겠지만, 나는 왠지 그것을 숨기고 싶었다. 그러다 보니 나 자신이 공범이 된 기분이 들었다.

"잘린 성기는 찾았나요?"

문득 생각이 나서 물었더니 곰이 고개를 내저었다.

"그게 보이지 않습니다."

"고양이가 먹어버렸나?"

"그랬을지도 모르겠는데요. 그건 그렇고 혹시 이 남자 보신 적 없나요?"

곰이 죽어 있는 사내 위로 몸을 웅크리더니 고무장갑을 낀 손으로, 옆으로 돌아가 있는 사내의 얼굴을 바로 돌려놓았다. 검게 탄 얼굴로, 좁은 이마 밑으로 길게 찢어진 두 눈과 튀어나온 광대뼈, 큼직한 입 등이 야비한 인상을 이루고 있었다.

"처음 보는 얼굴이에요."

"실컷 섹스를 하고 나서 상대방을 이렇게 살해할 수 있나요?"

"사이코의 경우 얼마든지 그럴 수 있죠. 만일 사이코라면 한 번으로 그치지 않고 계속해서 살인을 저지를 가능성이 있어요."

"골치 아파지기 전에 빨리 붙잡아야겠군요."

나는 한동안 심심하면 스마트폰에 저장해둔 섹스 장면을 감상하면서 관음증에 시달려야 했다. 그것을 볼 때마다 갈증으로 목이 타고 열이 뻗쳐 머리가 어질어질했다. 그렇지 않아도 고혈압으로 시달리고 있는 터에 관음증으로 쓰러지기라도 하면 큰일이다 싶었지만 아무리 해도 그 생생한 섹스 장면을 지울 수가 없었다.

신문을 보니 달맞이언덕 살인사건의 피해자는 광안리에서 횟집을 운영하는 사람으로, 생선회를 팔아 꽤 많은 돈을 모은 것으로 소문이 나 있었다. 나는 이제나저제나 하고 범인이 체포되었다는 기사를 보려고 신문을 뒤적였지만 한 달이 지나도록 범인은 오리무중이라는 보도만 접했다.

나는 나의 관찰과 예측이 빗나가지 않았다는 것을 확인하고 싶었고, 그래서 뭔가를 기다리고 있었다. 그러던 차 달맞이언덕 살인사건이 일어나고 35일째 되던 날 곰 형사로부터 다급한 전화 연락을 받았다.

"선생님, 말씀하신 대로 동일범의 소행으로 보이는 아주 비슷한 살인사건이 또 발생했습니다. 달맞이언덕에 있는 안개 호텔에서 발생했는데, 지금 좀 와주실 수 있겠습니까?"

'죄와 벌' 카페에서 커피를 마시고 있던 나는 걸어서 안개 호텔로 가보았다.

상황은 지난번 숲 속에서 발생한 살인사건과 아주 흡사했다. 죽은 사내는 50대 초반으로 벌거벗은 채 온몸이 흉기로 난자당해 있었고, 성기도 절단되어 있었다.

"잘라낸 성기는 찾지 못했습니다. 범인이 가져간 것 같습니다. 선생님 말씀대로 사이코가 분명합니다."

프런트 직원의 말로는 그 방에 남자가 먼저 투숙했는데 나중에 여자가 들어가는 것은 보지 못했다고 했다.

며칠 후, 그날은 오후부터 안개비가 내렸는데 손님도 없었기 때문에 나는 '죄와 벌' 테라스에 앉아 포와 함께 레드 와인을 마시고 있었다. 안개비에 푹 젖은 언덕은 더없이 평화롭고 아늑해 보였고, 탁자 위에 팔꿈치를 괴고 손으로 턱을 받친 채 나를 그윽한 눈길로 바라보고 있는 그녀의 모습은 그 장소에 너무 잘 어울리는 것 같았다. 그녀는 가슴이 깊게 파인 짙은 자주색 셔츠를 입고 있었는데, 목에서 흘러내린 깊은 가슴골과 골짜기를 이루고 있는 풍만한 젖가슴은 금방이라도 만지고 싶은 충동을 불러일으킬 만큼 자극적이면서도 더없이 아름다워 보였다.

내가 그녀의 아름다움에 취해 있을 때 갑자기 왁자지껄 떠드는 소리가 나면서 여자들이 몇 명 나타났다. 30, 40대로 보이는 그녀들은 테라스에 자리 잡더니 커피를 시켜놓고 앉아 떠들어대기 시작했다. 그들 가운데 한 명은 눈처럼 하얀 강아지를 안고 있었는데, 그녀 역시 하얀 옷차림을 하고 있었다. 하얀 핫팬츠 위에 민소매 흰 티셔츠를 입고 있는 그녀는 일행들 가운데서 눈에 띄게 예쁘고 요염해 보였다.

잠시 후 강아지 주인이 내 쪽으로 다가오더니 혹시 추리작가 아무개가 아니냐고 물었고, 그렇다고 하자 팬이라고 하면서 뛸 듯이 기뻐했다. 그 바람에 그녀의 친구들까지 내 쪽으로 몰려와 호들갑을 떨었다. 이윽고 강아지 주인이 나에게 수첩을 내밀면서 사인을 해달라고 했고, 나는 손을 뻗어 수첩을 받았다. 순간 손톱을 알록달록 물들인 길고 섬세한 손이 거기에 있는 것을 보았다. 나는 멈칫해서 그 손을 뚫어지게 노려보다가 물었다.

"본래 손톱을 이렇게 각각 다른 색깔로 칠하나요? 이렇게 칠한 건 처음 보는데……"

"얘는 본래 그래요. 특별한 걸 좋아해요."

옆에 있는 친구가 말하자 모두 까르르하고 웃었다.

"성함이 어떻게 되죠?"

나는 펜을 들고 강아지를 쓰다듬고 있는 손을 눈여겨보았다. 알록달록한 손톱이 괴기스러워 보였다. 나는 눈을 들어 그녀를 가만히 응시했다. 상대방을 금방이라도 빨아들일 것 같은 투명하고 아름다운 눈이 나를 빤히 쳐다본다.

"강수지라고 해요."

그녀는 이름을 말하고 나서 강아지 자랑을 했다.

"예쁘죠? 핑크라고 해요."

놈의 머리 위에는 빨간 리본이 매어져 있었고, 까만 두 눈이 구슬처럼 반짝거리고 있었다.

"무슨 종이죠?"

"몰티즈예요. 사인하실 때 제 이름하고 핑크 이름을 같이 써 주세요. 집에 선생님 작품이 있는데 거기다 사인을 받으면 좋을 텐데……."

"잠깐 기다려봐요."

나는 안으로 들어가 내 저서들 가운데서 한 권을 뽑아들었다. 진열대 위에는 내 작품들이 수십 권 꽂혀 있었는데, 그것들은 포가 팔아주겠다고 하면서 작품을 갖다 놓으라고 하는 바람에 갖다 놓은 것들이었다.

"이걸 하나 드리지."

"어머, 고맙습니다."

그녀는 기뻐서 어쩔 줄 몰라 했고, 나는 얼마 전에 출간한 『안개의 사나이』 표지를 열고 안에다 '강수지 님, 그리고 귀여운 핑크에게'라고 적은 다음 사인을 하고 책을 건넸다. 그러자 그녀가 덕담 한마디 써달라고 했고, 그래서 나는 이렇게 썼다. '숲 속의 정사, 정말 근사했습니다.'

그녀의 친구들은 그 말이 무슨 말인지 이해가 잘 안 된다는 듯 고개를 갸우뚱했다. 그러나 수지의 표정은 파랗게 질리고 있었다. 그녀는 표지를 얼른 덮고 나서 머뭇거리다가 나에게 연락처를 물었고, 나는 전화번호를 알려주고 나서 와인잔을 집어들었다.

그녀로부터 전화가 걸려온 것은 그날 저녁때였다. 그녀는 다짜고짜 숲 속의 정사가 무슨 의미냐고 물었고, 나는 사실 그대로라고 말했다.

"그곳을 지나다가 우연히 목격했어요. 두 사람의 정사 장면을 보고 그냥 지나칠 수가 없었어요. 그래서 사진도 좀 찍어뒀어요."

"경찰에 신고했나요?"

그녀는 떨리는 목소리로 물었고, 나는 아직 신고하지 않았다고 대답해주었다.

"왜 신고하지 않았죠?"

"생각 중이에요. 막바로 신고한다는 것은 내 취미에 맞지 않아요."

"좀 만나 뵐 수 없을까요?"

"아, 좋아요."

그녀가 당장 만나고 싶어 했기 때문에 나는 장소를 일러주었고, 한 시간쯤 지나 우리는 '죄와 벌'에서 다시 만났다.

탁자에 마주 보고 앉자 그녀는 떨기 시작했다. 그녀는 여전히 하얀 핫팬츠 위에 하얀 민소매 티셔츠를 입고 있었고, 가슴에는 하얀 강아지를 안고 있었다. 나는 그녀의 아름다운 눈을 들여다보면서 마시다 만 와인을 권했다.

"이 와인 이름은 '도망간 여자'예요."

"꼭 저를 두고 하시는 말씀 같네요."

그녀는 와인을 단숨에 마시고 나서 결심한 듯 입을 열었다.

"전 유혹에 약해요. 친구들하고 술집에서 한잔 하고 있는데 모르는 남자들하고 합석하게 됐어요. 한 친구가 남자 한 명하고 아는 사이였기 때문에 자연스럽게 같이 술을 마시게 됐는데, 나중에 어쩌다 보니까 집 방향이 같다는 이유로 그 남자하고 단둘이 가게 됐어요. 저는 몸을 가누지 못할 정도로 취해 있었고…… 결국 그에게 이끌려 호텔에서 당하고 말았어요. 남편은 파일럿이기 때문에 집을 비울 때가 많았고, 그래서 나는 좀 방만한 편이었어요. 저는 그 남자한테 정신없이 말려들었고, 정신을 차렸을 때는 덫에 걸려 있었어요. 그놈은 저한테 돈을 요구했고, 돈을 주지 않으면 무자비하게 폭행까지 했어요. 지금까지 그놈한테 뜯긴 돈이 4억이 넘어요. 임신까지 해서 수술도 두 번이나 했어요. 결국 남편이 알게 돼서 집에서 쫓겨났고…… 저는 더 이상 참을 수가 없었어요. 제 삶을 망친 그놈을 용서할 수 없었어요."

"아주 그럴듯하군요. 그럼 안개 호텔에서 죽은 남자는 무슨 이유로 살해한 거죠? 그 남자도 비슷한 이유로 살해했나요? 왜

달맞이언덕의 안개

실컷 섹스를 하고 나서 죽이나요? 혹시 절정에 달하면 죽이지 않고는 못 배기는 거 아닌가요? 참을 수 없는 환희를 맛보려고 살인한 거 아닌가요?"

그녀는 대답을 못하고 머뭇거렸다. 한참을 그러고 있다가 꿈꾸는 듯한 표정으로 돌아가더니 와인을 단숨에 들이켠 다음 다시 한 잔을 달라고 했다. 내가 와인을 가득 따라주자 그녀는 그것마저 죽 마셔버린 다음 씨익 웃으면서 손으로 안개를 후려쳤다.

"선생님 말이 맞아요. 그걸 하고 나면 만족할 수가 없어요. 뭔가 아쉬워요. 그래서 칼로 상대방을 찔렀어요. 찌르는 순간 피를 보면 오르가슴을 느껴요. 오르가슴이 계속되는 동안 나도 모르게 칼을 계속 휘둘러요."

그녀는 미소를 지으면서 강아지 머리를 쓰다듬었다.

"성기는 왜 잘랐고, 그건 왜 가져갔나요?"

"오르가슴이 정점에 이르니까 나도 모르게 그걸 자르게 됐어요. 상대를 완전히 버리는 거죠. 그리고 새 남자를 구하는 거죠."

"잘라낸 성기는 어떻게 했나요?"

"프라이팬에다 구워서 우리 핑크한테 줬어요. 잘게 썰어서 주니까 그렇게 잘 먹을 수가 없어요. 가끔씩 특식을 줘야 해요."

그녀는 핑크를 쓰다듬어 주다가 슬그머니 티셔츠의 가슴 쪽에 달린 단추 세 개를 모두 풀어 헤쳤다. 그 사이로 브래지어를 하지 않은 풍만한 젖가슴이 안타깝게 출렁거리고 있었다. 그녀는 상체를 내 쪽으로 기울이더니 내 귀에다 뜨거운 입김을 불어 넣으며 속삭였다.

"저녁에 시간 있으세요? 선생님하고 멋진 시간을 보내고 싶어요."

"내 것은 맛이 없어서 핑크가 입도 대지 않을 거요."

내가 혐오스러운 눈길로 핑크를 노려보자 놈은 금방 적대감을 보이며 캉캉 하고 짖어댔다.

밤 안 개

밤이 깊어지면서 안개는 어둠과 뒤엉켜 더욱 두터운 장막으로 언덕을 뒤덮고 있었다. 차들은 굼벵이처럼 느릿느릿 기어가고 있었고, 오솔길에는 초저녁부터 인적이 끊겨 있었다. 드문드문 서 있는 오렌지색 가로등은 밤안개에 가려 가물가물 그 빛을 잃어가고 있었다. 나는 손목시계를 보았다. 시간은 9시가 막 지나고 있었다. 그때 안개 속에서 인기척이 들려왔다.

"아부지."

그것은 낮고 절박한 목소리였다. 상대방은 안개에 가려 아직 잘 보이지 않았다. 나는 소리가 들려오는 쪽을 뚫어지게 노려보았다. 갑자기 베일처럼 가려져 있던 안개가 흔들리더니 이윽고 한 사내가 안개 속에서 모습을 드러냈는데, 모자를 눌러쓰고 있어서 얼굴을 잘 알아볼 수가 없었다. 옷차림은 남루해 보였다.

"아부지."

사내가 숨을 몰아쉬면서 나를 불렀다. 아부지라니, 참 오랜만에 들어보는 말이라고 생각하면서 벤치에서 엉거주춤 몸을 일으키자 그가 다가와 느닷없이 나를 끌어안았다. 순간 술 냄새가 확 풍겨왔다. 나는 그를 밀어냈다.

"아부지!"

사내는 온몸을 떨어대면서 흐느꼈다.

"죄송합니다."

죄송하다는 말을 계속하면서 흐느끼는데 거짓으로 연기하는 것 같지는 않았다. 하지만 나는 그가 울고 있는 모습이 보기 싫었다. 못난 자식 같으니! 오히려 한 대 쥐어박고 싶은 충동을 억제하면서 나는 그를 노려보았다.

그는 나보다 머리 하나가 더 컸지만 몸은 비쩍 말라 있었고, 몸을 제대로 가누지 못한 채 비틀거리고 있었다. 나는 그를 끌어당기면서 벤치에 앉았다.

"앉아라."

그는 나와 부자 관계를 끊고 미국으로 떠난 후 20여 년 만에 만나는 외아들 명이었다. 나는 착잡했다.

20여 년 전 내가 집안은 돌보지 않은 채 사기나 치고 돌아다니고 수많은 여자들을 건드리는 등 말썽만 피우다가 끝내 제

엄마와 이혼까지 하자 당시 대학생이던 그는 나에게 저주를 퍼
붓고 "이것으로 우리 부자 관계는 끝났습니다." 하고는 미국으
로 떠나버렸다. 얼마 후 제 엄마도 미국의 아들한테 가버렸고,
그 뒤로는 그들의 소식을 듣지 못했다. 모든 일이 내 잘못으로
일어났기 때문에 나는 그 모든 것을 담담한 마음으로 받아들
였었다.

그런데 오늘 아침, 지난 20여 년 동안 아무 소식이 없던 아들
한테서 갑자기 연락이 왔었다. 좋은 일로 연락이 왔다면 반가
웠겠지만 전혀 그렇지가 않았다.

"아부지, 염치없는 줄 알지만 좀 도와주십시오. 처음이자 마
지막으로 부탁드립니다."

그의 목소리는 떨리고 있었고, 아주 절박한 느낌이었다.

그는 나에게 급히 도움을 청하고 있었다. 나는 아들 명이 연
쇄 살인범으로 미국 경찰에게 쫓기고 있는 것을 이미 알고 있
었다. 그가 저지른 살인사건은 국내 언론에도 사진과 함께 꽤
크게 보도되었는데, 한국계 갱인 노명이란 한국 교포가 베트남
계 갱 조직원 두 명을 잔인하게 살해하고 도주했다는 내용이었
다. 하지만 명이 한국으로 도피해 나에게 도움을 청할 줄은 미
처 생각지도 못했었는데, 며칠 전 불쑥 나타난 형사의 말을 듣
고 나서야 명이 이미 한국에 들어와 있는 것을 알게 되었다.

곰처럼 생긴 형사는 명이 내 아들인 것까지 알고 있었고, 국

제경찰의 수배를 받고 있는 명이 나를 찾아올 가능성이 큰 만큼 그가 나타나면 숨겨주지 말고 즉시 신고해달라고 신신당부했다. 왜 하필이면 한국으로 도망쳐왔단 말인가. 한국에 오면 숨을 데가 있을 것으로 생각한 것 같은데 그것은 큰 오산이었다. 나는 그를 숨겨줄 마음이 조금도 없었고, 그럴 능력도 없었다.

착잡한 마음으로 이제나저제나 하고 기다리고 있던 참에 마침내 아침에 아들한테서 연락이 왔다. 내가 '죄와 벌' 커피숍에 앉아 커피를 마시고 있을 때였다. 커피숍으로 걸려온 전화를 포가 받아 나에게 전해줬는데, 전화를 받고 보니 명이었다. 내가 '죄와 벌'에 앉아 있는 것을 알고 있는 것을 보면 놈은 그동안 기회를 엿보며 내 뒤를 미행한 것 같았다. 나는 약속 시간과 장소를 일러준 다음 전화를 끊었다.

"한국 신문에도 너에 관한 기사가 났더라. 혹시나 했는데 사실인 모양이구나. 미국서 사람을 두 명이나 죽인 게 사실이냐?"

명은 고개를 푹 떨구더니 어깨를 들썩이며 흐느끼기 시작했다.

"할 수 없었어요. 제가 놈들을 죽이지 않으면 제가 죽을 수밖에 없었어요. 살기 위해서 할 수 없이……."

"어쩌다 그렇게 힘하게 살게 됐냐? 갱단 싸움에 네가 말려든 것 같은데…… 그 바닥에서 일한 지는 오래됐나?"

명은 힘없이 고개를 끄덕였다. 내가 한숨을 내쉬자 그는 변명하듯 말했다.

"한번 잘못 빠져드니까 어쩔 수가 없었어요. 도저히 빠져나올 수가 없었어요. 저는 너무 외로웠고, 의지할 데가 필요했어요. 저를 받아준 곳은 그곳뿐이었어요."

"엄마가 있지 않니. 엄마를 봐서라도 그럴 수가 없잖니. 엄마는 너 하나 보고 미국에 간 건데……"

"엄마하고는 오래전에 헤어졌어요. 미국에 오자 엄마는 완전히 달라졌어요. 함께 살 수 없을 정도로 자주 싸웠고, 남자관계가 복잡했어요. 저 역시 술과 마약에 빠져 있었기 때문에 정상이 아니었지만……"

나는 더 이상 듣고 싶지 않았기 때문에 엉겨 붙는 안개를 털어내면서 고개를 돌려 그의 얼굴을 가까이 쳐다보았다.

"얼굴 좀 보자."

나는 아들의 얼굴을 똑똑히 보고 싶었고, 내 말에 명은 모자를 벗었다. 가로등 불빛에 희미하게 드러난 그는 마흔이 갓 지난 나이임에도 이미 대머리였고, 광대뼈가 튀어나온 얼굴은 피골이 상접할 정도로 앙상해 보였다. 마약에 찌든 것 같은 그 얼굴은 초췌하게 일그러져 있었고, 유난히 커 보이는 두 눈은 죽음의 공포로 얼어붙어 있는 것 같았다. 차마 못 볼 것을 본 것 같아 나는 얼른 고개를 돌렸지만, 그의 몸에서 풍기는 죽음의 냄새를 피할 수는 없었다. 그 냄새를 쫓으려고 나도 모르게 손을 내저었다.

"난 네가 미국서 성공해서 잘사는 줄 알았는데……"

"이런 모습으로 나타나서 죄송합니다."

"엄마는 어디 계시냐?"

"지금은 흑인 남자하고 결혼해서 뉴올리언스에서 살고 있는 걸로 알고 있어요. 연락처는 알고 있는데 못 만난 지 몇 년 됐어요."

"내가 어떻게 하면 좋겠냐?"

"돈이 좀 필요해요. 그리고 집에서 좀 지내면 안 되나요?"

"그건 안 돼. 형사가 이미 날 찾아와서 너에 대해 묻고 갔어. 집 주위에 잠복하고 있을지도 몰라."

나는 돈 봉투를 꺼내 아들에게 주면서 참담한 심정으로 말했다.

"3백만 원이다. 필요하면 또 마련해볼게. 그건 그렇고…… 네가 언제까지 피할 수 있을 것 같냐? 잘 생각해봐. 도망 다닌다는 건 불가능해."

"자수하라는 겁니까? 자수할 거면 굳이 한국까지 오지 않았습니다."

"어리석기는. 한국에서 도망자 생활을 영원히 할 수 있을 것 같냐? 난 너를 도와줄 수도 없고, 그런 짓 하기도 싫어."

"알겠습니다."

그는 무슨 말인가 할 듯하다가 돈 봉투를 챙겨들고 일어섰다.

"이 돈 감사합니다. 나중에 꼭 갚겠습니다."

제발 그럴 수 있으면 얼마나 좋을까, 하고 생각했을 때 뒤에서 인기척이 났다.

"노명, 꼼짝 마! 경찰이다!"

곰이 권총을 명의 가슴팍에 들이대면서 소리쳤다. 안개가 미친 듯 춤을 추기 시작했다. 나는 깜짝 놀라 몸을 일으켰다.

"손들어!"

금방이라도 방아쇠를 당길 듯 곰의 목소리는 위협적이었다. 명은 나를 노려보면서 두 손을 쳐들었다.

"경찰을 부르다니, 이럴 수가 있습니까?"

나는 고개를 흔들었다. 하지만 굳이 변명하지는 않았다. 그 대신 나는 곰에게 항의했다.

"이게 무슨 짓이에요? 꼭 이래야 됩니까?"

"무슨 말을 하시는 겁니까? 이 사람은 살인범이에요! 체포하든가 사살할 수밖에 없어요. 선생님은 가만 계십시오."

그는 눈을 부라리면서 명에게 땅바닥에 엎드리라고 말했다. 명이 쳐들고 있던 두 손을 내리고 상체를 굽히는 것을 보고 나는 그대로 보고 있을 수가 없었다. 애비로서 자식을 보호하려는 본능적인 반사작용이었다고나 할까. 나는 짚고 있던 지팡이로 사정없이 곰의 손목을 내리쳤다. 딱 하는 소리와 함께 곰이 "어이쿠!" 하고 비명을 질렀고, 그의 손에서 권총이 떨어지는 것을 보고 나는 명의 등짝을 지팡이로 후려갈겼다.

"빨리 도망가!"

명은 그제야 재빨리 안개 속으로 도망쳤다. 곰은 허둥지둥 오른손으로 권총을 집어들려고 하다가 도로 그것을 떨어뜨렸다. 그는 왼손으로 그것을 바꿔들고 사라진 쪽을 향해 방아쇠를 당겼다.

"탕! 탕! 탕!"

총소리는 밤안개를 뚫고, 밤의 적막을 뒤흔들며 멀리까지 울려 퍼졌다.

곰이 명을 뒤쫓아 미친 듯 뛰어가는 것을 보고 나는 벤치에 앉아 주머니 속에서 와인병을 꺼냈다. 두방망이질하는 가슴을 진정시키면서 와인을 서너 모금 마시고 났을 때 곰이 식식거리며 돌아왔다. 그는 얻어맞은 손목을 주물러대면서 나에게 으르렁거렸다.

"공무집행 방해로 체포하겠습니다."

"마음대로 하시오."

나는 무뚝뚝하게 대꾸했다.

"경찰을 폭행하고, 살인범이 도주하도록 도와준 것이 얼마나 큰 죄인 줄 아십니까? 몇 년은 감옥에서 썩어야 합니다."

"알고 있어요. 그건 그거고, 술이나 한잔 하시오."

"근무 중에는 술 안 마십니다."

말은 그렇게 했지만 그는 내 곁으로 슬그머니 다가오더니 벤치에 엉거주춤 걸터앉았다.

"팔이 부러진 거 같아요. 그렇게 사정없이 내려치면 어떡합니까."

그는 오른 팔목을 쳐들어 보였다. 흐릿한 불빛 속에서도 그것이 많이 부어 있는 것을 알아볼 수 있었다.

"움직일 수가 없어요."

그는 고통스러운지 미간을 잔뜩 찌푸린 채 말했다.

"병원에 가보시오. 미안하게 됐소."

내가 와인병을 내밀자 그는 병째로 입을 대고 한 모금 마시고 나서 그것을 돌려주었다. 그에게서는 조금도 적대감이 느껴지지 않았다.

"제가 아드님을 쏠 줄 알았습니까?"

"임무에 충실한 형사니까 당연히 그렇게 생각했죠."

"총알은 들어 있었지만 쏠 생각은 전혀 없었어요. 미국 시민권자인 데다 한국에서 살인을 한 것도 아니기 때문에 여기서 처벌할 수도 없습니다. 체포할 경우 우리는 그냥 범인인도협정에 따라 미국으로 넘겨주기만 하면 됩니다. 따라서 사살할 생각은 전혀 없었습니다. 그냥 겁을 준 것뿐인데 선생님이 너무 과민반응을 하신 겁니다."

"아무튼 미안하게 됐소. 처벌은 달게 받겠소."

그는 내 손에 있는 술병을 빼가더니 와인을 꿀꺽꿀꺽 소리 내어 마셨다.

"선생님을 어떻게 처벌하겠습니까. 상부에는 보고하지 않겠습니다. 그나저나 아드님에 대한 사랑이 대단하십니다."

"글쎄, 그걸 사랑이라고 해야 할는지……."

나는 담배를 한 대 피워 물고 나서 입을 열었다.

"사실은 20년 만에 만난 거요."

"아드님을 20년 만에 만났다구요?"

"네, 그래요."

도무지 이해가 안 된다는 듯 고개를 갸우뚱하는 그를 보고 나는 몇 마디 하지 않을 수 없었다.

"그동안 부자 관계를 끊고 지냈어요. 그래서 20년 동안 전혀 소식을 몰랐어요. 그렇게 된 원인은 나한테 있었어요. 내가 애비 구실을 제대로 못해서 그렇게 된 거예요. 명이 이렇게 된 것도 결국은 나한테 책임이 있어요."

나는 부끄러운 나머지 구체적으로 설명할 수가 없었고, 곰도 더 이상 캐묻지 않았다.

달맞이언덕의 안개

이틀 후 새벽, 불안한 마음에 일찍 잠이 깨어 엎치락뒤치락
하고 있는데 곰으로부터 전화가 걸려왔다.

"이런 소식을 전해드려 유감입니다. 아드님이 사망했습니다."

"사살했나요?"

"아, 아닙니다. 자살한 것 같습니다. 지금 좀 오실 수 있겠습
니까? 시신을 확인해야겠는데……."

"거기가 어딥니까?"

"Y동 사창가입니다."

나는 택시를 타고 Y동 사창가로 달려갔다. 택시를 타고 가면
서 차창 밖을 보니 안개가 혀를 날름거리면서 차창을 긁어대고
있었다.

곰은 붕대로 칭칭 감긴 오른팔을 목에 걸고 있었다. 그는 나
를 2층 건물의 한 방으로 안내하면서 명이 다량의 수면제를 먹
고 자살한 것 같다고 말했다. 명의 시신은 비좁고 초라한 방의
침대 위에 뉘어 있었고, 시트로 덮여 있었다. 시트를 걷어내자
벌거벗은 몸이 나타났는데, 상처투성이의 앙상한 몸뚱이와 얼
굴을 보자마자 나는 시선을 돌려버렸다. 곰은 나에게 어린 창
녀를 데리고 왔다. 비쩍 마른 소녀는 열댓 살쯤 되어 보였고, 큰
눈은 겁에 질려 있었다.

"이 애가 함께 잔 모양인데 밤중에 화장실에 가려고 깨어나
보니까 죽어 있었답니다."

나는 그녀가 측은해서 위로의 말을 해주고 싶었다. 그러나 내 입에서는 다른 말이 흘러나왔다.

"너에게 무슨 말인가 안 하든?"

"죽고 싶다고 했어요. 그러면서 함께 죽자고 했어요."

소녀는 훌쩍거리면서 말했다. 그는 몹시 취해서 들어왔다고 했다. 곰의 말로는 두 사람은 관계를 갖지도 않았다고 했다.

명이 남긴 유품이라고는 낡은 배낭 하나가 전부였다. 미국에서 올 때 트렁크 하나쯤 가져왔을 것이지만, 그것이 어디 있는지 나로서는 알 길이 없었다. 배낭 안에는 냄새나는 양말 한 켤레와 때에 전 티셔츠 하나, 그 밖에 잡동사니 같은 것들이 들어 있었다. 나는 명이 벗어놓은 옷가지를 뒤져보았다. 그저께 준 3백만 원 가운데 그 일부라도 남아 있을 줄 알고 주머니를 뒤져보았지만, 돈은 한 푼도 남아 있지 않았다. 곰에게 그 사실을 말할까 하다가 나는 그만두었다.

명의 시신을 병원 영안실로 옮긴 후 나는 그의 휴대폰에 저장된 전화 목록에서 아내의 전화번호를 찾아내 그녀에게 전화를 걸었다. 그녀는 나보다 열두 살이 적지만 이제는 환갑이 다 되어 있었다. 거의 20년 만의 통화였기 때문에 나는 긴장이 되면서 만감이 교차했다. 그러나 그녀의 반응은 싸늘하기만 했다. 그녀는 별로 놀라지도 않은 채 안부의 말도 없이 대뜸 차갑게 물었다.

"웬일이세요?"

"명이 죽었어."

"지금 어디 있는데요?"

"한국이야. 지금 병원 영안실에 함께 있어. 날 찾아와서 도움을 청했는데…… 결국 자살하고 말았어."

"결국 그렇게 되고 말았군요."

"명이 살인범으로 쫓기고 있었는데 알고 있었나?"

"알고 있었어요. 형사들이 나한테도 찾아왔었어요. 명이 그렇게 된 데에는 당신 책임이 커요."

"할 말이 없소. 당신이 온다면 장례를 연기하고 기다리겠어."

"난 갈 수 없어요. 걔하고는 관계가 끊어진 지 오래됐어요. 나하고는 아무 관계가 없으니까 알아서 하세요."

그녀는 매정하게 전화를 끊었다.

나는 혼자 영안실에 우두커니 앉아 있었는데 밤중에 곰이 찾아와서 소주 한잔 나눠 마신 것이 위로가 좀 되었다.

이튿날 나는 참담한 심정으로 아들의 시신이 불구덩이 속으로 들어가는 것을 지켜보아야 했다. 화장하고 남은 것은 한 줌의 재였다.

나는 그것을 들고 달맞이언덕 오솔길로 가서 밤안개 속에 앉아 안개 속으로 재를 뿌렸다. 불과 얼마 전에 유전자가 같다는 이유로 해서 내 딸일지도 모른다는 생각이 들었던, 그 이름도 모르는 절름발이 여인의 유골을 그곳에다 뿌렸었는데 이번에는 아들의 유골을 뿌리다니……. 내 기구한 팔자도 팔자려니와 두 명의 내 피붙이를 받아준 달맞이언덕이야말로 이래저래 나한테는 결코 잊을 수 없는 운명적인 곳이 되고 말았다.

아들을 보내고 나서 나는 '죄와 벌'로 가서 포와 술을 마셨다. 뒤늦게 곰이 찾아와 합석하는 바람에 우리는 새벽까지 그곳에 앉아 술잔을 기울였다.

붉은 안개

갑자기 붉은 안개가 나타났다. 마치 화염처럼 혀를 날름거리며 순식간에 나타나 주위를 에워쌌지만 그렇다고 뜨겁지는 않았다. 무슨 일일까. 나는 불길한 예감을 느끼며 주위를 둘러보았지만 붉은 안개만이 악마의 혓바닥처럼 나를 핥아대고 있을 뿐 별다른 조짐은 보이지 않았다. 나는 시칠리아산 와인인 '도망간 여자'를 음미하면서 두 눈을 스르르 감았다. 그러자 아주 먼 과거의 한 장면이, 내가 붉은 안개를 처음 보았던 그때의 장면이 아스라이 떠올랐다. 나는 그 속으로 점점 깊이 빠져들어가면서 온몸이 오그라드는 것 같은 전율을 느꼈다.

붉은 안개 저쪽에서 군가가 들려오고 있었다. 지치고 쉬어빠진, 억지로 짜내는 것 같은 군가 소리였다. 한낮의 무더위를 밀어내면서 그것은 점점 가까이 다가오고 있었다. 붉은 안개 저쪽에는 지리산이 병풍처럼 둘러쳐져 있었고, 산속에서는 빨치산 토벌이 한창이었다.

나는 난생처음 보는 붉은 안개에 취해 있었다. 붉은 안개는 내가 살고 있는 마을과 그 옆을 흐르는 개울을 뒤덮고 있었고, 다리 건너 들판의 중간쯤까지 퍼져 있었다. 어른들은 괴이한 일이라고 하면서 불안한 표정들이었지만, 어린 나는 붉은 안개가 마냥 신기하기만 해서 거기다 얼굴을 비벼대기도 하고, 그것을 만져보려고 손으로 움켜쥐기도 하고, 발로 그것을 냅다 걷어차기도 하면서 수백 년 묵은 정자나무들이 늘어서 있는 큰길가를 왔다 갔다 하고 있었다.

마을은 오랜 가뭄과 더위와 아직 끝나지 않은 전쟁에 지쳐 숨을 죽이고 있었다. 아무것도 모르는 나는 그냥 심심하기만 했다. 나에게는 심각한 것도 없었고, 불행한 것도 없었고, 오직 심심하다는 사실만이 나를 괴롭히고 있었다.

마침내 그 쉬어빠진 군가 소리가 바로 앞까지 다가왔을 때 나는 붉은 안개 사이로 나타난 광경을 보고 그만 얼어붙고 말았다. 맨 앞에는 땀에 전 군복 차림의 토벌대 두 명이 앞뒤에서 총대를 잡은 채 군가를 부르고 있었는데, 총대 중간에는 무슨 짐승 머리통 같은 것이 대롱대롱 매달려 있었다. 멧돼지나 노루 같은 것을 잡아서 목을 잘라 끈에 묶어 매달아 놓은 것 같았다. 하지만 가까이 다가왔을 때 보니 그것은 짐승의 머리통이 아닌 사람의 머리통이었다. 그것도 남자가 아닌 여자의 머리통이었다. 아주 어린 여자 머리통⋯⋯.

머리칼을 묶어 총대에다 매달아 놓았기 때문에 어린 여자의 머리통은 계속 대롱거리고 있었다. 앞뒤에서 총대를 들고 있는 토벌대원들은 마치 무슨 대단한 전리품이라도 가지고 오는 것처럼 제법 의기양양하게 노래를 부르며 다가오고 있었다. 그러나 그것이 명령에 따른 기계적이고 무의미한 노랫소리라는 것은 금방 드러나고 있었다. 목소리와는 달리 병사들의 시선은 초점 없이 허공에 매달려 있었고, 두 눈은 극도의 피로감으로 거의 감겨 있다시피 했다.

"여자 빨치산이야."

나보다 머리 하나는 더 큰 중학생인 사촌형이 아는 체하고 말했다.

어린 여자 빨치산 머리통은 조그마했고, 얼굴은 피가 모두 빠져 진한 보라색을 띠고 있었다. 두 눈은 감겨 있었고 조그만 입은 조금 벌어져 있었다. 그런데 가만 보니 우리집과 담 하나를 사이에 두고 맞닿아 있는 바로 뒷집 누나였다.

"형, 서희 누나야!"

내가 놀라서 말하자 사촌형은 조용히 하라고 자기 입에다 손가락을 갖다 댔다.

"서희 누나 아니야?"

"조용히 하란 말이야, 이 자식아."

사촌형은 내 머리통에다 사정없이 알밤을 먹였다. 나는 너무 아파 입을 꾹 다물었다. 형은 그것이 서희 머리라는 것을 알고 있는 것 같았다. 거리에 서서 토벌대의 행진을 구경하고 있는 마을 사람들도 그것을 알고 있는 것 같았지만 그저 묵묵히 쳐다보고만 있을 뿐이었다. 서희 누나는 내가 본 여자들 중에서 제일 예뻤다. 그런데 총대에 매달려 대롱거리고 있는 그 얼굴은 조금도 예쁘지 않았고, 참혹하기 짝이 없는 괴물 같아 보였다. 괴물은 붉은 안개에 가려졌다 나타났다 하고 있었다.

서희 누나가 목이 잘리다니! 도대체 무슨 죄가 있어서 저렇게 목이 잘렸을까? 서희 누나는 총대에 대롱대롱 매달린 채 그녀가 태어나 자랐던 마을을 지나가고 있었다. 나는 사촌형과 함께 토벌대의 행진을 따라갔다. 내 조그만 가슴은 미친 듯 콩콩 뛰고 있었다.

"형, 왜 서희 누나 목을 잘랐지?"

나는 숨 가쁘게 물었다.

"빨치산이니까 그렇지."

사촌형은 당연하다는 듯 말했다.

서희 누나가 빨치산이라니. 나는 그 말이 믿기지가 않았다.

"정말이야?"

달맞이언덕의 안개

"바보. 그 누나 집이 빨갱이 집이라는 거 몰라?"

그러고 보니 서희 누나네 집은 언제부터인가 비어 있었고, 서희 누나도 오랫동안 보이지 않고 있었다.

서희 누나 집은 마을에서 제일 잘사는 부잣집이었다. 우리 마을에는 국민학교만 있었고, 중고등학교는 20리나 떨어진 읍내에 있었다. 버스 같은 것이 다니지 않았기 때문에 중고등학교에 가려면 매일 20리 길을 걸어 다닐 수밖에 없었다. 뙤약볕 아래서, 또는 엄동설한에 왕복 20리 길은 무거운 책가방을 든 어린 학생들한테는 벅찬 길일 수밖에 없었다. 그래서 살 만한 사람들은 자식들을 그렇게 고생시키느니 차라리 이웃 도회지로 보내는 것이 낫겠다 싶어 순천이나 광주 등지로 유학을 보냈다. 서희 누나 역시 중학교 때부터 오빠와 함께 순천에서 학교에 다니고 있었다. 그녀는 방학이 되면 집으로 돌아왔고, 그때마다 나에게 동화책이며 학용품 같은 것들을 잔뜩 안겨주곤 했다. 틈틈이 공부도 가르쳐주고 해서 누나가 없는 나는 그녀를 친누나처럼 따랐다.

그녀가 고등학생이 되어 여름방학에 집에 왔을 때, 어느 무더운 밤 나는 뒤꼍을 지나다가 멱을 감는 소리를 듣고 호기심에 윗부분이 조금 무너진 담 너머로 뒷집을 훔쳐보았다. 담 너머에는 조그만 우물이 하나 있었는데, 우물가에서 서희 누나가 목욕하고 있는 것이 보였다. 그녀는 발가벗은 채 우물물을 길어 그것을 머리에서부터 뒤집어쓰고 있었다. 나는 놀라서 뒤로 물러섰다가 다시 다가가 보았다. 달빛에 드러난 그녀의 몸매는 너무 아름다웠고, 흔들리는 젖가슴과 그늘진 두 다리 사이를 보는 순간 나는 너무 흥분해서 숨을 쉴 수가 없었다.

다음 날도 나는 뒤꼍으로 가서 멱을 감는 소리를 듣고는 담 너머로 넘겨다보았다. 역시나 서희 누나가 멱을 감고 있었다. 어두웠지만 달빛에 은은히 드러난 그녀의 몸은 숨 막힐 듯 아름다웠다. 나는 좀 더 시간을 끌면서 자세히 그녀의 몸을 관찰했다. 누나의 벌거벗은 몸을 훔쳐보는 것은 이제 떼려야 뗄 수 없는 일이 되고 말았다.

그러나 세 번째로 훔쳐보던 날 누나에게 들키고 말았다. 내가 너무 오래 시간을 끌었기 때문에 인기척을 느낀 누나가 내쪽을 쏘아보았고, 내가 놀라서 물러서자 "준기니?" 하고 속삭이는 소리로 물었다. 내가 숨을 죽이고 있자 그녀는 "보면 안 돼." 하고 말했다.

그 후 며칠 동안 나는 그녀를 마주 볼 수가 없어 피해 다녀야 했다. 그런데 엄마를 통해 자기 집으로 공부하러 오라는 연락이 왔다. 방학 때면 가끔씩 그녀의 방에 가서 공부를 하곤 했기 때문에 어른들도 그것을 자연스럽게 받아들이고 있었다. 내가 책가방을 들고 방으로 들어가자 그녀는 아무렇지도 않은 표정으로 내 곁에 앉아 동화 쓰기를 가르치다가 갑자기 "내 몸 봤

　　　　　　　　　　　　　　달맞이언덕의 안개

지?"하고 물었다. 내가 고개를 숙인 채 가만있자 그녀는 재차 물었고, 나는 마지못해 고개를 끄덕였다. "보고 싶어?" 그녀는 내 손을 잡더니 손등을 쓰다듬어 주었고, 그 손이 몹시 뜨겁다는 느낌과 함께 전에는 느끼지 못했던 여성의 진한 체취에 나는 그만 정신을 잃을 것만 같았다.

"봐도 좋아."

그녀가 그렇게 말했을 때 나는 잘못 들은 것 같아 그녀를 쳐다보았고, 그녀는 미소를 지으며 "보고 싶으면 봐도 좋아."하고 말했다.

다음 날 밤부터 나는 그녀가 멱 감는 것을 마음 놓고 구경할 수가 있었지만, 그렇다고 해서 노골적으로 본 것은 아니고 전처럼 숨어서 훔쳐보곤 했다. 그녀는 내 쪽을 쳐다보면서 몸을 똑바로 보이면서 탐스러운 젖가슴 위로 물을 끼얹기도 했고, 옆으로 돌아서서 엉덩이를 살짝 내밀면서 물을 쏟아붓기도 했고, 뒤로 돌아서서 가는 허리와 그 아래로 둥글게 퍼진 풍만한 엉덩이를 손으로 문질러대기도 했다. 그러던 어느 날 누나는 이런 말을 했다.

"자정이 지나면 내 방으로 와. 들키면 안 되니까 몰래 와야 해."

누나의 한마디는 거스를 수 없는 권위를 지니고 있었지만, 나 역시 그녀의 말을 거스르고 싶은 마음은 추호도 없었다. 자정이 지나 담을 넘어 그녀의 방으로 들어갔을 때 그녀는 어둠 속에서 잠자코 내 손을 잡아끌어 자기 옆에 뉘였다. 무더운 탓도 있었지만 그녀는 거의 벗고 있었다. 그녀는 내 손을 끌어다 젖가슴 위에다 갖다 놓고 말했다.

"마음대로 만져도 좋아. 더운데 옷 벗어."

나는 그녀의 몽실몽실한 젖가슴을 쓰다듬다가 젖꼭지를 만지작거렸다. 그러자 그녀의 입에서 "아!" 하는 신음소리가 흘러나왔다. 나는 그녀가 옷을 벗겨주는 대로 가만히 있었다. 그녀는 내 몸을 입술로 애무하면서 한 손으로는 그것을 만지작거렸다. 그것은 내 의지와는 상관없이 발딱 일어서 있었다.

그녀가 더 이상 참을 수 없다는 듯 나를 품 안에 안았을 때 나는 그녀의 젖가슴에 파묻혀 숨을 쉴 수가 없었다. 우리는 뒤엉켜 몇 바퀴인가 굴렀고, 나는 마침내 그녀의 몸 위로 올라가 그녀가 이끄는 대로 그녀의 몸속으로 들어갔다. 들어가자마자 나는 사정했고, 그녀는 키스를 한 다음 내일 밤에 또 오라고 말했다. 이제 그녀가 멱 감는 것은 더 이상 훔쳐보지 않아도 되었고, 그 대신 나는 밤마다 자정이면 그녀의 방으로 숨어들어 그녀의 몸속에다 사정을 했다.

그해 여름은 그렇게 지나갔고, 무척 짧았던 것 같았다. 그 후누나는 방학이 되어도 집에 돌아오지 않았고, 어느 날 보니 누나 집은 텅 비어 있었다.

30여 명쯤 되는 토벌대는 졸음을 이기지 못해 반쯤 눈을 감은 채 흐느적거리며 걸어가고 있었다. 그들의 머리 위에서는 무거운 철모가 덜렁거리고 있었고, 어깨 위에는 M1 소총과 카빈 소총이 거추장스럽게 늘어져 있었다. 그들은 금방이라도 쓰러질 것 같으면서도 쓰러지지 않고 군가를 부르며 마을을 통과해 언덕 위에 있는 국민학교로 올라갔다.

나는 맨 앞에 서서 대롱거리는 서희 누나의 머리를 쳐다보면서 그들을 따라갔다. 군인들이 따라오지 말라고 경고하는 바람에 사촌형과 다른 아이들은 멀찌감치 떨어져서 슬금슬금 따라오고 있었지만, 나는 얻어맞을 각오를 하고 계속해서 앞장서서 따라갔다.

학교 운동장에는 한 무리의 다른 토벌대원들이 나무 그늘에 누워 있기도 하고 지루해 죽겠다는 듯 어슬렁거리고 있었다. 매미가 유난히도 시끄럽게 울어대고 있었다. 총대에 머리통을 매달고 온 토벌대원들은 귀찮다는 듯 그것을 총대에서 빼내고는 운동장에다 휙 던져버리고 우물이 있는 쪽으로 가버렸다. 다른 대원들도 이쪽저쪽으로 흩어지고 있었다. 그들은 머리통을 지겹게 봤기 때문에 더 이상 아무런 관심도 없는 것 같았다.

운동장에 뒹굴어 있는 머리통에 호기심을 보인 것은 먼저 와서 어슬렁거리던 대원들이었다. 서너 명이 머리통 주위로 슬슬 다가오더니 그것을 에워싸고 뭐라고 이야기를 했고, 그중 한 명이 머리통을 냅다 걷어찼다. 그러나 진짜로 차지는 않고 차마 그럴 수는 없다는 듯 그냥 헛발길질에 지나지 않았다. 다른 한 명도 기세 좋게 차는 듯했지만 역시 헛발길질로 끝나고 말았다. 마지막으로 안경을 끼고 담배를 꼬나문 대원이 아무렇지도 않게 머리통을 힘껏 걷어찼는데, 그것은 마치 공처럼 공중으로 떠올랐다가 하필이면 시궁창에 떼구르르 굴러가 처박혔다. 그들은 머리통을 챙기려고도 하지 않았고, 더 이상 흥미가 없다는 듯 그늘진 곳으로 어슬렁어슬렁 가버렸다.

나무 뒤에 서 있던 나는 머리통이 처박힌 시궁창 쪽으로 살금살금 다가가 보았다. 사촌형과 다른 애들도 잽싸게 달려와 시궁창을 내려다보았다. 서희 누나는 하필이면 얼굴을 위로 하고 누워 있었다. 몸통은 없었지만 누워 있는 것처럼 보였다. 얼굴은 온통 흙투성이였고, 너무도 참혹해서 더 이상 두고 볼 수가 없었다. 사촌형이 침을 탁 뱉고 나서 내 등을 떠다밀었다. 나는 참으려고 했지만 터져나오는 울음을 막을 수가 없었다. 이를 악문 채 따라가자 사촌형이 욕을 했다.

"병신, 왜 우냐?"

그러나 나는 집에 도착할 때까지 내내 흐느껴 울었다. 집에 들어가서는 뒤꼍으로 돌아가 무너진 담 위로 서희 누나가 살던 빈집을 하염없이 바라보면서 끝없이 눈물을 흘렸다.

그날 밤이 되자 나는 비로소 내가 해야 할 일이 무엇인지 깨달았다. 나는 몇 가지 준비를 해가지고 학교로 달려갔다. 학교 운동장은 쥐 죽은 듯 조용했다. 그렇게 울어대던 매미소리도 들리지 않았고, 어디선가 고양이 울음소리만 들려오고 있었다. 토벌대원들이 보이지 않는 것으로 보아 모두 어디론가 급히 이동한 것 같았다. 서희 누나 머리가 있는 시궁창 쪽으로 다가간 나는 소스라치게 놀라 뒤로 물러섰다. 머리통에 달라붙어 있던 고양이들도 놀랐는지 야옹 하면서 흩어졌다. 화가 머리끝까지 치민 나는 들고 온 삽을 휘둘러 고양이들을 쫓았다. 그 서슬에 파리 떼가 웡 하고 날아올랐다. 나는 짚을 깔고 시궁창에서 조심스럽게 머리통을 꺼내 그 위에 올려놓았다. 쪼그라들 대로 쪼그라든 데다 고양이새끼들이 뜯어먹은 바람에 머리통은 조그마했다. 나는 흐느끼면서 그것을 짚으로 싼 다음 새끼줄로 칭칭 동여맸다. 작업이 끝나자 그것을 망태기에 넣은 다음 운동장을 벗어났다. 그것을 묻을 만한 적당한 장소를 생각하면서 마을 쪽으로 내려오다가 마침내 한 곳을 생각하고는 그곳으로 곧장 걸어갔다.

서희네 집은 비어 있었기 때문에 나는 아무런 방해도 받지 않고 작업을 할 수가 있었다. 내가 택한 장소는 서희 누나가 먹을 감던 우물가 감나무 옆이었다. 그보다 더 좋은 장소는 없을 것 같았다. 둥치가 한 아름이나 되는 감나무 옆에다 서희 누나의 머리를 묻었을 때는 새벽닭이 홰를 치고 있었다. 나는 일어서서 그곳을 가만히 내려다보다가 도로 웅크리고 앉아 흐느끼면서 누나의 머리를 덮은 흙을 쓰다듬고 또 쓰다듬었다.

"뭘 그렇게 생각하세요?"

포가 얼빠진 모습으로 앉아 있는 나를 쳐다보면서 곁에 다가앉았다.

"커피 한잔 마시고 싶어."

그녀가 커피를 가지러 안으로 들어간 사이 나는 다시 과거 속으로 들어갔다.

나중에 내가 좀 더 커서 마을 사람들과 친구들한테서 들은 서희 이야기는 대략 다음과 같았다.

인민군이 순천을 점령했을 때 서희 누나와 오빠는 미처 빠져나오지 못한 채 그곳에 있었다. 모든 교통편이 끊겨서 고향으로 돌아갈 수가 없었다. 고향까지는 150리 길인 데다 전투가 벌어지고 있는 산과 들판을 지나가야 해서 걸어서 간다는 것은 엄두도 내지 못했다. 고향으로 간들 그곳 역시 인민군이 밀고 들어와 있었다.

얼굴이 예쁜 서희는 단박 인민군들의 눈에 띄었고, 그들은 그녀를 불러 이것저것 심부름을 시켰다. 좌익 단체에서는 그녀가 인민군들에게 인기가 있는 것을 알고는 그녀가 모르는 사이 그녀에게 학생 무슨 위원장이라는 감투까지 씌웠고, 그녀는 시키는 대로 얼떨결에 붉은 완장을 차고 바쁘게 돌아다녔다. 그녀가 얼결에 보니 오빠인 최길서도 붉은 완장을 차고 왔다 갔다 하고 있었다. 그러나 얼마 못 가 세상이 바뀌는 바람에 서희와 길서는 인민군을 따라 어쩔 수 없이 지리산으로 들어가게 되었다. 국군에게 붙잡히면 부역한 것이 드러나 곧바로 총살당한다는 말에 산속으로 도주하는 것 외에는 달리 길이 없었다.

본이 아니게 빨치산이 된 서희는 그때 임신 중이었다. 길서가 곁에서 보살펴주지 않았으면 그녀는 견뎌내지 못하고 일찍 죽었을 것이다. 그녀는 산속에서 아기를 낳았는데 아들이었다. 길서는 핏덩이를 안고 마을로 내려가 어느 집 앞에 버리고 돌아왔다. 그리고 얼마 안 돼 그는 토벌대의 총에 맞아 죽었고, 한 달 뒤에 서희도 지리산 골짜기에서 포위망을 뚫고 도망가다가 온몸이 벌집이 되어 죽었다. 토벌대원 한 명이 채 숨이 끊어지지 않은 그녀의 목을 군도로 내리쳐 잘랐다.

나는 붉은 안개가 내 얼굴을 어루만지고 있는 것을 아까부터 느끼고 있었다. 그것은 마치 서희 누나의 손길같이 느껴졌다. 누나가 나를 부르고 있구나 하고 생각하는 순간 갑자기 눈시울이 뜨거워졌다. 그렇지 않다면 왜 붉은 안개가 나타났겠는가.

"내일 나하고 시골에 가지 않을래요?"

갑작스러운 말에 포는 가만히 나를 바라보다가 고개를 끄덕였다.

다음 날은 아침부터 비가 내렸다. 나는 캠핑카를 몰고 가면서 포에게 서희 누나의 비극적인 죽음에 대해 이야기해주었다. 그리고 서희 누나와 나 사이에 있었던 일들도 조금 언급했다.

"너무 참혹해요."

그녀는 한참 만에 눈물을 닦으며 말했다. 그리고 또 이런 말도 했다.

"어린 소년과 여고생…… 너무 아름다워요."

수십 년 만에 찾은 고향 마을은 황폐해 보였다. 젊은이들은 모두 떠나고 죽음을 앞에 둔 노인들만이 남아 있었다. 자연 빈집들이 많았고 서희네 집도 오랫동안 사람이 살지 않아 잡초가 가슴께까지 자라 있었다.

나는 뒤꼍의 우물가로 가보았다. 우물가 감나무는 고목이 되어 죽어 있었다. 나는 서희 누나의 머리를 묻었던 곳을 호미로 조심스럽게 파기 시작했다. 묻은 지 60년 만에 파보는 것이었다. 내가 호미질을 하는 동안 포는 곁에서 우산을 받쳐주었다. 깊이 파보았지만 해골도 지푸라기 같은 것도 나오지 않았다. 시커먼 흙만 나올 뿐이었다.

한참 만에 시커먼 조각 같은 것이 하나 보였다. 집어들고 보니 담뱃갑보다 작은 뼛조각이었다. 만지작거리자 힘없이 금방 부서졌다. 60년 세월이 흐르는 동안 해골과 그것을 쌌던 짚도 새끼줄도 모두 썩어 흙이 되어버렸고, 뼛조각만 하나 남아서 거기에 서희 누나 머리가 묻혀 있었음을 말해주고 있었다. 나는 가지고 온 항아리에다 뼛조각과 함께 주변의 흙을 퍼담기 시작했다. 내 첫사랑…… 내가 사랑했던 소녀…… 나를 사랑했던 여인……. 내 아들은 어디 있을까.

　내 손등 위로 나도 모르는 사이 굵은 눈물이 피처럼 뚝뚝 떨어지고 있었다.

안개는 알고 있다

그날 오후 나는 친구의 과년한 딸이 결혼한다고 해서 예식장을 찾아갔다. 결혼식은 호텔의 대연회장에서 열렸는데 수백 명을 수용하는 식장은 빈자리 하나 찾아보기 힘들 정도로 하객들로 꽉 차 있었다. 그런데도 입구에는 여전히 돈 봉투를 든 하객들이 길게 줄을 서 있었고, 봉투만 전하고 급히 돌아가는 사람들도 많이 보였다.

예식이 시작되었을 때 단상에 오른 주례를 무심코 바라본 나는 어디선가 그를 본 듯한 생각이 들었다. 백발에 단정하고 온화하게 생긴, 무슨 회사의 회장이라는 사내였는데 어디서 봤는지 생각이 나지 않았다. 그런 경우는 흔한 일이기 때문에 더 이상 생각지 않고 주례사에 귀를 기울였다. 목소리는 매끄러웠고, 주례사도 조리 있게 잘하는 것 같았다. 금테 안경을 낀 길쭉한 얼굴은 혈색이 좋아 보였고, 코밑에 기른 콧수염도 어울려 보였다. 그런데 주례사 가운데 톨스토이 운운하는 말이 귀에 거슬렸다.

"대문호인 톨스토이 영감님이 뭐라고 한 줄 아세요? 가정을 행복하게 유지하는 데는 사랑밖에 없다고 했어요. 사랑만이⋯⋯."

나는 두 눈을 부릅뜨고 주례를 노려보았다. 그자도 말끝마다 톨스토이를 들먹였다. 그냥 톨스토이라고 부른 것이 아니고 이름 끝에다 영감님이란 말을 꼭 붙였다.

"그러니까 톨스토이 영감님은 돈이나 사회적 지위, 권력과 명예, 이런 것들에 취하다보면 행복은 멀어지고 마지막에 가서는 사랑의 빈껍데기만 남는다고 했어요."

나는 비로소 그가 누구인지 생각이 났고, 그와 함께 온몸이 오그라드는 것 같은 공포가 엄습했다. 잠시 후 그것은 증오와 분노로 바뀌었고, 내 몸은 부들부들 떨리기 시작했다.

주례는 잊으려야 잊을 수 없는 자였다. 하지만 그동안 40년 가까운 세월이 흘렀고, 나는 그 악몽에서 벗어나 모든 것을 잊고 용서하려고 몸부림쳤기 때문에 그를 얼른 알아보지 못한 것도 당연했다. 그동안 그자를 한 번도 보지 못했고, 그의 모습도 많이 변해 있었기 때문에 톨스토이 영감님 운운하는 별난 말을 듣지 못했다면 나는 그자를 알아보지 못했을 것이다.

주례의 이름은 오제민이었다. 그의 본명을 안 것도 처음이었다. 비밀기관에 근무하는 사람들은 본명을 숨긴 채 가명이나 별명만을 사용하는데, 당시 그는 박 과장으로 통했다. 그해 여름 장마 때 나를 공포의 요새로 불리는 남산으로 데리고 간 그는 아무런 법적 절차도 없이 45일 동안 나를 지하실에 가두어 놓고 온갖 상상할 수 없는 고문을 자행했었다. 당시 박 과장이 몸담은 CIS(Central Intelligence Service)는 비밀 정보기관으로, 군사정권을 유지하기 위해 갖은 악랄한 짓은 도맡아 하는 무소불위의 권력기관이었다. 체포영장도 없이 아무나 끌고 가서는 재판도 없이 무기한으로 가둬놓고 잔인한 고문으로 인명을 살상했기 때문에 사람들은 그 이름만 들어도 벌벌 떨었다. 인권이니 민주주의니 하는 것은 그 앞에서는 한낱 우스꽝스러운 말에 지나지 않았다.

그런데 CIS가 나를 연행한 것은 그럴 만한 이유가 있었다. 나는 그들에게 밉보이는 짓을 했고, 그들은 그 참에 나를 엮어서 건수를 하나 올릴 필요가 있었던 것이다.

남산에 연행되기 전에 나는 정치적 암살을 다룬 작품을 하나 발표했는데, 그것은 공전의 베스트셀러가 되었고, 거의 동시에 일본의 대형 출판사에서도 출간되었기 때문에 상승효과를 일으켜 한 달도 채 안 돼 백만 부를 돌파했다. 거기다 일본 측 출판사에서 출판기념 강연회에 연사로 초청하고 싶다고 해서

도쿄에도 가게 되었다.

한국과 일본에서 '검은 장미'라는 제목으로 출간된 그 작품은 정치적 미스터리물로, 실제로 있었던 사건에다 내 나름대로 픽션을 가미해서 만든 추리소설이었다. 그 2년 전에 미모의 여대생 한 명이 한강변에서 피살체로 발견된 사건이 있었다. 그녀는 이마와 가슴에 각각 한 발씩의 총탄을 맞고 살해됐는데, 그녀의 핸드백 속에서 발견된 수첩에는 당시 권력자들의 이름과 연락처가 빼곡히 적혀 있었다. 수사 결과 그녀는 유명한 요정의 기생으로 권력자들의 총애를 받고 있었다. 알 만한 사람들은 다 알고 있는 그 요정에서 그녀는 검은 장미로 통하고 있었다. 그런 그녀가 총을 맞고 살해됐다는 것은 미스터리일 수밖에 없었고, 그 배후에는 모종의 더러운 정치적 음모가 도사리고 있으리라는 것은 충분히 짐작이 가고도 남았다.

나는 작품에서 검은 장미를 명기를 가진 여인으로 소개하면서 한번 그 맛을 본 사내는 결코 그녀를 잊지 못하고 다시 찾는 것으로 묘사했다. 그와 함께 그녀를 막강한 권력을 가진 H라는 자의 애첩으로 설정, H의 정적이 그를 제거하기 위해 꾸민 음모로 사건을 몰고갔다. 검은 장미는 결국 정치권력의 암투에 희생양이 된 비극의 여인으로 그려졌다. 군부독재의 서슬 퍼런 시대 상황과 맞물려 작품은 출간되기 무섭게 독자들을 사로잡았고, 뒤늦게 사태를 알게 된 권력층은 수습에 나섰지만 이미 많은 책이 팔려나간 뒤였기 때문에 쓸데없이 뒷북이나 치는 꼴이 되고 말았다. 경찰이 책방에서 책들을 거둬들이고 판금 조처했지만, 그것은 오히려 국민들의 비난과 조롱거리가 되었다. 책은 암거래로 계속 거래되었고, 일본에서도 베스트셀러가 되는 바람에 그야말로 걷잡을 수 없이 팔려나갔다.

도쿄에서 출판기념 강연회가 끝나고 저녁 식사를 하기 위해 식당으로 자리를 옮겼을 때, 나는 그 자리에서 뜻밖의 인물과 인사를 나누게 되었다. 그는 군부독재의 탄압을 피해 일본에서 망명 생활을 하고 있던 K선생이었다. 그는 민주화 투쟁과 야권을 대표하는 거물 정치인으로 오랜 세월 독재에 항거해서 싸워온 강인하고 신념이 강한 인물이었다. 내가 존경해온 망명 정치인이 나 같은 작가의 출판기념회 자리에 나와주었다는 사실에 나는 크게 감동했고, 그날 밤 나는 그와 나란히 앉아 많은 이야기를 나눌 수가 있었다. 그가 그때 갑자기 나타난 것은 행선지가 알려지면 테러 위험이 있기 때문에 사전에 연락도 없이 그렇게 불쑥 참석했다는 것이었다. 그 자리에는 K선생을 추종하는 재일교포들도 상당수 참석하고 있었는데, 그중에는 S라는 청년이 있었다. 그는 K선생을 열렬히 추종하는 재일교포 청년으로 한국의 Y대에서 한국 현대사를 공부하고 있는 유학생이었다. 나는 그 교포 유학생에게 호감을 느꼈고, 그것이 계기가 되어 귀국한 뒤에 서울에서 그를 서너 번 만나 술을 마셨다. 우

달맞이언덕의 안개

리는 우정을 나누면서 한국의 정치상황에 대해서 이야기했고, 이웃 일본의 자유롭고 풍요로운 사회를 부러워했다. 그러다가 어느 날 갑자기 기관원들에게 연행되어 남산으로 끌려갔고, 박 과장의 집중적인 취조를 받게 된 것이다.

박 과장은 나와 비슷한 연배로 호리호리하고, 여자처럼 예쁘고 섬세하게 생긴 얼굴을 가지고 있었다. 온화한 인상에 항상 웃고 있었기 때문에 좋은 사람을 만난 것 같아 안심하고 마음을 놓고 있었다. 그런데 좀 지나자 그게 아니었다. 그는 웃으면서 즐기듯이 나를 괴롭혔고, 한번씩 고문을 당할 때마다 나는 기막힌 나머지 속이 뒤집어지곤 했다. 나는 지하실에 갇힌 채 옴치고 뛸 수가 없었기 때문에 욕하면 욕하는 대로 때리면 때리는 대로 무조건 받아들이는 수밖에 없었다.

그가 대질심문 한다고 데리고 온 사람이 있었는데 다름 아닌 재일교포 유학생인 S였다. 그를 남산에서 보게 될 것이라고는 생각지도 못했기 때문에 그를 보는 순간 몹시 당황하지 않을 수 없었다. 나를 더욱 놀라게 한 것은 몰라보게 변한 그의 모습이었다. 불과 일주일 전에 웃으며 헤어졌었는데 그의 얼굴은 한마디로 만신창이가 되어 있었다. 콧잔등은 짓이겨져 있었고, 두 눈은 부어올라 거의 감겨 있다시피 했다. 입과 턱은 말라붙은 피로 지저분했고, 두 발로 서 있거나 걸을 수가 없어 부축을 받아야만 움직일 수가 있었다.

"이 사람 누구지?"

박 과장이 웃으며 몽둥이로 내 어깨를 찔렀다.

"노준기 씨입니다."

S는 재빨리 대답했다.

"어디서 만났어?"

"도쿄에서 만났습니다."

"왜 만났어? 만나서 뭐했어?"

"한국 정부를 전복시키기 위한 내란을 기획하기 위해 만났습니다."

"그 자리에 누구누구 있었어?"

"K선생과 조총련계 사람들이 있었습니다."

"그런 터무니없는 거짓말이 어딨어?"

내가 벌떡 일어나 소리치자 박 과장은 내 정강이를 걷어찼다.

"넌 가만있어. 이 새끼는 무슨 직책을 맡고 있어?"

"한국 지부 총책입니다."

내가 어떤 조직의 한국 총책이라는 말이었다. 나는 비로소 어떤 음모가 꾸며지고 있다는 것을 깨달았다. 박이 몽둥이로 내 가슴팍을 또 찔렀다.

"그 조직 이름이 뭐야?"

"무슨 조직 말입니까?"

"이 새끼가 시침 떼네. 옷 모두 벗어!"

나는 팬티만 남기고 모두 벗었다. 하지만 박이 팬티까지 벗으라고 하는 바람에 할 수 없이 그것도 벗었다. 박은 자기 앞으로 가까이 오게 하더니 몽둥이 끝으로 내 성기를 건드렸다.

"이게 왜 성이 나 있지? 야, 인마, 너 지금 여자 생각하고 있어?"

그는 히죽거렸고, 나는 창피해서 두 손으로 사타구니를 가렸다. 그러자 박이 몽둥이로 내 손을 후려갈겼다. 나는 얼른 손을 뗐고, 그것은 내 의지와는 상관없이 뻣뻣하게 일어서 있었다. 나는 심한 모욕감으로 몸 둘 바를 몰랐고, 박은 재미있다는 듯이 몽둥이 끝으로 그것을 건드리다가 나에게 개처럼 바닥을 기어 다니라고 말했다.

나는 개처럼 기어 다니기 시작했다. 거친 시멘트 바닥이라 금방 무릎팍이 까졌고, 움직임이 둔해지자 빨리 기라고 엉덩이로 몽둥이가 날아왔다. 시간이 흐르면서 박은 사디스트적인 모습을 노골적으로 드러내기 시작했다. S에게 허리띠로 내 목을 조이라고 하더니 나를 끌고 다니라고 명령했다. 처음에는 마지못해 형식적으로 끌었지만 빨리 끌고 다니라고 몽둥이로 후려갈기자 그는 정말로 개처럼 나를 끌어당겼다. 내 무릎은 피투성이가 됐고, 더 이상 기어 다닐 수 없게 되자 나는 길게 뻗어버렸다.

"조직 이름이 뭔지 네가 이놈한테 가르쳐줘."

"조민전입니다."

S는 차렷 자세를 하고 말했다.

"정식 이름을 말해봐."

"조국통일민주혁명전선입니다."

"알아들었냐?"

박은 내 등허리 위로 올라서서 구둣발로 지근지근 밟아댔다.

"너 조민전 한국 총책 맞지?"

"아, 아닙니다. 그런 거 모릅니다."

나는 바닥에 개구리처럼 엎어진 채 말했다.

"이 새끼가 정말 뜨거운 맛을 봐야 알겠어? 좋아. 난 피곤해서 좀 쉴 테니까 네가 책임지고 이놈 조져라. 야, 소설가, 너 소설가니까 톨스토이 영감님 잘 알겠구나. 톨스토이 영감님이 뭐라고 한 줄 알아? 남녀가 벌거벗고 붙지 않는 사랑은 다 가짜라고 했어. 아, 씨팔, 오늘 밤 데이트 약속 있는데 네놈들 때문에 물 건너갔잖아. 엉덩이 빵빵한 숫처녀 하나 요절내려고 했는데 다 틀렸단 말이야."

박은 어디론가 전화를 걸어 짬뽕을 두 개 주문하면서 고춧가루도 함께 갖다달라고 했다. 그는 의자를 뒤로 젖히고 편한 자세로 앉은 다음 두 발을 책상 위에 올려놓았다. 그때부터 손가락 하나 까닥하지 않은 채 S에게 이런저런 지시를 내렸다.

S는 구석에 놓여 있던 다른 탁자를 박이 앉아 있는 책상 가까이 가져왔다. 내 발목을 줄로 동여맨 다음 손목에는 수갑을 채웠다. 나는 도살 직전의 돼지처럼 옆으로 누워 있었다. 그는 고문용 기구로 보이는 긴 철봉을 내 발목과 두 손목 사이에다 끼웠다.

"그걸 들어서 책상 사이에다 올려놔."

지시에 따라 철봉을 들었지만 내 몸은 끄떡도 하지 않았다. 박은 그대로 앉은 채 빨리 올려놓으라고 재촉했다.

"바보 같은 놈, 어깨로 들어 올려봐."

S는 철봉 밑에다 어깨를 들이밀더니 끙 하고 용을 썼다. 내 몸은 가까스로 들어 올려졌고, 이윽고 책상과 책상 사이에 걸쳐졌다. 나는 마치 통닭처럼 매달려 있었는데 손목과 발목이 떨어져 나가는 것만 같았다. 고개는 자연 뒤로 발딱 젖혀질 수밖에 없었고, 눈 위에서 천장이 빙글빙글 돌아가고 있었다.

"조민전 총책이야 아니야?"

"아닙니다."

나는 애처롭게 부인했다.

버저 소리가 나더니 식사가 도착했다는 마이크 소리가 들려왔다. 이어서 감시창이 철커덕 소리를 내면서 열리더니 철가방이 안으로 디밀어졌다. 박이 시키는 대로 S는 철가방 안에서 짬뽕 두 그릇과 단무지, 양파, 고춧가루통을 꺼내 탁자 위에 벌여

놓았다.

"먹어. 국물만 남겨두고 모두 먹어. 국물 먹으면 안 돼."

S가 먹는 것을 보고 나서 박도 젓가락을 집어들었다. 그는 맛있게 식사를 하다 말고 트랜지스터라디오를 틀었다. 이리저리 주파수를 맞추다가 여자 가수의 간드러진 노랫소리에 채널을 맞추었다. 하춘화의 〈칠갑산〉이 청승맞게 흘러나오고 있었다. 박은 여전히 책상 위에 구둣발을 올려놓은 채 짬뽕을 먹고 있었다. S가 더 못 먹겠다는 듯 반쯤 남기자 눈을 부라리면서 국물만 남기고 모두 먹으라고 말했다. 박은 식사를 하다 말고 어디론가 전화를 걸었다. "당신이야? 음, 나 늦을 거야. 비상근무라 할 수 없어. 알았어. 알았다니까. 애는 좀 어때? 말 좀 해? 개하고만 논다고? 당신이 같이 놀아줘야지. 바쁘다고 애 팽개치고 밖으로만 돌아다니면 되나. 에이, 알았어. 또 전화할게."

밑으로 몸이 축 처진 나는 손목이 부러져나가는 것 같았다.

"국물을 한쪽에다 모두 붓고 나서 거기다 고춧가루를 풀어. 고춧가루 남기지 말고 모두 부어. 젓가락으로 잘 저어. 그리고 저기 있는 걸레 가져와. 그걸 쫙 펴서 저놈 얼굴에다 덮어."

그것은 온갖 냄새가 풍기는 썩은 걸레였다. 그것을 내 얼굴 위에다 덮고 난 S는 다음 명령을 기다렸다.

"수건 위에다 국물을 부어. 골고루 잘 부어. 잘못하면 네가 대신 당할 수 있어. 빨리 부어."

S는 머뭇거리다가 마침내 걸레 위에다 짬뽕 국물을 들이부었다. 나는 두 눈을 질끈 감고 입까지 꽉 다물었지만 소용없었다. 매운 국물은 눈과 코와 입으로 마구 흘러들었다. 너무 맵고 짜고 숨이 막혀 나는 비명을 지르며 몸부림쳤다. 그럴수록 손목과 발목은 떨어져 나가는 것 같았다. 라디오에서는 하춘화에 이어 이미자의 〈동백 아가씨〉가 간드러지게 흘러나오고 있었다.

"조민전 한국 총책이야 아니야?"

"초, 총책입니다."

나는 격렬하게 기침을 해대면서 대답했다.

"K의 지령을 받고 조총련을 통해 북괴와 접선했지?"

"그, 그렇습니다."

나는 계속 기침을 해대면서, 헐떡거리면서 묻는 대로 인정했다. 더 이상 버틸 수가 없었고, 그 고통에서 벗어나고 싶은 생각밖에는 아무것도 생각할 수 없었다. 그 고통에서 벗어날 수만 있다면 무슨 짓이든지 할 수 있을 것 같았다.

내가 45일을 갇혀 있는 동안 그들은 하나의 사건을 완벽하게 조작해냈다. 나와 S를 비롯한 20여 명이 조국통일민주혁명전선이라는 이름의 반국가 단체를 결성, 국가 전복 음모를 획책했는데, 그 배후에는 조총련과 K선생, 그리고 북괴가 연계되어 있다고 했다. 거기에 더해 조민전은 대통령 암살을 첫 번째 목표로 계획을 추진해왔다고 했다. CIS의 발표는 모든 신문에 대서특필됐고, 지면을 온통 도배하다시피 했다. 방송도 경쟁하다시피 그것을 내보냈고, 내 얼굴은 모르는 사람이 없을 정도로 전국에 알려졌다.

나와 가까이 지내는 사람들은 조민전 소속으로 모두 체포되어 큰 곤욕을 치렀는데, 그중 나의 애인인 J는 조사 도중에 건물에서 투신자살한 것으로 발표되었다. 고문에 못 이겨 자살했는지, 아니면 전기고문 같은 심한 고문에 그렇지 않아도 약한 심장이 멎었는지 그것은 알 수 없었다.

두 달쯤 지나 재판이 열렸는데 죄목은 그야말로 어마어마했다. 대통령 암살 기도, 간첩죄, 내란 및 국가 전복 음모 등. 나와 S를 비롯한 다섯 명이 사형선고를 받았고, 나머지 사람들한테도 대부분 중형이 선고되었다. 효과를 극대화하기 위해 재판을 서둘렀기 때문에 대법원 확정판결까지 가는 데는 2개월도 채 걸리지 않았다. 우리는 모두 고문에 의해 조작되었다고 진술했지만, 재판관들은 들은 척도 하지 않았다. 대법원 확정판결에서 사형선고를 받은 사람은 5명에서 4명으로 줄어들었고, 가까스로 목숨을 건진 한 명은 다름 아닌 나였다. 나는 무기로 감형되었는데 외국에까지 알려진 작가를 사형시킴으로써 야기될 국제적인 비난 여론과 앰네스티의 구명 운동, 한국과 일본 작가들의 구명 서명 운동 등이 영향을 끼친 것 같았다. 사형 확정판

달맞이언덕의 안개

결을 받은 4명은 바로 그날 밤중에 사형이 집행되었다. 무고한 사람들을 법의 이름으로 살해한 자들과 그들을 지켜주지 못한 신을 나는 저주했다. 과연 신이 있다면 뭐라고 답변하겠는가. 내가 석방된 것은 7년이 지나서였다.

주례사가 끝나자마자 밖으로 빠져나온 나는 약국으로 가서 쥐약을 구입했다. 다음에는 마켓으로 가서 와인을 한 병 샀다. 급히 호텔로 돌아온 나는 지하 주차장으로 내려가 주차해둔 차 안으로 들어갔다. 와인병을 따고 와인을 반쯤 따라낸 다음 그 안에다 쥐약을 탔다. 쥐약은 무색무취였다. 나는 조금도 머뭇거리지 않았다. 양복저고리를 벗고 나서 점퍼로 갈아입었다. 모자를 눌러쓰고 선글라스를 끼자 전혀 딴사람으로 변했다. 운전대 옆에 있는 박스 안에는 명함이 잔뜩 들어 있었다. 나는 명함 가운데서 서울에서 받은 조 뭐라고 하는 국회의원 명함을 집어들었다. 그 명함 뒤에다 이렇게 적었다. '주례사 감명 깊었습니다. 제 여식 주례도 부탁드리고 싶습니다. 차후 연락드리겠습니다.'

내가 예식장에 다시 올라갔을 때 신랑 신부는 양가친척들과 함께 사진을 찍고 있었고, 하객들은 막 식사를 하고 있었다. 나는 자리가 많이 비어 있는 테이블로 가서 슬그머니 자리를 잡고 앉았다. 그 테이블에는 부부로 보이는 두 사람이 앉아 있었는데, 남자는 스마트폰에 시선을 고정하고 있었고 살찐 여자는 식사에 정신을 쏟고 있었다. 주례는 앞쪽에 앉아 있었는데 나는 맨 뒤쪽 출입구 가까이에 앉아 있었기 때문에 거리가 꽤 멀어 보였다. 나는 탁자 밑에 놓아둔 쇼핑백에서 와인병을 꺼내 빈 잔에다 와인을 따랐다. 마침 내 앞으로 수프 그릇을 들고 다가오는 여직원이 있었다. 나는 미소를 지으면서 5만 원권 지폐 한 장과 와인잔을 그녀가 들고 있는 소반 위에 올려놓았다.

"부탁 하나 들어줘요. 저기, 주례 선생한테 이 와인 한 잔 갖다 줘요. 주례사가 아주 좋았어요."

"이 돈도 갖다 드릴까요?"

"아니, 그건 아가씨 가져요. 팁이니까."

터무니없이 많은 팁에 그녀는 얼른 이해가 안 된다는 듯 당황해하다가 금방 얼굴이 환해지면서 고개를 꾸벅했다.

"감사합니다. 누가 보내신 거냐고 물으면 뭐라고……?"

나는 재빨리 국회의원 명함을 꺼내 소반 위에 올려놓았다. 명함을 슬쩍 보고 난 그녀는 다시 한 번 고개를 숙여 보인 다음 주례가 앉아 있는 쪽으로 걸어갔다.

나는 눈을 떼지 않고 주례의 움직임을 지켜보고 있었다. 여직원으로부터 와인잔을 받아들고 명함을 확인한 주례의 시선이 여직원의 손이 가리키는 쪽을 따라 내 쪽으로 이동했다. 나는 와인잔을 집어들면서 몸을 일으켰다. 그리고 주례를 향해

달맞이언덕의 안개

웃으면서 손을 쳐들어 보였다. 주례도 와인잔을 들고 일어서더니 손을 흔들어대면서 고개를 꾸벅거렸다. 나는 와인잔을 높이 들었다가 입으로 가져갔다. 주례도 잔을 입으로 가져가더니 와인을 쭉 들이켰다. 그것을 보고 나는 손을 흔들어준 다음 탁자 밑에서 와인이 들어 있는 쇼핑백을 들고 급히 밖으로 빠져나왔다. 주차장으로 서둘러 내려간 나는 차 안으로 들어가 모자와 선글라스를 벗고 옷을 갈아입었다. 놈의 죽음을 확인하지 않고는 그냥 갈 수가 없었다.

예식장 안에서는 소동이 빚어지고 있었다. 주례가 배를 움켜쥔 채 바닥에서 몸부림치고 있었고, 의사로 보이는 하객이 엎드려서 그를 살피고 있었다. 잠시 후 의사가 빨리 구급차를 부르라고 하자 당황해하던 호텔 직원들이 그제야 허둥지둥 움직이기 시작했다.

호텔을 빠져나온 나는 걷고 싶었다. 밖에는 소리 없이 비가 내리고 있었다. 나는 편의점에서 소주 한 병을 산 다음 언덕 쪽으로 느릿느릿 올라갔다. 안개가 내 얼굴을 핥으면서 지나가면 다른 안개가 다가와 내 몸을 휘감았다. 안개는 내 목을 조여들면서 이렇게 속삭이고 있었다. '난 네가 무슨 짓을 한지 다 알고 있어.' 나는 병째로 소주를 마시면서 사형대의 이슬로 사라진 S와 내가 사랑했던 J를 생각했다.

'죄와 벌'에 도착했을 때 내 몸은 안개비에 푹 젖어 있었고,

얼굴 위로는 빗물인지 눈물인지 모를 물이 줄줄 흘러내리고 있었다. 내 몰골을 보고 놀라서 뛰쳐나온 포를 보고 나는 바보처럼 씨익 웃었다.

"내가 무슨 짓을 했는지 당신은 모를 거야."

"감기 걸리겠어요. 아휴, 술 냄새."

그녀는 수건으로 내 얼굴과 몸을 닦아주다가 나를 빤히 쳐다보았다.

"무슨 짓을 하셨는데요?"

"말 안 할 거야. 알고 싶으면 안개한테 물어봐요."

나는 시칠리아산 와인병을 들고 테라스로 나갔다.

모나리자, 안개 속으로 사라지다

이 자식을 꼭 찾아야 한다. 지금은 유명 작가가 되어 있으니 찾는 건 그리 어렵지 않을 것이다.

나는 해운대 쪽으로 가고 있는 지하철 안에서 모나리자가 그려진 반지를 만지작거리면서 그놈을 생각하고 있었다. 그 반지는 놈이 내 몸을 한창 유린할 때 기념으로 준 선물이었는데, 나는 아직도 그것을 끼고 다니고 있었다. 멍청한 것 같으니! 생각 같으면 당장 그것을 빼내 쓰레기통에라도 던져버리고 싶지만 나는 차마 그러지를 못하고 지금까지 30년 넘게 그것을 몸의 일부처럼 손가락에 낀 채 만지작거려왔다. 그리고 그럴 때마다 그를 향한 타오르는 사랑과 증오로 몸살을 앓았던 것이다.

그놈이 나를 실컷 농락하고 부산으로 내뺀 것은 30년쯤 전이었다. 그를 처음 만났을 때 나는 열아홉 살이었고, 놈은 마흔 몇 살인가 했을 때였다. 여고를 갓 졸업한 나는 어느 대형 출판사 사장실에 비서로 특채되어 근무한 지 6개월쯤 되었는데, 어느 날 출판사에 나타난 그를 보고 그만 첫눈에 반해버리고 말았다.

당시 그는 베스트셀러 작가로서 최고의 인기를 구가하고 있었고, 출판사들은 그의 작품을 출판하려고 혈안이 되어 있었다. 당연히 그의 몸값은 천정부지로 뛰어오르고 있었고, 그런 귀하신 몸이 내가 몸담고 있는 출판사에 나타났으니 내 관심을 끌 수밖에 없었다. 나뿐만 아니라 출판사에 근무하는 수십 명의 여직원들도 온통 그의 일거수일투족에 신경을 곤두세우고 있었다. 그는 인기 작가이기도 했지만 영화배우 뺨칠 정도로 멋진 외모를 지니고 있었다. 아무렇게나 걸친 옷에 지저분하게 자란 턱수염, 까치집처럼 헝클어진 검은 머리, 구멍이 숭숭 뚫린 가죽 가방, 동그란 안경 너머에서 응시하는 크고 검은 눈동자…… 이런 것들이 묘하게 조화를 이루면서 온몸에서 멋이 풍기고 있었다.

그날 저녁 50대의 사장은 그를 위해 고급 레스토랑에서 식사를 대접했고, 향응은 강남의 룸살롱으로 이어졌다. 그 자리에는 편집주간과 편집국장, 그리고 문학평론가와 J일보 문화부장 외에 나까지 동석하고 있었다. 나 같은 신출내기가 그런 자리에 끼게 된 것은 순전히 내가 얼굴도 예쁘고 몸매도 좋기 때문

　　　　　　　　　　　달맞이언덕의 안개

에 이를테면 분위기를 위해 동원된 것이었는데, 어떻든 나로서는 황홀할 수밖에 없었다. 그 자리에는 여자라고는 나 외에 40대 노처녀인 편집국장이 있었는데, 솔직히 말해 그런 말라깽이를 거들떠보는 사람은 아무도 없었다. 그런데 내가 그런 자리에 끼게 된 데에는 분위기를 살린다는 이유도 있었지만, 나만이 감지할 수 있는 또 다른 이유도 있는 것 같았다. 그것은 사장의 음흉한 생각을 말하는 것이었다. 그는 알 만한 사람들은 다 알고 있을 정도로 이름난 플레이보이로, 특히 나이 어린 소녀들을 좋아한다고 했다. 내가 어린 나이에 그의 비서로 특채된 것도 그의 그와 같은 취향 때문에 가능했던 것이고, 일단 나를 자기 우리에 가둬놓는 데 성공한 그는 슬슬 나를 압박해오고 있었다. 그는 걸핏하면 나를 데리고 다니거나 밖으로 불러냈고, 자연스럽게 내 손을 어루만지다가 어깨를 껴안기도 하고 허리에 팔을 두르기도 했는데, 머지않아 그의 입이 나의 입술을 덮칠 것임을 나는 예감하고 있었다. 그런데 사장의 그와 같은 짓이 조금도 싫지가 않고 외려 은근히 기다려지는 것이었다.

나는 사장이 그 베스트셀러 작가인 노준기에게 향응을 베풀던 날 밤에 무슨 일이 일어날 것만 같은 예감이 들었다. 자리가 파하고 집으로 돌아갈 때 사장은 집 방향이 같다는 이유로 나를 자기 차에 태울 것이고, 차는 집으로 가는 대신 강변의 근사한 호텔로 직행, 그는 마침내 나를 먹어치울 것이고, 나 역시 남김없이 그를 빨아들일 것이다. 이런 예감이 내 몸을 달뜨게 하고 있었지만 솔직히 말해 나의 관심은 그 작가놈한테 가 있었다. 그의 묵직한 저음과 깊이를 알 수 없는 두 눈, 부드러운 미소와 여유 만만해 보이는 자신감 같은 것이 고스란히 나에게 전해져와 내 가슴을 두근거리게 하고 있었다. 그러나 나는 그에게 단 한 마디 말도 걸지 못하고 있었다. 서로 멀리 떨어져 있었기 때문이기도 했지만, 그런 자리에서 나 같은 것이 입을 뻥긋한다는 것 자체가 실례라고 생각했기 때문에 나는 시종일관 입을 다물고 있었다.

그가 화장실에 가기 위해 자리를 비웠을 때 나는 마침내 더 기다릴 수가 없어 그 기회를 최대한 이용해보기로 했다. 그가 화장실에 오래 있기를 기대하면서 나도 슬그머니 일어나 화장실 쪽으로 향했다. 화장실은 룸을 벗어나 복도를 한참 걸어가다가 오른쪽으로 꺾어진 구석에 있었다. 복도를 중간쯤 걸어갔을 때 그가 코너를 돌아 다가오는 것이 보였다. 나는 일부러 비틀거리면서 걸어가다가 쓰러질 듯 하면서 벽에 기대섰다. 내가 서 있는 그 옆에는 출입문이 하나 있었는데 그 문은 조금 열려 있었고, 안을 살짝 보니 비어 있었다. 나는 벽에 기대선 채 두 눈을 감았다. 그가 그냥 지나쳐 가면 나는 무너져버릴 것 같았다. 다행히 그는 내가 쳐놓은 그물에 보기 좋게 걸려들었다. "취했나?" 하면서 그가 내 팔을 붙잡았다. 나는 그의 팔짱을 끼면서 상체를 기댔다. 그는 두리번거리다가 나를 빈방으로 데리고 들어간 다음 문을 닫았다. 나는 의자 위에 털썩 주저앉으면서 탁자 위로 엎어졌다. 그가 내 머리를 몇 번 쓰다듬더니 머리를 받쳐 들고 나를 가만히 내려다보았다. "참 예쁘구나!" 그 말에 나는 용기를 내어 그의 허리를 와락 끌어안고 거기다 얼굴을 비벼댔다. 그도 기다렸다는 듯이 나를 힘껏 껴안았다. 그가 내 어깨를 누르는 바람에 내 얼굴은 밑으로 내려가 그의 하복부에 닿았고, 그제야 나는 그것이 무엇을 의미하는지 알았다. 그의 음경은 바지 안에서 단단하게 일어서 있었고, 나는 그것을 피하지 않고 거기다 얼굴을 문질러댔다. 그는 거칠게 숨을 내쉬다가 참을 수 없다는 듯 갑자기 내 입에다 뜨거운 키스를 퍼부었다. 그것은 내 생전 결코 잊을 수 없는 불온하면서도 격정적인 키스였다. "선생님, 술 한잔 사주세요." 키스가 끝났을 때 나는 몽롱한 의식 속에서 중얼거렸고, 그는 이렇게 말했다. "이따가 끝나면 요 뒤에 있는 R호텔 스카이라운지로 와요. 거기서 술 한잔 하게."

결국 나는 그를 처음 만난 그날 밤 사장 대신 그의 품에 안겨 내 처녀를 바쳤고, 그때부터 1년 가까이 우리는 무섭도록 뜨거운 사랑을 나누었다. 우리는 만나기만 하면 섹스를 즐겼고, 그는 나에게 그 기쁨을 가르쳐주는 데 온갖 정성을 기울였다. 그는 유난히 그것을 밝혔고, 나는 그의 욕망을 해결해준 노리개였던 셈이었다. 하지만 그럴수록 나는 매일 그를 만나고 싶었고, 그의 목소리를 듣고 싶었고, 그를 만지고 싶었다. 그는 하루 종일 내 머릿속을 차지하고 있었고, 나는 그 열병으로 죽을 것만 같았다. 그가 나를 실컷 농락하고 나서 아내가 있는 집으로 돌아가는 것이 견딜 수 없도록 싫었고, 베스트셀러 작가라는 이유로 이 핑계 저 핑계 대면서 갈수록 나와 만나는 횟수를 줄여가는 것을 보고 나는 점점 초조해지고 불안감이 커져갔다. 이듬해 여름 바캉스 철이 되자 나는 미쳐버릴 정도로 나 자신을 통제할 수 없게 되었고, 그에게 이런 말까지 했다.

"우리 부산에 내려가 배 타고 일본에 놀러 가요. 선생님이 보는 앞에서 현해탄에 뛰어내려 사라지고 싶어요."

나는 정말 배에서 뛰어내릴 각오가 되어 있었다. 그를 사랑할수록 절벽에 혼자 서 있는 기분이었다.

"제2의 윤심덕이 되려고 그래?"

그는 빈정거렸고, 안색이 굳어지고 있었다.

"윤심덕이 누구예요?"

그때만 해도 나는 윤심덕이 누구인지 모르고 있었다. 그는 나를 힐끗 쳐다보더니 윤심덕이 누구인지도 모르느냐고 하면서 핀잔을 주었다. 나중에 알고 보니 그녀는 일제강점기 시대에 현해탄을 오가는 관부연락선에서 김우진이라는 유부남과 바다에 몸을 던진 29세의 젊은 여인이었다. 그녀가 부른 노래 〈사의 찬미〉는 그녀의 사후 공전의 히트를 기록했다고 하는데…….

어떻든 현해탄에 뛰어내리고 싶다는 말 한마디에 안색이 굳어지는 것을 보고 나는 고소한 생각이 들었고, 그래서 그를 더 놀려주고 싶었다.

"현해탄에 뛰어내리면 인어가 되어 돌고래들과 함께 멀리멀리 사라질 거예요."

그는 안색이 더욱 창백해지더니 "바보 같으니!" 하고 내뱉고는 무엇인가 깊이 생각하는 것 같았다. 나는 곧 괜한 말을 했다는 생각이 들었지만, 그 말 한마디가 우리 사이를 영원히 갈라놓을 것이라고는 그때는 미처 생각지도 못했었다.

그날 이후 나는 그를 만날 수 없었고, 얼마 후 그가 갑자기 부산으로 이사 갔다는 소식을 듣게 되었다. 그는 전화도 받지 않았고, 나를 철저히 피했다. 아마 내가 배에서 뛰어내리고 싶다고 한 그 한마디에 그는 심장 쇼크라도 일으킨 것 같았다. 사실 그때 내가 자살이라도 했다면 그의 작가 생활도 거기서 끝났을 것이다. 아무튼 그놈은 보기보다는 겁쟁이였다.

그에게 그렇게 버림받고 난 후의 나의 생활은 정말 참담했다. 나는 배 속에 있는 그의 아기를 지웠고, 그에게서 벗어나려고 나 자신을 학대했다. 내 몸을 탐하는 사내들에게 나는 주저 없이 몸을 주었는데, 그 가운데에는 사장놈도 있었고, 편집주간 놈도 있었고, 알량한 문학평론가도 있었다.

오직 섹스에 탐닉하기 위해 수없이 많은 사내들과 몸을 섞는 동안 나는 그를 잊을 수 있었고, 상처를 치유받을 수 있었다. 그러나 끝나고 나면 허망기만 했고, 내 몸은 그 사이 많이 망가져 있었다. 그렇게 방황하던 끝에 나는 스물다섯에 어떤 건달과 결혼했는데, 그가 형편없는 건달이라는 것은 결혼하고 나서야 알게 되었다. 나 역시 성실한 주부가 못 되고 밖으로만 싸돌아다녔기 때문에 결혼은 1년도 못 가 파탄이 났다. 그 뒤 일본놈 현지 처 노릇을 하다가 그놈과 결혼해서 일본으로 건너갔다. 그러나 알고 보니 그는 야쿠자였고, 놈은 나를 술집으로 넘겨 돈을 뜯어갔다. 5년 가까이 그 생활을 하다가 가까스로 그의 마귀에서 벗어나 한국으로 돌아왔을 때 나는 거의 폐인처럼 되어 있었고 나이보다도 훨씬 늙어 있었다.

세 번째 결혼한 지금의 사내는 이것저것 해보다가 현재는 부동산 중개업을 하고 있는데, 무능한 사내의 전형이라고 할 수 있었다. 난잡한 성생활로 자궁암에 걸려 자궁까지 들어냈기 때문에 나한테는 자식도 없었다. 곰곰 생각해보면 이 모든 것이 결국 그 작가놈 때문이었다. 그놈이 나를 실컷 데리고 놀다가 헌신짝처럼 버리는 바람에 어린 나는 정신을 못 차린 채 망가져버린 것이었다. 그동안 30년의 세월이 흘렀지만 나는 한 번도 놈을 잊은 적이 없었고, 죽기 전에 한 번만이라도 놈의 야비한 낯짝을 보고 싶었다. 부산으로 내려간 그놈은 여전히 유명

작가로 인정받고 있고, 이제는 원로랍시고 어딜 가나 대접을 받고 있는 것 같았다. 하지만 그를 만나기 위해 발 벗고 나선 적은 지금까지 없었다. 쓸데없는 짓 같았고, 내 초라한 꼬락서니를 그에게 보여주고 싶지가 않았던 것이다. 그렇게 우물쭈물하다 보니 어느새 30년의 세월이 흘러가버렸고, 세월의 더께가 마치 벽처럼 가로놓여 감히 그것을 넘어가볼 엄두가 나지 않았던 것이다. 그런데 이번에 아주 우연한 계기로 어쩌면 그를 만나볼 수 있을지도 모르는 기회가 생겼던 것이다.

부산에 출장을 온 것은 어제 오후였다. 일을 마치고 우연히 부산에서 발행되는 신문을 보게 되었는데, 거기에 그자에 관한 기사가 실려 있었다. 기사 내용은 별것이 아니고 '나에게 영감을 주는 공간'이라는 제목의 시리즈물로 그가 단골로 드나드는 카페가 소개되어 있었다. 그는 매일 달맞이언덕에 있는 '죄와 벌'이라는 카페에 드나들면서 창작의 영감을 얻고 있다고 소개되어 있었다. 생각 끝에 나는 그 카페에 가보기 위해 부산에서 하룻밤 묵기로 했다.

"안개, 정말 지긋지긋하네요."

포가 내 잔에 시칠리아산 와인인 '도망간 여자'를 따르면서 말했다. 나는 안개를 깊이 들이마시면서 구석에 혼자 앉아 있는 노파를 힐끗 바라보았다. 노파가 혼자 노천에 앉아 커피를 마시고 있는 것은 흔치 않는 일이었다. 노파는 우리가 앉아 있는 쪽으로 흘끔흘끔 시선을 던지곤 했는데 우리가 나누는 대화를 엿듣고 있는 것 같기도 했다. 노파의 머리는 눈을 이고 있는 듯 하얬고, 옷차림은 누런색의 헐렁한 원피스로 좀 남루한 느낌이 들었다.

"그래도 난 안개가 좋아요."

나는 와인을 목구멍으로 넘기면서 포의 손을 어루만졌다. 그녀의 손가락은 길고 섬세했다. 우리는 깍지를 끼면서 서로를 보고 미소를 지었다.

"이 와인 다 떨어지지 않았나?"

"한 박스 주문했으니까 내일쯤 도착할 거예요."

"반가운 소식이군."

나는 목소리를 낮추어 말했다.

"저 할머니, 자꾸 우리를 쳐다보는 것 같은데……."

"참, 아까 저분이 선생님에 대해서 물었어요. 여기 자주 오시느냐고 하면서 선생님 사인을 받고 싶다고 했어요. 선생님의 지독한 팬이래요."

포가 일어나 노파에게 다가가 뭐라고 말하자 마침내 노파가 주춤거리며 내 쪽으로 다가왔는데, 걸음걸이가 불편해 보였다. 그녀는 팬이라고 하면서 가방 속에서 내 저서인 『안개의 사나이』를 꺼내 탁자 위에 펴놓았다. 나는 펜을 꺼내들었다.

"성함이 어떻게 되시죠?"

"문서영이에요."

"네? 뭐라구요? 다시 한 번……"

"문서영이에요."

그녀는 힘주어 말했다. 나는 멈칫했다가 잠자코 그녀의 이름을 쓴 다음 그 밑에다 사인했다. 포가 안으로 들어가는 것을 보고서야 나는 비로소 그녀의 얼굴을 똑바로 노려보았다. 그녀 역시 안경 너머로 나를 차갑게 노려보고 있었다. 그녀는 왼손에 낀 반지를 보란 듯이 어루만지고 있었는데, 거기에는 모나리자가 그려져 있었다.

"알아보시겠어요?"

은근히 조여오는 물음에 대답하지 않고 나는 그녀를 외면했다. 그녀를 더 이상 쳐다보는 것이 무서웠다. 나는 마치 귀신을 보고 있는 것 같은 기분이었다. 눈처럼 하얀 머리가 영 마음에 들지 않았다. 어쩌다가 저렇게 늙어버렸을까.

"저…… 와인 한잔 줘요."

그녀의 목소리는 떨리고 있었다. 나는 내 잔을 그녀 앞에 놓고 와인을 따라주었다. 그녀는 와인을 한 모금 마시고 나서 주위를 둘러보며 말했다.

"안개 속에서 와인을 마시는 기분…… 정말 끝내주는데요."

능청스럽기는. 나는 그녀를 쏘아보다가 몸을 일으켰다.

"좀 걸으면서 이야기하는 게 좋겠어. 따라와요."

나는 오솔길 쪽으로 걸어갔다. 안개와 어둠에 뒤덮여 오솔길은 보이지 않았지만 항상 다니는 길이기 때문에 나는 언제나 앉아 있곤 하는 벤치에 이를 때까지 한 번도 뒤를 돌아보지 않은 채 익숙하게 걸어갔다. 그녀가 뒤에서 칼로 내 목덜미를 찌를지도 모른다는 생각으로 공포감이 나를 옥죄어왔지만 나는 내처 걸음을 옮겼다. 이윽고 벤치에 자리를 잡고 앉자 나는 시가를 꺼내 불을 붙였다. 시가를 서너 모금 빨았을 때 노파가 다가와 슬그머니 내 곁에 엉덩이를 붙이고 앉았다. 그리고 가로등에 비친 내 얼굴을 가만히 들여다보더니 이렇게 말했다.

"30년이나 지났는데 별로 변하지 않으셨네요. 머리만 하얗지 지금도 멋있어요."

나는 고개를 돌려 그녀를 가만히 응시했다.

"서영이는 많이 변했군. 머리가 참 아름다웠는데……."

그 말이 끝나기 무섭게 그녀는 머리를 잡아당겼다. 흰 머리칼이 벗겨지면서 그 대신 검은 머리칼이 나타났다. 나는 멀거니 그녀를 쳐다보기만 했다. 그녀는 안경도 벗고 똑똑히 보라는 듯 얼굴을 가까이 디밀었다.

"어때요? 알아보시겠어요?"

"이제 알아보겠군."

"전 엉망으로 살아왔어요."

그녀의 목소리가 갑자기 작아졌다.

"여전히 예쁜데그래."

그녀의 입에서 한숨이 새어 나왔다.

"선생님을 원망하지 않기로 했어요. 다 제 책임이죠 뭐."

나는 미안하다고 말하고 싶었다. 용서해달라고 빌고 싶었다. 하지만 그런 말 한마디로 내 비굴함을 대신한다는 것이 너무 부끄러워 아무 말도 할 수 없었다.

"한 번만이라도 보고 싶었어요. 우린 작별 인사도 없이 헤어졌으니까요."

나는 시가를 깊이 빨았다. 시가를 들고 있는 내 손이 달달 떨리고 있었다.

"왜…… 왜 갑자기 도망치셨어요? 지금도 의문이 풀리지 않아요. 전 잘못한 것도 없었는데."

"현해탄에 빠져 죽고 싶다는 말에 겁이 더럭 났지. 서영이가 자살하면 내가 뭐가 되겠어?"

그녀는 킥킥거리고 웃었다.

"그 말이 정말이라고 생각하셨어요? 차암, 보기보다 겁쟁이시네요."

그녀는 한참을 킥킥대다가 한숨을 깊이 내쉬었다.

"이제 봤으니까 됐어요. 부탁이 하나 있어요."

나는 긴장해서 다음 말을 기다렸다.

"이건 들어주셔야 해요."

그녀는 가방 속에서 서류 봉투 하나를 꺼냈다.

"전 지금 보험 외판을 하고 있어요. 남편이 복덕방을 하고 있는데 벌이가 시원찮아 제가 대신 생활비를 벌지 않으면 안 돼요. 안개가 흐르는 이런 멋진 밤에 보험 이야기를 꺼내서 죄송해요."

그녀는 봉투 속에서 서류 뭉치를 꺼내놓은 다음 갑자기 내 팔짱을 끼었다.

"30년 만에 제 신세가 이렇게 됐네요. 아, 참……."

그녀는 갑자기 손에서 반지를 잡아뽑더니 그것을 내 눈앞에다 디밀었다.

"선생님이 주신 모나리자 반지, 지금까지 끼고 다녔어요. 제 마음을 이제 아시겠죠?"

그녀는 그것을 안개 속으로 멀리 던져버렸다. 그리고 힘없이 중얼거렸다.

"이제 끝났네요."

안개와 소녀

안개 속에서 실오라기 하나 걸치지 않은 채 벌거벗은 몸으로 서 있는 소녀를 그려본다. 안개가 그녀의 가슴을 스쳐간다. 안개가 그녀의 검은 숲을 어루만지듯 거기에 머물러 있다.

안개 속에서 벌거벗은 소녀의 나신을 본다는 것은 거의 불가능한 일이겠지만 나는 한번 장난삼아 그 짓을 시도해보기로 했다. 그래서 학교가 방학 중인 8월 초 어느 날 인터넷에 광고를 내보았다.

'나체 모델 모집. 자격 20세 이하. 딱 한 시간. 수고비 9만 원.'

나체 모델료가 10만 원도 아닌 9만 원이니 별로 응해오는 사람이 없을 거라고 생각했는데 그게 아니었다. 하루 동안에 무려 백 명이 넘는 여자들이 연락을 해왔다. 코딱지만 한 돈으로 소녀들을 놀리는 것 같아 좀 미안했지만 그만두기도 뭣하고 해서 내친김에 그대로 해보기로 했다. 그런데 내가 직접 나서서 한 명을 가려 뽑는다는 것이 이 나이에 아무래도 어색하고 귀찮게 생각되었다. 그래서 나에게 수년째 개인적으로 추리소설 창작 지도를 받고 있는 여제자 순지에게 그 일을 맡겼다. 순지는 외항선을 타는 기관장의 부인으로 30대 후반의 귀엽게 생긴 여자였는데, 좀 당돌하고 엉뚱한 기질이 있어 내 마음에 들었다. 하지만 작가적 재능은 별로 없어 조만간 문단 한 귀퉁이에 이름 석 자는 올리겠지만 결코 훌륭한 작가는 될 수 없는 그런 여자였다.

"어머머, 망측해!"

내 이야기를 듣고 난 그녀는 얼굴까지 붉히며 마치 치한이라도 보듯 나를 쳐다보았다.

"안개에 가려진 여체의 아름다움을 보고 싶어서 그런 거니까 오해하지 말아요."

"왜 하필이면 숲 속이에요? 사람들이 볼지도 모르잖아요."

"실내에는 안개가 없잖아요. 이 작업에는 안개가 필수예요. 안개에 살짝 가려진 여체의 아름다움은 생각만 해도 환상적이잖아요."

"듣고 보니까 그렇네요. 역시 선생님다워요."

그녀의 두 눈이 비로소 호기심으로 반짝거리기 시작했다.

"그런데 백 명이 넘는 애들을 저 혼자 심사해야 하나요?"

"부담 갖지 말고 차근차근 봐요. 시간은 얼마든지 있으니까 서두를 거 없어요. 아무리 수가 많다 해도 한번 척 보면 눈에 확 띄게 예쁘고 늘씬한 애가 있을 거예요. 그 애를 찍어서 나한테 데려와줘요. 그리고 소문나지 않게 해야 해요."

"알았어요. 술 한잔 톡톡히 사셔야 해요."

"여부 있나."

며칠 후 그녀가 데리고 온 소녀를 보고 나는 첫눈에 반해버렸다. 그녀를 보는 순간 나의 시들던 가슴은 뜨겁게 달아올랐고, 내 두 다리는 마치 술에 취해 비틀거리는 것 같았다. 백치 같은 무표정에 가까운 얼굴을 점령하고 있는 두 개의 크고 검은 눈이 반짝하고 나를 쳐다보는 순간 나는 그 속으로 빨려드는 것 같았고, 흑인처럼 두툼하고 젖은 듯한 입술이 미소로 벌어질 때 드러난 하얀 치아는 금방이라도 나를 꽉 깨물 것만 같았다. 큰 가슴 속에서 울려나오는 듯 목소리는 테너 가수처럼 울림이 있었고, 늘씬한 몸매는 뭔가 갈구하는 듯 끊임없이 꿈틀거리는 것 같았다.

이름은 유영화. 고교 2년생으로 나이는 18세. 모델이 되는 게 꿈이라고 했다. 풍성한 검은 머리가 흐트러질 때 나는 그것을 쓰다듬어 주고 싶은 욕망을 참느라고 고통스러웠다. 오, 생명의 불꽃! 생명은 이렇게 아름다운 것인가! 나는 넋을 잃고 소녀를 쳐보다가 민망해서 고개를 돌렸지만 이내 다시 그녀 쪽으로 시선을 돌리지 않을 수 없었다. 영화는 내가 구체적으로 실내가 아닌 숲 속에서 벌거벗어야 한다고 말하자 "다른 사람들도 봐요?" 하고 묻고는 내가 그렇지 않다고 하자 좋다고 고개를 끄덕였다. 별로 심각하게 생각하는 것 같지도 않았다. "할아부지 화가예요?" 하고 묻기에 옆에서 순지가 추리작가라고 하자 무슨 말인지 모르겠다는 듯 고개를 갸우뚱하다가 "아, 나 추리소설 좋아해요." 하고 말했다.

이틀 후 오후 3시에 나와 순지는 약속 장소인 언덕 위 커피숍으로 나가 영화를 기다렸다. 기다리는 동안 순지는 볼멘 목소리로 이런 말을 했다.

"어린 소녀에게 병적으로 집착하는 선생님을 보니까 서글퍼요."

기분이 상한 나는 그녀에게 그런 말을 하려거든 가라고 했지만 그녀는 가지 않고 이렇게 덧붙였다.

"왜 저한테는 한 번도 모델이 돼달라고 안 하셨죠? 선생님이 요구하시면 저도 옷 벗을 준비가 돼 있어요."

'아무나 모델이 되나. 그렇게 배가 나와가지고는……'

그러나 이 말만은 차마 하지 못한 채 나는 잠자코 고양이 머리만 쓰다듬었다. 이름이 악마라는 뜻의 고양이 '데몽'은 온몸이 기름진 검은 털로 덮여 있었는데, 2년 전만 해도 도둑고양이였던 것을 정성껏 길들여 지금은 내 외로운 영혼의 동반자가 되어 주고 있었다.

영화는 약속 시간보다 한 시간이나 지나서야 나타났다. 언덕 위에는 짙은 안개가 끼어 있었고 부슬비까지 내리고 있었다.

내가 물색해둔 장소는 산책길에서 한참 벗어난 곳으로 납작해진 봉분이 하나 있었고, 그 앞은 넓은 잔디밭으로 되어 있었다. 주위는 숲으로 둘러싸여 있어서 웬만해서는 사람들 눈에 띄지 않는 곳이었다.

영화는 놀랄 정도로 스스럼없이 옷을 벗었다. 부끄러워하거나 그런 것도 없이 당연히 해야 할 일이란 듯이 홀라당 옷을 벗는 바람에 나와 순지 쪽에서 오히려 민망해할 정도였다.

"어머머, 어쩌면 저렇게 뻔뻔하죠?"

순지가 내 귀에다 대고 속삭였다.

한마디로 안개비를 맞으며 숲 속에 벌거벗은 채 서 있는 소녀의 모습은 더없이 매혹적이면서 신비스러워 보였다. 어린 소녀치고는 놀라울 정도로 탐스럽게 부풀어 오른 젖가슴과 가는 허리, 그 아래로 매끄럽게 흘러내리다가 둥글게 곡선을 이루면서 다져진 풍만하면서도 탱탱해 보이는 엉덩이, 깊은 계곡 초입을 가려주고 있는 검은 숲, 에너지 넘치는 허벅지와 미끈하게 뻗어내린 두 다리……. 나는 숨이 막혀 그만 넘어갈 것 같았다.

내가 가까이 다가가 데몽을 내밀자 소녀는 기다렸다는 듯이 놈을 받아 가슴에 안았다. 소녀의 하얀 나신과 까만 고양이는 더없이 고혹적인 대비를 보여주고 있었다. 데몽이 야옹 하고 울었다. 안개비가 소녀를 휘감아 돌고 있었다. 꿈과 현실의 간극이 분명하게 느껴지지가 않았다. 나는 카메라를 꺼내 정신없이 셔터를 눌렀다. 그녀를 돌려세우자 오른쪽 어깨 위로 데몽이 올라앉았다. 데몽의 오렌지빛 눈이 나를 응시하고 있었다. 소녀가 허리를 틀자 엉덩이는 더 커지는 것 같았고, 그 관능적인 아름다움에 취한 나는 또 비틀거렸다. 오, 가버린 나의 사랑이여! 과거로만 존재할 수 있는 나의 뮤즈여! 안개비에 가려 소녀의 모습은 희미해져 가고 있었다.

마지막으로 그녀는 상석에 앉아 두 다리 사이에 데몽을 올려놓고 살짝 웃었다. 데몽은 그곳이 포근했던지 머리를 올려놓으면서 두 눈을 사르르 감았다.

한 달쯤 지나 나는 별로 기대도 하지 않고 국제 사진 콘테스트에 '안개와 소녀'라는 제목으로 사진을 보냈는데 놀랍게도 그것이 특선을 했고, 그 바람에 상금 3백만 원이 공짜로 굴러들어왔다. 나는 영화를 불러내 점심을 사주면서 그 이야기를 해준 다음 상금을 반으로 나눠 그녀에게 5만 원짜리 서른 장이 들어 있는 봉투를 건네주었다. 액수를 알고 난 그녀는 두 눈이 휘

달맞이언덕의 안개

둥그레지다가 기쁨을 참지 못해 소리를 질렀다. 점심을 먹고 나서 커피숍으로 자리를 옮겼을 때 나는 넌지시 바닷가를 따라 강원도로 여행을 떠나지 않겠느냐고 물어보았다.

"캠핑카를 타고 갈 거야. 차 안에서 밥도 해먹고 잠도 자고 하면서 말이야. 설악산까지 가려고 하는데…… 가다가 재미없으면 돌아올 거야."

"캠핑카 타고 말이에요? 와, 신나겠다!"

그녀는 두말 않고 가겠다고 약속했다.

나는 여행에 필요한 것들, 이를테면 쌀과 밑반찬, 커피와 술, 콘돔, 수영복, 선크림, 비아그라 같은 것까지 빠짐없이 준비한 다음 떠나는 날 아침 시간에 맞춰 캠핑카를 몰고 약속 장소로 나갔다. 약속 시간은 10시였는데, 그녀가 나타난 것은 11시가 지나서였다. 그런데 그녀는 혼자가 아니었다. 계집애 한 명과 머슴애 세 명을 줄줄이 달고 나타났다.

"할아부지, 함께 가면 안 돼요? 여긴 오빠고 나머지는 친구들이에요."

그녀는 노랗게 물들인 머리를 한쪽으로 쓸어내린 멀대같이 생긴 녀석을 가리켰다. 녀석이 나를 향해 꾸벅하고 고개를 숙이면서 "안녕하세요?" 하자 다른 녀석들과 계집애도 "안녕하세요?" 하고 복창했다.

"할아부지, 단둘이 가는 것보다 여럿이 가는 것이 재밌잖아요. 얘는 김치찌개 잘해요. 할아부지한테 김치찌개 맛있게 해 드릴 거예요"

자그마한 몸집에 머리를 붉게 물들이고 안경을 낀 생쥐처럼 생긴 소녀가 생글거리며 나를 쳐다보았다.

내가 난처해서 우물쭈물하고 있는 사이 그들은 어느새 차 안으로 우르르 몰려 들어갔다. 나는 차마 내리라는 말은 못하고 등을 돌리고 서서 애꿎은 담배만 빨아댔다. 차 안은 벌써 소란스러워지고 있었다. 여기저기 들여다보기도 하고, 만져보기도 하고. 소파와 침대에 걸터앉아보기도 하면서 연방 감탄하고 신기해하는 소리로 시끌벅적했다. 망했구나. 망했어. 나는 어쩔 줄 모르며 한숨만 내쉬었다.

"할아부지, 안 가세요?"

내가 한참을 밖에서 서성이고 있자 영화가 밖으로 나와 재미있어 죽겠다는 표정으로 나를 쳐다보았다. 그녀는 배꼽이 살짝 드러난 빨간색 민소매 티셔츠에 청바지를 허벅지 위까지 바싹 올려서 거칠게 잘라낸 것 같은 핫팬츠를 입고 있었는데, 그 모습이 눈이 부실 정도로 자극적이었다.

나는 참담한 기분으로 차에 올라 시동을 걸었다. 자욱하게 깔린 안개를 헤치며 달리는 동안 왠지 멍청한 기분이 들었고, 생각 같아서는 차를 세우고 그들을 모두 내리게 하고 싶었지만 차마 그러지를 못하고 그대로 달려갔다.

그들은 처음에는 내 눈치를 보느라고 조용했지만 내가 그렇게 까다로운 노인이 아니라는 판단이 섰던지 시간이 지나면서 차츰 소란스러워지기 시작했다.

"모두 학생들이냐?"

내 옆에 붙어 앉아 라디오 채널을 돌리고 있던 영화를 곁눈질하며 내가 물었다.

"오빠만 빼고 다 학생들이에요."

"오빠란 놈은 뭐 하는 놈이냐?"

"재수하고 있어요."

귀에 따가운 록 음악이 터져나오기 시작했다.

"할아부지두 이런 음악 좋아하시죠?"

영화는 조수석을 벗어나 뒤로 가더니 침대 위에 벌렁 드러누웠다. 생쥐도 기다렸다는 듯이 침대 위로 몸을 던졌고, 그 위로 사내 녀석들이 엎어지자 계집애들이 까르르 웃음을 터뜨렸다.

나는 바닷가를 따라 계속 북쪽으로 차를 몰았다. 머슴애들과 계집애들은 음악에 맞춰 어깨를 들썩거리기도 하고 몸을 흔들어대기도 하고 음악을 따라 부르기도 했는데, 아직은 내 눈치를 보느라고 발광하고 싶은 욕망을 억제하고 있는 것 같았다.

동해안의 해수욕장은 사람들로 붐비고 있었다. 그것을 보고 영화가 수영하고 싶다고 조르는 바람에 나는 어느 조그만 해수욕장에 차를 세웠다. 밖으로 나오니 한낮의 땡볕이 모래밭을 달구고 있었고, 그 열기로 숨이 막히는 것 같았다. 해수욕장 한 쪽에는 횟집들이 늘어서 있었다. 나는 그늘을 찾아 그쪽으로 슬슬 걸어갔다. 차양 밑에 놓여 있는 평상에 둘러앉아 술을 마시고 있던 사람들 가운데서 한 사내가 일어서더니 "아이구, 선생님, 여긴 웬일이십니까?" 하고 반색을 했다. 잿빛의 턱수염을 기른 그는 과거 내가 신문에 소설을 연재할 때 삽화를 그려준 화가였다. 그러고 보니 둘러앉아 있는 사람들 십여 명은 안면이 있는 화가들이 대부분이었고 화랑을 운영하는 사람도 두어 명 끼어 있었다. 그들은 내가 캠핑카를 몰고 나타난 것을 보고 있었고, 그 안에서 10대 청소년들이 뛰쳐나온 것을 보고 의아하게 생각하고 있던 참이었다.

"손녀 녀석이 친구들 좀 태워달라고 하도 졸라서요."

"아, 그러셨군요. 자, 한 잔 받으시죠."

나는 얼결에 끼어들어 소주잔을 받았다. 소주 한 잔을 단숨에 들이켜고 나서 싱싱한 회 한 점을 초고추장에 찍어 먹자 그 감칠맛에 절로 술잔에 손이 갔다. 거기다 눈이 시리게 푸른 바다와 눈부신 햇빛이 있었다. 나는 사양하지 않고 술잔을 받아 넙죽넙죽 마셔댔고, 그 분위기에 쉽게 빠져들었다. 그들이 나를 불편하게 생각했다면 나는 금방 자리에서 일어섰을 것이다. 그런데 그들은 무척 나를 반기는 분위기였고, 추리작가라는 존재에 대해 강한 호기심을 느끼고 있는 것 같았다. 그 자리는 얼마

달맞이언덕의 안개

전 뉴욕에서 열린 아트페어에서 백만 달러가 넘는 작품료를 받아 화제가 됐던 젊은 여류 화가가 마련한 축하 자리인 만큼 모두가 들뜬 분위기 속에서 술을 마시고 있었다. 술을 마시면서 해수욕장 쪽을 보니 영화 일행은 모두 물속에 들어가 첨벙대면서 웃고 떠들어대고 있었다.

취기가 올랐을 때 누가 어깨를 잡아 흔드는 바람에 고개를 돌려보니 영화가 곁에 와 있었다.

"할아부지, 배고파요."

"아, 그래."

나는 5만 원권 한 장을 꺼내 그녀에게 주었다. 그녀의 몸은 바닷물에 젖어 있었고, 머리와 옷에서는 물이 흘러내리고 있었다.

"어디 가서 라면이나 사먹어라."

"고맙습니다."

그녀는 돌아서다 말고 말했다.

"차 열쇠 좀 주세요. 옷 갈아입게."

차 열쇠를 주자 그녀는 일행들이 있는 곳으로 뛰어갔다.

"손녀입니까?"

누군가가 물었고, 나는 그렇다고 대답했다.

"굉장히 매력적인데요."

"배우 해도 되겠어요."

여기저기서 그녀의 미모를 칭찬하는 바람에 나는 멋쩍게 웃기만 했다.

한참이 지나 어지간히 취기가 올랐을 즈음 더 이상 앉아 있으면 결례가 될 것 같아 나는 자리에서 빠져나와 주차장으로 비틀비틀 걸어갔다. 지금 상태로는 차를 운전할 수 없다고 생각하면서 주차장을 둘러보았지만 캠핑카가 보이지 않았다. 그제야 영화에게 열쇠를 건네준 것이 생각나 나는 허둥지둥 차도 쪽으로 가서 사방을 둘러보았다. 그러나 캠핑카는 이미 멀리 가버렸는지 어디에도 눈에 띄지 않았다. 난감하기도 하고 화가 나기도 해서 어쩔 줄을 모르고 있다가 길가에서 수박이며 삶은 옥수수를 팔고 있는 여자에게 혹시 캠핑카를 보지 않았느냐고 물어보았다. 그러나 그녀는 캠핑카라는 말을 알아듣지 못했다.

"이렇게 크고 상자처럼 네모지게 생긴 차 말입니다."

"아, 그 차요. 이쪽으로 가던데요."

그녀는 북쪽을 가리켜 보였다.

나는 한참을 기다리고 있다가 지나가는 택시를 집어타고 포항으로 가자고 말했다.

캠핑카를 발견한 것은 30분쯤 지나서였다. 차는 엔진이 켜진 채 오른쪽 범퍼가 찌그러진 상태로 전봇대 옆에 서 있었다. 차문을 열자 에어컨 바람이 몰려왔다. 바닥에는 술병들이 나뒹굴어 있었고, 음악이 시끄럽게 터져나오고 있었다. 침대 위에는

달맞이언덕의 안개

벌거벗은 연놈들이 뒤엉킨 채 잠들어 있었는데, 영화는 노랑머리의 품에 안겨 있었다. 찬장에 넣어둔 와인과 양주병들은 거의가 동이 나 있었고, 젖은 옷가지들이 여기저기 널려 있었다. 나는 음악부터 끄고 나서 지팡이로 놈들을 후려갈겼다.

"모두 일어나! 일어나란 말이야! 이 돼지 같은 놈들!"

잠이 깬 그들은 매질을 피해 허둥지둥 침대에서 내려와 옷부터 찾아 입었다. 나는 화가 머리끝까지 치밀어 올라 지팡이로 영화의 엉덩이를 후려갈겼다.

"이게 무슨 짓이야!"

"죄송해요, 할아부지."

맨몸 위에 젖은 옷을 껴입자 그녀의 몸은 묘한 매력을 발산했다.

"누가 차를 운전했어? 어떤 놈이야?"

사내 녀석들은 우물쭈물하다가 노랑머리가 먼저 밖으로 빠져나가자 다른 놈들도 잽싸게 뒤따라 나갔다. 뒤이어 생쥐도 도망쳤고, 영화만 혼자 남아 울상이 되어 죄송하다는 말만 되풀이하고 있었다.

"너하고 둘이 여행 가자고 한 내가 잘못이지. 얻어터지기 전에 빨리 꺼져!"

지팡이를 집어들자 그녀는 기다렸다는 듯이 밖으로 냅다 도망쳤다.

화를 가라앉히고 나서 여기저기 굴러다니는 술병들을 모으고 있는데 교통경찰이 나타났다. 나는 차에서 내려 경관에게 다가갔다. 그는 심하게 찌그러진 범퍼를 가리켰다.

"전봇대를 받으셨네요. 이 좋은 차를 어쩌다가 박으셨습니까? 면허증 좀 보여주시겠습니까?"

그는 면허증을 살피고 나서 내 얼굴을 유심히 쳐다보았다.

"술을 많이 드신 모양이죠?"

"소주 한 잔 했어요. 딱 한 잔 했어요."

"이거 한번 불어주세요."

그가 음주 측정기를 내밀었다. 나는 그것을 입에 물고 후우 하고 불었다.

"아이구, 과음하셨네요."

경관은 측정기를 들여다보고 나서 서류철을 꺼내들었다.

"나이도 많으신데 더구나 술까지 많이 마시고 운전하시니까 사고가 날 수밖에 없죠."

"내가 운전한 게 아니에요."

"그럼 누가 운전했죠?"

"애들이 나 몰래 운전하다가 사고를 내고 도망쳤어요. 이 자식들 어디 갔지?"

나는 당황해서 주위를 둘러보았지만, 영화와 그 일당은 이미 차를 타고 가버렸는지 보이지 않았다. 그러자 경관이 빈정거리듯 말했다.

"나이도 많이 잡수신 분이 왜 그러십니까? 운전했으면 운전했다고 솔직히 인정하셔야죠."

"허 참, 내가 운전한 게 아니라니까요."

몇 달 후 영화는 모델로 데뷔했는데 소주 광고 모델이었다. 민소매 셔츠의 윗단추를 풀어 젖가슴이 반쯤 드러나 보이고 허벅지 위까지 잘라낸 청바지 지퍼를 밑으로 내려 허리와 배꼽이 훤히 드러난 관능적인 소주 광고였는데, 그녀를 감싸고 있는 안개가 소주 광고치고는 왠지 신비감을 불러일으키고 있었다. 그녀의 오른쪽 어깨 위에 올라앉아, 오렌지빛 노란 눈을 동그랗게 뜨고 있는 검은 고양이 때문에 더욱 그런 느낌이 들었는지도 모른다.

죽음의 땅에 흐르는 안개,
그리고 개들의 축제

　사람들은 미친 듯이 경계구역 밖으로 빠져나가고 있었다. 원자력 발전소를 중심으로 반경 30킬로미터 이내에 있는 사람들은 모두 경계선 밖으로 대피하라는 경고방송이 있은 직후부터 벌어진 일이었다.

　반경 30킬로미터 이내에 살던 400만 명 가까운 사람들은 방송을 듣고 나서 공포를 넘어 공황 상태로 빠져들었다. 북쪽이나 서쪽, 또는 서북쪽으로 방향을 잡고 빠져나가는 차량들로 도로는 이미 마비 상태에 빠져 있었다. 남쪽으로 방향을 잡은 사람들은 바다를 건너 섬으로 가야 하는데, 배편 역시 포화 상태로 부두 앞에는 사람들의 행렬이 끝없이 이어져 있었다.

　그렇다고 갈 데가 있는 것도 아니었다. 30킬로미터 밖 어딘가에 별장이나 시골집이라도 있는 사람들은 갈 곳이라도 있지만,

대부분의 사람들은 갈 곳도 없으면서 무작정 집을 떠났던 것이다. 방사능 피폭을 피해, 살기 위해서.

차가 있는 사람들은 차를 타고 떠났지만 그것도 없는 사람들은 하는 수 없이 걸어서 갔다. 끝없이 밀려 있는 엄청난 차량들을 보면 모두가 차를 타고 가는 것 같았지만 실상은 그렇지가 않았다. 걸어가는 사람들의 숫자도 셀 수 없을 정도로 많았는데, 그들은 차량이 접근할 수 없는 지름길이나 샛길을 타고 빠져나갔다.

전 세계 방송사들은 한국의 원전 폭발을 톱뉴스로 다투어 보도하고 있었다. 위성 카메라가 찍은 원전의 폭발 현장은 참혹했고, 탈출 행렬은 전쟁의 참화를 피해 정처 없이 길을 떠난 길고 긴 난민 행렬 같았다.

나는 참담한 마음으로 캠핑카 안에서 텔레비전 방송을 보다가 밖으로 나왔다. 전기가 나갔기 때문에 집에서는 텔레비전을 볼 수가 없었다. 텔레비전뿐만 아니라 냉장고를 비롯한 모든 가전제품을 일절 사용할 수가 없었다. 갑자기 원시시대로 돌아가 버린 것 같았다.

한낮이었지만 비가 내리고 있는 데다 달맞이언덕은 안개에 휩싸여 있어 어둠침침했다. 언덕 위는 적막에 싸여 있었다. 모든 것이 일시에 정지해버린 뒤에 찾아온 적막, 모든 사람이 빠져나가고 생활의 터전이 갑자기 텅 비어버린 데서 오는 적막, 결코 되돌릴 수조차 없는 절망에서 피어난 적막, 그것은 무서운 적막이었다. 언덕에는 개미새끼 한 마리 보이지 않았다. 항상 사람들로 붐비던 커피숍들은 약속이나 한 듯 하나같이 불이 꺼져 있었고, 출입문도 굳게 잠겨 있었다. 유리창을 통해 안을 들여다보니 계산대 옆 진열장 안에는 빵과 케이크 조각, 과자와 음료수 같은 것이 그대로 들어 있었다. 제대로 챙기지 못한 채 급하게 빠져나간 모습이 곳곳에 남아 있었다. 머무적거리다가 방사능에 노출될까 봐 모두가 허둥지둥 빠져나갔기 때문에 그럴 수밖에 없었다.

나는 카페 '죄와 벌'로 가보았다. 그곳 역시 불이 꺼져 있었고, 출입문도 잠겨 있었다. 내 집처럼 매일 드나들면서 커피와 시칠리아산 와인을 마시던 단골 카페를 더 이상 이용할 수 없게 되었다는 사실에 나는 기분이 울적해졌다. 눈물을 흘리며 떠나던 포의 모습이 눈앞에 어른거렸다.

떠나는 문제를 놓고 포와 나는 심하게 다투었지만 결론을 내리지 못한 채 우리는 헤어져야 했다. 나와 함께 남아 있으려고 하는 그녀를 강제로 떠밀다시피 해서 떠나게 했지만 그렇다고 해서 나에게 무슨 특별한 대책이 있는 것도 아니었다. 나는 그냥 남아 있고 싶었고, 방사능에 오염돼서라도 혼자서 죽음을 맞고 싶었던 것이다. 솔직히 말하면 나는 얼마 남지 않은 목숨을 부지하기 위해 구차스럽게 노구를 이끌고 피난 행렬에 끼고

　　　　　　　　　달맞이언덕의 안개

싫지 않았다.

최근 들어 나는 죽음의 문제를 심각하게 생각하고 있었다. 나는 생물학적으로 이미 죽을 나이가 되어 있었고, 고혈압과 당뇨 합병증, 관절염과 두통으로 거의 몸이 망가져 있었다. 전보다 더 심하게 절뚝거리는 바람에 잘 걷지도 못했고, 시력도 급격히 나빠져 글을 쓰거나 읽는 것도 거의 포기하고 있었다. 청각도 나빠져 말소리를 거의 알아들을 수 없었고, 그것을 보고 주위에서는 보청기를 끼라고 했지만 나는 그냥 그대로 버티고 있었다. 더 이상 몸을 가눌 수가 없고 견딜 수 없을 정도로 몸의 통증이 심해지면 나는 스스로 목숨을 정리할 생각을 하고 있었다. 그리고 그 방법까지도 이미 강구해두고 있었다.

나는 라스콜니코프가 노파의 머리통을 내려치기 위해 도끼를 높이 쳐들고 있는 모습을 그린 간판을 멍하니 바라보았다. 포가 그린 그 간판 그림은 컬러로 실감 나게 그려져 있었다. 내가 보는 것을 방해라도 하려는 듯 안개가 간판을 금방 가렸다. 나는 포가 주고 간 열쇠로 카페 문을 열고 안으로 들어갔다.

전등을 켤 수가 없어 실내는 어두웠다. 모든 기능이 정지되고 사람 하나 없는 카페에는 죽음 같은 정적만이 흐르고 있었다. 모든 것들은 제자리를 지키고 있었지만 갑자기 낯설게 느껴졌고, 그래서 손을 대기가 꺼려졌다. 선반에는 각종 술병들이 잔뜩 늘어서 있었다. 내가 막 와인병에 손을 대려고 했을 때 스마트폰이 울렸다. 깜짝 놀란 나는 주머니에서 스마트폰을 꺼내 들고 얼른 그것을 귀에다 갖다 댔다. 그것은 포가 걸어온 전화였다.

"지금 어디 계세요?"

그녀의 목소리에는 절박함이 배어 있었다.

"죄와 벌에 있어요. 지금 막 와인 한잔 하려던 참이야."

"거기 있는 술 마음대로 드세요. 참, 선생님 휴대폰, 배터리가 나가면 충전도 못하잖아요."

"나도 그걸 걱정했는데 마침 캠핑카 안에 휴대용 발전기가 있어서 그걸로 충전할 수 있어요. 노트북도 충전이 되니까 인터넷은 얼마든지 할 수 있어요."

"발전기를 돌리려면 휘발유가 있어야 하잖아요?"

"휘발유는 얼마든지 구할 수 있어요."

"어떻게요?"

"사람 없는 주유소가 수두룩해요. 탱크에는 기름이 가득 들어 있어서 거기서 빼쓰면 돼요. 조금 전에도 캠핑카에 기름을 가득 채웠어요. 모두 무료지."

"선생님! 왜 그러시는 거예요? 왜 그런 식으로 죽음을 택하시는 거예요?"

그녀의 목소리에는 울음이 담겨 있었다. 나는 착잡한 기분으로 한숨을 내쉬었다.

"선생님이 그렇게 고집스럽고 어리석을 줄은 몰랐어요. 선생님은 지금 가장 어리석은 선택을 하신 거예요."

"나를 이해해줘요. 난 그러니까…… 죽음을 택한 게 아니고 죽음에 맞서려고 여기 남은 거예요."

"그런 말도 안 되는 소리는 하지도 마세요! 그런 말이 어딨어요? 지금 방사능 누출량이 수백 배나 많아져 그곳은 이미 죽음의 땅으로 변했어요. 앞으로 수백 년 동안은 회복이 불가능하대요. 그런 곳에 혼자 남아서 도대체 무얼 하시겠다는 거예요? 작품을 쓰실 건가요? 지금이라도 늦지 않았으니까 제발 나오세요."

"지금 어디 있어요?"

"하동이에요. 초등학교 교실에 있어요. 수백 명이 수용됐는데 운동장에도 텐트를 치고 난리법석이에요. 우선 여기에 당분간 있어야겠어요. 선생님 자리도 마련해놨어요. 빨리 오세요."

"생각해볼 테니까 기다리지는 말아요."

"생각할 게 뭐가 있다는 거예요? 전 모든 거 버리고 나왔어요. 완전히 알거지가 돼서 나왔어요. 아무도 아는 사람도 없고 기댈 데도 없어요. 외롭고 무서워 죽겠어요. 선생님밖에 기댈 사람이 없어요. 제가 선생님 사랑하는 거 모르세요? 선생님이 정 안 오시면 저도 돌아갈 거예요. 선생님하고 함께 거기서 죽겠어요."

"말도 안 되는 소리."

나는 한참을 더 포한테 시달리다가 전화를 끊었다. 그녀는 아직 젊으니까 앞으로 수십 년을 더 살 수가 있다. 나하고는 입장이 달라도 너무나 다르다.

시칠리아산 와인을 앞에 놓고 창가에 앉아서 창문 위로 흘러내리는 빗물을 멍하니 바라보고 있는데 또다시 공포가 엄습해왔다. 매일 지나다니고 부딪치는 달맞이언덕이라는 공간이 난생처음 보는 곳처럼 낯설게 느껴졌다. 결코 가까워질 것 같지 않은 거대한 공간이 나를 덮쳐오고 있었고, 거기서 나라는 존재는 아무런 의미도 없이 사그라지는 것 같았다.

나는 쇼핑백에 와인병을 몇 개 담아서 밖으로 나와 캠핑카에 올랐다. 나의 캠핑카 '망각의 여신'은 이제 내 유일한 생활공간이 되었다. 그 안에는 전깃불이 들어왔고, 거기서는 모든 전자제품을 이용할 수가 있었다. 마치 이런 때에 대비해서 캠핑카를 구입한 것 같은 생각이 들었다. 나는 서랍 속에서 권총을 꺼내 오른손에 가만히 쥐어보았다. 45구경 리벌버인 그것은 불빛을 받아 번들거리고 있었다. 그것을 관자놀이에 대고 방아쇠를 당기면 고통 없이 죽을 수 있을 것이다. 그것은 마치 살아 있는 생물처럼 위안이 되었다.

언덕 아래로 내려가 바닷가까지 가보았지만 사람의 그림자는 어디에도 보이지 않았다. 이틀 전까지만 해도 해변은 사람들

　　　　　　　　　　　　달맞이언덕의 안개

로 뒤덮여 있었고, 거리에도 사람들이 넘쳐흘렀지만 지금은 적막하고 괴괴한 거리로 변해 있었다. 호텔과 모텔도 불이 꺼져 있었고, 식당과 술집들도 어둠 속에 잠겨 있었다. 불이 꺼진 외제 자동차 전시매장에는 차량들만 댕그라니 세워져 있었다. 나는 바닷가에 차를 세우고 바다를 바라보았다. 수평선은 보이지 않았고, 바다는 온통 검은색으로 일렁이고 있었다. 갈매기 몇 마리가 공중에서 날고 있었고, 나머지 새들은 모래밭에 날개를 접은 채 서 있었다. 아무도 없는 모래밭 위에 서 있는 수많은 비치파라솔 때문에 바닷가는 더욱 쓸쓸해 보였다. 여기저기 쓰러져 있는 파라솔도 많았고, 도처에 쓰레기가 널려 있었다.

나는 차를 몰고 재래시장으로 가보았다. 시장 역시 철시 상태였고, 가게를 지키는 사람은 아무도 없었다. 개와 고양이들만 제 세상을 만난 듯 먹을 것을 찾아 부산하게 돌아다니고 있었다. 나는 차에서 내려 마트 앞으로 다가갔다. 유리문을 통해 들여다보이는 실내에는 온갖 먹을 것과 생활용품이 가득했다. 급하게 피신하느라고 미처 상품을 정리하지도 못한 채 떠난 것 같았다. 문은 잠겨 있었다. 주인이 돌아와 물건들을 챙겨갈 가능성은 1퍼센트도 없었다. 상품들은 버려진 것이었고, 건물도 수백 년 동안은 아무도 사용하지 않을 폐기물이었다. 나는 주위를 두리번거리다가 길가에 버려져 있는 벽돌을 집어들었다. 상가 건물의 문짝을 마음대로 부술 수 있다는 사실이 신기하기만 했고, 아직 그런 행위에 익숙하지 않아 조금 머뭇거려졌다. 이윽고 나는 온 힘을 다해 벽돌을 집어던졌다. 두꺼운 유리문은 와장창 하고 깨져나갔다. 재빨리 주위를 둘러보았지만 아무도 보는 사람이 없었다. 그 사실이 또한 신기하기만 했고, 그 신기함 때문에 나는 잠시 어리둥절해서 서 있었다. 비로소 이 도시를 내 마음대로 파괴할 수 있다는 생각이 들었고, 그 생각에 나는 전율했다. 그래. 하나하나 차근차근 파괴해나가자. 파괴하지 않으면 나는 여기서 생존할 수 없다. 그 아이러니에 나는 경악했다.

마트 안으로 들어간 나는 양초와 배터리, 플래시, 부탄가스통, 소형 버너, 휴지, 테이프, 각종 통조림, 라면, 쌀, 고추장, 된장, 간장, 김치, 멸치볶음, 콩자반 등 생존에 필요한 것들을 닥치는 대로 쇼핑백에 담아가지고 나왔다. 약탈자가 되어 차 안에다 생필품을 잔뜩 쌓아두자 비로소 조금 안심이 되었다. 나는 시내를 한 바퀴 돌아보기 위해 부산역 쪽으로 향했다. 거리는 황량했고, 주인이 버리고 간 것으로 보이는 개들만 가끔씩 보였다.

부산역 광장 안에 차를 세우고 잠시 주위를 둘러보던 내 시야에 처음으로 사람들의 움직임이 포착되었다. 광장을 향해 서 있는 호텔이었는데 활짝 열려 있는 출입문 사이로 사람들이 들락거리고 있는 것이 보였다. 나는 권총을 허리춤에 쑤셔 넣고 나서 챙이 넓은 모자를 눌러썼다. 그리고 노란 비옷을 입고 밖으로 나가 호텔 쪽으로 다가가 보았다.

호텔 출입구에 이르자 악취가 풍겨왔고, 그 즉시 나는 잘못 왔다는 생각이 들었다. 호텔 로비는 술과 땀 냄새로 가득 차 있었고, 바닥에는 술병과 온갖 쓰레기가 널려 있었다. 그보다 더 놀라운 것은 호텔 로비가 온통 부랑자들로 점령되어 있다는 사실이었다. 그들은 술에 잔뜩 취한 채 여기저기 소파에 널브러져 있거나 더러운 바닥에 드러누워 있었다. 양주병을 든 채 병나발을 불고 있는 자도 있었고 구석에 웅크리고 앉아 윽윽 소리를 내면서 토하는 놈도 있었다. 소파에서 두 사내와 엉겨 붙은 여자는 계속 깔깔대고 있었다. 모두 해서 열댓 명은 되는 것 같았는데 교통편이 없어서 탈출하지 못했거나, 아니면 도시를 떠나는 것을 포기했거나 그런 것 같았다. 위층으로 통하는 계단 입구에는 셔터가 내려져 있어 위로 올라갈 수 없게 되어 있었다. 만일 위로 올라갈 수만 있었다면 부랑자들은 벌써 위층에 있는 호텔 방을 하나씩 차지한 채 늘어지게 호사를 누리고 있었을 것이다.

"당신 뭐야?"

부랑자들의 눈에는 내 차림새가 달라 보였을 것이다. 그들은 일제히 나를 쳐다보면서 천천히 몸을 일으켰다.

"아, 아닙니다."

벌집을 잘못 건드린 것 같아서 나는 얼른 돌아서 나왔다.

"야, 거기 서봐!"

그들은 일제히 밖으로 몰려나왔다. 정상적인 시민이라면 아직까지 시내에 남아 있을 리가 없었다. 그런데 멀쩡해 보이는 노인이 불쑥 나타났으니 그들이 가만있을 리 없었다.

"당신 여기서 뭐 하는 거야?"

"아, 아닙니다. 그냥 지나가던 길입니다."

"저거 당신 차야?"

한 놈이 캠핑카를 가리켰고, 내가 머뭇거리자 "우와, 차 근사하다!" 하면서 내 주위로 몰려들었다.

"좀 태워줘요. 우리도 살아야겠어. 우린 사람 아니야? 개새끼는 신고 가면서 우린 안 실어주더라구. 우리 같은 놈은 피난 갈 자격도 없다는 거야?"

"여기서 뒈지라고 우릴 버리고 갔어. 씹할 새끼들! 영감, 우리 좀 태워줘."

그들은 욕지거리를 퍼부으면서 나를 쿡쿡 찔렀다. 나는 뒷걸음질 치면서 고개를 흔들었다.

"그건 좀 곤란합니다. 전 해운대 쪽으로 갈 겁니다."

"뭐야? 저 새끼 잡아!"

순식간에 살벌하게 변한 그들은 나를 향해 달려들었고, 겁이 난 나는 절뚝거리면서 뛰기 시작했다. 뒤에서 술병이며 나뭇조각, 돌멩이 같은 것들이 날아오더니 급기야 단단한 것이 내 뒤통수에 와서 부딪쳤다. 그것은 술병이었고, 나는 휘청하다가 땅바닥에 쓰러졌다. 그들은 일제히 달려들어 몽둥이찜질을 하면서 발로 내 몸을 사정없이 밟아댔다. 그들의 살기 어린 기세로 봐서는 누군가를 희생양으로 삼지 않고는 끝날 것 같지가 않았다. 나는 권총을 빼들고 방아쇠를 당겼다. 총소리는 광장을 뒤흔들었고, 부랑자들은 혼비백산해서 흩어졌다. 한 번 더 총을 쏘자 그들은 죽을 둥 살 둥 도망갔다.

날은 어두워지고 있었다. 도시는 불빛 하나 없이 어둠 속으로 빠르게 침몰하고 있었다. 불빛 하나 없는 도시는 도시가 아니었고, 죽음과 공포가 도사린 좀비들의 세상 같았다. 캠핑카를 몰고 달맞이언덕으로 돌아온 나는 짙은 안개를 바라보면서 밤늦게까지 와인을 마시다가 텔레비전을 켜보았다.

방송국들은 정규 방송을 중단한 채 원전 폭발사고를 다투어 보도하고 있었다. 물밀듯이 밀려온 난민들을 수용하느라고 각 지방자치단체들은 바쁘게 움직이고 있었고, 한편으로 외국인들은 한국에 빌려주거나 투자한 돈을 빼가느라고 열을 올리고 있었다. 그동안 자기도취에 빠져 있던 한국의 국제신용도는 빠른 속도로 추락하고 있었고, 환율은 현기증이 날 정도로 뛰어오르고 있었다. 주가는 곤두박질치고, 사람들은 돈을 찾기 위해 은행 앞에 장사진을 이루고 있었다.

원자력 발전소 사고는 이미 예견된 사고였다. 오히려 왜 이렇게 늦게 일어났을까 하고 의아해할 정도로 그동안 그것은 폭발성을 안고 있었다. 문제의 발단은 부정부패에 있었다. 원전의 거의 모든 부품들이 정품이 아닌 가짜투성이였고, 그와 같은 부정이 장기간 지속되는 동안 천문학적인 돈거래가 암암리에 이루어지고 있었다. 부정이 일부 드러나면서 검찰이 수사에 착수했지만 파헤치면 파헤칠수록 눈덩이처럼 불어나는 부패의 검은 먹이사슬에 수사당국도 마침내 두 손을 들고 말았다. 마치 암 수술을 하려고 환부를 들여다보자 암이 이미 전신에 퍼진 것을 알고는 수술을 포기하고 환부를 도로 덮어버리는 것과 같은 꼴이었다. 검찰은 극히 일부만 들춰 보고 나서 몇 사람을 구속하는 것으로 서둘러 사건을 봉합했던 것이다.

냉각 기능의 저하로 원자로 출력이 순간적으로 정상 출력의 100배 이상으로 폭주하는 바람에 급격한 열 생성에 의해 핵연료가 파손되고, 핵연료와 물과의 반응에 의한 증기 폭발이 발생, 노심이 파괴되어 연속적으로 폭발이 발생한 것이라고 방송은 보도하고 있었다. 그와 함께 원자로의 부품들이 정품이었다면 그와 같은 파손과 폭발은 일어나지 않았을 것이라고 말하고 있었다. 하지만 이미 엎질러진 물이었다.

캠핑카 안에는 내가 기르고 있는 똥개새끼와 검정고양이 데몽이 있었다.

아침이 되어 문을 열자마자 두 놈은 잽싸게 밖으로 뛰쳐나갔다. 조금 후에 똥개가 미친 듯 짖어대는 바람에 밖으로 나가보니 서너 마리의 낯선 개들이 똥개를 노려보면서 으르렁대고 있었다. 개들은 굶주린 것 같았고, 금방이라도 똥개에게 달려들어 놈을 먹어치울 것 같았다. 나는 얼른 안으로 들어가 먹을 것을 들고 나왔다. 건빵 몇 개를 던져 주자 놈들은 금방 꼬리를 흔들면서 내 주위로 몰려들었다. 소시지를 잘라 주자 놈들은 미친 듯 달려들었다.

오후에 보니 개들은 열댓 마리로 불어나 있었다. 내가 먹을 것을 싸들고 밖으로 나가자 놈들은 침을 질질 흘리면서 흥분해서 날뛰었다. 나는 잘게 조각을 낸 먹을거리를 길바닥에다 뿌려 주었다.

개들을 길들이는 데 있어 먹이만큼 좋은 게 없었다. 자기한테 먹이를 주는 사람을 놈들은 정확히 기억하고 있었고, 자기들의 보호자이자 지도자로 생각하고 있는 것 같았다. 놈들은 나를 보기만 하면 몰려들어 일제히 꼬리를 살랑거리면서 먹이를 달라고 낑낑댔다. 나는 함부로 먹이를 주지 않고 시간을 정해서 그것을 주었다. 개들의 숫자가 30여 마리로 불어났기 때문에 먹이를 마련하는 것도 쉬운 일이 아니었다. 나는 놈들이 굶어 죽지 않을 정도로만 조금씩 먹이를 던져 주었다. 개들은 각양각색이었다. 엄청나게 큰 놈도 있었고 손바닥만 한 애완견도 있었다. 모두가 주인한테 버림받은 개들로, 그동안 집 앞에 웅크리고 앉아 주인이 돌아오기만을 기다리고 있다가 더 이상 배고픔을 이기지 못해 슬슬 거리로 나온 것 같았다. 거리에서 다른 개들을 만나 휩쓸려 다니다가 달맞이언덕에 가면 누군가가 먹이를 준다는 소문을 들었고, 그래서 언덕 위로 모여든 것 같았다.

언덕은 금방 개판으로 변했다. 개들은 안개 속에서 안개와 뒤엉켜 흘레를 했다. 처음에는 한 쌍 정도가 그 짓을 했는데 시간이 흐르면서 흘레를 하는 쌍이 불어나기 시작했다. 태어나서 지금까지 흘레 한 번 못한 채 주인 손에 얽매여 있다가 자유롭게 떠돌이 신세가 되자 암컷과 수컷들이 짝을 찾기 시작한 것이다. 내가 보건 말건 상관하지 않고 놈들은 섹스를 즐겼다.

언덕 위에서 수십 마리의 개들이 안개와 뒤엉켜 흘레를 하는 장면을 보게 될 것이라고는 상상도 하지 못했기에 나는 그것을 기록으로 남기기 위해 연방 사진을 찍어댔다.

아, 달맞이언덕의 안개여!

원전이 폭발한 지 한 달이 지났다.

어느 날 해운대 바닷가에 앉아 있는데 머리 위에서 헬리콥터가 낮게 원을 그리며 날아다니더니 느닷없이 마이크 소리가 들려왔다.

"노준기 씨! 소설가 노준기 씨! 거기 계시면 안 됩니다! 빨리 나오세요! 30킬로미터 밖으로 나오세요!"

나는 깜짝 놀라 헬기를 올려다보았다. 어떻게 내 이름을 알았을까?

내 주위에는 개들이 몰려와 있었다. 내가 틈틈이 먹이를 주자 놈들은 항상 나를 졸졸 따라다녔는데, 그 수가 점점 불어나 지금은 50여 마리쯤 되는 것 같았다. 놈들을 배불리 먹인다는 것은 불가능했기 때문에 나는 놈들에게 먹이를 조금씩 줄 수밖에 없었다. 고양이들도 굶주리고 있었지만 놈들은 개들 때문에 내 곁으로 접근할 수가 없었다. 생각 끝에 나는 카페 '죄와 벌'의 테라스를 고양이 식당으로 만들었다. 그곳은 주위로 철제 빔이 설치된 데다 조금 높은 곳에 위치하고 있기 때문에 개들의 접근을 차단할 수가 있었다.

먹을 것은 얼마든지 조달할 수가 있었다. 나는 대형마트 한 곳을 정해놓고 그곳에서 주로 먹을 것들을 약탈했다. 소규모 마트로부터 중대형에 이르기까지 널려 있는 것이 마트였고, 그 안에는 아직 먹을 것들이 가득했기 때문에 나는 마음만 먹으면 언제든지 골라가면서 약탈할 수가 있었다. 이 경우 사실 약탈이라고 할 수는 없었다. 그대로 두면 버려진 쓰레기나 다름없고 시간이 흐르면 모두 썩어버릴 것들이었다. 수백 년 동안 아무도 오지 않을 텐데 과연 누구를 위해 먹을 것들을 그대로 내버려둔단 말인가. 내가 살아 있는 한 마트는 차례대로 정리해나갈 생각이었다.

"소설가 노준기 씨! 빨리 차를 타고 경계선 밖으로 나가세요! 당신은 지금 방사능 오염지역에 있습니다! 생명이 매우 위험합니다! 거기 계시면 안 됩니다! 빨리 부산을 떠나세요! 거기서는 살 수가 없습니다!"

추적당하고 있다는 사실에 화가 난 나는 캠핑카로 돌아가 텔레비전을 켜보았다. 화면에는 공중에서 내려다본 원전 폭발

396　　　　　　　　　　　　　　　　　　　　　달맞이언덕의 안개

현장과 30킬로미터 이내의 방사능 오염지역이 생생히 비춰지고 있었다. 기자가 헬기 안에서 아래를 내려다보면서 중계를 하고 있었다. 그런데 잠시 후 화면이 바뀌면서 캠핑카 한 대가 시야에 들어왔고, 천천히 굴러가고 있는 그 차를 카메라가 뒤쫓고 있었다. 그 차 뒤를 수십 마리의 개들이 따라가는 것을 보고서야 나는 그것이 내 캠핑카라는 것을 알았다. 나는 숨을 죽이고 화면을 응시했다. 세상과 완전히 등졌다고 생각했는데 그게 아니었다. 카메라는 내 차의 번호판을 크게 확대해서 보여주고 있었다. 그제야 나는 내 신분이 어떻게 해서 노출되었는지 그 이유를 알 수 있을 것 같았다. 이윽고 바닷가에 차가 멈추고, 문이 열리더니 안에서 내리는 사람의 모습이 클로즈업되어 나타났다. 내 모습은 후줄근해 보였고, 거기다 허리까지 구부정했고, 다리도 절고 있었다. 죽음을 앞에 둔 병든 노인의 모습, 바로 그런 모습이었다. 그냥 죽으나 방사능에 오염되어 죽으나 조만간 어차피 죽을 수밖에 없는 그 모습이 측은해 보였다. 기자는 흥분된 목소리로 이렇게 지껄여댔다.

"차 번호를 조회한 결과 차 주인은 놀랍게도 유명한 추리작가인 노준기 씨로 밝혀졌습니다. 작가 노준기 씨가 무슨 이유로 방사능 오염지역에 남아 있는지 그 이유는 밝혀지지 않았습니다. 노준기 씨가 방사능 피폭을 감수하고 있는 것을 볼 때 본인 스스로 죽음을 자초하고 있을 가능성이 큰 것으로 경찰은 보고 있습니다. 경찰은 노준기 씨가 오염지역 밖으로 나오지 않을 경우 노준기 씨를 강제구인하는 방안을 검토하고 있지만, 방사능 피폭 위험 때문에 구조 요원들이 오염지역 안으로 들어가는 것을 몹시 꺼리고 있다고 합니다. 평생 동안 추리소설만 써왔고 지금까지 100여 편 가까운 추리소설을 발표한 노준기 씨는 추리작가답게 기행을 일삼아왔다고 합니다. 만일 이번 일도 기행의 하나라면 기행치고는 너무도 위험한 짓이 아닐 수 없습니다. 노준기 씨의 기행에 대해 여러 가지 의견이 있습니다. 그 가운데 전문가의 의견을 들어보기로 하겠습니다."

화면이 바뀌고 흰 가운을 입은 중년 사내가 나타났다. 화면 아래쪽에는 S대 의대 정신과 교수라는 직함이 보였다. 그는 다음과 같은 의견을 내놓았다.

"사람은 갑자기 공황 상태에 빠져들면 판단능력을 상실하게 돼 위험을 인지하지 못하게 됩니다. 모든 사람이 다 그런 것은 아니고 극소수의 사람들이 그런 경우를 겪게 됩니다. 노준기 씨도 그런 케이스 같은데, 그 정도가 좀 심한 것 같습니다. 그분은 위험을 인지하지 못하는 정도가 아니라 그 상황을 오히려 즐기고 있습니다. 개들한테 먹이까지 주면서 유유자적하는 게 보이지 않습니까? 모든 사람들이 방사능 오염을 피해 사고 현장으로부터 될수록 멀리 가려고 필사적으로 탈출하고 있는 판에 그분은 반대로 그 위험 상황을 즐기고 있는 겁니다."

달맞이언덕의 안개

"노준기 씨는 평소에도 기행을 일삼았다고 하는데 혹시 지금의 행동도 기행이 아닐까요?"

"목숨을 담보로 한 기행은 있을 수 없습니다. 기행이 아니라 위험 유무를 인지하지 못하는 판단 능력 상실에서 온 행동입니다."

"노준기 씨는 현재 칠십이 넘은 고령이신데…… 판단 능력 상실과 알츠하이머병하고는 어떤 관계가 있습니까?"

기자는 의사의 답변을 유도하고 있었다. 그러니까 쉽게 말하면 내가 치매에 걸린 게 아니냐고 묻고 있었다.

"판단 능력 상실은 바로 알츠하이머병과 직결되는 증상입니다. 그 병에 걸리면 누구나 판단 능력을 상실하게 되고 기억력도 떨어지게 되죠."

"알겠습니다. 그렇다면 노준기 씨가 자진해서 재난지역에서 빠져나올 가능성은 현재로서는 희박하겠군요?"

"그렇습니다. 자기 발로 걸어 나오지는 않을 겁니다. 어떤 조치를 취하지 않으면 안 될 겁니다."

"경찰이 하루빨리 구조해야겠군요. 방사능으로 오염된 지역에서 혼자 지내고 있는 작가 노준기 씨의 모습은 국민들을 안타깝게 하고 있습니다. 노준기 씨가 이성을 되찾아 하루빨리 재난지역에서 탈출하기를 온 국민은 바라고 있습니다."

망할 자식들 같으니! 나는 어처구니가 없어 헛웃음이 나왔다. 문제를 참 이상한 방향으로 몰고 가는 것을 보고 있자니 환멸이 느껴졌다. 그때 전화벨이 울렸다. 전화기를 귀에다 갖다 대기 무섭게 곰 형사의 굵고 거친 목소리가 들려왔다.

"아니, 선생님! 방금 방송을 봤는데 그게 사실입니까?"

"괜히들 시끄럽게 구네요."

"아니, 어쩌자고 거기 계신 겁니까? 선생님 지금 제정신입니까?"

그는 나의 어리석음에 대해 심하게 질책했다. 하지만 나는 달맞이언덕을 떠나지 않을 것이라고 확실히 말해주었다. 그는 어이없어하다가 방송에서 나를 치매 환자 취급한 것에 대해 몹시 분개했다.

"개새끼들 아닙니까?"

"오해를 살 만하지. 난 잘 있으니까 걱정하지 말아요."

"선생님, 이렇게 헤어진다는 게 말이 됩니까? 선생님, 술 한잔하게 밖으로 나오십시오. 술 한잔 하시고 나서 돌아가고 싶으면 다시 돌아가십시오. 그때는 막지 않겠습니다."

나는 웃으면서 전화를 끊었다. 곧이어 포한테서 전화가 걸려왔다. 그녀는 여전히 하동에 있는 초등학교에 수용되어 있다고 하면서 울었다.

"선생님한테 가고 싶어요. 여기에 더 있다가는 미칠 것 같아요. 자살 충동까지 느끼고 있어요. 차라리 선생님 곁에서 함께

　　　　　　　　　　　　　　달맞이언덕의 안개

지내다가 죽는 게 나을 것 같아요. 인간의 존엄성이 이렇게 파괴되어도 되는 것인지 전 지금 심한 절망감에 빠져 있어요. 선생님이 개들을 데리고 다니시는 모습은 환상적이었어요. 죽음의 환영을 보는 것 같았어요. 안개 속에서 뛰어다니는 개들을 보니까 달맞이언덕이 그리워요. 달맞이언덕의 안개 속에 앉아 커피를 마시고 싶어요. 그곳의 안개를 두 번 다시는 볼 수 없다고 생각하니까 미치게 보고 싶어요. 차라리 저도 선생님처럼 방사능 같은 거 무시해버릴 수 있으면 좋겠어요."

"여기에 오면 안 돼요. 앞으로 수십 년을 더 살 수 있는데 왜 그걸 포기하려고 해요? 그러지 말고 프랑스로 돌아가요. 영주권도 있으니까 프랑스로 돌아가는 데는 문제가 없잖아요."

"싫어요! 선생님을 거기에 혼자 두고 어떻게 저만 살겠다고 떠날 수 있어요? 그러지 말고 저하고 함께 프랑스로 가요. 제발 부탁이에요. 우리 프로방스에 정착해서 농사짓고 살아요. 예쁜 카페도 하면서 살아요. 전 얼마든지 잘할 수 있어요."

"포, 난 살날이 얼마 남지 않았어요. 방사능에 이미 노출돼서 오래 살 수가 없어요. 내가 죽는 건 시간문제니까 그렇게 알아요. 프랑스에 함께 간다는 건 짐만 될 뿐이에요. 난 살 만큼 살았으니까 더 이상 아무 미련도 없어요. 벌레처럼 생명만 더 연장한다고 해서 무슨 의미가 있겠어요. 난 지금 외롭긴 하지만 더없이 행복한 시간을 보내고 있어요. 인간이 없는 세상에서 혼자 산다는 것…… 이런 경험은 난생처음이고 아무나 겪을 수 없는 경험이에요."

"아, 바보 같은 선생님……."

포와 통화를 끝내고 나자 기다렸다는 듯이 여기저기서 전화가 걸려왔다. 경찰에서도 전화가 걸려오고, 나와 친분이 있는 문인들과 친구들, 그리고 친척들한테서도 연락이 왔다. 일일이 응대할 수가 없어 나는 전화기를 아예 꺼버렸다.

그런데 이튿날 의외의 사태가 발생했다. 원전 폭발 못지않은, 아니 그보다 더 심각한 사태가 일어났던 것이다.

점심을 먹고 나서 텔레비전을 켜자 화면을 장식한 것은 북한 군이 이른 새벽에 기습적으로 서해 5도를 공격하여 점령했다는 보도였다. 그것은 전혀 예상치 못했던 놀라운 사태였다. 남한이 원전 사태로 극도의 혼란에 빠져 있을 때 그 틈을 이용해 재빨리 백령도, 연평도, 대청도, 소청도, 우도 등 5개 도서를 공격해온 것이었다. 적의 어떠한 도발에도 단호하게 물리칠 것이라고 호언장담하던 국군의 방어벽은 일격에 허망하게 무너졌고, 5개 도서에는 어느새 인공기가 휘날리고 있었다.

엎친 데 덮친 격으로 연달아 치명적인 사태를 맞은 남한은 대혼란에 빠져들었고, 정부는 비상계엄령을 선포했다. 군인들을 잔뜩 태운 트럭이 끊임없이 이동하고 있는 장면을 배경으로 대통령이 담화문을 발표하고 있었다. 대통령은 북한의 공격을 비난하면서 즉시 5개 도서에서 북한군이 철수할 것을 요구했다. 그와 함께 국군은 조만간 5개 도서를 탈환할 것이므로 국민들은 동요하지 말고 평소처럼 생업에 종사하기를 바란다고 말했다. 그러나 이미 대탈출은 시작되고 있었다.

반격을 가할 경우 전면전으로 비화할 것을 우려한 남한 정부는 어쩔 줄을 모른 채 엄포만 놓고 있었고, 그 사이에 남한 사회는 완전히 통제 불능의 혼란 상태로 빠져들고 있었다. 사람들이 일시에 몰려들어 돈을 빼가는 바람에 은행 업무는 마비 상태가 되었고, 생필품이 동이 나면서 물가가 하루아침에 폭등했다. 재벌들은 제일 먼저 자가용 비행기를 타고 서둘러 한국을 떠났고, 외국에 집을 사둔 부자들도 짐을 싸들고 외국행 비행기에 올랐다. 이중 국적을 가졌거나 외국에 연줄이 있는 사람들도 가족을 데리고 공항으로 몰려갔기 때문에 외국행 항공권은 순식간에 동이 나고 말았다. 나머지 사람들은 발을 구르면서, 배를 타고 망망대해를 떠돌 것을 생각하면서 밤잠을 설쳤다.

전쟁이 전면전으로 확대될 경우 북한군의 사정권에 들어 있는 남한은 전역이 불바다가 될 것이 보지 않아도 뻔하다. 국민들은 살기 위해 피난을 갈 수밖에 없다. 그런데 어디로 어떻게 빠져나갈 것인가가 문제다. 비행기를 타고 외국으로 도망가는

사람은 극소수에 지나지 않을 것이고, 그렇다면 나머지 99.9%
는 어디로 갈 것인가? 피난을 포기하고 주저앉아버리면 하는
수 없지만 그렇지 않다면 어디론가 가야 한다. 모든 공항은 폐
쇄되었고 뱃길도 끊기고 말았다. 어찌어찌해서 조그만 낚싯배
에 무작정 수십 명이 올라탄다고 한들 거친 망망대해를 정처
없이 떠도는 보트피플 신세를 면할 수가 없을 것이다. 하지만
사람들은 그렇게 해서라도 살려고 발버둥 친다. 천신만고 끝
에 살아남아 일본이나 중국 땅에 도착한다고 해서 안심할 수
는 없다. 상륙이 불허되면 다시 바다 위를 떠돌아다녀야 한다.
설사 상륙을 허가해준다 해도 그때부터 난민 신세로 전락해서
온갖 멸시를 받으며 밑바닥 생활을 해야 한다. 목숨을 부지하
기 위해 하루하루 연명해야 하는 그 처량함이라니! 한국은 더
이상 그들을 보호해줄 수가 없다. 그들뿐만 아니라 국민 모두
를 보호해줄 능력이 없다. 결국 국제 미아 신세가 되어 나라 없
는 슬픔을 가슴에 품은 채 살아갈 수밖에 없다. 그 슬픔을 누
가 알아줄까?

사람은 다급해지면 지푸라기라도 붙잡고 늘어진다. 살기 위
해 물속에 뛰어들었다가 물귀신이 될지라도 물속에 몸을 던진
다. 보트피플이 된 사람들의 심정이 바로 그런 것이다. 하지만
보트피플이 되고 싶다고 해서 아무나 될 수 있는 것도 아니다.
무엇보다도 먼저 조각배라도 있어야 하는데 수십만 수백만 명

이 일시에 배를 구하려고 몰려든다면 그것부터가 목숨을 건 아귀다툼이 될 수밖에 없는 것이다.

5개 도서를 빼앗기고도 확전을 두려워한 한국 정부는 이러지도 저러지도 못한 채 궁지에 몰려 있다가 비난 여론이 거세지자 마침내 며칠이 지나 반격을 가했다. 평소 줏대가 없어 물통이라는 별명이 붙은 대통령은 모처럼 과감히 결단을 내려 반격을 가하라고 명령을 내린 것이다. 미국의 만류에도 불구하고 그런 결단을 내린 것은 구겨질 대로 구겨진 체면을 잠시나마 세워 보겠다는 의도가 숨어 있었다. 반격 명령을 내리긴 했지만 지상군 투입은 삼가고 함정과 해안 포대를 동원해서 5개 도서에 포탄을 퍼부었다. 그에 맞서 북한군도 함정과 해안 포대를 향해 대포를 쏘아댔다. 그러다가 북한의 미사일 한 발이 서울 강남까지 날아와 떨어졌다. 그것은 확전을 예고한 것으로 다분히 서울 시민의 심리를 교란시킬 목적으로 날려 보낸 것이었다. 미사일은 하필이면 전국에서도 제일 비싼 60층짜리 초고층 아파트 건물을 파괴했고, 그 바람에 거기에 거주하는 주민 1천여 명이 목숨을 잃고 말았다. 한밤중에 주민들이 모두 잠들어 있을 때 미사일이 날아왔으면 아마 수천 명이 목숨을 잃었을 것이다.

그 미사일 한 발의 위력은 대단했다. 단지 아파트 건물 한 동을 파괴한 것으로 그치지 않고 서울 시민들의 가슴을 온통 뒤

흔들어 놓았다. 마음만 먹으면 언제라도 서울을 불바다로 만들 수 있다는 그 결정적인 위협에 서울 시민들은 하나같이 충격에 휩싸였고, 무시무시한 공포감에 사로잡혀 허둥지둥 피난길에 올랐다. 그 바람에 서울은 순식간에 아비규환으로 변했다. 남쪽으로 향한 피난 대열이 일시에 몰려드는 바람에 한강 다리는 마비되었고, 고속도로는 사람과 차들이 뒤엉켜 거대한 탈출 행렬을 이루고 있었다. 거기다 비까지 퍼부어대고 있었고, 맞은편 도로 위로는 장갑차와 탱크들, 그리고 무장 군인들을 잔뜩 태운 트럭들이 지나가고 있었기 때문에 참담함과 공포감은 극에 달해 있었다.

확전으로 치달을지도 모르는 아슬아슬한 순간에 중재에 나선 것은 미국과 중국이었다. 전면전으로 번질 경우 미국과 중국은 참전하지 않을 수 없고, 한반도는 세계 최강의 두 군사력이 충돌하는 3차 대전의 격전지로 변할 것이 뻔했다. 대전은 핵전쟁으로 변할 것이고, 한반도는 상상을 초월하는 처참한 참화로 원시시대로 돌아갈 것이다. 미국과 중국이 두려워한 것은 한국전이 세계대전으로 확대되어 그 결과 전 세계가 핵전쟁으로 괴멸될지도 모른다는 점이었다. 서둘러 진화하지 않으면 불은 손을 쓸 수 없을 정도로 번져버릴지도 모른다. 이미 서해에는 중국 항공모함과 미국 항공모함이 대기하고 있었고, 엄청난 파괴력을 지닌 오키나와의 미군은 출동태세를 갖춘 채 명령을 기다리고 있었다. 일본 자위대도 2차 대전 후 최초의 참전이 될지도 모르는 전쟁을 앞에 두고 초긴장 상태에 놓여 있었다.

북한이 서해 5개 도서를 기습적으로 점령한 지 15일째 되던 날 서해안을 흔들던 포 소리가 갑자기 멎었다. 한국과 북한, 미국과 중국이 참석한 판문점 휴전회의에서 무조건적으로 교전을 중지한다는 합의에 서명한 지 한 시간 만이었다. 그 외의 부분에 대해서는 계속해서 회의를 열어 해결해나간다는 방침이었다. 한국은 먼저 5개 도서에서의 북한군의 전면적인 철수를 요구하면서 강하게 반발했지만 먹혀들지 않았다. 북한은 서해 5도는 지금까지 남한이 불법적으로 점령하고 있던 것을 되찾은 것에 지나지 않기 때문에 돌려줄 수 없다고 단호하게 말했고, 중국은 모든 문제는 평화적으로 해결해야 한다고 원론적인 말만 되풀이했다. 한국은 미국의 도움이 절실했다. 하지만 미국은 5개 도서를 찾기 위해 무력을 사용하는 것은 절대 안 된다고 못을 박았다. 한국은 미국에 대해 실망이 이만저만 크지 않았지만 혼자서는 아무것도 할 수 없는 것이 한국의 처지였다. 한국의 무기력함에 국민들은 분통을 터뜨렸지만, 그것은 결국 한국의 역사가 언제나 그런 식으로 되풀이되어 왔음을 말해주는 서글픈 우리의 자화상이었다.

제2의 한국전쟁은 아슬아슬하게 비껴갔지만 피난 행렬은 쉽게 멈출 기미를 보이지 않았다. 서울은 텅 비어버렸고, 그곳이 얼마나 위험한 지역인가를 몸소 겪어본 사람들은 두 번 다시 서울에 가서 살려고 하지 않았다. 그 바람에 서울의 부동산값은 폭락했고, 대신 전라도와 충청도, 그리고 제주도 집값이 폭등했다. 부산과 울산을 중심으로 한 경상도 일대는 방사능 오염지역이라는 이유로 기피의 대상이었다. 한국 경제는 곤두박질치고, 국민들의 생활은 갈수록 어려워지고 있었다. 피폐해지고 거칠어진 생활은 비인간적인 사회 현상으로 나타났고, 결국 한국은 세계에서 가장 살기 어렵고 희망도 없는 나라로 추락할 대로 추락하고 말았다.

원전 폭발로 인한 방사능 오염은 이제 더 이상 사람들의 관심을 끌지 못했다. 그것은 방송에도 나오지 않았고, 자연 나라는 존재도 잊혀져갔다. 더 이상 전화도 걸려오지 않았고, 완전히 고립되어 버린 나에게 피난민 행렬 같은 것은 남의 나라 얘기였다. 사람의 그림자는 눈을 씻고 봐도 보이지 않았고, 그런데도 개들은 여전히 나를 따라다니고 있었다. 이상하게도 포한테서도 연락이 없었다. 나는 궁금했지만 서로 잊고 지내는 것이 차라리 나았기 때문에 그녀에 관한 생각을 될수록 하지 않으려고 노력했다.

세상이 어떻게 변하든 달맞이언덕의 안개만은 여전했다. 나는 그 변함없는 안개의 모습이 좋았다. '죄와 벌' 테라스에 앉아 고양이들에게 먹이를 주고 나서 커피를 마시고 있는데, 안개 속에서 누군가가 걸어오고 있는 것이 보였다. 오랜만에 사람의 모습을 발견한 나는 놀라서 안개 속을 뚫어지게 바라보았다. 이윽고 안개를 헤치고 나타난 사람을 본 순간 나는 숨이 멎는 것 같았다.

포는 나를 발견하자 뚫어지게 노려보면서 다가왔는데 옆으로 자전거를 끌면서 오고 있었다. 나는 벌떡 일어서서 멀거니 그녀를 쳐다보고만 있었다. 자전거를 버리고 테라스로 올라온 그녀는 내 앞에 바싹 다가서더니 허리에 두 손을 걸치면서 거만하게 말했다.

"이제 증명이 됐나요? 제가 선생님을 얼마나 사랑하는지 이제 증명이 됐나요?"

그녀는 거지꼴이 되어 있었다. 얼굴은 새카맣게 타 있었고, 입고 있는 옷들은 때에 절어 있었다.

"뭐하러 왔어요?"

"뭐하러 오다니요? 자전거 타고 여기까지 오는 데 사흘이 걸렸어요. 찻길은 모두 봉쇄되어 있어서 걷거나 자전거를 이용해서 몰래 들어올 수밖에 없어요."

내가 두 팔을 벌리자 그녀는 내 품속으로 뛰어들어 울음을 터뜨렸다. 죽음을 무릅쓰고 찾아온 그녀한테 나는 씻지 못할 죄를 지은 것 같았다. 나는 그녀에게 커피를 끓여주었다.

"밖에 비하면 여긴 천국이에요. 전라도 지방은 지금 생지옥
이에요. 죽을 바에는 여기서 죽는 게 훨씬 나아요."

그녀는 아쉬운 듯 카페 안을 둘러보다가 고양이들이 피하지
않고 따라다니는 것을 보고 신기해했다.

"먹이를 주니까 그렇게 몰려들더라구요."

"먹이는 어디서 구하죠?"

"가게 하나만 털어도 고양이들이 1년은 먹고 살 수 있어요."

그녀가 나와 함께 죽음을 택한다는 것은 나 자신이 결코 받
아들일 수 없는 일이었다. 하지만 그녀는 이제 내 곁을 결코 떠
나지 않을 생각인 것 같았다. 방사능 오염을 무릅쓰고 여기까
지 온 것을 보면 그녀가 내 곁에서 죽음을 받아들일 각오가 되
어 있는 것은 분명한 것 같았고, 그것을 더 이상 굳이 확인할
필요도 없을 것 같았다. 생각 끝에 나는 할 수 없이 그녀를 데
리고 나가 캠핑카에 태웠다.

"자, 갑시다."

"어디로 가는 거예요?"

그녀가 의아해하면서 물었다.

"당신을 여기서 죽게 내버려두는 것은 죄악이야. 여기서 빠져
나갑시다."

"정말이에요?"

"이제부터 전국을 유람이나 하면서 삽시다."

"아, 정말이에요?"

내가 고개를 끄덕이자 그녀는 내 목을 와락 끌어안았다.

출발하기 전에 우리는 차에서 내려 마지막으로 달맞이언덕의 안개를 바라보았다. 두 번 다시 볼 수 없게 될 안개한테 나는 긴긴 키스를 보냈다.

차를 몰고 언덕을 내려가면서 보니 안개는 작별을 아쉬워하는 듯 갑자기 미친 듯이 춤을 추고 있었다. 캠핑카 뒤로는 수십 마리의 개들이 따라오고 있었다. 아, 달맞이언덕의 안개여! 안개여!

〈끝〉

작가의 말

해운대 달맞이언덕 위에는 여름철이면 짙은 안개가 똬리를 튼다. 안개가 바다에서 밀고 올라오는 광경을 보고 있으면 마치 백만 대군이 무섭게 쳐들어오는 것처럼 그 기세가 대단하다. 그렇게 일단 위로 올라온 안개는 점령군처럼 버티고 앉아 도무지 내려갈 기미를 보이지 않은 채 오랫동안 주둔하면서 갖은 행패를 다 부린다. 그러나 그 안개는 나에게는 많은 이야기를 들려주는 달콤한 속삭임이었고, 연인의 부드럽고 촉촉한 손길이었고, 많은 비밀을 간직한 삶의 끝없는 미로였고, 방황하는 내 고독한 영혼의 동반자였다. 지난 20여 년 동안 해운대 달맞이언덕 위에 외롭게 서 있는 '추리문학관'의 미스터리는 바로 안개가 낳은 사생아였기에 나는 그 안개 속을 방황하면서 몽환의 세계에 깊이 빠져들었고, 발에 밟혀 바스러진 낙엽의 잔해를 닮아가려고 무진 애를 썼다. 그러나 그 깊은 이치와 아름다움을 이해하기에는 나는 너무 비천했고 무지몽매했다.

그 비천하고 무지몽매한 삶의 마지막 오솔길에서 안개비에 폭

젖어 있는 흔적들을 건져 올려 절망의 언어들로 빚어낸 것이 이번에 선보이게 된 '달맞이언덕의 안개' 시리즈 단편이다. 1미터 앞이 보이지 않을 정도로 짙은 그 안개 속에 얼마나 많은 눈물과 애환이, 버려진 삶의 동물적 신음과 더러운 탐욕이 썩고 있는지 아마 당신들은 모를 것이다. 삶의 고통과 허무, 고독한 영혼, 눈물겨운 사랑과 피를 말리는 이별의 아픔, 시대의 고통과 민초들의 몸부림, 우리의 몸속에 흐르는 살인의 철학…… 나는 그것들을 하나하나 건져내 나의 몽환적 삶의 편린으로 엮어낼 것이고, 그것들은 절망의 언어들로 그 야윈 모습을 드러내게 될 것이다. 그리고 시간이 흐르면 그것들은 거대한 안개가 되어 달맞이언덕의 전설로 남게 될 것이다.

지난 2014년은 나에게는 아주 특별한 한 해였다. 1월 1일 자 〈부산일보〉에 단편소설 게재를 시작으로 12월까지 1년 내내 단편소설을 발표해야 했던 것이다. 그것도 일주일에 한 편씩 써내야 했다. 그것은 물리적으로 거의 불가능한 일일 뿐 아니라 신문소설 연재 사상 전무후무한 일이었다. 여러 명의 작가들이 돌아가면서 단편을 발표한 전례는 있었지만 한 작가가 매주 한 편의 단편을, 그것도 1년 동안 계속한 예는 없었다.

연재하는 동안 가장 힘들었던 것은 매주 새로운 작품을 구상하는 일이었다. 장편소설이라면 스토리가 계속 이어지기 때문에 별 어려움 없이 계속할 수 있지만 매주 새 단편을 구상하고 써낸다는 것은 보통 어렵고 고통스러운 일이 아니었다. 작품은 매주 목요일 자 한 지면에 통째로 실리곤 했는데, 지면상 200자 원고지 45~50매로 제한되어 있었기 때문에 쓰고 싶은 부분을 제대로 쓸 수 없었고, 초고에서 잘라내야 하는 고통을 번번이 감수해야만 했다. 그런저런 어려움을 견뎌내고 정신없이 1년을 보내고 나니 한 해 동안 발표한 단편이 모두 52편이나 되었다.

작품 구상은 크게 두 부분으로 나뉘어 그 틀이 짜여졌는데, 첫 부분은 '달맞이언덕의 안개'를 배경으로 한 작품들로 6개월

동안 집필했고, 후반부는 '해운대, 그 태양과 모래'라는 제목으로 해운대 바닷가를 배경으로 7월부터 12월까지 발표되었다. 이번에 책으로 엮게 된 '달맞이언덕의 안개'는 1월부터 6월까지 연재했던 단편들로, 발표 당시 지면 제약 등으로 어쩔 수 없이 잘라내야 했던 부분을 상당 부분 복원시켰기 때문에 작가 입장에서는 다행스럽게 생각하면서, 매우 의미 있는 창작의 결실이 정리되었다는 점에서 고통이 환희로 바뀌는 감동을 안겨준 출판사에 깊이 감사드린다. 특히 지난 1년 동안 〈부산일보〉에 단편을 연재할 수 있는 과감한 기획을 세우고 나에게 그 기회를 제공해준 임성원 전 문화부장에게 진심으로 고마움을 전한다.

2015년 3월 해운대 달맞이언덕 추리문학관에서

김성종